魅丽文化　花火工作室

白鹭成双 著

孔學堂書局

图书在版编目（CIP）数据

不学鸳鸯老 / 白鹭成双著 . — 贵阳 : 孔学堂书局，
2023.10
ISBN 978-7-80770-463-8

Ⅰ . ①不… Ⅱ . ①白… Ⅲ . ①长篇小说 – 中国 – 当代
Ⅳ . ① I247.5

中国国家版本馆 CIP 数据核字 (2023) 第 161423 号

不学鸳鸯老 白鹭成双 著
BU XUE YUANYANG LAO

责任编辑 : 胡国浚

责任印制 : 张　莹　刘思妤

出　　品 : 贵州日报当代融媒体集团

出版发行 : 孔学堂书局

地　　址 : 贵阳市乌当区大坡路 27 号
　　　　　贵阳市花溪区孔学堂中华文化国际研修园 1 号楼

印　　制 : 湖南天闻新华印务有限公司

开　　本 : 880mm×1230mm　1/32

印　　张 : 10

字　　数 : 338 千字

版　　次 : 2023 年 10 月第 1 版

印　　次 : 2023 年 10 月第 1 次印刷

书　　号 : ISBN 978-7-80770-463-8

定　　价 : 45.00 元

目录

c o n t e n t s

第一章
东院这个孽障　　/001

第二章
油煎糖醋鱼　　/030

第三章
他在意得很　　/056

第四章
儿女情长　　/083

第五章
大皇子的遗物　　/109

第六章
收网了　　/136

第七章
无耻得高兴就好　　　　　/162

第八章
有时候也不是那么怕死 /188

第九章
给我种枇杷树那种喜欢 /213

第十章
你这人真有意思　　　　/239

第十一章
胳膊肘往外拐　　　　　/264

第十二章
哪怕认一次错　　　　　/289

第一章

东院这个孽障

殷花月最喜欢的就是大统领府清晨的景象，庭院里玉兰吐蕊，从树下经过，就能沾上两分香气。而夫人向来是最爱玉兰香的，一听见声响，就会笑眯眯地招手让她过去。

殷花月行了礼，然后乖巧地蹲下扶住夫人的膝盖，任夫人摩挲着替她抿了鬓发。

"玉兰又开了。"庄氏心情甚佳，"今儿是个好日子。"

"是的，韩家夫人和小姐辰时便到。内外庭院已经洒扫干净，厨房也准备了五式茶点。奴婢打听过了，韩家小姐擅丹青，礼物便准备的是大统领的墨宝。"

殷花月笑得眉眼弯弯："为这墨宝，奴婢可没少去大统领跟前讨嫌。"

庄氏听了直笑，伸出食指过去点着殷花月："你这小丫头实在机灵，居然把主意打到大统领身上去了，也算你有本事，能讨得来，我讨他都不一定给呢。"

食指点歪了地方，殷花月连忙撑起身，将鼻尖儿凑到庄氏手边受了那一下，然后笑得更开怀："大统领也是惦念着您，才饶了奴婢一命。前堂的屏风已经立好了，给韩夫人的礼物也都准备好了，您可还有什么吩咐？"

庄氏满意地点头，拉她起来给自己梳妆，对着铜镜笑："还能吩咐什么？你安排的定是周全妥当的。"

殷花月莞尔，拿起玉簪帮她戴上，又帮着理好她的裙摆。

镜子里的庄氏看起来娴静端庄，只是鬓边最近又添了几根华发。按理说在大统领府这样锦衣玉食的地方，夫人定是年轻快活，庄氏的生活却不尽如人意。

她有个天大的烦恼。

"对了。"庄氏摸到妆台上的簪花，突然想起来什么，"景允可起身了？"

说烦恼，烦恼到。

殷花月面上笑着，心里却怄火不已。要不是生了李景允这么个混世孽障，庄氏哪里会三天两头地被气得难以安眠，以药为膳。

李景允是大统领府的幺子，京华有名的贵胄。少年时便得皇帝的夸赞，长大后更是文武双全，出类拔萃。在王公贵族里也是拔尖儿的，按理说，有这样的儿子，庄氏应该过着幸福美满的生活。

但很可惜，这位公子与庄氏天生犯冲，从小便不亲近，长大后更是处处忤逆。庄氏爱子心切不忍责备，李景允便更是得寸进尺、目中无人。

今儿是与韩家小姐相见的日子，这厮竟然半夜想偷偷离府，幸亏她反应及时，派人守住了。

不过这话不能给庄氏说。

"来之前奴婢让人问过了，"殷花月笑道，"东院里传话说公子一早就起身了。"

"这倒是难得。"庄氏欣喜地说道，"那你先将厨房炖着的燕窝给他送去，我这儿不用担心，让霜降来伺候便好。"

"是。"殷花月应下，弯着眼退出了主屋大门。

门一关，殷花月脸上的笑容顿时消失了，她转身，满脸阴沉地问小丫鬟："东院怎么样了？"

"回掌事，院子里二十多个护卫守着，三个时辰没轮岗。"

"后门院墙呢？"

"挂了六十六串铃铛，任凭轻功绝顶，也没办法悄无声息地越出去。"

"公子院子里的奴才呢？"

"全捆紧扔到柴房里了。"

"很好。"

殷花月恢复了和善的笑容，交叠双手放于腹前，放心地带着人去送燕窝。

她来到大统领府已经三年了，与这位公子爷斗法，没有人比她更熟练。谁都有可能被李景允钻了空子，但她绝对是滴水不漏，足以应对任何情况。毕竟，"魔高一尺，道高一丈"！

殷花月自信地跨进了东院主屋。

然后……

她整个人僵在了门口。

外头的守卫站得整整齐齐，屋子的门窗也都锁得死死的，照理说这屋子里应该有个人。

殷花月在空中比画了一个人形，然后手指落下。

该站着人的地方立着一副盔甲，空空的头盔里塞了枕头，早膳送来的新鲜黄瓜被切成了长条，贴在上头，变成了一张嘲讽之意极浓的笑脸。

殷花月笑着点了点头，然后伸手拽过门边的守卫，咬牙说道："这就是你们看牢了的公子爷？"

守卫被她勒得脸涨红："殷……殷管事，咱们确实一直看着的啊。"

扔开他，殷花月走去窗边轻轻一推。

"嘎吱"一声，看似锁得牢实的花窗陡然大开，朝阳洒过来，橙色倾泻，照出从窗台到正门的一串足迹。

练兵场并不是什么好地方，血沫和着沙土凝固成深黑色，武器架上的刀剑散发出一股生锈的味道，刀柄和剑鞘上带着汗渍，从旁过都能生出几分暴躁。若是休沐之日，这地界连半个人影也瞧不见。

可李景允怎么瞧怎么觉得舒坦，天湛山远，地广沙黄，连刮过来带着尘土的风里，都是自由的味道。

他深吸了一口气，脚尖往武器架上一踢，抄过飞来的长矛耍了起来，指向旁边的副将："打一场？"

副将秦生拱手："请赐教。"

刀剑都是开了刃的，来往之间没留半分情面。秦生自认天赋过人，身手不弱，可对上这锦衣玉冠的公子爷，竟占不得上风。

长矛凛凛，带着破开朝阳的气势，狐袍翻飞，墨发掠过的眉眼中杀气四溢。

殷花月远远看见人群，就知道那个孽障定然在这里。她三两步上来拨开兵卫，正待发难，就见生花的长矛狠劈在剑锋上，火花四溅，金鸣震耳。

李景允背光而立，手里红缨似火，眼神凌厉，袖袍一卷黄沙，尖锐的矛头堪堪停在秦生喉前半寸。

殷花月怔了怔。

四周响起喝彩声，李景允笑了笑，正想说"承让"，结果一抬眼，他看见了站在一群新兵中的殷花月。

"……"

肯定是我眼花了，她怎么可能找到这里？！

李景允一把拉过秦生就往相反的方向走去。

"你府上最近可有什么事？"他边走边问。

秦生满脸颓势，嗓子还没缓过来，沙哑地说道："属下孤家寡人一个，能有什么事？"

"那正好，待会儿我随你一起回去。"

秦生脚步顿了一下，无奈道："公子，您又擅自离府？"

"笑话。"李景允冷哼，"大统领府是我家，出来一趟而已，何来擅自一说？"

"那殷管事可知此事？"

李景允别开脸，含糊地说道："她自然是知道的。"

两人绕过了墙壁，正撞见站在路口的一群人，为首的那个人交叠着双手放在腹前，一张脸清清冷冷。

李景允以迅雷不及掩耳之势，一把将秦生拽回了墙壁后头。

秦生被他一勒，直翻白眼："公子……你怕什么……那是殷管事。"

就因为是她才怕啊！

呸，也不是怕，一个奴婢有什么好怕的？李景允就是觉得烦，天底下怎么会有殷花月这种人，鼻子跟狗似的，不管他跑去哪里，她都能很快找过来。

练兵场看样子是待不了了。

"走，公子今日带你去栖凤楼玩。"

秦生纳闷："您不是说殷管事知道您出来了吗？"

"别废话。"

"哦。"

两人扭头跑到马厩，李景允急急地去解缰绳，结果刚伸出手，旁边就来了个人，轻巧地替他解开了绳子。

素手纤纤，干净利落。

"公子。"殷花月笑得温婉可人，"大统领有令，请您即刻回府。"

"……"

风从马厩卷过，骏马打了个响鼻。

食槽里的草料散发出古怪的味道，四周寂静无声。

李景允不动声色地往后退了半步，可旁边这人反应比他更快——退了两步，身后呼啦啦就冲上来十余护卫。

沉默片刻，李景允转头，像是才看见她一样，恍然道："瞧我这记性，府里今日还有事。"他又转头对秦生道："明知最近府上忙，你怎好还拉爷去栖凤楼？"

秦生："……"

殷花月领首，妥帖又温顺，丝毫没有追问之意，只侧身屈膝："公子请上马。"

李景允爽快地点头，接缰绳的手顿了一下，又扯了扯衣襟："方才活动一番，身上出了好些汗。"

殷花月笑眯眯地看着他。

若是一般人接句腔，那他便说要在练兵场沐浴更衣，再伺机跑路，可殷花月这又微笑又颔首的，活像在说："编，您接着编。"

李景允觉得烦，编不下去了。

"走吧。"

"您今日不该出府的。"殷花月笑着替他将马牵出来，"韩家主母和小姐一并过来，您若迟到，便是失大礼数。"

"怪我，一时忘记了。"李景允一副痛心疾首的样子，"昨日副将说今早有晨练，约我来，我一时高兴，忘记了要事。"

他翻身上马，又回头看了看她："你带人坐车来的？"

殷花月点头。

"那便上来，爷带你回去。"他笑着伸手，"马车那么慢，若回去晚了，他们倒要怪我。"

不该怪你吗？殷花月气得要命，大统领府里忙碌了三日，就算是看后门的老头也知道今日韩家人要来，这位记性甚好的爷，怎么可能是真忘记了！

但她毕竟是个奴才，再气也只能笑，拉住他的手上马坐在后头，紧紧抓住了马鞍尾。

"坐稳了。"余光往后瞥了一眼，李景允一夹马腹，骏马长嘶，一路疾驰而去。

四周景物飞快倒退，风吹得人睁不开眼，殷花月连连皱眉："公子，慢些。"

"不是赶时辰吗？"李景允感慨，"你瞧瞧这都什么时辰了，再慢便是失大礼数。"

殷花月笑着咬牙，跟他较劲似的抓紧了马鞍，努力不让自己摔下马。

两炷香的工夫之后，马慢了下来，殷花月终于得了空睁眼，可这眼一睁，她当真差点儿摔下去："公子，回去的路不是这条！"

"吁——"李景允勒马，纳闷地左右看了看，"不是这条，那是哪条？"

殷花月要气死了。

日头已经高升，已经到了韩家人过府的时辰，这位爷不在，她也不在，夫人那边该怎么应付？

"公子请下马。"

"我下马？"李景允磨蹭地拽着缰绳，"你认得路？"

这泼皮无赖的模样，与沙场上挥舞长矛的那位判若两人。

殷花月叹了一口气，已经懒得与他贫嘴，右脚上钩，将他的脚从马镫里踢出来，然后自己踩上马镫借力，身子撑起一跃，落到他身前。

李景允只觉得手背一痛，缰绳就到了她的手里。

"驾！"

马头调转，往来路飞驰而去。

李景允有些愣怔，殷花月的动作行云流水，他一时没反应过来，等他终于回过神的时候，前头已经能看见西城门了。

他脸色很难看。

"殷掌事。"他伸手掐住她的腰侧，"身为奴才，没有你这样冒犯主子的。就算有母亲在后头撑腰，你也只是个奴才。"

"回公子的话，奴婢知道。"她头也不回地敷衍道。

"你知道？"他咬牙，手上力道加重，"你分明是有恃无恐。"

殷花月已经没心思与他说这些了，心里盘算的全是待会儿该怎么圆场，眼下赶过去，许是要迟上几炷香的时间，但只要找到合适的理由，那……

"你是不是觉得，还赶得上？"身后的人突然问了一句。

殷花月浅笑："公子不必担心，奴婢自有办法。"

只要天还没塌，任何事情都能有转圜的余地，她有这个自信。

"只可惜。"掐着她腰的手指一根根松开，李景允的声音带着点儿热气从耳后传来。

"这一回，你许是没有办法了。"

这是何意？

殷花月一愣，还未来得及问，马蹄突然踩进泥坑，溅起泥水，颠簸之中，她突然觉得身后一空。

有什么东西飞快地往后落，带着风，吹得她脊背一片冰凉。

殷花月是整个大统领府里最忙碌的奴婢，天不亮便要起来打扫主院、准备膳食、伺候夫人。等天亮了，便要给大统领送汤品点心、训诫下人、处理杂事。日头西下之后也没什么空闲，要归整各家夫人小姐的喜好以备后用，要清点一日的账册以平收支。

这些事会耗去她全部的精力，每日至多不过两个时辰的好眠。

不过，殷花月觉得，再多十倍的杂事加在一起，也没有李景允难应付。

罗帷低垂，大夫收拾好了药箱退下，李景允靠在软枕上，墨发披在肩上，神情慵懒。

"怎么就没拉住呢?"他猫哭耗子似的叹息道。

殷花月跪在床边,仍旧朝他露出了温婉的笑意:"是奴婢的过失。"

"那你什么时候去领罚啊?总跪在这里,也怪碍眼的。"

殷花月朝他低头:"回公子的话,大统领有令,让奴婢先伺候公子用药。"

床边矮几上的药碗散发出浓重苦涩的气味,李景允斜了一眼,哼笑道:"你害我坠马,不先领罚,侍什么药?"

也真好意思说。

殷花月握紧了拳,面上笑得如初春之花,心里早把这人从头骂到了尾。

好歹是个公子爷,就为了不与韩家人见面,竟然自己跳马。若真摔断了腿也好,偏生毫发无伤地躺在床上装病,害得夫人担心了个半死。

"公子喝过药,奴婢便去领罚。"

李景允恹恹地推开她递来的药碗:"你端的药,我可喝不下。"

喝不下就别喝,痛死活该。

收回药碗,殷花月继续温顺地跪着,不声不响地拨弄汤匙。

"怎么,"李景允有些不耐烦,"你还想赖在我这院子里不走了?"

"回公子的话,"殷花月无辜地抬眼,"公子伤重,身边也没个近侍,大统领放心不下,特命奴婢前来伺候,直至与韩府顺利定亲。"

话音一落,不出所料,床上这位爷立马暴躁起来,红木手枕唰地飞过来。殷花月侧头一躲,耳边刮过去一阵风,接着就是"哐啷"一声重响。

"公子当心。"她笑,"大夫说了,公子今日受惊过度,需要静养。"

真让他静养,会把她这条庄氏的狗给派过来一直吠?李景允气得眼前发黑。

他不喜欢被人跟着,所以东院只有几个粗使奴才,没有贴身丫鬟小厮。父亲也是知道的,还让殷花月过来,那就摆明了是想监视他。

扫一眼殷花月手里的药碗,李景允伸手接了过来,仰头喝了一口,他苦得直皱眉。

"蜜饯呢?"

殷花月起身,从袖袋里掏出一包蜜饯,打开递给他。

竟随身带着这种东西?

李景允别开头,没好气地说道:"我要吃京安堂的梅花蜜饯,你现在出门去买。"

殷花月交叠好双手，笑眯眯地答道："大统领吩咐，奴婢不得离开公子身边半步，任何需要出府的杂事，都得交由院子里其他奴才代劳。"

"……"

低咒了几句，李景允起了身。

"公子要去何处？"殷花月笑着问道。

"如厕。"李景允往外走了两步，随后顿住脚步，难以置信地回头，"如厕你也要跟着？"

殷花月笑着朝他屈膝："奴婢在外头候着。"

李景允一甩袖子，大步走出房门，殷花月亦步亦趋，一直走到后堂门口才停下。

余光瞥了身后一眼，李景允轻哼，进了后堂便从旁边的院墙上跃了过去，无声无息地落在了外头的墙根边。

刚过午时，府里还在忙着收拾韩家人过府后的残局，外头这条小道无人，只要绕过厨院，便能从后门溜出去。

区区一个奴婢，就想把他困在府里？

没门儿。

李景允警觉地看了看左右，足尖点地，身轻如燕地避开了所有人。摸到后门的门环时，他松了口气，站直身子理了理衣襟。

到底是大统领府的公子，武功高强、计谋无双、无人能挡。

真是遗憾啊，殷掌事。

替她掬一把同情泪，李景允兴致勃勃地拉开了后门。

"公子。"

殷花月站在门外，将卷好的香帕举过头顶，恭敬地递给他："请用。"

"……"

"啪"的一声合上门，李景允转过身来揉了揉眼。

看错了吧？殷花月方才还在东院，怎么可能跑得比他还快？一定是他心虚看错了。

反复几遍说服自己定了神，李景允再将后门上的铜环轻轻一拉——

卷好的香帕从开着的门缝里递进来半截，殷花月的声音温柔地响起："韩家小姐喜茉莉，这香味也好闻，公子不妨试试。"

李景允半张脸都黑了，他拉开门，冷声道："本公子还喜杀人呢，你怎不让韩家小姐来试试？"

"韩家小姐说了，公子乃京华瑰宝，公子喜什么，她便喜什么。"殷花月笑着躬身，"若公子有意，奴婢便将韩家小姐请来，试试也无妨。"

李景允伸手抹了把脸。

他觉得这些女人都有病，不讲道理，死乞白赖嫁给他到底有何好处？他不愿意，对方进了门也是独守空闺，还不如在绣楼上逍遥自在。再说了，他尚未立业，为何要急着成家？

李景允刚往外走了半步，殷花月便跟着挡在他身前，端着一张温顺的脸，看得人来气。

李景允眯眼："你是不是觉得小爷拿你没法子？"

"奴婢不敢。"

她嘴上说的是不敢，身子却没让半寸。李景允气极反笑，也懒得出门了。他一把拽过她就往回走，穿过走廊，越过行礼的家奴，一脚踹开了掌事院的大门。

"不是说小爷喝了药，你便去领罚？"将她往院子里一扔，李景允冷笑，"领吧，爷看着。"

殷花月踉跄两步站好，笑着应道："是。"

掌事院的人愕然，皆不知发生了何事，主掌事荀嬷嬷上前询问道："公子怎么亲自过来了？"

李景允抬着下巴指了指殷花月，脸色阴沉。

荀嬷嬷了然，轻声道："殷花月今日连累了公子，大统领那边已有责令，公子只管养伤，其余的交给奴婢们便是。"

"那便交给你们。"李景允神色稍霁，拍了拍手，"打老实了再给我送回来。"

"是。"

殷花月没吭声，也没反抗，顺从地跪在荀嬷嬷面前，姿态温顺。

可是，李景允刚往外迈了一步，衣摆就被人拽住了。

衣料皱起，拽在上面的手指纤长柔软，看起来没什么力道，他想将衣摆扯回来，可一时竟拉扯不过。

"你松手。"他瞪她。

"奴婢领罚，心服口服。"殷花月没有回头，手上的力道也没有松，"请嬷嬷动手。"

李景允当真是给气乐了："你领你的罚，拉着小爷做什么？指望小爷替你接着？"

殷花月浅笑，侧身以背朝着苟嬷嬷，脸侧过来，黑白分明的杏眼望进他的眼里："受大统领之命，奴婢不会离开公子半步。"

拉扯一番无果，李景允咬牙："苟嬷嬷，这等犯上的奴婢，不打死还留着好看不成？"

苟嬷嬷赔笑，立马让人拿来短鞭行罚。

其实原是用不着短鞭的，殷掌事立功甚多，又得大统领和夫人庇护，公子坠马之事，大统领也未追责，至多是挨顿训。但公子亲自来了，殷掌事也没有退缩之意，苟嬷嬷无奈，只能硬着头皮上。

虽然殷掌事平日里严厉，但实际上她的身子骨很薄。一鞭子下去，苟嬷嬷都能察觉到她皮肉的骤然紧缩。

春衫本就薄，饶是下手再轻，也是噼啪作响。

殷花月跪得笔直，纹丝不动。

李景允本是想看笑话的，哪怕她露些狼狈，他也能觉得心里舒坦几分。

然而没有，直到鞭声停下，殷花月除了脸色有些发白，就连眉头也没皱一下。

李景允恼得很，一把拽回自己的衣摆，抬步就往外走。

殷花月想也不想地拦住他："时辰不早了，还请公子回东院用膳。"

送她来挨打，是想把她打老实了，以便自己好开溜。然而，她挨完打后竟还跟没事人一样，照旧交叠着双手站得笔直，同他说这些令人厌烦的话。

李景允闭了闭眼，咬牙切齿地往外走去。

他一转身，身后这人的肩膀便垮了下来，殷花月伸手探了探后背，指尖微微瑟缩。

苟嬷嬷瞧见，连忙想上来扶她，可苟嬷嬷的手刚伸出去，面前这人就挺直了背脊，像什么事也没发生一样，追着公子出去了。

李景允走得飞快，半步不歇，可身后那碎步声如影随形，怎么也甩不掉。他越走越急，到最后几乎是用轻功跃进了东院大门。

身后那个声音没有了。

李景允一喜，回头看了看空荡荡的小道，舒心一笑。他就说嘛，哪有人挨了打还能行动自如的，又不是怪物。

"公子。"

殷花月从东院里出来，将卷好的香帕递给他："请用。"

"……"

殷花月真的是个怪物。

李景允觉得很头疼，他看着苟嬷嬷下的鞭子，没省力，殷花月的背也的确肿得跟个单峰骆驼似的，看起来不轻松。

可就算如此，殷花月还是站在他跟前，交叠着双手，带着那虚伪至极的笑容朝他行礼："公子。"

"公子，请用膳。"

"公子，前面在修墙，这条路出不了府。"

"公子翻墙辛苦，请用香帕。"

"公子，这上头熏的是茉莉花香。"

"公子……"

他现在一听见"公子"这两个字就想吐。

要是以前，闻说要去同惹人讨厌的小姐上香，李景允肯定二话不说连夜溜出府，等麻烦事过了再回来。

可是眼下，在第六次被堵回来之后，他只能黑着脸站在内室，任由殷花月摆布。

殷花月熟稔地替他系好扣带，刚打了个漂亮的结，就被他烦躁地挥开。

"这穿的是什么东西？"

"回公子，"殷花月浅笑，"这是新制的蓝鲤雪锦袍，颜色浅，适宜外头春光，剪裁、料子也是一等一好，京华贵人们最近正推崇呢。"

"难看。"

温柔地替他抚平褶皱，殷花月满眼欣赏："是夫人亲自挑的，奴婢私以为，好看极了。"

与之前的虚伪假笑不同，说这句话的时候，面前的殷花月眼里有光，像晴日下激滟的湖心，波光流转，愉悦欢喜。她脸上嫣红，耳根也微微泛赤，若除去这一身老土的掌事灰鼠袍不瞧，顾盼之间，便是个桃花相映处的怀春少女。

李景允一怔，莫名其妙地低头看了看自己。

真有这么好看？

打也打过，骂也骂过，眼下殷花月骤然对他露出这种神情，李景允觉得浑身不自在，别开头冷声道："手脚麻利些。"

"是。"

替他梳好发髻，殷花月看了看铜镜。

镜子里的人剑眉星目，当真是一副好皮囊，这模样往那儿一站，任他有多目中无人，韩家小姐想必也能容忍。

"这又是什么东西？"李景允嫌弃地抓住她的手腕，"爷是要去上香还是游街示众？"

殷花月拿着一块鸳鸯佩，笑道："这是夫人挑的挂饰，昨儿宝来阁送来了二十几样，夫人独看好这一款，说精巧，也稀罕。"

李景允不能理解一对禽鸟到底有什么稀罕的。

"不戴。"

"公子，今日去见韩家小姐，这东西是要送出去的，您戴着过去再取下，也显得有诚意些。"

李景允额角青筋暴起，他缓缓转过头来，目光似刀刃一样锋利："殷掌事是不是有什么误会？"

他答应去见人，已经是让了一万步，竟还想安排他去送这没意思的玩意儿，真以为他好说话？

殷花月挣不开他，便换了只手拿过玉佩，柔声劝道："既然都要去了，公子又何必在意这点儿小事？"

食指钩过他的腰带，将丝绳往里一带，再用拇指一扯，往鸳鸯佩上一套。

殷花月满意地看了看，赞道："公子原就是人中龙凤，通身的侠气盈天，再戴上这么一块玉佩，便是刚柔并济，再没有更好的了。"

李景允："……"

殷花月虽然人真的很讨厌，看着就烦，可有时候说话还挺中听。

李景允冷哼一声，拂袖往外走，身后的"单峰骆驼"亦步亦趋。

未时一刻，西城门外。

与韩家人说好在这里碰面，可等了许久，路上也没看见马车的影子。

李景允已经把不耐烦写在了脸上。

殷花月温和地笑着放下车帘："韩家小姐有京华闺阁里人人称赞的好相貌，又贤惠，多等她些时候也无妨。"

但这一等就是半个时辰。

外头鸟语花香，车厢里一片死寂。

李景允目光阴沉地扫过去，原以为殷花月会继续赔笑说好话，不承想她的脸色比他还难看。

"迟上一两炷香的工夫也罢，算是小女儿撒娇。"她冷声道，"但迟这么久，便是不曾将夫人放在眼里了。"

李景允有点儿纳闷，在这儿白等半个时辰的人是他，怎不见她替他喊半声冤，倒气人家怠慢夫人？

果然是庄氏身边最忠诚的一条狗。

殷花月一生气，李景允反而觉得心情好了，他伸手垫着后脑勺靠在车厢壁上，哼声道："看来韩家小姐也不想进大统领府的门啊。"

殷花月看他一眼，心道以韩家小姐对他那迷恋的模样，日夜想的都是怎么进大统领府的门才是。

除非出了什么意外，否则她不可能不来。

殷花月心里没来由地一紧，她掀开车帘吩咐车夫："往韩府的方向走。"

"是。"车夫应了一声。

李景允不乐意了："人家不来，你还上赶着去接？"

"公子，奴婢担心韩家小姐出了什么事。"殷花月无奈道。

"京华天子脚下，会出什么事？"李景允嗤笑，"不过就是不满家里安排，找借口不赴约，这路数小爷熟着呢。"

你以为人人都跟你一样是个孽障？殷花月面上微笑，心里恼怒不已。

一出生就被人捧在手心的天之骄子，做事但凭心情，压根不分对错，连半分人性也没有。

将来是要遭报应的。

车厢里安静了下来，李景允把玩着腰间挂饰，余光漫不经心地瞥向旁边这人。

殷花月侧身对着他，嘴角僵硬地扬着，眼里却没什么笑意，整个人看起来清清冷冷，像霜降时节清晨起的雾。

奴才们多是卑微怯弱、战战兢兢的，可她不同，她的卑躬屈膝十分虚伪，就如同她现在脸上挂着的假笑，怎么看怎么让人觉得不顺眼。

她不再开口，他亦懒得说话，马车摇摇晃晃地继续往前走。

城门附近惯是热闹，可往韩府的方向走，越走人越少。车轮滚过青石桥，桥口骤然出现一辆马车。

车檐上挂着韩府的灯笼，可马不见了影子，也没瞧见车夫，只剩车厢向前倾斜着停靠在桥边。

殷花月在心里暗道了一声"糟糕"，她叫停了车，连忙跑过去看。

车轮上有刀剑划痕，灯笼破了一盏，显然是经历过打斗，车厢里没人，倒是散落了不少杂物，发簪上的珠子、皱成一团的手帕，还有一簇黑棕色的绒毛。

拈起那古怪的绒毛，殷花月还没来得及细看，就听见身后的孽障催促。

"看完了没？"李景允坐在车辕上打个哈欠，"滚回来，回府了。"

殷花月转过身，嘴里似乎骂了一句。

李景允新奇地挑眉："你说什么？"

远处那人理了理衣裙，似乎很快平静了下来，回到他跟前，双手交叠，微微屈膝："回公子，奴婢是说，韩家小姐出事了，咱们应该给韩府送个信。"

"她出事是我害的？"

"回公子，不是。"

"那不就得了。"李景允哼笑，"爽约已经让小爷很不高兴了，爷还得去替她跑腿？"

殷花月缓缓抬头，眼神逐渐充满怀疑。

李景允翻了个白眼："别瞎猜，小爷还不至于下作到对女人动手。"

"公子也说了，京华天子脚下，怎么会出事。"殷花月左右看看，"这里虽少人烟，但也不是无人途经之地，马车搁置许久，也不见有官差来，公子就不觉得奇怪？"

"奇怪，很奇怪。"李景允附和地点头，"可这跟我有什么关系？"

"……"

"你一个当奴婢的，听主人话便是，哪儿来那么多的心好操？"李景允伸手将她拽上马车，懒洋洋地吩咐车夫，"回府。"

车帘缓缓落下之前，李景允看似不经意地往外扫了一眼。

孤零零的灯笼被沙土一卷，破碎的纸窸窸窣窣呼啦作响。倾斜着的车厢上有凌乱的刀痕。

他收回了目光。

殷花月跟跄着在车内跪坐下，欲骂又止，最后还是温和地说道："韩家小姐仰慕公子已久，就算为这份情分，公子也不该如此冷漠。"

"哦？"李景允倚在软枕上，连眼皮都懒得抬，"你哪只眼睛看出她仰慕我？"

"女儿家的心思显而易见，若是喜欢谁、仰慕谁，目光是断不会离开他的，韩家小姐在公子面前，眼神向来专注，隔老远也一定是望着公子的。但凡公子喜欢的东西，她都会上心，公子受伤一回，她能急得在大堂里绕上好几圈。"殷花月心平气和地给他解释，"这便是仰慕公子。"

李景允不以为然："她仰慕我，我便得顾及她？但凡是个聪明人，被拒绝一回就该知晓分寸，死缠烂打自然换不得人青睐，这还用想？"

"……"

殷花月气笑了，她知道这小浑蛋没心没肺，可不承想会冷漠至此，虽说两家婚事未定，可外头也是早有风声的，如今韩家小姐生死未卜，他竟能半点儿情分也不念。

李景允不悦地眯起眼睛："你这是在怪我？"

"回公子，奴婢不敢。"

"那就别等了，启程回府。"

殷花月忍下一口气，温顺地低头，掀开车帘吩咐车夫打道回府。

韩家小姐出了事，对大统领府没有半点儿好处，甚至极有可能令大统领府蒙羞，李景允薄情寡义，大统领府却不能置身事外。

可是，韩家怎么也算是大户，与不少朝廷官员都有往来，有谁敢在京华对韩家小姐下手，还这么悄无声息？

殷花月百思不得其解，忍不住又朝李景允看去。

李景允黑了脸。

他就没见过这么胆大放肆的奴才，把他当什么了？他要真想做点儿什么，包管连车厢都不会剩下。

真想再把这奴才送去掌事院打一顿，让"单峰骆驼"变"双峰骆驼"。

"公子，到了。"

马车在大统领府东门口停下，殷花月突然殷勤地替李景允搬来踩脚凳，又扶着他进门。

李景允嫌弃地挥开她的手："爷认识路。"

"公子有所不知，最近府内多处修葺，杂物甚多，还是随奴婢走更为妥当。"她替他引路，姿态恭敬。

想想昨日翻墙都屡遭不顺，李景允觉得也有道理，便跟着她七拐八绕地往府里走。

结果走着走着就跨进了他最不喜欢的地方。

"夫人，今日路上出事，公子怕夫人担心，特来给夫人请安了。"一跨过门槛，殷花月欢喜的声音就传遍了整个主院。

李景允步子一僵，转身就要走。

殷花月一把拽住他，力气突然比之前大了好几倍，任凭他双脚不动，都被她在地上拽出两道蜿蜒的长印。

"……"

李景允觉得，殷花月此人一日不除，他一日难消心头之恨。

在面对殷花月的时候，李景允显得可恶又诡计多端，让人恨不得把他扔出京华。

可每回坐在庄氏面前，他总是沉默寡言，浑身上下都透着疏离。

这个时候殷花月会庆幸庄氏眼睛不好，甭管李景允露出多么讨打的神情，她也能温柔地对庄氏道："今日花开得好，公子一回府就说来看看您。"

庄氏意外又感动，拉着她的衣袖小声道："快先给他上茶。"

殷花月应"是"，从茶壶里随意倒了茶给李景允送去，然后清洗杯盏，滤水入壶，给庄氏端了上好的铁观音。

李景允："……"

他觉得殷花月可能是不想活了。

庄氏笑眯眯地摩挲着手里的茶杯，眼里只隐约看见太师椅上坐着的人影，她张了张唇瓣又缓缓合上，犹豫许久，才轻声问道："你身子可好些了？"

"回母亲，甚好。"

"那……练兵场那边还好吗？"

"回母亲，甚好。"

"你院子里那几棵树，花开得好吗？"

"回母亲，甚好。"

再无别的话可说了，庄氏局促地捏紧了裙摆。

她很想同景允亲近，也很想听自己的儿子同自己撒撒娇，哪怕是抱怨什么也好，说说每日遇见了什么烦心事，或者说说有什么值得庆贺的喜事。

可是没有，景允从来没有半句话想与她多说。

庄氏叹了口气，兀自笑着，摸了摸自己的眼睛。

"夫人。"殷花月含笑的声音突然在旁边响起，"咱们回来的路上呀，路过了宝来阁，奴婢本是急着回来报信的，谁晓得公子突然看上了支玉兰簪，非让奴婢买回来给您看看。"

"您看，喜不喜欢？"

沁凉的玉石，入手光滑，庄氏摸了摸轮廓，眼眸微亮："景允买的？"

"是呀。"看一眼满脸僵硬的李景允，殷花月贴近庄氏耳边，轻声道，"咱们公子打小就是个嘴硬的，面儿上断说不出什么好话，可他一直记得您喜欢什么。"

庄氏眼眶微红，摩挲了好几遍簪子，颤着手往发髻上插。殷花月接过簪子来替她戴好，赞叹道："夫人天生丽质，本就戴什么都好看，偏生公子爷眼光独到，这玉兰簪与夫人相映成色，端得桃羞李让、风华无双。"

李景允一副被噎住的表情。

他张口想说她胡诌，可唇刚动一下，殷花月就扫了他一眼。

眼神冰冷，带着警告。

李景允不明白，区区一个奴才，为什么敢瞪主子？可他一时也没反应过来，就看着这人将庄氏哄得高兴了，然后过来引着他往外走。

"你什么时候买的发簪？"他茫然地问。

"回公子，前些时候一直备着的。"

"那为什么要说是我买的？"

"回公子，任何东西，只要是您买的，夫人都会喜欢。"

了然地点了点头，李景允终于回过神，一把掐住她的肩，阴森森地说道："当奴才的，什么时候能替主子做主了？"

殷花月双手交叠放在腹前，任由他抓着自己，笑得温顺极了："公子教训得是。"

"别摆出这副样子给爷看，没用。"李景允冷笑，"在里头瞪爷瞪得挺欢啊，离了主子就夹起尾巴了？"

"公子教训得是。"

"你是不是觉得有人撑腰，所以不把爷放眼里？殷花月，你到了我院子里，就是我的人，我可以寻着由头一天将你扔进掌事院三回。"

殷花月恍然，然后点头："公子教训得是。"

额角青筋暴起，李景允怒不可遏："别拿这场面话来敷衍，听着就让人来气。"

殷花月脸上的笑意淡些，她抬眼打量他："亲母子尚可说敷衍的场面话，主仆尔尔，为何说不得？"

还教训起他来了？李景允咬牙，捏着她的下巴凑近她："你既然这么护着夫人，那滚回主院不好？"

如果可以，她也很想回主院。

殷花月垂眸，不甘地往身后看了一眼，不过只一眼，她便冷静了下来。

"公子车马劳顿，还是先回东院更衣洗漱。"

李景允觉得很烦，面前这人就像一团棉花，任凭他使多大的力气都不能把她击垮，倒是她，几句软绵绵的话，便听得他火冒三丈。

得想个办法治治她。

得了空，李景允去主院拎了个奴才，纳闷地问："你可还记得殷掌事是什么时候进大统领府的？"

小奴才想了想，回道："有三年了，三年前宫里遣送出来一批奴仆，府上收了十个，殷掌事就在其中。"

竟在宫里当过差。

李景允撇嘴，又问："那她平日里可有什么偏好？"

小奴才费劲地挠了挠头："要说偏好，殷掌事当真没有，她每天就是干活儿，忙里忙外。不过每个月发了月钱，她倒是会去一趟宝来阁。"

宝来阁是京华有名的首饰铺子，她月钱全花在那里了？李景允纳闷，平日也没见她头上有什么好首饰。

想起那日殷花月凭空摸出来的玉兰簪子，李景允顿了一下，突然灵光大现。

殷花月从后院打了水回来，就见李景允站在走廊边等她。

"公子有何吩咐？"她戒备地提着水桶。

李景允伸了个懒腰，十分自然地说道："爷今晚与人有约。"

"回公子的话，大统领有令……"

"你要是装作没看见，明日爷便买那宝来阁的首饰，亲自给主院送去。"

闻言，殷花月瞳孔骤缩，抬头愣怔。

他，给夫人，主动送首饰？

她来府里这么久，李景允回回都几乎是被硬绑着进主院的，轻易不肯与夫人示好，要不是一直有她哄着，夫人早被他气死了。

可是眼下，她听见了什么？

面前这人略微侧头，眼眸微眯，显得有些不耐烦。察觉到她的目光，他脑袋没动，眸子微微转回来，睨着她轻笑："大统领的命令和让夫人开心，哪个重要？"

殷花月的表情一瞬间变得很精彩。

她是个听话的奴才，大统领作为府里的大主子，他的命令，她是一定要遵从的。就算拿夫人来与她说道，她作为掌事，也万不可能徇私。

风从走廊卷过，檐下风铃轻响，叮咚不休，衬得四周格外寂静。

半晌之后，殷花月略微沙哑的声音在走廊间响起。

"公子要去多久？"

不知为何，李景允倏地就笑了出来，笑一声还不够，他撑着旁边朱红的石柱笑得双肩颤抖，直把殷花月笑得脸色发绿。

殷花月想把手里的水桶扣到他头上，但也只能在心里想想，再借她一百个胆子她也不敢。

耐心地等这位爷笑够了，她屈膝又问了一遍："公子要去多久？"

"一个时辰。"李景允抹了把笑出来的泪花，朝她伸出食指，"一个时辰爷就回来，保证不会让人发现。"

殷花月想了片刻，道："簪子夫人有了，劳烦公子带把发梳回来，要玉兰花样式的。"

顿了一下，她又补充："若有步摇，那更好。"

李景允是当真没想到还能从这里打开门路，之前还誓死不违抗大统领命令的人，眼下正一本正经地给他"放水"。

"酉时末从西小门出去，务必在亥时之前回来。"

"西小门养了犬，回来之前劳烦公子先朝院墙扔块石头，奴婢好接应。"

"公子，可听明白了？"

许是他眼神太挪揄，殷花月终于是恼了，她抿着唇，语调也冷淡了下去："若是被人发现，奴婢会立马带人擒拿公子。"

"真是冷血无情。"

李景允感到无奈，又觉得好笑。

殷花月像一把没感情的刀，锋利冰冷惯了，能处处给人添堵。可骤然露出点儿软肋来，又像变回了活生生的人。

有那么一瞬间，他想伸手去碰碰她那高昂的白皙脖颈。

但这动作说不定会被她泼一脸水。

李景允摇头，遗憾地收回了手。

酉时末。

一辆马车在大统领府西小门前停顿了片刻，之后便往官道上驶去。

秦生坐在车厢里，一边打量车外，一边回头看旁边坐着的人。

李景允生了一副极为俊朗的皮相，若不笑也不动，便是从画里走出来的名士谪仙。

但是眼下……

公子爷笑得可太欢了，马车走了一路，他便笑了一路，墨眸泛光，嘴角高扬。

"公子。"秦生看不下去了，"府上有何喜事？"

李景允斜他一眼："爷被关得要发霉了，能有什么喜事。"

"那您这是乐什么呢。"

李景允抹了一把自己的脸，莫名其妙地说道："谁乐了？爷正烦着呢，只能出来一个时辰，待会儿就要赶回去。"

他唇边弧度平整，眼神正气凛然，端端如巍峨之松，丝毫不见笑意。

秦生左看右看，艰难地说服了自己方才是眼花了，然后问："大统领最近忙于兵器库之事，还有空亲自看着您？"

"倒不是他。"李景允撇嘴，"院子里拴了条狗，比我爹可厉害多了。"

那只狗牙尖爪利鼻子灵，差点儿耽误了他的大事。

可是，方才她好像气得脸都绿了。

想起殷花月当时的表情，李景允一个没忍住，"扑哧"笑出了声。

秦生看着他纳闷不已。

殷花月绿着脸在东院守着。

她知道李景允是个离经叛道的性子，非要出门，定是不会去做什么好事的，可他难得肯主动去见夫人，她为虎作伥一次，似乎也值得。

处理好东院杂事，殷花月踩上了去主院的走廊，迎面过来一个低着头的奴婢。

两人擦肩而过之时，殷花月听见她轻声说："那位今日出宫了。"

殷花月脚步顿了一下，随后沉下了脸。

"去了何处？"

"人手不够，跟不上，只收到了风声。"

殷花月叹了一口气，继续往前走。

"掌事？"小丫鬟想叫住她，可回头看去，那抹瘦弱的影子已经走到了走廊尽头。

风吹竹动，庭院里一片清冷。

出了走廊，殷花月又变回了体贴周到的奴才样子，将刚出炉的药汤恭敬地送到大统领书房。

李守天正在忙碌，抽空看她一眼，问："景允可有出什么岔子？"

"回大统领，一切安好，公子在院子里休养。"

"那便好。"李守天放下笔，靠在椅子上叹了一口气，"最近京华事多，他若能少添乱，便是给老夫增寿。"

殷花月觉得有点儿心虚，朝大统领行了礼，匆忙退出来看了看天色。

天际渐渐染墨，府里的灯也一盏一盏地亮了起来。

亥时一刻。

已经过了约定的时辰，西小门处连个人影都没看见。

殷花月脸色不太好看。

她就知道不能相信李景允那张骗人的嘴，真是老马失前蹄，老渔夫阴沟里翻船，都吃了那么多回亏了，她怎么还能上当呢？

殷花月咬牙切齿地掰下一块馒头，喂给门边坐着的旺福，阴森森地说道："等会儿见着人，甭管三七二十一，先咬他一块肉下来！"

旺福是全府最凶恶的看门狗，好几次刺客翻墙越院，都是被它逮住的。它平日与府里奴仆不太亲近，唯独肯吃殷花月喂的东西，所以殷花月一吩咐，它立马"汪"了一声，耳朵一立，尾巴直摇。

看这亮晶晶的小眼睛，殷花月忍不住抱起它两只前爪："狗都尚且通人性，有的人倒是不做好事，他要是有你一半听话，我都能长寿两年。"

话音未落，墙外突然扔进来一块石头。

殷花月反应极快，起身便后退了两步，石头"啪"的一声落在她面前，骨碌碌地滚开了。

她拍拍胸膛松了口气，漫不经心地抬眼，却突然瞳孔一缩。

今晚的月亮又大又圆，在墙头上看起来像皮影戏的幕布，旁侧生出来的树枝将幕布割些裂缝，有人突然撑着墙头跃了过来。

一身蓝鲤雪锦袍被风吹得猎猎作响，上头锦鲤栩栩如生，袖袍翻飞，墨发飞扬，李景允低眼看着她，似嘲似恼。

殷花月一愣，刚想让开，结果这人几乎是想也不想地径直扑到了她的身上。

"……"

要不是早有准备，她得断两根骨头。

咬牙将他接了个满怀，殷花月深吸一口气，勉强露出笑容："公子。"

宽大的袖袍从她肩的两侧垂下，李景允将下巴缓缓搁在她的肩上，轻轻吐了口气："你对爷，意见不小啊。"

"公子说笑。"殷花月勉强找补，"奴婢能伺候公子，是修来的福分，哪里敢有忤逆。"

李景允哼了一声，伸手碰了碰她发烫的耳垂："撒谎。"

殷花月腹诽，没敢吭声。

旁边的旺福被这突然冒出来的人吓得浑身毛发倒竖，龇着牙正打算咬人，结果就见面前两人抱成一团。

旺福傻在了原地，喉咙里滚出一声疑惑的"嗷呜"。

一把匕首唰地就横到了它跟前，月光下，刀刃寒气凛凛。李景允侧过头来看着它，舔着嘴唇道："爷正好饿了，这儿还有肉吃？"

旺福："……"

露出的尖牙乖乖地收了回去，旺福坐在角落里，不吭声了。

李景允失笑："这色厉内荏的，你亲戚啊？"

"……"

殷花月想把他也掰成块喂"亲戚"。

"劳烦公子站好。"她推了推他，"时辰不早了，该回东院了。"

李景允"嗯"了一声，鼻音浓重："爷走不动路。"

温热的气息喷洒在她耳边，有些痒，殷花月别开头："公子，按照约定，若是被人发现，奴婢会第一个带人擒拿公子。"

他撇嘴："你可真无情。"

她懒得再与他贫嘴，强硬地将他的手从自己肩上拿下，想让他自己回东院。

然而，一捏他的袖口，有什么黏稠的东西倏地就染了她满手。

殷花月一怔，低头想借月光看看是什么，结果还不等看清，远处就有人怒斥一声："什么人在那边！"

几支火把瞬间往西小门这边靠拢过来，火光晃得人眼疼，已经窝在墙角的旺福重新蹿了出来，对着李景允一顿狂吠。

李景允："……"

这只见风使舵的狗，果然是殷花月的亲戚。

什么叫"屋漏偏逢连夜雨"，什么叫"人背时喝凉水都塞牙"，李景允靠着院墙叹了一口气，心想今日真是天要亡他，原本还能跑，但一瞥面前站着的是谁，他连挪挪脚的欲望都没有了。

按照约定，若是被人发现，奴婢会第一个带人擒拿公子。

一语成谶。

李景允撇了撇嘴，伸出双手，朝殷花月递过去。

火光围绕之中，殷花月有点儿走神，不过只片刻，她就转身迎上了过来的护院。

"殷掌事？"护院一看是她，都停下了步子，"这么晚了，您怎么在这儿？"

"公子半夜睡不着，我陪他出来散散步。"殷花月瞥一眼旺福道，"它本来还没起戒心，你们这火把一照，倒是让它把公子爷当坏人了。"

"……"

李景允愕然地抬头。

面前这人背脊挺得很直，从后头看过去，正好能看见她发红的耳垂。

"这……可需要小的们送公子爷回去？"

"不必，你们且继续巡逻，我这便引公子回东院。"

"是。"

护院们一步三回头地散开了去，殷花月转身，朝那靠在阴影里的人伸手。

她的手指修长柔软，月色下看起来格外温柔。

李景允瞳孔里满是不可置信。

"你不是要带人抓我？"

殷花月微笑："公子，掉在桌上的排骨，但凡还能夹起来，是不会被扔去地上的。"

"你敢说爷是排骨？"

"嗷呜？"旺福歪着脑袋，分外不解地看着面前这人，寻思着他怎么看也不像漂亮好吃的排骨啊。

殷花月拍拍它的脑袋，然后越过它，一把抓住李景允的胳膊，搭在了自己的肩上。

"你干什么？"

殷花月搀着他，将他大半个身子都压在自己身上："奴婢引您回院子去。"

李景允心里有些异样，他不情不愿地跟着她走，嘴里含糊地说道："殷掌事吃错什么药了。

"想让小爷承个人情？

"想要便直说，爷又不是小气的人。

"走这么慢做什么？爷的腿又不是废了，磨磨蹭蹭的等天亮呢？"

殷花月一句话也没回。

等回到东院，关上主屋的门，殷花月去柜子里找了药箱，抱着跪坐在了他的床边。

李景允的脸色瞬间变得很精彩，五颜六色，姹紫嫣红。

"什么时候发现的？"

殷花月低着头搅药粉："在院墙边的时候。"

他有点儿恼："那你路上一声不吭，等着看我笑话？"

殷花月抿唇，伸手去掀他的袖口，可刚一碰着，面前这人就收回了手，死死捂着。

她抬眼："公子不必害羞。"

"害羞……我有什么好害羞的。"

说是这么说，俊朗的脸上却分明写着恼羞成怒。

殷花月懒得与他赌气，径直拉过他的手，替他将袖口一点点卷上去，温声道："伺候公子是奴婢分内之事，公子不必介怀。男儿在外闯荡受伤也是常事，没什么好遮掩的。"

话音刚落，殷花月就看见了他手臂上的伤口，是刀伤，割了好深一道，皮肉都翻卷了。

她心里微微一跳，看了他一眼。

富贵人家的公子，身上哪会有这种伤，而面前这位似乎习以为常，一点儿也不惊讶，只瞪着她，像只受伤的猛兽，磨着牙考虑吃了她补补身子。

殷花月不动声色地卷好衣袖，拿了药来给他涂在伤口上。

李景允不耐烦地说道："涂药就涂药，你吹什么气，爷又不是怕疼的三岁小孩儿。"

话是这么说，但浑身乍起的毛终归是一点点顺了下去。他没好气地靠在软枕上，眼角余光一瞥，就看见殷花月那因为低着头而露出来的后颈。

这人生得白，哪怕烛火给她照成浅橙色，瞧着也觉得没什么暖意。

他用没受伤的那只手碰了碰睡帐钩上的玉坠，白玉触手冰凉，李景允侧眼，鬼使神差地朝她后颈伸了手去。

竟然是热的？

温热的触感从他指尖传至心口，李景允顿了一下，像是没反应过来一样，墨色的瞳子里染上一层薄雾，眼睫也微微一颤。

这感觉太奇怪了，他甚至没想明白是怎么回事，就看见殷花月的脸已经近在咫尺。

殷花月捏着药瓶，眼神冷冽地看着他。

李景允觉得背脊莫名一凉。

他不着痕迹地松开手，将头一侧，顿了一下，微恼道："还没包扎好？"

"这伤是刀割的，里头虽没什么残物，但是皮翻得厉害，随意包上定不能行，明日准要起高热。"殷花月拿了针在烛火上烧红，"公子还得忍一忍。"

李景允瞪大了眼："你想干什么？"

"缝上两针便好。"殷花月熟练地穿了线，"公子是顶天立地的男子汉，刀剑之伤都受得，还能怕这点儿小东西？"

"爷怕的不是针，是你。"他皱眉，"你又不是大夫，妄自动手，万一行错，爷还得把命给你搭上？"

殷花月摇头："奴婢熟谙此道，请公子放心。"

话音落下，也不等他继续挣扎，她转过身就用手臂夹住他半只胳膊，将伤口暴露在烛火下，麻利地落了针。

李景允倒吸一口凉气，又气又痛，想喊叫吧，男子汉大丈夫，怪丢人的。可要忍吧，又实在是痛得厉害。

殷花月背对着他，是打定主意不会理睬他的挣扎了。李景允闷哼一声，张口露出獠牙，狠狠地咬在了她的肩膀上。

殷花月身子一僵，无声地骂了两句，可只一瞬，她就恢复了动作，继续缝合。

鼻息间充盈着这人身上的香气，李景允咬着咬着就松了力道，不自在地抬头看看，身前这人正专心致志地盯着他的伤口，眉心微皱，眼瞳缩紧。

这人的瞳仁竟然是琥珀色的，映着灯光看上去，像极了琥珀。

伸手又想去碰，李景允这次及时回神了，瞪了自己的手一眼，心想这是什么毛病，怎么老想去碰人家。

要是碰个倾国倾城的美人儿也就罢了，可身前这个分明是只牙尖嘴利的狗。

"公子今晚去了何处？""狗"开口说了人话。

李景允撇嘴："你一个下人，懂不懂'知道得越少活得越久'的道理？"

"公子今日出府，是奴婢的过失，带伤而归，也有奴婢的责任，奴婢应当询问。"

"那你怎么不直接把我交出去？"

"奴婢怕夫人担心。"

果然。

李景允觉得好笑："你现在是我院子里的丫鬟，只要爷乐意，将你一直留在这东院里也可以，你也该学着将爷当成你的主子。"

殷花月翻了个白眼。

李景允微微一噎，气极反笑地捏住她的下颌："你当爷瞎了？"

"公子小心手。"殷花月微笑，"奴婢方才是眼睛疼，并没有藐视公子之意。"

不仅当他瞎，还当他傻。

抽回包扎好的手臂，李景允磨牙："你可以出去了。"

慢条斯理地收拾好床边的瓶瓶罐罐，殷花月抬眼问："公子买的东西呢？"

李景允微微一愣，气焰顿消，十分心虚地别开了头。

殷花月盯着他看了片刻，脸色骤沉："公子食言？"

"这事说来话长，也非我之过。"他含糊地说道，"回来的路上出了点儿事，没来得及去宝来阁。"

"公子出去的时候应允了奴婢。"

"我也正要去买，不承想……"李景允撇嘴，"要不明日你再让我出去一趟。"

"……"

殷花月假笑着指了指雕花大门，然后笃定地摇了摇头。

没门。

出去一次还不够，还想出去第二次？当她是什么？大统领府的出府腰牌吗？

"公子好生休息。"她起身行礼，"奴婢就在门外候着。"

"哎……"他还待说什么，殷花月已经飞快地关上了门。

"砰"的一声响，带着些火气。

李景允是真想把她拉回来打一顿啊，哪有下人给主子甩脸子的？就算……就算是他有错在先，也没她这么嚣张的奴才。

不就是个破首饰，什么时候买不可以？

气恼地躺下，李景允嫌弃地看了看手臂上扎着的蝴蝶结，沉默半晌，最终还是决定明日找人去一趟宝来阁，让那龇牙咧嘴的小丫鬟消消气。

结果不等他动作，殷花月先动作了。

东院皆知这位公子爷有严重的起床气，无论是谁去唤他，都得挨砸，殷花月反应一向敏锐，回回都能躲过他扔来的手枕和挂件。

可今日一大早，殷花月没躲。

她拿了李景允最爱的《八骏图》，快准狠地将红木手枕给接了下来。

转身一周半，满分；落地姿势，满分；笑容真诚，满分。

只是《八骏图》破了个洞。

李景允终于睡醒，睁眼一看，差点儿被气昏过去。

"你做什么！"

殷花月万分怜惜地摸着《八骏图》，闻声就眼含责备地望向他："公子在做什么？"

"我？"

"这图可是唐大师的手笔，大统领花了好些功夫替您买回来的，全京华就这么一幅，论工笔、论装裱，都是宝贝中的宝贝，您怎么舍得砸了的？"

"我……"

李景允很纳闷："我砸的？"

殷花月看向身后站着的几个粗使奴才，目击证人们纷纷点头："是公子砸的。"

"公子早起再不悦，也不能往画上砸啊，怪可惜的。"

李景允迷茫了片刻，表情逐渐狰狞："你伺机报复我？"

"公子。"殷花月满眼的不可置信，"您怎会有此种想法，奴婢一心伺候公子，自然事事以公子为重。这画若不是公子的宝贝，奴婢断不会如此在意。"

她的眼神实在太真诚，以至于李景允开始怀疑自己——难道真的想错了？

结果一转眼，他吃完她端来的早膳后，拉了半个时辰的肚子。

李景允给气乐了。

一山不容二虎，哪怕是一公和一母。

首饰不用买了，他同殷花月不死不休！

春日天朗气清，大统领府里百花盛开，东院里却是硝烟弥漫，气氛凝重。

殷花月有了更多的活儿要做，基本是朝着累死她的方向去的，可她又不傻，出了门该找帮手就找帮手，实在找不了，自个儿忍一忍也不能让这位爷看了笑话。

李景允亦不甘示弱，变着花样地折腾她，为了显得有格调，还特意让人寻来《魏梁酷刑大集》《前魏图圄》等"佳作"以供参考。

一向清冷安静的东院，不知怎么的就热闹了起来。

没几日就到了韩家小姐的生辰，据可靠消息称，韩家小姐已经归府，也给大统领府递了请帖。

李景允跷着二郎腿躺在庭院里，听完下人传话，吐掉嘴里的橘子籽，嗤笑："不去。"

秦生挠挠头："大统领府与韩家一向交好，按理说公子当去一下的。"

"爷没空。"

秦生纳闷了："也好久不见公子去练兵场，都这么些天了，伤也应该好了，公子在忙些什么？"

李景允侧头看向院子的某个角落，十分不悦地努了努嘴。

秦生顺着他的目光望过去，就看见了顶着一碗水在除草的殷掌事。

"这……她在做什么呢？"秦生不解，"练功？"

"殷掌事神功盖世，头上那一碗水，能整日都不洒半滴，还用练什么功？"

秦生满眼敬佩，然后好奇地问："要是洒了会如何？"

"也不会如何。"李景允嚼着橘子道，"就去掌事院领十下鞭子罢了。"

秦生："……"

李景允左看右看，分外不舒坦："你有没有什么法子能整整她？"

"公子，殷掌事一介女流，您同她计较什么。"

"一介什么？女流？"李景允把秦生的脑袋转向殷花月的方向，难以置信地说道，"你知道她是个什么样的怪物？刀枪不入，五毒不侵！"

"何至于……"

"不信是吧？"李景允拍拍他的肩，"你能想个法子让她滚出东院，爷把炼青坊新送来的宝刀赠你。"

秦生觉得李景允太幼稚，他堂堂男儿，怎么可能为一把刀就去对付女人？

秦生眼珠子一转，义正词严地说道："公子，属下有个好主意。"

第二章

油煎糖醋鱼

莫名消失的韩家小姐又回来了，韩府没有任何声张，只发了生辰请帖，邀大统领府过去用宴。

殷花月虽然很好奇那日到底发生了什么，但作为下人，她也不会多嘴，只替李景允更衣束发、准备贺礼。

这位公子爷难得乖顺，没出任何幺蛾子，老老实实地站在内室，任由她摆布。

殷花月有点儿不习惯。

"公子。"她轻声道，"大统领吩咐，贺礼由您亲自赠予韩家小姐。"

"嗯。"李景允点头，没挣扎，也没反抗。

殷花月觉得不对劲："公子没有别的看法？"

"我能有什么看法。"他张开双臂穿上她递来的外袍，合拢衣襟，斜眼道，"总归是要做的，推也推不掉。"

一夜之间竟能有如此长进？殷花月虽觉得稀奇，但也开心，他肯听话，那她就省事多了。

殷花月打开佩饰盒子找了找，不由得疑惑道："公子那日出府戴的鸳鸯佩怎么不见了？"

李景允跟着看了一眼，满不在意道："不见就不见了，也不是什么好东西，俗得很。"

那可是宝来阁的珍品白玉，请上好的工匠雕刻而成，在他嘴里还不是好东西了。殷花月感慨，真是朱门自有酒肉臭，取腰间明珠作狩。

殷花月换了个七竹环节佩给他戴上，她正要转身去收拾其他东西，手腕冷不防就被他抓住了。

"你今日要随爷一起出门，总不能丢了爷的脸面。"李景允抬眼打量她那空无一物的发髻，嫌弃地捏了个东西往她头上一戴。

殷花月一愣，顺手去摸，就碰着个冰凉的东西。

盘竹玉叶簪与他那七竹环节佩是相衬的一套，李景允嫌它女气，一直没戴过。

"哎，别摘，东西贵着呢，也就借你今日撑撑场面。"他拉住她的手，环顾四周，"回府记得还给我。"

他都这么说了，殷花月也就作罢，老实戴着。

庄氏平常不出门，大统领今日也推说朝中有事，因此去韩府的只有李景允一辆马车。但是韩家夫人与长公主关系密切，前来庆贺其爱女生辰的客人自然也不少，几个侧门都挤满了车马和仆人。

殷花月以为要等上片刻才能进门，没想到他们的车刚停下，就有一个小丫鬟跑来，将他们引到紧闭而且无人的东侧门。

"我家小姐说了，李家公子人中龙凤，断不能与鱼虾同流。这门呀，她来替公子开。"小丫鬟笑得甜，说的话也甜得能挤出蜜来。

殷花月忍不住感慨，这年头相貌是真的很重要啊，就算李景允脾气差、不理人，韩家小姐也愿意为他敞开一片芳心。

她下意识地瞥了旁边的人一眼。

李景允没看那个说话的小丫鬟，而是倚在车边看着她，神情专注。

见她看过来，他也不避讳，墨瞳里浅光流转，别有深意。

殷花月莫名打了个寒战。

东侧门应声而开。

"景允哥哥。"韩霜扑将出来，像只小蝴蝶一样，到他跟前堪堪停下，欢喜地行礼，"你可来了。"

殷花月只看了一眼就知道韩家小姐今日一定打扮了许久，唇妍眼媚，花钿缀眉，看着李景允的眼中，满是小女儿的欢喜。

再看李景允，人生得相当不错，鬓裁眉削，身量挺拔，若是站着不开口，倒也衬得上旁人赞他"犀渠玉剑良家子，白马金羁侠少年"。

可惜，不消片刻，这位爷就开口了。

"我来送礼。"

殷花月恨不得朝他后颈来一棍子。

哪有这么说话的，就算同人说今日是个好日子，在下特来庆贺也好啊，半个弯子也不绕，听着壮烈得很。

韩霜脸上笑容凝固，她感到了一丝委屈，但很快又挂上了笑容，拉着他的胳膊道："景允哥哥，里面请坐，小女特地准备了你爱吃的点心。"

李景允跟着她走了几步，然后又停下来，扭头望向身后："殷花月。"

"奴婢在。"

"你愣着干什么？早膳都没用，还想在外头饿着？"

殷花月感到非常惊讶，这位爷居然还会管她是否饿了，先前寻着由头饿了她好几顿的人是谁？

她应了一声"是"，碎步跟上去，想跟在李景允身后一起进门。

结果李景允端详了她片刻，然后突然皱起了眉头问："你身子不舒服？"

"回公子，没有。"

"那你的嘴唇怎么白成这样，昨晚没睡好？"

殷花月莫名其妙地看他一眼："回公子，奴婢睡得甚好。"

李景允上下打量了她一番，目光落在她头上的盘竹玉叶簪上，突然微笑了起来。

韩霜跟着看过去，眼神霎时一变。

殷花月的眼角微微抽搐了一下，然后向后退了半步。

"你躲什么？"李景允满眼不解，转头看看脸色发青的韩霜，恍然道，"韩家小姐不会连个下人也容不得吧？"

这话人怎么回答。今日是韩家小姐的生辰，主角当然应该是她，结果李景允这个孽障，竟还不知分寸地关心一个奴婢。

韩霜耷拉着眼角，早已是欲哭之状。闻言，她勉强撑着答道："怎么会呢，景允哥哥喜欢的人，小女自然……自然也喜欢。"

音调里都能听出她的委屈。

"那你要不要请她进去吃点心？"

"好……好啊。"她转过身来看向殷花月，目光有些哀怨地说，"里面请吧。"

李景允闻言便开怀一笑，朝殷花月招了招手："来来来。"

活像是在唤旺福。

殷花月咬着牙，捏着手走过去，低头轻声道："公子不必在意奴婢。"

李景允仿佛没听见，低头轻声问："你想吃什么？"

"奴婢不饿。"

"爷心疼你，你便接着，顾忌什么？"李景允挑眉，扫了一眼四周，"还是你不喜欢这里，那爷陪你去京安堂怎么样？"

殷花月能感受到韩家小姐投射过来的目光里满是怨恨，让人毛骨悚然。

她觉得自己像一条躺在锅里的糖醋鱼，身上有人在撒糖，身下有油在煎熬。

"是不是站累了，怎的都不说话？"他朝她招手，"快来坐下，让爷瞧瞧。"

糖醋鱼已经煎煳了，殷花月背对着韩家小姐看向他，露出一抹狞笑。

借刀杀人，一石二鸟，公子爷实在高明。

哪里哪里，兵书十万卷，计策自有神。

孽障！殷花月咬牙。

她眼里冒起了火星子，恨不得扑上去咬掉李景允一块肉。可这在韩家小姐看来，就不是这么回事了。

面前两人站得很近，郎情妾意，眉来眼去，似是别有一番天地，而这个天地里容不得旁人打扰。

殷花月仰头盯着李景允不放，他倒是不恼，反而在笑，指节轻敲，墨瞳泛光，眉宇间带着他自己都没察觉到的温柔宠溺。

这是韩霜从未见过的模样。

韩霜觉得憋屈，她等了景允哥哥这么久，可打进门后他就再也没瞧过她。

这算什么？

面前两人还在纠缠，韩霜起身，想斥这不知天高地厚的奴婢两句，可她的嘴刚张开，李景允的眼神就扫了过来。

冰冷漠然，带着告诫。

韩霜想过一万种景允哥哥看她的眼神，可以凶，也可以温柔，她什么都喜欢。

可她万万没想到，有一天他居然会因为别的女人用这种眼神看她。

这天还是她的生辰。

心口闷堵，韩霜委屈至极，于是一跺脚一甩手，哭着往外跑去。

"韩小姐。"殷花月下意识地跟了两步，可手腕还被人拽着，没能追出去。她只能眼巴巴地看着韩霜跑远去。

按照原本的安排，今日李景允亲手赠了韩家小姐贺礼后，两人就该风花雪月一番，增进彼此之间的感情，好让两家的婚事顺利定下。

然而……是她大意了，被李景允早上乖顺的表象所迷惑，忘记了这个人孽障的本性，以至于眼前这一场灾祸发生时，她根本没有反应过来。

回过头，她冷眼看向旁边这位爷。

李景允丝毫不觉得自己做错了什么，起身将贺礼放在桌上，又转过头来冲她挑眉："咱们是不是可以回去了？"

"公子。"殷花月忍着火气提醒他，"您不去看看韩小姐吗？"

李景允不可思议地看着她："人家都哭成那样了，你还要去看？"

"就算她与您非亲非故，您也要有些同情之心，哪能在人伤口上撒盐？"她一边说一边痛心地摇头，然后拉着他往外走，"您就算不喜欢她，也不能把人往绝路上逼。"

听起来确实颇有道理，李景允几乎要为自己之前的冷血行为而内疚。

但一出韩府的门，她便甩开了李景允的手。

李景允侧过头，轻声笑道："怎么了？"

殷花月没吭声，就这么站着，定定地看着他，眼里透着怒气。

在李景允之前的印象里，殷花月高大冰冷，像块油盐不进的石头。可眼下凑近了仔细一看，他才发现原来这人骨架很小，脑袋顶刚好能够到他的下巴。琥珀般的眼眸望上来时，温润得很。

他下意识地伸手碰了碰她的耳垂。

柔软凉爽，就像春日屋檐下滴在指尖上的雨水。

殷花月飞快地后退了一步，拉开了与他之间的距离。

李景允顿了一下，不高兴地收回手："爷今日这般疼你，你还有什么不满的？"

"公子手段了得，奴婢甘拜下风。"她双手交叠，屈膝行礼，再抬眼，眼里满是讥讽。

"但是，踩着旁人的真心当作手段，非君子所为，实属下作。"

这话说得有些重，李景允跟着就沉了脸："你是不是觉得爷当真拿你没办法？"

"回公子，公子为主，奴婢为仆，公子自然有的是法子让奴婢生不如死。"殷花月面无表情地说着，双眼带着嘲讽，"今日单得罪一个韩家小姐，奴婢已经是吃不了兜着走了。"

"……"

倒还挺聪明。

韩霜善妒，今日受气，定会去大统领府告状，让她离开东院。这是秦生的好主意，一针见血，一劳永逸，殷花月也应该开心才是。

可是，旁边这人的脸色是当真难看，与他一同上车，再不多说半句话，垂着的眼尾清清冷冷。

李景允莫名有点儿恼。

车厢里的气氛凝固，殷花月侧头望着窗外，微微有些走神。

今日的李景允让她想起了一位故人，恃宠而骄，目中无人。曾经有多少人捧着真心递过来，故人却不屑，说这些乱七八糟的玩意儿，还不如玩弹珠来得有趣。

谈笑间，天光正好，宫殿巍峨，檐飞宝鹤，锦绣山河的长裙拖在地上，铺成了壮阔的景象。

突然，车轮卡住，人跟着往前跌去，壮丽的画面顿时被泥水淹没，变得面目全非。

殷花月回过神，发现他们已经到了大统领府旁边的侧门。李景允比她先下车了，似是在生什么气，理都不理地兀自进了门。

她慢吞吞地跟上去，也没打算跟多紧，他不待见她，她亦不想看见他，干脆寻了小路，自己回东院。

李景允一路板着个脸，快走到东院门口的时候，回头看了一眼。

得，别说低头服软了，殷花月直接连人影都没了。

他冷笑一声，拂袖进门。

"公子。"八斗见他回来，迎上前来，说道，"温公子他们来了，听说您不在，便在大堂里喝茶等着，已经等了一个时辰了。"

"嗯。"

在京华混迹的纨绔，谁要没几个朋党都不好意思出门，不过公子爷这些朋党格外有排场，放旁人那里，朋党定是饮茶碎嘴，斗鸟斗鸡，可这几位不同，他们自己能斗自己。

李景允一推开门就看见里头鸡飞狗跳，柳成和拿着他墙上的佩剑与徐长逸打成一团，剑光过处，杯盏狼藉。

温故知倒是在劝架，开口就是一句："柳兄素来看轻徐兄，今日又有什么好打。"

话音落下，两人打得更凶。

李景允"啪"的一声就将门拉回来合上了。

屋子里安静了一瞬，接着就有三个影子扑上门板来一顿猛拍。

"三爷，你可算回来了。"

"三爷你来评评理，这厮在你的地盘上都要与我找不痛快。"

"呸，分明是你拉长鼻子——装象。"

"你再说一遍！"

里头咚哐锵一阵乱响，李景允面无表情地站着，突然冷笑一声。

屋子里安静了一瞬。

没过一会儿，旁边的窗户嘎吱一声，开了一条缝。

柳成和伸出半个脑袋来，讨好地说道："爷，息怒，有话好说。"

李景允恹恹地倚在门边，朝他伸了个手指："一炷香。"

"得令！"

一炷香时间之后，大堂里干干净净、整整齐齐，三个人模狗样的东西跪坐在他面前的软榻上，手里都捧上了一盏热茶。

"我们当真不是来砸场子的，只是想着先前你那伤不轻，特意来看看。"

"好些了没？李大统领怎么说？"

李景允捏了捏自己的胳膊，想起殷花月每天给他打的那个可笑的蝴蝶结，薄唇微抿："伤好了，老头子不知道此事。"

"不知道？"

柳成和瞪大了眼，接着就泛起了怜惜之情，哽咽地拉过他的手："咱们这些生在贵门之人，难免要少些亲人关爱，无妨，就让我们惺惺相惜……"

话没说完，他就被人干净利落地扔出了窗外。

"砰"的一声响，屋子里安静了。

李景允垂眸坐回去，表情倦怠。

"怎么回事？"温故知终于察觉到了不对，"三爷今日心情不佳啊。"

"伤不是好了吗，也没捅出什么大娄子，韩霜也送回去了。"

是啊，一切都挺好的，李景允也不知道自个儿在烦什么，就是觉得心里憋闷，上不来气。

想了片刻，他问："你们觉得我下作吗？"

温、徐二人满脸惊恐地看着他，一人飞奔过来探他的额头，一人给他递了盏热茶："您先清醒清醒？"

李景允"啧"了一声："我认真的。"

认真的就更可怕了啊，整个京华谁敢说这位爷下作？哪怕大家看起来都是不正经的纨绔，他也一定是他们当中最如松如柏的那个。

"三爷今日受什么刺激了，说给咱听听？"

"也没什么。"李景允顿了一下，"一个丫鬟信口胡诌。"

"嗨，我当是什么大事，一个丫鬟？"徐长逸往回一坐，不屑道，"三爷喜欢什么样的，尽管去我府里挑，我府里什么样的都有，打包给您送来。"

"不是。"李景允斟酌着开口，想了一会儿，又叹了一口气，"罢了，当真不是什么大事。"

一向雷厉风行的人，突然唉声叹气了起来，这还不叫大事？

温故知琢磨片刻："是哪个胆大包天的奴才得罪了三爷？您指给我看看，我替您收拾。"

李景允斜他一眼："我府上的人，轮得到你来做主，我自己不会收拾还是怎么着？"

他已经收拾了，而且收拾得很好，就是收拾的时候被咬了一口，心里不太舒坦。

毕竟长这么大还没人骂过他，生气也是人之常情。

放平了心态，李景允喝了口茶顺气。

被扔出去的柳成和顽强地爬了回来，脸上还沾了点儿春泥。他拍着衣袍委屈地说道："人家关心你，你怎么忍心对人家下如此毒手。"

徐长逸哼笑："关心三爷的人，你看有几个没遭毒手？"

"三爷行走江湖，向来不沾儿女情长，儿儿情长也不行，你往旁边站站，别脏了我刚做的袍子。"

柳成和撇嘴，然后道："你院子里什么时候有了个丫鬟啊，不是不喜欢近侍吗？"

李景允脸色一沉，冷笑着道："你可真会哪壶不开提哪壶。"

"我不是故意的啊，不关我的事。"瞧着苗头不对，柳成和连忙举起双手，"我就是刚看见后院有个丫鬟被人押走了，才有此一问。"

手里的茶盏咔啦一声响，李景允回神，平静地将它放到一边，然后抬眼问："押哪儿去了？"

柳成和摊手："这是你府上，我哪能知道那么多？不过看她没吵也没闹，兴许就是被李大统领传话了吧。"

殷花月是掌事，主院里夫人的宠儿，他爹要当真只是传话，能让人把她押走？

李景允有点儿烦，手指无意识地摩挲着椅子扶手，似乎要起身，但不知想到了什么，又坐下了。

温故知饶有趣味地打量着他，突然扭头问柳成和："什么样的丫鬟啊？"

"我就扫了一眼，没看清脸。"柳成和摸了摸下巴，"不过腰是真细，浅青的腰带裹着，跟软柳叶子似的。"

他比画了一下："估摸一只手就能握住一大半。"

李景允侧头，面无表情地看向他。

柳成和莫名感觉背脊发凉，他搓了搓手，纳闷道："都三月天了，怎么还冷飕飕的。"

温故知感慨，看看他又看看三爷，还是决定拉他一把："他这里有毛病，三爷没必要同他计较。"

"三爷怎么了？"徐长逸左右看看，点了点自己的脑门，"谁这里有毛病？"

温故知朝他露出一抹微笑："没谁，趁着还早，咱们去罗华街上逛逛吧，就不打扰三爷休息了。"

"这就要走了？"柳成和惊讶地说，"不是说要来与三爷商量事，还要去一趟栖凤楼吗？"

"改日吧。"温故知将这两人抓过来，按着他们的后脑勺朝上头颔首，"告辞。"

行完礼，三人飞快地跑得没了影子。

吵吵嚷嚷的东院又恢复了以往的宁静。

李景允坐了好一会儿，烦躁地甩了甩衣摆。

就是个丫鬟而已，她不在，就再也没人拦着他出府了，挺好。况且她有庄氏护着，就算去掌事院，也有的是人给她放水。

他才不操心。

日头西沉，掌事院里没有点灯。

殷花月跪坐在暗房里，姿态优雅，笑意温婉，若不是额间的血一滴滴地往下淌，荀嬷嬷还真当她是来喝茶的。

"没什么好商量的了。"荀嬷嬷别开头，"你平日不犯错，一犯错就犯个这么大的错，就算是夫人也保不了你。"

血流到了鼻尖儿，殷花月伸手抹了，轻笑："总归是有活路的。"

"能有什么活路？那韩家小姐是长公主抱着长大的，她容不得你，整个京华就都容不得你。"

只手遮天啊？殷花月眉眼弯弯："那我去求求她如何？"

"要是有这个机会，你还会在这里？"荀嬷嬷有些不忍，"别挣扎了，倒不如痛快些受了。"

殷花月伸手比了个"八"，耷拉下眼角，笑意里有些委屈："二十鞭子我咬咬牙倒也能吃下，可这八十鞭子，就算是个身强力壮的奴才，也得没了命。嬷嬷要我受，我怎么受？我这条命可贵重了，舍不得丢。"

月光从高高的窗口照进来，落在她的小脸上，一片煞白。

荀嬷嬷有些意外："这么多年了，你也没少挨打，可每一回你都没吭声，这院子里的人，都以为你不怕疼的。"

"哪有人不怕疼啊……"殷花月扯着嘴角，尾音落下，满是叹息。

她打小就最怕疼，稍微磕着碰着，都能赖在榻上哭个昏天黑地，直到所有想要的东西都哭到跟前为止。

可后来，她挨的打实在太多了，疼到哭不过来，也就没关系了。

没人来哄她，她得学着自己活下去。

殷花月侧着脑袋想了想，拔下头上的盘竹玉叶簪递上去："长公主只说了八十鞭子，没说打哪儿，也没说怎么打。

"嬷嬷行个方便，今日二十鞭先受下，剩下的迟些日子还，可好？"

荀嬷嬷待在掌事院这么多年了，殷花月还是头一个同她讨价还价的人，她低头看着殷花月，觉得好笑，又有些可怜。

在这梁朝，奴才的命是最不值钱的，主子一个不高兴就能打死，冤都喊不得一嗓子。进来这界儿的，多半都心如死灰，发癫发狂。

但殷花月没有，她想活命，不用要尊严，也不用要保全，就给她剩一口气就行。

荀嬷嬷想拒绝的，可殷花月似乎猜到了她想说什么，一双眼望上来，琥珀色的眼瞳里满是殷切，捏着盘竹玉叶簪的手轻轻发颤。

没人见过这样的殷掌事，像一把刚韧的剑突然被化成了水，看得人心疼。

沉默许久，荀嬷嬷抬手，衣袖拂过，盘竹玉叶簪没入其中。

"多谢嬷嬷。"殷花月展眉，恭恭敬敬地朝她磕了个头。

一夜过去，大统领府里似乎什么也没发生，奴仆们进出有序，庭院里的花也依旧开得热烈。

公子爷的起床气依旧很重，一觉醒来，满身戾气，将手边的东西砸了个遍。

八斗进门，不敢与他多说话，将水盆放在一边就要跑。

"站住。"

八斗身子一僵，勉强挤出抹笑来："公子，这也是该起身的时辰了，大统领有安排，您今日要去练兵场的。"

李景允烦躁地抹了把脸，抬眼："院子里其他人呢？"

"回公子，五车在洒扫呢，剩下两个去主院回话了。"

还有呢？

李景允不爽地盯着床尾，往日这个地方应该跪了个人的。

八斗双腿打战，贴着门手足无措地看着他。

李景允扫他一眼，更来气了："你怕个什么？"

"回……回公子，奴才没怕啊。"

瞧这情形，就差尿裤子了，还说没怕？李景允舌尖顶了顶牙，扯了袍子便下床，一把拎过他："爷觉得你欠点儿教训，跟爷去一趟掌事院吧。"

八斗这回是真尿裤子了，腿软得站不住："公子……公子饶命啊！"

这位爷压根不理会他的求饶，拎着他径直往外走，一边走还一边嫌弃："你一个男人，还怕掌事院？"

"公子，整个京华哪个府上的奴才不怕掌事院啊。"八斗很委屈，瑟瑟发抖，"那里头的刑罚都重得很。"

"没骨气，殷掌事上回挨了鞭子出来，可一点儿事都没有。"

八斗瞪大了眼，连连摇头："谁说没事的？公子是没瞧见，殷掌事那背肿了好几天，疼得她身子都弯不下去，后半夜还发过高热，要不是奴才发现得早，人怕是都没了。"

李景允脚步顿了一下，皱眉道："瞎说什么，我怎么没看见？"

八斗泪眼汪汪："您睡着了能看见什么啊。"

"……"

李景允别开眼继续往前走，下意识地加快了步子。

荀嬷嬷一夜没合眼，正想去睡觉，余光往门口一瞥，就见公子爷又拎了个奴才来。

"哎。"她连忙起身去迎，"公子怎么又亲自来了？"

李景允将八斗扔下，漫不经心地扫了四周一眼："这奴才胆子太小，送来练练，免得回回在爷跟前发抖，看着烦。"

"这……"荀嬷嬷为难道，"他犯什么错了？"

"没有。"

"咱们掌事院有规矩，不罚没错的奴才。"

李景允往旁边走了两步，"啧"了一声："殷花月也没犯错，怎的就被带走了，现在还不见人影？"

荀嬷嬷一愣，不动声色地一瞥，正好看见他腰上挂着的七竹环节佩。

在这院子里混的都是聪明人，荀嬷嬷捏了捏袖口里的盘竹玉叶簪，赔笑道："奴婢没见过殷掌事呢。"

话是这么说，她却侧了侧身子，往后头暗房看了一眼。

李景允也就是来碰运气的，没想到人还真在这儿，他意外地看了看这嬷嬷，轻咳了一声，道："怎么说也是东院的人，问她的罪也该告知一声，免得爷早起发现少了个端水的，心里不舒坦。"

说罢，他抬步往暗房的方向走。

"公子爷。"苟嬷嬷假意来拦，"您就算是这府里的主子，也不能坏了掌事院的规矩。"

"什么规矩？"李景允轻笑，吊儿郎当地绕开她，"我是碍着你们行刑了，还是碍着你们往上头传话了？"

此话一出，四下奴仆皆惊，纷纷低头。

见状，李景允笑得更懒散："随意看看罢了，瞧你们紧张的样子。"

话音落下，他推了下暗房的门，锁链哗啦一声响，门开了一条缝。

光照进去，正好能看见个蜷缩的人影。

乌发披散，混着凝成块的血，在满是灰尘和枯草的地上蜿蜒出几道可怖的痕迹。那人身上穿的是昨日他见过的灰鼠袍，目之所及，鲜血浸染，像开得最放肆的海棠，极尽鲜妍。

而半埋在膝盖里的那张脸，从下颌到耳垂，煞白一片。

李景允不笑了。

他碰了碰门锁，发出嘈杂的响动，可里头的人影仍旧安静地蜷着，没有任何反应。

李景允喉咙有点儿发紧，连带着肺腑都不太舒坦，他蹙眉侧头："给爷开门。"

冷不防对上他这凌厉的眼神，苟嬷嬷后退两步，飞快地垂下眼眸。

"公子爷。"她屈膝，"咱们大梁什么规矩，您心里清楚，这门都关上了，就没有把钥匙交出来的道理。"

"钥匙不能给？"

"绝对不能给。"

"好。"李景允点头，"你吃皇家饭，爷也没有为难你的道理。"

苟嬷嬷松了一口气，屈膝朝他行礼："谢公子体……"

最后一个谅字没能说出来，面前就传来"砰"的一声巨响，厚实的木门被人从门轴上踢断，绕了两圈的锁链连带着完好的铁锁"哐"地砸在地上，外头的风打着卷儿地往暗房里冲，吹起满地的灰尘和草屑。

苟嬷嬷愕然，一股凉意从尾椎爬到背心。

她想伸手去拉李景允一把，可手指就差那么半寸，青蓝色的袖袍拂过，这人就这么踏着尘屑进了门。

光随他而入，照亮了半个屋子，也将草堆上那人衣上的血照得更加刺眼。

这么大的动静那人都没反应，李景允心里已经有了准备，可真的走近，看见那褴褛的袍子下头一道又一道密密麻麻翻皮流血的伤口，他还是步履一僵。

殷花月这个人，嘴硬得像煮不烂的鸭子嘴，有时候气人气得紧，让人恨不得把她扔出东院。

可是，扔归扔，他没想过要她死。

李景允沉默地看着，半晌之后，终于伸手去探她的鼻息。可能是因为这暗房里太冷了，他指尖有点儿颤，停在她面前，许久都没再往前进一寸。

草堆上的人动了动。

这动静很小，不过是指尖微抬，蹭在枯草上发出轻弱的声响。可李景允看见了，他瞳孔一震，脸一别，飞快地收回了手。

"爷就知道，你这人，哪那么容易死。"

他顿了一下，轻笑："炼青坊打的刀都没你的骨头硬。"

殷花月睁了睁眼，因血痂粘着的缘故，她的视线一片模糊，耳边有声音传进她脑子里，嗡嗡作响，听不真切。等了好一会儿，她才慢慢看清面前半蹲着的人。

这人逆着光，同那日在练兵场上看见的一样，烈火骄阳，朝气满身，蓝鲤雪锦的袍子穿得合宜，正衬外头春色。

殷花月莫名地扬了扬嘴角："外头……"声音沙哑得不像话。

李景允听不清，皱着眉靠近她一些："你说什么？"

"外头的花……是不是开得很好？"她费力地把整句话说完，喉咙上下一动，又笑，眉梢轻弯，眼里泛起了一丝光。

这人半个身子都在脏污里浸着，灰尘、杂草、干涸的血迹，与那从黄泉里爬出来的恶鬼也没什么两样。可她第一句话，竟然是问花。

外头的花当然开得好，迎春、玉兰、牡丹在庭院里养得好，早早就绽了个姹紫嫣红。

李景允看她一眼，没来由地就有些恼："问这个做什么？"

殷花月轻笑，目光往下移，犹豫片刻，还是伸出满是血污的手指，捏住了他的衣角。

"奴婢……想出去看看花。"她捏着他的衣角，舌尖轻轻舔了舔干裂的嘴唇，朝他放软了声音，"可以吗？"

"……"

李景允垂眸，分外暴躁地低咒了一声，接着起身，毫不留情地将衣角从她手间扯走。

四周灰尘又起，殷花月慌忙闭上了眼。

她就知道这人恨不得把她扒皮抽筋，向他求救是最愚蠢的做法。

殷花月抱紧了膝盖，想往草堆里钻，然而刚一抬头，她的小腿就被人抓住了。

"瞎动什么。"李景允俯身，手穿过她的腿弯和后颈，顿了一下，将她整个人抱了起来，"不就是几朵破花？爷带你去看，看个够。"

杂草扑簌簌地从身上往下落，方向一转，面前突然光芒大盛，光影斑驳间，她隐约看见了李景允的侧脸，笼着光晕，朝她转过来。

殷花月怔住了，睫毛微颤，缓缓抬手挡住眼。

荀嬷嬷的声音很快在面前响起："公子爷，人是上头有令关进来的，若是看丢了，奴婢没法交代。"

"要交代还不简单？谁抓她进来的，就让谁来找爷说话，打狗还要看主子呢，打爷的人，总要给爷递个帖子吧。"

"这……"

"爷腰上的玉佩，送予你去交差，给爷滚开。"

他大步出了门，气息有些不稳，她贴得近，能清楚地听见他的心跳。

乱七八糟，又快又急。

"让温故知来东院一趟，别声张。"

"是。"

好像听见八斗的声音了，四周的空气也渐渐清新，风吹树摇，庭院里依旧有玉兰的香味。

殷花月想抬头看看李景允的表情，可这眼皮重得跟绑了两块石磨一般，她刚看见他的下颌，眼前就是一黑。

温故知在栖凤楼小曲儿听得好好的，突然就被连椅子带人一起搬去了大统领府。

椅子落地的时候，他手里端着的茶还冒着热气。

僵硬地看了面前这人两眼，温故知干脆就着茶盏继续喝："脸色是不太好，伸手来，我给你号号脉。"

李景允揉了揉眉心："不是我。"

"嗯？"温故知侧头。

内室床榻之上躺了个人，不用走近都能闻见空气里浓重的血腥味。

他神色一凝，起身大步走过去探了探这人的脉搏。

"三爷这实属过分了。"他皱眉，"怎么把个姑娘伤成这样？"

李景允靠在隔断边，没好气地说道："不是我。"

他顿了一下，又别开头："也算是与我有关。你只要把人救回来，之前说的那个事，我便应了。"

温故知意外地看他一眼，不过也没空深究，拿了随身的保命药给她塞下，又让人去打水。

"三爷请回避一下，我要给这姑娘清理伤口。"

李景允点头，转身想退出去，可退了两步他觉得不对劲："我回避，那你呢？"

温故知莫名其妙："我是大夫，三爷没听过病不忌医？"

他走回来，顺口就接："我养的狗，也不忌我。"

温故知眉梢高挑，别有深意地看向床榻："这就是——那个丫鬟？"

"别废话。"李景允从旁边的镶宝梨木柜里拿出一件干净衣裳，"我给她清理伤口，你先等着，把药方给我写出来就是。"

温故知乐了，兄弟这么多年，他头一回看见这人在意谁。原先哥几个都说，三爷平日见人两分笑，但最冷心冷肺，任凭京华多少芳心捧在他跟前，他也能看都不看地踩个稀碎，那叫一个"远观人间风流客，近瞧红尘无情人"。

可眼下……

温故知在心里感慨又幸灾乐祸了一番后，替他将药水调好，然后就出去继续喝自己的茶。

隔断处的帘子落下，李景允坐去床边，没好气地低声道："我院子里没别的女眷，你想活命就得处理伤口，我上回没怪罪你，你也没道理怪罪我。"

说罢，他伸手解开了她的腰带。

浅青色的料子被她的血染成了深红，捏在手里濡湿厚重，李景允嫌弃地扔出去，然后将她拥过来，从背后褪下她的衣衫。

他袍子不厚，又是丝锦，两人身子这么贴着，他能清晰地察觉到她身体的温热和绵软。

李景允不自在地抿了下唇，拿了浸透药水的帕子就去看她的背。

不看不知道，这人身上的伤还真是不少，衣衫落处，新伤叠旧伤，就没一块好皮。上次挨的打还有青紫的印子在，这回再打，旧伤口破开，惨不忍睹。

李景允越看越烦:"女儿家有这一身疤,这辈子都别想找到婆家。"

话音落下,他瞥见了她肩头上的牙印。

这印子还算新,乌青未散,有两个小血痂,看形状应该是有人从她身后咬的,姿势肯定很亲昵。

李景允沉了脸,张口就想骂她不知廉耻,可话还没出口,他脑海里就闪过去几个画面。

烛火盈盈,烧过冰冷的针尖,温柔的丫鬟给人缝伤口,可那人吃痛,不由分说地就咬上了人家的肩。

"……"

李景允心虚地摸了摸胳膊,轻咳两声,装作什么也没看见,将她伤口周围的泥灰擦干净,单手在药水盆里拧了帕子,又清理她的伤口。

温故知茶喝了三盏,隔断处的帘子才被掀开。

"哟。"他看向这位爷,轻笑道,"怎么,里头热?"

"别废话。"李景允皱眉,"你看看她怎么还没醒。"

温故知起身,慢条斯理地说道:"姑娘家身子骨本来就弱,挨了这顿打,失血过多,一时半会儿肯定醒不过来。方才一号脉,她脉细如丝,脉象虚软,定是操劳少睡,有这机会多休息,也没必要吵醒她。"

李景允松了一口气:"那她醒了就没事了?"

"三爷想得也太轻松了。"温故知摇头,"她命硬就能自己醒,命不硬,今晚跟着来一场高热,也就不用醒了。"

温故知将写好的药方递给他,转身就道:"到这个份儿上,御医也帮不上什么忙,您按方子抓药便是。"

脚刚跨出门一步,后领就被人扯住了,温故知眉心一跳,生出不好的预感。

作为御医,他经常听人说的一句话就是:"治不好某某,你就给他陪葬。"

他对这种惨无人道的话语实在是深恶痛绝。

可是,看三爷这意思,大概是也想说这句。

温故知一脸坚决地看着他,打算给他展示展示御医宁死不屈的风骨。

然而,李景允没这么说。

李景允居高临下地看着他,半晌,只道:"你之前说的那件事,我想了想,还是没空。"

"爷。"温故知垮了脸,将跨出去的脚收了回去,"您别着急,小的给您守着,里头那位算是魂归了地府,小的也给您捞回来。"

锃亮的银针扎进白腻的肌肤，屋子里药香四起，光透过花窗照出一缕缕翻转升腾的青烟。

李景允安静地看着，修长的手指有一搭没一搭地点着腰间挂七竹环节佩的位置，眼里墨光暗转。

"公子。"八斗从外头回来，站在隔断外小声道，"已经打点好了，主院那边不会收到风声，但掌事院那边……许是要给个交代。"

温故知闻言，手下一顿，愕然侧头："掌事院？"

"嗯。"李景允漫不经心地应着，"你继续下你的针。"

"不是，三爷，您这一遭要是小打小闹，兄弟也就不问了。"温故知皱眉，"可这人要是您从掌事院捞出来的，那总要提前与咱们几个通个气。"

掌事院是什么地方？与内阁同司，由中宫亲掌，美其名曰替京华官贵惩治下人，以正家风，可实际是做什么用的，大家心里都门儿清。

这位爷前脚进掌事院救人，后脚宫里就能收到消息。

且不说事大事小吧，放在平时，就没有这么往宫里递事的理儿。

"你救完人再说不迟。"李景允摆手，袖口轻收，"我能解决。"

温故知神色复杂地看着他，突然尾指一跷，掐着嗓子学着宫里的公公道："这行大事者呀，最怕的就是红颜祸水……小的看您这架势，颇有前朝昏君的遗韵，要不咱就不救了，一针送这小祸水归了西，也省得将来您举棋不定，误了大局。"

李景允瞳孔往上一翻，给了他一个毫不留情的白眼："滚。"

温故知委屈地收回兰花指，叹息道："三爷行事向来干净利落，半分不会连累兄弟，我是没什么好担心的。

"可是爷，哥几个是喝过关公酒的，没道理回回有事都是您一个人顶着，那不合适。"

温故知捏起最后一根银针对着他看了看，轻笑着说道："下回再有这种事，烦请捎带上咱们。"

银光泛起，衬得面前这人的脸格外冷淡，他眸子扫过来，眼神颇有些嫌弃，可沉默片刻，还是点了头。

"嗯。"

温故知舒坦了，眉眼舒展，麻利地将银针落了下去。

床上的人皱了皱眉，轻哼一声。

"怎么？"李景允俯身过来看了看，皱眉，"你这当御医的，行针还三心二意，是不是扎错地方了？"

先前的欢喜一扫而空，温故知鼻子都差点儿气歪了："三爷，我是御医，御用神医您懂不懂！哪个神医能把针扎错地方？"

"那她哼哼什么？"

"您身上要是有这么多口子，不会痛得哼哼啊？她能哼两声都算好事，还有得救，您慌个什么。"

李景允神色微松，不屑道："我没慌。"

"是，那外头天也没亮，全是小的眼瞎。"温故知揉了揉腮帮子，咧着嘴嘀咕，"老铁树开花，看得人牙疼。"

床上这人嘴唇好像动了动，李景允也没空跟温故知计较了，撑着床沿便贴近去听。

温热的气息丝丝入耳，这人含糊了半晌，吐出个莫名其妙的词。

"玉兰？"他茫然地重复，然后直起身子难以置信地看向温故知，"都这模样了，她还能梦见花？"

温故知摊手："这我可医不着。"

李景允抹了把脸，觉得人真是白救了，旺福吃了馒头还知道摇尾巴，这人刚逃出生天，不在梦里好生感谢他，反去梦些乱七八糟的。

他不甘心地又凑过去，想再听点别的，可殷花月不说了，干裂的唇紧紧抿着，抿得又冒了血丝。

"啧。"

他伸手，想将她的嘴给掰松，但刚一用力，两行眼泪顺着她的眼角唰地落了下来。

李景允指尖一颤，飞快地收回了手，他顿了一下，望向温故知，下意识地辩解："我没用多大力气。"

温故知看乐了，这才多大点儿事，用得着解释？

可李景允的表情很严肃，瞪着那人眼角的泪痕，活像在瞪什么案发现场，眼底墨色微涌，下颌线条紧绷。

温故知捧腹大笑，笑得扶着隔断喘气："这躺着的到底是个什么宝贝哪？"

李景允黑了半张脸，冷哼："见鬼的宝贝。"

刚养熟的狗罢了。

"公子。"

八斗又从外头回来了，恰好听见"宝贝"二字，惊讶不已："您怎么知道有宝贝？韩府派人送了这个来，大统领的意思是让您琢磨着回个礼。"

温故知收了声，两人对视一眼。

李景允抿唇，掀开帘子朝八斗伸手："拿来。"

一方檀木盒，打开便见里面放着一只南阳玉蝉，系了青色丝绦，以作腰间挂饰。

"这是什么意思？"温故知没看明白，"好端端地送个腰饰，这也不是什么鸳鸯鹣鲽啊。"

李景允眼神有点儿凉，他合上盒子道："救她出来的时候，爷把七竹环节佩给出去了，估摸是到了韩霜手里。"

温故知挑眉，稍微一琢磨，反应了过来："那她倒是大度，竟不责问，反而还了你一个。"

韩霜对他向来忍气吞声，她知道责问也不会有什么结果。

但相应地，殷花月就不会有好果子吃了。

李景允转头看向床上躺着的那人。

巴掌大的脸上依旧没什么血色，瘦弱的手腕露在外头，两根手指就能圈住。她眼角的泪痕未干，眉心也依旧紧皱，似乎在做什么可怕的梦。

"玉兰。"

从齿间溢出去的叹息，换在梦境里，便是满心的欢喜。

殷花月拖着长长的山河裙站在玉兰花枝下，仰头就能看见从枝叶间透下来的春光，她伸手想去够花，可高度差了那么一点儿。

尝试了好多次都够不着，她撇嘴就想哭，可眼泪刚冒出来，身后慈祥的男人就将她抱上了肩头，轻声哄道："再伸手，伸高点儿，哎，这就对了，囡囡真厉害。"

洁白软嫩的花落在了手心，殷花月破涕为笑，回头看去，温柔的女人就坐在石桌边，拿着绣了一半的手帕绷子朝她拍手："囡囡过来，来看这个花漂不漂亮？"

浅青的帕子，绣着玉色的花，香气盈鼻。她惊叹，伸手就想去摸。

可这回，在她能够到的地方，指尖一碰，花没了，帕子也没了，石桌和男人、女人都消失了个干净，四周暗下来，一吸气就能闻见灰尘和枯草的味道。

嘎吱一声，旁边开了一扇门，光从门外照进来，映出无数飘飞的灰尘，照得她眼睛生疼。

有人随着光一起进来，居高临下地看着她。

"你真以为爷拿你没办法？"

冰冷的声音，听得她脊背发紧，殷花月下意识地摇头，猛地往后退。

身下一空，失重感接踵而至。

"瞎动什么。"有人恼怒地呵斥了一声，将她接住，身子瞬间被捞回了一个柔软温暖的地方。

手指突然有了触觉，耳朵也突然听见了四周的声音，殷花月一惊，慢慢地睁开了眼睛。

外头似乎天刚亮，桌上的蜡烛还没烧完，李景允伸手端起药。从她的角度看去，能够看见他紧绷的侧脸。

她茫然地眨了眨眼睛，开口唤道："公子。"

声音嘶哑得就像麻线在木头上摩擦一样，李景允听到后愣了一下，眼睛瞥了下来，嘴角抿了抿："还知道醒来。"

一勺药递了过来，他板着一张脸道："醒了就自己喝，免得爷硬灌。"

梦见别的可能是假，但梦里梦外，这人都是一样的凶恶。

殷花月抿唇，伸手想去接勺子，可她实在乏力，指腹碰着勺柄都捏不住，反将碗撞得叮当响。

"得了。"他嫌弃地将她的手拿开，"八斗不在，爷勉为其难伺候你一回，就当还你上次的人情。"

殷花月迟钝地点了点头，乖巧地张嘴。

这人一看就没伺候过人，不会斜勺子，也不会拿帕子兜着嘴角，殷花月吃力地伸舌含饮，尽量不让药洒出去。

小而软的舌尖迅速地卷起药汁，就像旺福喝水时一样。

李景允想嘲弄两句，可看着看着，他不自在地别开了头："喝快点。"

她点头，正想喝大口些，这人却突然又摸了摸碗壁："算了，慢慢喝吧。"

殷花月："……"

被打的人是她，她还没出什么毛病，这位爷怎么反而不正常了？

不快不慢地将药喝完，殷花月想问点什么，可眼前还一阵阵发黑，她只能闭着眼喘气。

"温故知说你得补血补气，少说养上十日。"李景允的声音从上方传来，"先说好，爷不是个会发善心的人，你要是觉得我多管闲事，那我立马把你送回掌事院……"

话没说完，衣袖就是一动。

李景允一顿，侧眼看过去，就见自个儿衣袖上的料子皱了起来，上面的手指纤长柔软，紧握着那湛蓝的颜色，轻轻晃动着。

像极了凶恶的旺福终于服软之时的尾巴尖。

殷花月没多少力气，全花在这上头了，她抓着他的衣袖摇晃，见他没反应，她又摇晃了一下，动作小心翼翼，柔软又温顺。

可他还是没反应。

殷花月有些急，费劲地睁开眼，想说她绝对不要回掌事院。

可一抬头，她看见床边这人将脸转到了一边。

烛火灭，晨曦起。

光影明灭之中，她好像看见这人在笑。

殷花月的伤势很重，昏昏沉沉时睡时醒，两日之后才渐渐恢复了神智。

能睁眼说话了，但行动还是不便。

她趴在床头，皱着眉注视着面前的这个人。

李景允刚从外头回来，身上还带着街上的烟火气，他在她床边坐下，心情甚好地问："是不是饿了？"

她占着的是他的主屋，他没让她挪地方，她也没敢问原因，每天就看着他像脱缰的野马一样翻墙出府，再悄无声息地回来，顺道给她带些吃的。

肚子咕噜直叫唤，殷花月朝他点头："饿了。"

李景允拿出一个油纸包打开，直接放在了床边的矮几上。

京安堂的千层糕色泽鲜亮、香气扑鼻，放在平日里，她定能一口气吃完不带喘的。但可惜，眼下她是个伤患，伤患只喝得下稀粥。

犹豫片刻，她还是拿过一块来咬了一口。糕很香甜，但是咽不下去，费劲咽下小半块，嗓子堵得气都呼不出来。

茶壶放在矮几另一侧，有点儿远。

李景允靠在床柱边安静地看着她，手指有一搭没一搭地点着臂弯，似乎在等着什么，没有要动的意思。

殷花月瞥他一眼，还是决定自力更生，她用手撑住床沿，勉强支起自己身体往外倾去。可这动作太大，一伸手就拉扯到背后的伤口，疼得她脸色一白。

一只手越过她的耳侧，轻而易举地就将茶壶钩了起来。

殷花月一愣，跟着侧头，就见李景允拎了凳子在她床边坐下，没好气地说道："双手合拢。"

殷花月疑惑地看了他一眼，听话地照做。

"朝爷这个方向，动一动。"

合在一起的小爪子，迟缓地朝他拜了拜。

李景允满意地点头，给她倒了杯茶塞在手里："喝吧。"

殷花月茫然地睁着眼，咕噜咕噜地将茶喝了个底朝天，又呆呆地将杯子还给他。李景允接过杯子，顺手放到一旁，然后又端来了一碗粥。

勺子翻动之间，能看见蒸腾的热气。

"想不想吃？"他问她。

肚子里清晰地响了一声，殷花月咽了口唾沫，抿了抿唇。

他这摆明是在戏弄她，要真是给她吃的，又何必有此一问。

殷花月别开脸，捏着千层糕道："奴婢吃这个就成。"

白花花的粥移到她眼皮子底下，他问："真的不想吃？"

殷花月一本正经地回答："清粥无味，哪有千层糕来得软糯香甜。这糕里有一层是艾草蒸的，对伤口止血也有好处，吃两块下去就饱足了。"

说着说着，自己都快信了，殷花月捏着油纸，满脸的清心寡欲。

然而，一勺清粥递了过来，李景允面无表情地命令道："张嘴。"

"啊——"

清粥入喉，下巴被人合上，李景允慢慢凑近，替她揩了揩嘴角，一字一句地教："说好吃。"

"……好吃。"

"说还想吃。"

"……还想吃。"

"说求求了。"

"……求求了。"

李景允露出一抹满意的笑容，又给她舀了一勺粥："乖。"

这是她夸旺福用的词。

殷花月看着他，心里满是悲愤，一口含下，恨不得把勺子咬碎。

"对了。"李景允慢条斯理地搅了搅粥，"等你伤好得差不多了，就回主院去如何？"

鼓鼓囊囊的腮帮子一僵，殷花月看了他一眼，咽下嘴里的粥："公子，大统领有令……"

"我爹让你守着我，可这回要不是我救了你，你就死在掌事院了。"李景允挑眉，"放你回主院都算恩情，你还不想领？"

好像是这么个道理，殷花月点点头，恭敬地问："公子还记得奴婢是为什么进的掌事院吗？"

"……"李景允心虚地抬头去数房梁上的雕花。

殷花月笑得温婉："若是犯了旁的过错，公子要奴婢回主院，奴婢绝无二话。可得罪了贵人，被掌事院传唤，奴婢就算回去也是死路一条，甚至会连累夫人。"

李景允白她一眼："你怎么不怕连累我？"

"公子保得住奴婢。"她垂眸，"整个大统领府，只有公子保得住奴婢。"

若是什么正儿八经的罪名，那大统领与夫人还能护她一护，可这种说不清也解释不了的小女儿吃醋，再加上长公主的偏袒，就算是大统领也束手无策。

这人看事倒是清楚明白。李景允有些意外，盯着她打量两眼，轻笑："你若执意要留在东院，那可就得听我的。"

殷花月的笑意凝固了。

面前这人掰起指头来，墨色眼瞳里流露出愉悦的神情："第一，我想出府，你不许拦着。第二，我去哪里，你不许告诉我爹。第三，不许把我骗进主院。第四……"

她急忙伸手按住他伸出的手指，温暖的掌心一裹，笑着将它们一根根压回去，讨好地摸了摸："奴婢要做事讨活路的。"

李景允不高兴地抬了抬下巴。

殷花月赔笑，替他将手指一根根竖回来："第一，奴婢可以不拦着，但奴婢要跟着。第二，奴婢可以不告诉大统领您去了哪儿，但若要撒谎，公子得替奴婢圆着。第三……"

摩挲着他的无名指，她叹了一口气，有些为难："夫人真的很想见您。"

李景允别开了头，神情突然显得厌倦，周身的气息也变得低沉起来。他想抽回手，殷花月察觉到了，立马使出全身的力气，牢牢地抱住了他的手。

毕竟是亲母子，哪来这么大的仇，提都不能提？

不过鉴于她是有求于人，犹豫片刻，殷花月还是抵着他的无名指竖了起来："好吧，这第三，奴婢也应了，您不去主院可以，但买首饰让奴婢送去总行吧？"

李景允分外纳闷："你哪来的勇气与爷讨价还价？"

殷花月眨眼，想起他方才教的，双手合拢，乖巧地朝他拜了拜，眉梢低垂："求求了。"

李景允："……"

他抹了把脸，莫名有点悲愤，拂袖站起来，没好气地把碗塞给她："把粥喝完，继续养着吧。"

这是答应了还是没答应？殷花月抬头，朝着他的背影张了张嘴，可不等她问，这人就消失在了门外。

殷花月抱着粥碗，开始愁眉苦脸。

"殷掌事。"没一会儿，八斗从外头探了个脑袋进来笑道，"厨房的小采姑娘说想来看看您，问您可有空？"

殷花月一愣，想起那日走廊上见过的丫鬟，眼眸微动："会不会打扰公子休息？"

"不会不会。"八斗往外面看了一眼，"公子爷又出去了。"

"嗯，那让她进来。"殷花月笑了笑，"我在府里，也就认识这么几个熟人。"

八斗点头，不疑有他，转眼就把小采放进了门。

平凡无奇的小姑娘，颊上还有些细斑，几步走到她床边跪下，声音又轻又快："刚收到的消息，宫里几日前进了刺客，那位气急败坏在抓人，似乎有意搬出宫来住。"

殷花月看了看门口，低声问："他伤着了？"

"没有。"小采顿了一下，道，"但宫里丢了个人，好像挺重要。"

如今的宫闱守卫有多森严自不必说，能从他的眼皮子底下捞人出来，那得是多厉害的刺客？殷花月难得觉得好奇，多问了一句："是哪边的人干的？"

小采摇头："不清楚，但他们有线索，那刺客落了块玉佩，眼下已经做成了画，让人四处在找。"

殷花月听乐了，行刺者最忌赘物，竟还有人挂玉佩去干夜活，那被抓着也是活该。

"这是图样，奴婢也拿了一份来，您看看。"

抱着看热闹的心情，殷花月打开了卷着的纸样。

鸳鸯交颈的玉佩，缀着檀香色的丝绦，样式精巧，也稀罕。

笑着笑着，殷花月就笑不出来了。

宝来阁的白玉鸳鸯佩。

这是夫人亲自挑选、让李景允拿去送给韩家小姐的信物，那日她亲手戴在了李景允的腰上，看着他戴出去的。

摸了摸图上的花纹，殷花月眯起眼睛。

"公子那日出府戴的鸳鸯佩怎么不见了？"

"不见就不见了，也不是什么好东西，俗得很。"

"公子今晚去了何处？"

"你一个下人，懂不懂'知道得越少活得越久'这个理？"

李景允的语调向来是不着正形的，眉梢一挑，眼尾染上轻蔑，便是个不知人间疾苦的纨绔公子哥儿，两三句将话岔开，她便真的没有再追问过。

倏地揉皱纸样，殷花月闭了闭眼。

"掌事？"小采疑惑地看着她，"这东西您认识？"

"不认识。"

殷花月下意识地否认，差点咬着自个儿舌头。

半晌之后，她才后知后觉地懊恼，否认个什么，又不是她的玉佩，李景允要真做了什么蠢事，那也该他自己受着。

殷花月将纸团塞回小采手里，道："你们盯着吧，我还要养伤，最近也帮不上忙。"

小采藏好纸团，又打量她两眼："您……无碍吧？"

殷花月看她一眼，皮笑肉不笑地说道："现在才问这一句，不觉得多余？"

小采尴尬地垂眼，起身时似乎还想说什么，可一眼扫见殷花月眼里的嘲意，她抿了抿唇，还是默默地退了出去。

屋子里恢复了宁静，殷花月重新趴在软枕上。

事情进展得很顺利，她的命保住了，宫里那位也开始有了破绽，一切都在朝着好的方向发展，至于李景允，他那么有本事的人，不用她操心。

殷花月愉悦一笑，放心地闭上眼。

可是……半个时辰之后。

殷花月睁开了眼，眼里毫无睡意。

李景允的玉佩，为什么会出现在宫里？

要真被当成刺客抓起来，那他该怎么办？

第三章

他在意得很

今日京华下了小雨，李景允觉得打伞太麻烦，终于老实地待在了东院。他坐在茶榻上沏茶，余光一瞥，就见床上那人眼神专注地看着自个儿，一炷香时间过去了，连动都不动的。

他眉梢微挑，晃了晃手里的茶壶：“又想让爷给你倒茶？”

殷花月回神，摇了摇头，目光从他的手臂上扫过，突然关切地问：“公子的伤可好全了？”

李景允不以为然：“那点儿小伤，都过去多久了，自然是好了。”

她点头，像只是随口一问，脸上恢复血色的同时，也恢复了从前掌事的清冷，安静地趴着，仿佛与世隔绝。

李景允觉得莫名其妙，也没放在心上，继续沏他的茶。

可没一会儿，床上这人又开口了：“公子。”

李景允不满地“啧”了一声：“你有话能不能一次说完？”

殷花月抿唇，像是在犹豫，眼波几转，终于还是开口：“您能不能站到床边来？”

哪有奴才这么使唤主子的？李景允很不满，但出于好奇，他还是起身走了过去。

“你想干什么……”

李景允话还没说完，手就被人拉住了，殷花月连声招呼都不打，径直掀开了他的衣袖。

手臂上一凉，李景允打了个寒战，恼怒地低头就想呵斥她，结果目光一垂，就见殷花月专心致志地盯着他手臂上的伤口。

李景允：“……”

愈合了的口子，变成了蜈蚣一样的疤痕，看着狰狞又恐怖，但凡是个女儿家，都该有几分害怕。可这人跟个怪物似的，不但不避忌，还伸手摸了摸。

温暖的指腹摩挲在疤痕上，又痒又麻。

李景允浑身都不自在了，恼道：“这有什么好看的。”

殷花月收回手，也没吭声，就垂着眼眸盯着床沿发怔，完全没有要答话的意思。她脸色看起来不太好，人也有些摇摇晃晃的。

李景允疑惑地看她两眼，拂了衣袖在床边坐下，伸手探了探她的额头：“是不是伤口又不舒服了？”

殷花月兀自想着事，也没听清他说的是什么，含糊地应了一声。

李景允脸色稍霁，嘴角撇了撇，他觉得自己实在没必要同个病人置气，她爱看就看吧，反正吓着的也不是他。

"主子。"八斗慌慌张张地跑进门，喊了一声，"有贵客过府。"

李景允斜他一眼："多贵？"

八斗一噎，傻眼了，掰着指头算了算，哭丧了脸："公子，温公子和韩家小姐有多贵，奴才也不知道啊。"

温故知和韩霜？李景允有些意外，这两人怎么会一道来大统领府？

床榻上"咚"地响了一声，他不明所以地回头，就见殷花月小脸煞白地抱着撞痛的膝盖，一双眼盯着门口的方向，神情紧张。

要跟旺福一样有尾巴，此时就该竖起来了。

李景允看着好笑，他弹了弹她的脑门："慌什么？"

"公子，韩家小姐……"殷花月喉咙都紧了，"奴婢先找个地方避避吧。"

"避哪儿？你下得了床？"李景允一巴掌将她按住，扫了一眼她的后背。

本就未愈合的伤口，方才不知又扯到了哪一处，洁白的里衣沾染了一小块鲜红。

"给爷趴好了，别动。"他阴沉着脸，斥道，"再动一下，我立马把你送去韩府做丫鬟。"

殷花月："……"

哪有这样威胁人的，殷花月一时都分不清李景允是为她好还是巴不得她死了。

贵客很快就进了门，李景允放下隔断处的帘子，转身就对上了温故知那张和蔼可亲的笑脸。

"三爷今日气色不错。"

李景允盯着他看了片刻，突然轻笑，伸手替他了理衣襟："托温御医的福。"

温故知笑意有点儿垮，他看了看自个儿身后，甚是无辜地朝他摇头。

不关我的事啊，我这也是被赶鸭子上架。

温故知让去一边，后头的韩霜款款上前，朝李景允行礼："景允哥哥安好，霜儿听闻景允哥哥身子不舒服，特地随温御医一起来看看。"

李景允敛了笑意，朝她摊了摊手："看过了，我没什么大碍，你早些回去。"

一点儿情面都不留。

韩霜有点儿委屈，可想了想，还是上前半步道："先前伯母安排，说让小女随景允哥哥去庙里上香，小女有事耽误，害景允哥哥久等了。明日庙里有祭祀，不知景允哥哥还能不能带小女去看看？"

李景允给温故知递了杯茶，漠然道："我房里丫鬟受了重伤，刚捡回半条命，这几日许是没空外出，不然回来就得给她收尸了。"

殷花月在里头听着，倒吸了一口凉气。

这位爷哪会为她好啊，这是巴不得她死！

要是按下不提，时间久了，韩家小姐也许就会忘记她这个小人物，放她一条生路。现在倒好，旧怨未消，又添新的，韩家小姐估计做梦都不会忘记找机会把她塞回掌事院。

外面的气氛有些凝固，温故知见形势不对，立马道："我是来给那小丫鬟换药的，您二位先聊着。"

说罢，他飞快地蹿进了内室。

韩霜站在李景允面前，嘴唇咬得发白："景允哥哥是在怪霜儿？若霜儿说这件事霜儿不知情，是旁人做的，景允哥哥信是不信？"

"不信。"

韩霜眼里噙着的眼泪唰地就落了下来。

"都这么久了，你还在怪我。"她哽咽着道，"五年前也好，五年后也罢，你为什么就不肯信我一回？"

李景允没有回答，外室里只有低泣声和呜咽声，听着格外沉重。

殷花月在内室里和温故知大眼瞪小眼。

她瞪眼，是因为她来大统领府也不过三年，压根不知道五年前这两位有什么纠葛，听着似乎有不少故事。而温故知瞪眼，是因为……

"你怎么恢复得这么快？"他咋舌，小声道，"我还以为至少要十天才能恢复元气。"

殷花月想了想，朝他拱手："多谢御医妙手回春。"

"哎，这可谢不着我，我就是一写药方的。"他上下打量她一圈，摸着下巴促狭地说道，"当真挺水灵，怪不得咱们三爷另眼相待，在意得很。"

殷花月黑了半张脸："在意？"

"哎呀，一看你就是不知道发生了什么。"温故知朝她钩了钩手指，让她凑近些，然后轻声道，"咱们三爷老铁树开了相思花，把你放在心坎上疼呢，他说你要有个三长两短，他也不活了！"

殷花月："……"

她当时虽然脑子一片混沌，但不用脑子想也知道，这种鬼话李景允是无论如何也不会说的。

　　看了看眼前这个长得甚是斯文的御医，殷花月在心里给他打上了一个不靠谱的大叉。

　　"哎，你这眼神可就伤了我的心了。"温故知撇嘴，"我这人可从来不说假话，不信你瞧好了。"

　　温故知坐直身子，清了清嗓子，大声道："姑娘，要换药得将这衣裳褪了，病不忌医，还请姑娘放开些。"

　　说完，他伸出了手指，无声地数：三、二……

　　"一"没数到，隔断处的帘子就被掀开了，李景允面无表情地跨进来，看看她又看看温故知。

　　"你带来的麻烦，你负责收拾。"他伸手按住温故知的肩，"实在收拾不了，就跟她一起滚。"

　　温故知乐了，一边乐一边朝殷花月挤眼：看见没？

　　殷花月愣怔，一时有点儿没反应过来，李景允动作却很快，膏药留下了，人往隔断外一推。

　　外头的哭声也戛然而止。

　　清净了。

　　李景允拍了拍衣袍上的灰，转身正好对上殷花月复杂的眼神。

　　"怎么？看热闹还给你看傻了？"他在床边坐下，伸出食指抵了抵她的眉心，"魂兮，归来。"

　　殷花月侧头躲开他的手，莫名有点儿不自在，低着头含糊地说道："奴婢自己能换药。"

　　"那你可厉害了，眼睛能看到后背上药。"李景允白她一眼，伸手解开她的腰带，"有这本事你当什么奴婢啊，直接去街上卖艺，保管赏钱多多。"

　　肩头一凉，殷花月惊得伸手按住半褪的衣裳，李景允斜她一眼："看都看过了，早做什么去了，松手。"

　　殷花月抿唇，抓着外衣的指节用力得发白，不像是害羞，倒像是真的抵触他。

　　李景允怔了怔，盯着她看了一会儿，突然有点儿烦："你一个奴才，背着这身疤，还想嫁什么高门大户不成？"

　　"……没有。"

"没有你介意什么？"

殷花月不吭声了，只默默地把衣裳拉过肩头，倔强地捏着襟口。

这一副生怕他占了她便宜似的表情，看得人无名火起，李景允扔开膏药冷了语气："真当爷愿意伺候你？爱换不换吧，伤口烂了疼的也不是别人。"

他说罢起身，甩了帘子就出去了。

"景允哥哥？"外头传来韩霜的声音。

温故知似乎也有些意外："这是怎么了？"

李景允没开口，接着一阵步履匆匆，几个人前后都出了门。

屋花里安静了下来，殷花月盯着地上的膏药生了会儿闷气，苍白的脸上半点儿神采也没有，像被雨水打湿了的旺福，恹恹的。

指尖伸又缩回来，她犹豫半晌，低咒一声，还是撑着床沿伸长手，轻柔地将膏药捡了回来。

之后几日，李景允都没再踏进主屋，每日的膳食都是八斗替殷花月拿来。

"殷掌事得罪公子了？"八斗实在不解，"先前还好好的。"

虽然殷花月嘴里很淡，也没什么胃口，但她硬是将八斗拿来的饭菜都吃得干干净净，又收拾好碗筷，工整地放回八斗手里。

"没什么大事。"她笑。

奴才惹恼了主子，主子收回他的几分怜悯，再正常不过，李景允本就不是什么有耐心的人，如果说他在意她，那不过是一时兴起。

他不会当真，她也不会往心里去。

"可公子一直不在府里。"八斗为难道，"万一大统领那边问起来，奴才该怎么说？"

"实话实说便是。"殷花月抬眼看他，"做奴才的，能少撒谎就少撒谎，不然哪天突然惹上麻烦，主子也保不了你。"

八斗虚心受教，将碗筷送回厨房。

殷花月看向窗外，风吹树响，光影摇曳，有那么一瞬间，她觉得自己看到了一片衣角。

可她定睛再看，外头只有与衣同色的青树。

摇摇头，她将被子拉过了头顶。

京华的雨还没停，细细绵绵下了三日，雨水落在窗台上滴答作响，扰乱了箜篌的拍子。

一把玉骨扇从窗口伸出去接，雨水落在雕花上，一溅，染上了绣着暗花的扇面。

李景允也不在意，只倚着花窗笑："可惜了没个艳阳天，不然您倒是能看看这栖凤楼独一份的花钿彩扇舞。"

屋子里有些暗，主位上坐着的人让人看不清表情："你不随李大统领练兵卫国，倒来这些地方混日子，也不怕他生气。"

李景允转身："我散漫惯了，哪里吃得了练兵场里的苦？家里还有二哥为国尽忠，我躲在他后头，总也有两分清闲可偷。"

"哦？"周和朔起身往前走了两步，深邃犀利的眼露出来，定定地看着他，"本宫倒是听闻你最近与韩家有喜事，还打算求亲。"

一听这话，李景允眉心微皱，眼角也往下耷拉："可别提这事了，正烦着呢。"

"怎么，不如意？"

"这哪里能如意？"李景允没好气地往旁边一坐，直摇头，"我跟韩霜没法过日子，奈何我爹娘硬是要定这门亲事，先前还让我陪她去逛庙会，还要送什么玉佩。"

周和朔眼皮微动，轻声问："你送了？"

"没，那天我没见着韩霜，玉佩也不见了。"

周和朔沉默，目光落在面前这人身上，带着三分猜忌、七分困惑。

东宫遇刺，发现的玉佩是宝来阁的，一问去向，他气了半宿，以为李景允要冲冠一怒为红颜，与他作对。

可眼下一看，似乎又不是那么回事。

"四月初二那日。"周和朔开口，顿了一下，又缓和了语气，"那日夜里月亮又大又圆，本宫在宫里瞧着，倒是惦记起你来，不知你又去何处风流了。"

"四月初二？"李景允茫然地掐了掐手指，"那时候我还在被我爹禁足呢，能去哪儿风流？"

他往椅子上一靠，没好气地嘀咕："美酒没有，美人也没有，就府里那条狗还算活泛，我陪了它会儿就去睡了。"

闻言，周和朔似笑非笑，端起茶抿了一口。

"殿下。"门外传来侍卫的声音，"三公子的朋友来了。"

周和朔点头，放了茶杯，起身道："既是你们友人相聚，本宫就不打扰了，以免他们拘束，下头还有九弦凤琴，本宫且去听听。"

"殿下慢走。"李景允起身行礼。

等人走远了，他才收起笑意，颇为疲惫地揉了揉眉心。

徐长逸和柳成和进门来，看见他完好无损地坐着，不由得松了一口气。

"那位爷走了？"

"嗯。"李景允抬眼，"怎么样？"

门被关得严实，徐长逸在他身边坐下，轻声说道："他已经派人去你府上，盘问了几个奴才，没人说漏嘴。"

李景允点头，揉了揉僵硬的脖子："差点儿要了爷的命。"

"也没那么严重，你行踪瞒得好，身边也没什么知情人，就算把鸳鸯佩摆到跟前来，你不认就行。"

"想得美。"李景允哼笑，"真当吃皇家饭的都是一些好骗之人？但凡有一丝破绽，今儿个咱们谁也别想把脑袋安回脖子上。"

徐长逸笑："三爷无所不能，哪能在这小坎上摔着。"

两人说了半晌，柳成和一直没吭声，李景允侧头看他，挑眉道："你想什么呢？"

柳成和为难地皱眉道："三爷身边的那个丫鬟，是个什么样的人？"

提起这茬，李景允就有点儿烦："她那是人吗？狗给根骨头还会汪汪叫、摇尾巴，她倒是好，爷救她一命，她也不领情，防爷跟防贼似的。"

想起那日她那躲避抵触的模样，他就觉得心头火起，恨不得买上十根宝来阁的簪子，一根一根在她面前折断，好让她知道什么叫生气。

柳成和脸色白了白："那完了。"

"怎么？"李景允敲了敲桌子，"你有话能不能一次说完？"

"太子殿下派去大统领府上的人，不但打听了消息，还带走了一个人。"

柳成和看他一眼，挠头补充："您院子里的。"

墨瞳微微一滞，李景允反应了好一会儿，才意识到自己院子里会被带走的是谁。

玉骨扇收紧，他沉了脸色，半晌，才伸手盖住了自己的眼。

"做奴才的，能少撒谎就少撒谎，不然哪天突然惹上麻烦，主子也保不了你。"

这是她教八斗的话，他当时就在窗外听着，气了个半死。可他气归气，也没立马把她塞回掌事院。

现在倒好，他想塞回去也来不及了。

一甩袖口，李景允起身就往外走。

栖凤楼是个大地方，三层高的飞檐挂着红底金丝的灯笼，堂子里莺飞燕舞，娇笑不断。打着算盘的掌柜戴着一身的金银首饰与他擦肩而过，轻轻撞到了手。

李景允面无表情地继续往前走，到了二楼，翻转手掌，一把钥匙安静地躺在手里，恰好能打开面前的房门。

周和朔在他隔壁。

屋子里站着十几个守卫，气氛紧张，周和朔倒也没着急，先将一盏茶细细品完，才慢悠悠地开了口："问几件事，问完就放你回去。"

面前的小丫鬟许是吓着了，匍匐在他面前，小小的身子抖得如风中枯叶。

周和朔看着笑了："别害怕，我与你主子是旧识了，断不会害了你。"

温柔的语气在这样沉重的压迫感下，会让人下意识地想亲近和信任——这是帝王的权术，用来拷问这种没见过世面的奴才最有效。

果然，小丫鬟安定了些，怯生生地抬起头，飞快地扫了他一眼。

软弱无助的眼神，像屋外清冷的雨。

周和朔顿了一下，语气更柔和了些："就三个问题，你答了便是。"

殷花月垂眸，袖子里的手攥得发白。她万万没想到自己会以这种方式见着这个人，更没想到的是，他如今看起来竟是慈眉善目。

很久以前的红墙黄瓦上，大火连绵，这张脸上布满鲜血，狰狞又癫狂。可如今再见，他的眉目温和下来，笑着问她："见过这块玉佩吗？"

将白玉鸳鸯佩递了过去，周和朔瞧着，就见这丫鬟抬眼盯着它打量，眼里闪过一丝惊讶，接着低下头："见……见过，是夫人挑给公子的。"

他微微颔首，又问："那你可还记得这东西是什么时候不见的？"

她身子颤起来，说话都带了哭腔："记得，这块玉佩，奴婢记得最清楚。"

李景允听后抹了把脸，对着墙上的小洞，将一支细小的弩箭对准了殷花月。

他就知道奴才是不能相信的，甭管什么样的奴才，都会为了保全自己的命而出卖主子。

东院不需要近侍，以前不需要，以后也不需要。

抿了抿唇，他扣着机关的手指微微用力。

"……那日公子与韩家小姐相约去上香，回来的时候，腰上就没了东西。"

小丫鬟肩膀瑟缩，声音满是惶恐，"公子以为是奴婢动的手脚，差点儿……差点儿将奴婢赶出东院。"

她又看了玉佩两眼，委屈地小声喃喃："原来是在这里。"

"……"扣紧机关的手僵了僵，又慢慢松开。

李景允愣怔地从小洞看过去，就看见殷花月怯弱拘谨地跪坐着，一双眼蓄了泪，无助又可怜，哪里还有半分在府上那镇定自若的模样。

女人的眼泪是最能迷惑人的东西，周和朔看得心软了些，低下身来蹲在她面前，摇晃着白玉鸳鸯佩问："那四月初二戌时到亥时，你家公子可在府里？"

殷花月认真地回忆片刻，轻轻点头："在的，他在西小门逗狗……还差点儿被狗给咬着了，当时很多人都看见了，奴婢也在。"

心里的怀疑烟消云散，周和朔抿唇，自责地揉了揉眉心。他看了面前这丫鬟一眼，突然在她跟前蹲下，手指一松，任玉佩落进她的怀里。

殷花月一喜，伸了双手去接，手里一凉的同时，垂着的眼角也是一暖。

她不解地抬眼，正好撞见周和朔那温柔缱绻的目光。

"这点儿小事，"他伸出小指揩了她眼尾的泪花，温和地笑道，"哪里值得你哭。"

穿着蟒袍的男人，在森立的铁甲刀剑之中蹲在她面前，像哄什么宝贝一样呢喃轻语。

这谁顶得住啊？一百个奴婢站成排，太子殿下这一箭就能穿透九十九颗芳心，甭管吃的是谁家的饭，此时此刻，都愿意为太子殿下赴汤蹈火，在所不辞。

周和朔很自信，他这一招驾轻就熟，百试百灵。如此一来，这丫鬟就不会找李景允告状，他今日的怀疑、揣测，也就不会伤及两人的交情。

果然，面前这小丫鬟双颊泛红，再不敢看他，害羞地将头转去了一侧。本该起身告辞，可她也没动，就这么待在他面前，想与他多待些时候。

"贵客。"门外突然响起了栖凤楼掌柜的声音，"楼上的李公子给您送了酒来，是刚出窖的佳酿。"

周和朔回神，扫了一眼窗外的天色，道："不必了，我这便要回去，且将楼上的账一并结了吧。"

"是。"

护卫将殷花月拎了起来，周和朔走到她面前，轻笑道："你要乖，别同旁人说你见过我，不然……容易掉脑袋。"

殷花月惶恐地看他一眼，忙不迭地点头。

周和朔放心地让人送她回了大统领府。

　　小雨停了，日头照在窗台的积水上，折射着耀眼的光，殷花月趴回熟悉的床榻，脑子里绷着的弦松下来，整个人顿时昏沉不已。

　　一只皂靴跨进门来，发出轻微的声响，殷花月听见了，费劲地抬起头，迷迷糊糊地看见床边站了个人。

　　"不是挺不待见我的？"那人俯身打量她，语气古怪，"怎的还帮我撒谎？"

　　殷花月听出来人是谁，可脑子里一团糨糊，压根反应不过来。她抱着枕头呆愣了半晌，才嘟囔道："没有。"

　　"没有什么？"

　　"没有帮你。"

　　先前那软弱可怜的小模样消失得无影无踪，殷掌事回到了她的地盘，又抿起了嘴角，眉眼冷淡，语气毫无波澜："奴婢要保命。"

　　床边这人"啧"了一声："真要保命，卖了我不是更好？还有大把的赏银。要是被人拆穿，你定死得骨头渣子都不剩。"

　　殷花月将脑袋往枕头上一埋，不吭声了，脑袋里一阵又一阵的眩晕，像旋涡一样扯着她往里掉。

　　迷糊之中，殷花月听见一声叹息，接着额头上就是一凉。

　　"跟谁学的臭脾气？"李景允在床边坐下，将她捞过来放在自己的膝盖上，满眼嫌弃，"掌事院还没把你这身刺给拔掉？"

　　怀里这人该是烧糊涂了，半睁了眼看他，眼里一片雾气，嘴角不服气地抿起来，鼻腔里极轻地哼了一声。

　　倒还敢哼？李景允哭笑不得，干净帕子用冷水打湿，拧干给她敷上，伸手戳了戳她潮红的脸蛋："跟外人尚且能服软，在爷这儿倒是会尥蹶子。叫你不换药，现在难受了吧？活该。"

　　湿润的眼眸眯着他，殷花月半梦半醒，恍惚地说道："我不信你。"

　　"什么？"李景允不解，低头凑近她。

　　"我不信你。"

　　"不信我什么？"

　　"就不信你……"她含含糊糊地呢喃，蹙着眉头，连呼出来的气息都灼热得惊人。

　　她这是烧得说胡话了，李景允摇头，想了想，也懒得与她计较，先吩咐八斗去熬药。

怀里像揣了个烤熟的番薯一样，李景允左右看看，想拿个枕头来给她垫上，结果枕头一动，下头露出个东西来。

眼熟的一张黄纸，里头裹着的东西已经发硬，他拿起来一看，好家伙，就一贴膏药，不知为何被她叠得方方正正、仔仔细细，还压在枕头下面。

这是他那天给她拿来的。

李景允盯着看了好一会儿，突然笑了，将膏药和枕头都放回去，然后拿了新的药膏来。

衣衫褪下，背后有些未愈合的伤口泛着一圈红，殷花月难受地哼哼了两声，想挣扎，李景允眼疾手快地按住她，恼道："这背还要不要了？"

"要……"怀里的人撇了撇嘴，尾音突然就带上了哭腔。

李景允顿了一下，缓和了语气："爷也不是凶你，可你自个儿看看，这院子里，除了爷，还有哪个人能帮你？"

"旺福……"

"那是人？"

殷花月嘴角往下撇，伸手抓住他的衣摆，委屈地哽咽了一声。

"……行。"李景允抹了把脸，决定能屈能伸，"算它是人。"

……

指腹沾着冰凉的药膏抹在红肿的伤口上，李景允自顾自地问："你是怎么想到说玉佩是见韩霜那天丢的？其实你说实话也无妨，爷有法子圆回来。"

他想了想，撇嘴："不过你既然帮了忙，爷就会记你的人情。"

怀里的人安安静静，他扫她一眼，不甚自在地说道："你要是有什么要求，也可以提。

"不过不能过分，不能要求我收回上次的要求。

"怎么？这也不满意？"见她还是没反应，他停下手，不满地将她的下巴抬起来，"当奴才的，最要不得的就是得寸进……"

最后一个字卡在喉咙里，被他生生地咽了回去。

李景允眼神微动。

面前这人双眼紧闭，呼吸平稳，像一只闹腾的小狗崽子终于老实地睡着了，浓密的睫毛一动不动，往上弯的眼尾瞧着乖顺又可爱。

李景允松开她，愣怔片刻，莫名地低声失笑。

日光破了层云，照得院子里还带着雨水的花草都粼粼泛光，两只麻雀停在树枝上，捋了捋羽翅，往窗里看。

有人着一袭青玄擒鹤袍倚坐在床上，衣摆上的云雷纹在床弦上铺张，像练兵场上那乌压压的擂台。

可这擂台上没有刀剑，倒是趴着个衣衫半褪的姑娘，乌发如云，伤痕累累。

麻雀看不懂，叽叽喳喳地叫唤了两声。

像是被鸟叫唤回了神思，李景允抿唇，将青玄擒鹤袍的衣袖拢起，把手轻轻放上了她的头顶。

"干得不错，小旺福。"他轻声道。

怀里趴着的"小旺福"沉沉地睡着，没有听到他的夸赞。

三日之后，殷花月的伤势终于大好，能下得了床，也能开始做些寻常的杂事。可是，她接到的第一个任务就有点儿棘手。

东院里日头正好，往石桌边一坐，再摆上一壶好茶，便能优哉游哉地过个下午。李景允眯眼看着晴空，慵懒地打了个哈欠，眼里墨色深深。

殷花月往他身边挪了一步，双手交叠，屏息凝神。

他没回头。

殷花月抿唇，又挪了一步，裙摆摇晃，绣鞋踩得青石板"嗒"的一声响。

李景允还是恍若未察。

腮帮子鼓了鼓，殷花月深吸一口气，打算直接开口。

"爷不去。"背对着她的这人突然出声，都不用她问，径直给了答复。

殷花月一口气呛在喉咙里，咳嗽不止，不可置信地看着他。

李景允终于回头，手里的玉骨扇打了个旋儿，一边嘴里"啧啧"着，一边摇头："就你这模样，还敢说是大统领府最稳重的奴婢？"

"公子。"殷花月实在不明白，"奴婢还未说事，您怎就说不去？"

"京华放晴，东郊的猎场想必开了。"李景允懒洋洋地说道，"每年都会让我去'开山头'，爷腻了，今年不想去。"

"可是，夫人说今年去的人很多，与您交好的那几位，还有宫里的贵人都要去。"

李景允哼笑一声，用玉扇骨抵了抵桌子，眼睛往她的方向一扫，带着两分看穿地揶揄："你怎不直说韩霜要去？"

殷花月闭嘴了，心虚地看向旁侧。

他侧过脸来看她，感慨道："养不熟的狗啊，伤才好几日，就急急地要卖主求荣，白瞎了爷这么疼你。"

耳根莫名有点儿发热，殷花月退后两步，皱眉："公子，夫人是为您好。"

"是，你嘴里的夫人就没半点儿不好的，全是爷不知好歹，不领人情。"李景允半闭着眼，有些恹恹。

这要是在之前，殷花月定当他是少爷脾气上来，反骨忤逆，直接绑了去就是。可，这几日……她垂眸，委实有点儿不好意思下手。

殷花月思忖片刻，伸手替他斟茶："听说东郊的猎场很大，里头什么东西都有。"

他换了只手撑着脸侧，拿后脑勺对着她："没什么新鲜玩意儿。"

"那，公子骑术如何？"她笑问。

李景允嗤之以鼻："你以为爷为什么腻了？那么多人，没一个能与爷争高下的。"

殷花月惊讶道："公子竟如此厉害。"

"哼。"

殷花月想了想，低声道："不进去猎物也成，猎场旁边还有一处温泉，公子去赏景休憩也不错的。"

"不去。"

"那，半山腰上的酒肆呢？听说有极为好吃的野味。"

"不去。"李景允不耐烦了，"别说这些有的没的，今儿说不去就不去，君子一言九鼎。"

殷花月软了眉眼，吸了吸鼻子："奴婢没去过猎场。"

李景允顿了一下，没回头。

她又笑，眼眸里泛起光："听闻打猎也许能打到白色的鹿，还有什么狐狸、山鸡、野猪、豺狼……这些奴婢统统没见过。"

她看着他的背影，语气里带了些讨好："公子能不能带奴婢去见识见识？"

李景允背脊僵硬，微恼道："你没见过的东西多了去，难道还非得……"

话没说完，袖子就被人拉了拉。

身后这人离他很近，他能听见她双手合拢的声响，温热的气息从后头传来，连语调都温柔得不像话："求求了。"

聪明的"小旺福"学会了他教的求人办法，并且运用得炉火纯青。

李景允转过头来，没好气地翻了个白眼："爷教你这个是让你学会服软，不是拿来当万灵丹。"

殷花月赔笑，合着的爪子又朝他拜了拜。

李景允觉得，养狗是不能太纵容、宠溺的，不然养出来的狗会得寸进尺。应该恩威并施，给一次甜头之后，下一次就无论如何也不能答应她的要求。

他是想得透彻，但不知道为什么，等回过神来的时候，马车已经行在了去东郊的路上。

这日，天朗气清，惠风和畅，京华贵门悉数出行，宝盖华车的长龙从城东一路绵延到了罗华街，骏马昂首前行，奴仆如云。

殷花月按照规矩跟在马车之后，她身边有其他府上的奴婢、小厮，都与她一样交叠着双手，低头前行。

路边看热闹的百姓七嘴八舌地起着哄，四处沸腾喧哗，没人会注意到马车后头的奴婢在说什么。

"那位在头一辆马车上。"旁边的绿裙子丫鬟低声道，"到半山腰的酒肆、他们会歇脚，届时你寻个借口出来便是。"

殷花月安静地听着，没什么反应。

绿裙子丫鬟不安地扭头看了她一眼，皱眉："说好了的，你可别出什么岔子。"

琥珀色的眼眸微微动了动，殷花月侧头，突然问了她一句："当年死在那上头的大皇子，尸骨就被扔在那儿了吗？"

此话一出，绿裙子丫鬟脸色一白，也顾不得什么仪态了，扑过来就捂住了她的嘴，眼睛睁得极大："你疯了？"

绿裙子丫鬟不安地左右看了看，压低声音："这话如今哪儿还能说出口？"

殷花月拿开她的手，顿了一下，朝她淡淡一笑："随口一问罢了。"

绿裙子丫鬟更加惶恐了，她是听吩咐做事的人，今日上头只说有人会来帮忙，可没说是这么个怪人啊。看着就不靠谱，当真能成事吗？

绿裙子丫鬟心里发虚，放慢了脚步，等到后头上来两个人，拉着她们又嘀咕了两句。

"殷掌事。"从前头行进着的马车里突然传来一声召唤。

殷花月回神，立马快步上前："奴婢在。"

李景允掀开小窗的帘子，眼睛扫过来："爷想吃京安堂的蜜饯。"

窗外麻利地递上来了一个油纸包。

"公子请用。"

李景允接过，叼了一个在嘴里，含糊地说道："这玩意儿吃多了渴得很。"

殷花月会意，加快步子往前走，身影消失在车水马龙中。

帘子落下，徐长逸直摇头："三爷这也太为难人了，人家只是个小丫鬟。"

李景允斜他一眼："爷院子里的小丫鬟，爷爱怎么使唤怎么使唤。"

"就是。"温故知抬袖掩唇，"反正使唤坏了也是自个儿心疼。"

"嗯？"徐长逸来了精神，"怎么回事？"

温故知笑而不语，一双眼滴溜溜地打转。

李景允不耐烦地轻踹他一脚："堂堂御医，怎么跟个碎嘴妇人似的。"

"三爷，这可不是我碎嘴，有眼睛的，谁看不见哪？"温故知倚着车壁笑，"你待这小丫鬟不寻常得很，五年前的韩霜都没她这么受宠。"

"韩霜？"眼里泛上两分讥诮，李景允扯了扯嘴角，"爷什么时候把她看在眼里过？"

车里几人面面相觑，知道说错了话，忙转了话头："总之，这个小丫鬟咱们可得好生看看，若是个老实听话的还好，若不是，也早些提防，免得咱们三爷吃亏。"

李景允又含了一颗蜜饯，抿唇道："她没有问题。"

"嗯？"徐长逸很意外，"这才多久啊，您就这么肯定了？"

"爷的人，爷自然清楚。"李景允掀开车帘，看见那抹熟悉的影子提着一壶茶碎步回来，眼里墨色深深，"再说了，只是个丫鬟，没别的。"

温故知咋舌："这还叫没别的？"

"是你小题大做。"他一本正经地抬眼，"主仆之间朝夕相对，难免比旁人亲近，我眼里又是不能揉沙子的，倒给了你机会起哄。"

温故知眉梢高挑，摸着下巴琢磨了好一会儿，觉得有哪里不对，可是又找不到话来反驳。

马车行至山腰，前头就是有名的野味居，队列后头的车继续上山，而前头的这几辆，便停下来歇息。

李景允下车的时候，殷花月正盯着远处的人群走神，他站在她身边跟着看了片刻，没好气地问："有熟人？"

殷花月肩膀一颤，飞快地收回目光，低头答："没有。"

"那还不跟爷进去？"

"是。"

殷花月跟着他走了两步，又停下来，小声道："公子，奴婢可否离开片刻？"

一路行进，奴仆也有三急，李景允没多问，摆手道："别走错了地方。"

她低头屈膝，转身急匆匆地往林子里走。

正是用膳时分，林子里没什么人，绿裙子丫鬟远远地就看见了她，黑着脸朝她走过来："怎么这么慢？"

殷花月抿唇，开口刚想解释，绿裙子丫鬟便打断道："也无妨了，我思来想去，你这口无遮拦的，极易得罪人，今日那位大人可不是什么普通人，一步踏错，咱们都没活路。与其指望你，不如我自己去。"

殷花月微微挑眉，道："他们应该同你说过，我与他是旧识。"

绿裙子丫鬟上下打量她一眼，撇了撇嘴："咱们这些通气的，谁与谁不是旧识？今日也该我去，你凭空冒出来，若是坏了事，还得我担着。"

殷花月摇头，还待再说，就看见这丫鬟头上新添的两个花钿。她眨眼，仔细一打量，发现这人的妆容也比先前更精致了些。

殷花月微微一思忖，了然笑道："他对女色没什么兴趣。"

藏着的小心思贸然被人揭穿，绿裙子丫鬟脸上涨红，跺脚道："你瞎说些什么，我可没那样的想法。"

说罢，她将殷花月往外一推："你快些走，别留在这儿了。"

被绿裙子丫鬟推得踉跄两步，殷花月站稳，颇为感慨地想：都这么多年了，怎么还有人惦记沈知落呢？分明已经是污名满身，受万人唾骂了，可小姑娘一提起他来，还是会双颊羞红。

妖"颜"惑众啊……

她叹息着转身，脑海里想起了那人的身影。

沈知落最常穿的似乎是绣满星辰的紫黑长袍，袖子半拢在臂弯里，露出里头以符咒图案为衣襟的中衣，黑色的发带上绣着她看不懂的纹路，偶尔被风一吹，会挡住他那双惑人的眼。

那是一双怎样的眼睛呢，殷花月想了想，下意识地用手比画了一个弧度。

结果这时，有人朝她走了过来。

殷花月一怔，抬眼一看，瞳孔猛地一缩。

那人也在盯着她看，眼里同样满是震惊，身形顿了一下，然后快步走近，眼眸的弧度便与她手指比画的分毫不差地合上。

"你……"他睫毛颤了颤，觉得自己眼花，闭眼再睁，微紫的眼瞳一动也不动地看着她的脸，"当真活着？"

话出口，自己都不信，伸手轻轻碰了碰她的脸。

有温度，不是他的幻觉。

指尖颤抖起来，沈知落深吸了一口气。

面前这人迷茫了片刻，终于回过了神。他屏息看着她，想知道她会说些什么，会不会反省自己这么多年音信全无，抑或好奇他的遭遇。

然而，这人沉默半晌，竟是屈膝朝他行了个礼："沈大人，好久不见。"

一口气没缓上来，沈知落只觉得喉咙腥甜，差点儿呕出血。

后头的绿裙子丫鬟急匆匆追过来，看见他这难看的脸色，以为殷花月当真闯祸了，连忙将两人隔开道："大人，奴婢才是奉命来接大人的人。这丫鬟，大人不必理会。"

沈知落闭眼，喘了口气。

"大人，您没事吧？"绿裙子丫鬟把殷花月往后推，然后上前扶住他，"奴婢先扶您去那边休息？"

"不必。"沈知落拂袖，"你先退下吧。"

绿裙子一怔，迟疑地说道："可是奴婢是奉常大人之命……"

"退下。"

绿裙子丫鬟茫然地看他一眼，又看看后头不吭声的殷花月，咬咬唇，不甘地走远。

林子里起风了，树叶沙沙作响，风卷过这人黑色的发带，上头银线绣的纹路像是活了一样。

殷花月安静地看了片刻，突然问他："你一直这样穿着，不会做噩梦吗？"

沈知落身子僵了僵，他抬起手臂，又慢慢地将袖口捏紧。他沉默了半晌，再开口，声音就有些低哑："你好歹先问罪，再来定我的罪。"

殷花月轻笑，走近他两步，一双清澈的眼望进他的紫瞳里："那我便问了，沈大人，您当年穿着这一身袍子在这野味居里投敌卖国、亲手弑主，如今随着新主富贵，却还是这一身打扮，看着镜子里的自己，不会做噩梦吗？"

沈知落眼睛一眨不眨地看着她，喉结上下动了动。

"不会。"他答。

笑意一点点退去，殷花月的眼神逐渐冰冷，她伸手抚了抚他的衣襟，手指突然往上一收，掐住了他的脖子。

沈知落顿了一下，不但没挣扎，反而笑了。俊美得过分的一张脸骤然绽放笑容，风华动人。

"我还以为你变了，怎么那么温顺乖巧。"他边笑边抹眼角，欣慰地说道，

"原来还是这样。"

殷花月笑不出来，她心里窝着火，恨不得拿刀架在这人的脖子上。可惜的是，她没有刀，只能硬掐。然而面前这人太高，她哪怕是双手掐着人家的脖子，看起来也没什么气势。

尤其是从背后看过去，颇像情人私会投怀送抱。

李景允等得不耐烦出来寻人的时候，看见的就是这么一幅场景。

幽静隐秘的树林里微风习习、花香四溢，他养的小丫鬟扑在别人怀里，水色的罗裙像一朵初绽的花，亲昵地覆在人家紫黑色的衣袍上。

树影摇曳，鸟飞叶落，李景允安静地看着，脸上半分表情也没有。

他试图说服自己"人有相似，狗有相同"，今日未必只有殷花月一人穿水色罗裙。可是，目光往上一扫，他看见了那条浅青色的腰带。

软柳叶子似的绸带，他解了许多回，再熟悉不过了。

盯了一会儿，李景允冷笑出声。

防他跟防贼似的，眼下对别人倒是热情万分，瞧那脚踮的，怎么不踩个凳子呢？还有那手，本来就短，搂哪儿不好要去搂人家脖子，不是矮子摸象吗？

哟，男的还笑起来了，真是情真意切、满心欢喜，这二位哪该在树林里啊，就该抬去那戏台上，活脱脱就是一出《西厢记》。

李景允情不自禁地给他们鼓了鼓掌。

"啪啪啪。"

寂静的林子里，这声音如同响雷，殷花月霎时回头，眯眼打量。等看清来人是谁，她神色一变，立马收回手往旁边退了两步。

这反应太惶恐，沈知落觉得奇怪，收了笑意，跟着她抬眼。

一身花青折松锦丝袍，头戴祥云衔月紫金冠，李景允懒散地倚在老树旁，眼角眉梢尽是讥诮。

"挺好的兴致啊。"他道。

身旁的人不知为何抖了抖，沈知落皱眉，下意识地将她护到身后，抬眼道："三公子怎么在这里？"

"这话不是该我问沈大人？"瞥一眼他这动作，李景允眼神更凉，"您身后这个，似乎是我的丫鬟。"

语气里像是带了倒钩刺，听得人浑身刺挠，殷花月皱了脸，脑海里将所有的借口飞快地过了一遍，努力找寻能糊弄住这位爷的。

然而，不等她想明白，沈知落就直接开口了："既然是三公子的丫鬟，那便好说。在下与她是旧识，经年不见，可否向三公子借些时辰叙旧？"

李景允慢慢悠悠地走过来，站在他跟前，视线与他齐平，然后大方地朝他笑了笑："一个丫鬟而已，沈大人都开口了，那我必定……"

李景允脸上的笑容瞬间消失，他伸手拽出沈知落身后的人，冷漠地说道："不借。"

殷花月脚下一个踉跄，被他拉着往林外走，她"哎"了一声，刚想说话，另一只手也突然一紧。

沈知落沉默地抓住了她，宽大的袖口被风吹得微微翻起，露出一截苍白的手腕。

殷花月很是意外地回头，无声地朝他挑眉。

做什么？

沈知落回视她，浅紫的眸子里蒙着一层雾，茫然又固执。殷花月觉得好笑，挣了挣手，轻轻摇头。

两处一拉扯，《西厢记》登时换了《鹊桥会》，而他在这儿一站，就是那个棒打鸳鸯的王母。

李景允看着殷花月秀眉轻挑，眼波横陈，这个素来朝他挂着假笑的人，对别的男人可是生动得很，再不见那讨人厌的清冷模样。

眼里墨色翻涌，手指也收得更紧，李景允皮笑肉不笑地看向沈知落，问："怎么，借人不成，还想强抢？"

沈知落指尖僵了僵，微恼地垂眸。人还活着就是好事，只要还活着，以后有的是机会，何必急在这一时。

手垂落下来，被紫棠色的袖口掩住，他别开头，淡声道："冒犯了。"

李景允冷笑，拉着人就走，他步子很大，走得又快，没一会儿就将沈知落甩得看不见影子了。

殷花月一路跟着，活像只被扯着线的风筝。

"公子。"踉跄之中，她试图解释，"那位沈大人以前……"

"他以前是宫里的人，你也是，你们认识再寻常不过。"李景允头也不回地打断她，"爷知道。"

殷花月赔笑："那……奴婢这算犯错了吗？"

光天化日之下，一个奴婢不待在主子身边好生伺候，反而跟一个与她八竿子打不着的男人在树林里私会，搂搂抱抱，有伤风化，还要问他算不算犯错？

李景允深吸了一口气，笑了："不算。"

殷花月抬头打量他一眼，迟疑道："可您看起来很生气。"

"有吗？"他松开了她的手，继续往前走，"爷从不为这些鸡毛蒜皮的事生气。"

瞧着背影挺潇洒的，殷花月揉了揉自个儿发红的手腕，觉得应该是自己多想了，他当真生气都是直接黑脸吼人的，哪能还冲她笑啊。

"三爷。"野味居里已经开了宴，徐长逸和柳成和坐在一席之上，看见他就招了招手，"快来这边。"

李景允垂着眼过去坐下，刚坐好，柳成和就聒噪开了："三爷听说了没？沈知落也来了，他往年都不来这地方的，今年竟也要上山开猎。"

"他又不是武将出身，猎个什么？不过是来凑热闹罢了。"徐长逸左右看了看，小声道，"我倒是觉得，他应该有别的目的。"

"他如今要风得风，来这破地方能有什么目的？"

"你别忘了，前朝大皇子可是葬身于此，谁知道有没有什么宝贝落在这儿。"

殷花月站在后头听着，指节捏得泛白，她不敢抬眼，满眸的慌乱被眼睫一盖，就还是那个稳重冷静的殷掌事。

只是，她的身子还是控制不住地轻轻发颤。

"听说他开了天眼，尽知命数，待会儿要不要让他给看看相？"

"你当人家大司命是街上的算命先生不成？沈知落那性子，除了殿下，与谁都不亲近，还算命呢，不被他咒就不错了。"

叽叽喳喳，议论不休。

李景允抿了一口茶，心平气和地舒了口气，然后捏了茶盏重重地砸在了茶托之上。

咔嚓一声锐响，杯壁碎裂，茶水四溅。

正说得热闹的两个人立马噤了声，惶然地扭头。

李景允淡声问："说完了吗？"

"说……说完了。"

"那便用膳吧，之后还要上山。"

"……好。"

温故知不在，没有心细的人帮衬，徐长逸和柳成和完全不明白自己触了什么逆鳞。这么生气的三爷许久没见过了，两人皆是头皮发麻，半个字也不敢再说。

身边安静了，李景允想收回手，可刚收到一半，身后的人就突然上前抓住了他的手臂。

"公子。"殷花月皱眉，"流血了。"

虎口被碎瓷片划了个口子，鲜红的血珠争先恐后地往外冒。她麻利地拿出手绢和随身带着的金疮药，想给他止血，可还没碰着他的伤口，这人反手就是一甩。

"没那么娇气。"他冷声道，"当奴才的，别总替主子做主。"

殷花月微微一怔，退后两步，低头认真反省自己是不是僭越了。可还不等她反省出个什么来，李景允就又道："上山打猎的东西还没准备齐全，待会儿用完膳，你随我去找些东西。"

殷花月看了看旁边，他今日要用的弓箭护具一早就打包好了，还有什么没齐全？

不过这位爷既然开口了，她也不敢反驳，低头应"是"。

"茶有些热，你拿去扇凉些。"

"是。"

"太凉了怎么入口？去热一热。"

"是。"

"还是太热了。"他皱眉。

殷花月温顺地笑着，将茶壶又收回去，轻声问："公子心情不好？"

"没有。"李景允笑了笑，"爷就是喝不惯外头的茶。"

愚笨如徐长逸，这回也终于察觉到了不对，他看看三爷又看看这小丫鬟，伸手拽了拽柳成和的衣袖，压低嗓门问："怎么回事？"

柳成和抹了把脸，硬着头皮去问："三爷，您这丫鬟，背上背得了重物？"

李景允侧头看过来，眼尾一片凉意："奴才出来都是干活的，要是什么都做不得，还跟着爷干什么？回大统领府供着不好？"

柳成和闭嘴了，乖乖地啃着碗里的熊掌。

野宴结束，各家奴仆都欢喜地去进食了，殷花月站在李景允身后，丝毫不敢懈怠。

虽然这位爷说自个儿没生气，但她总觉得哪里不对，还是稍微殷勤些好，说不定他就消气了呢？

这么一想，殷花月背着包袱的背挺得更直了。

可是，李景允还是没有要搭理她的意思，说是带她一起去找东西，一离开野味居就走得飞快，她背着重物，使出吃奶的劲儿才能跟上他。

"公……公子。"

李景允不耐烦地回头："你走得这么慢，爷什么时候才能找到想要的东西？"

殷花月喘了两口气，问他："您想找什么？"

李景允顿了一下，别开眼："反正就在这林子里。"

殷花月应了一声，将背上的包袱颠了颠，微微龇牙。

这个重量落在她那刚愈合不久的伤口上，应该不是什么好受的事，但凡殷花月像对沈知落那样朝他撒撒娇，他兴许还狠不下这个心。

然而走了一路，这人丝毫没服软，甚至一脸小心翼翼的模样，将那一包器具护得好好的。

李景允觉得更烦了。

没头苍蝇似的在林子里转了两圈，殷花月忍不住问："公子究竟想找什么，不妨说出来，奴婢帮着看看？"

李景允停下步子，背对着她道："你要是不想找了，就先回去，爷一个人也无妨。"

他说的这是气话，虽然自个儿也不知道在气什么，但心里一团火消不下去，逮着什么就说什么。

可是，身后这人听了，竟当真背着包袱往回走。

绣鞋踩在枝叶上，传来咔嚓的动静，那动静由近及远，没一会儿就消失不见了。

李景允愣在了原地。

他知道殷花月浑身是刺，骨头也硬，但他没想到她真的会扔下他自己走了。她好歹也算他的近侍，哪有就这样把主子扔在树林里的？

他不可置信地回头看过去，树木林立，枝叶无声，已经看不见她的影子了。

心里的火烧得更旺，李景允抬步就往回走，打算把这不懂规矩、怠慢主子的奴婢抓回来好生打一顿。

可是，往年他来猎场，都是径直上山去的，鲜在野味居附近逗留。方才情绪上头一阵乱绕，压根没记下来时的路，眼下往回走，没走几步，他就僵住了。

树长得都一样，四处的花草也没什么特别，该往哪边走？

他眯眼看了看，随便挑了个方向，打算先走出这片林子再看。

结果一走就是半个时辰。

风吹叶响，鸟兽远鸣，李景允看着越来越陌生的树林，脸色逐渐凝重。

这本就不是什么太平地方，暗处潜伏着的野狼野豹已经算棘手，若被些心怀不轨之人抓到，那可就麻烦了。

他正想着，背后突然传来一声响动。

李景允神色一紧，反应极快地甩出袖中软剑，软剑如银蛇游尾，唰啦一声蹿出三尺，将飘落的树叶一切为二，翻卷的衣袖带起卷着沙土的风，剑极为凶猛地朝动静处一指。

殷花月背着硕大的包袱，愕然地看着他，鬓边碎发被这扑面而来的杀气吹得飘飞，琥珀色的瞳孔紧缩得如同针尖。

"……"

眼里锋锐摄人的神色顿了一下，李景允闭眼再睁，满是恼怒地冲她吼："你是山猫还是野耗子，满地乱窜不吭声？"

殷花月愣怔地站着，还有点儿没回过神。她僵硬地将怀里抱着的一大堆东西放在他跟前，又掏出袖子里的油纸包递给他。

李景允满眼疑惑地接住，就见她又掏出了一个油纸包、一张膏药以及一个竹筒。

搬家呢？他万分嫌弃地看着她，余怒未消地打开手里的油纸包。

一包京安堂蜜饯。

汹涌澎湃的怒意终于消退了两分，李景允没好气地说道："拿这个干什么？"

"公子心情不好之时常爱吃这东西，奴婢去拿膏药的时候顺手就捎带来了。"她将另一个油纸包也打开递过来，"公子晌午也没吃多少，这个肉干能垫垫肚子。"

李景允伸手接过来，恼道："爷是来这林子里吃东西的？"

殷花月拍了拍脑门，连忙将那一大捆气根搬过来："公子是不是在寻这个？"

梁朝人常以榕树气根织网猎物，她割来了好大一捆。

"您先吃会儿东西，茶也在这竹筒里，奴婢会做猎网，待会儿您就能带上山去。"她有条不紊地将事情都安排好，然后拿出了膏药，"劳烦公子伸手。"

李景允下意识地将拿着剑的右手背去身后，手腕一翻，软剑没入袖口。

殷花月以为他是在闹别扭，叹一口气将他的手拉出来，仔细打量虎口上的伤——没什么碎瓷，但也没结好痂，微微一张就能看见血肉。

"这膏药是温御医给的，您尽管放心。"指腹抚着膏药贴在他的伤口上，殷花月拿了白布绕了两圈，打了个蝴蝶结。

"真难看。"他嘟囔。

殷花月温柔地笑了笑："管用就成。"

火气消了大半，李景允叼了一枚蜜饯，含含糊糊地说道："你为什么还背着这个包袱？"

殷花月往自个儿肩上看了一眼，无奈道："不是您让背的吗？"

他用看傻子的眼神睨着她："不嫌重？"

"嫌。"殷花月老实地点头，"可要是不背，您会不高兴的。"

李景允轻哼一声，走过去伸手将那包袱往下取。殷花月见状，欣喜地问："奴婢可以不用背了？"

"爷只是看看里头东西坏没坏。"秉着"鸭子死了嘴也要硬"的原则，他板着脸说道，"你不背，难道爷替你背回去不成？"

话是这么说，可回去的路上，这包袱就一直拎在他手里。殷花月一边走一边打量，好奇地问："您还没看完？"

李景允白她一眼："学不会讨人欢心，还学不会偷懒了？"

殷花月眼眸微动，思忖片刻，恍然大悟："您这是消气了？"

李景允懒得回答，加快了步子将她甩开，然而这回身后这人长脑子了，迈着小碎步飞快地追上来，笑道："奴婢就说，以公子的宽阔胸襟，如何会与下人一般见识。"

"你算哪门子的下人？"他嘲弄道，"会给主子脸色看，敢跟主子对着干，还能背着主子跟人私会。任意妄为、目中无人，换身衣裳往那鸾轿里一坐，长公主都得给你让位。"

脚步顿了一下，殷花月脸上的笑意僵了僵。

李景允察觉到不对，也停下步子，余光瞥她一眼，皱眉道："还说不得你了？"

"……没有。"殷花月轻吸一口气，将些微的失态收敛干净，跟上去轻声道，"奴婢没跟人私会，只是……恰好碰见了。"

"倒也是，看他护着你那模样，交情应该也不浅。"他面无表情地平视

080

前方，"有他那样的靠山，怎么还来大统领府吃苦？"

靠山？殷花月摇头。

沈知落在想什么没人知道，前朝的大皇子于他恩重如山他尚且能手刃，她又算什么？真靠过去，就连怎么死的都不知道。

回过神来，她弯了弯眉眼："沈大人不如公子待人好。"

"……"

心口堵着的东西不知为何突然一松，李景允轻咳一声，神色稍霁。

"沈大人是京华出了名的容色过人，又窥得天机，受太子宠爱，他那样的人，待人还能不好？"

"不好。"殷花月认真地摇头，"公子虽也叛逆，但嘴硬心软，良善慈悲。沈大人以前在宫里就冷血无情，阴鸷诡诈。"

后头这两个都不是什么好词，可李景允怎么听怎么舒坦，眉目舒展，墨眸里也泛起了笑："哦？人家护着你，你还说人不好？"

"他护着我，不过是因为以前有些渊源。"殷花月斟酌着字句，"也算不得什么情分。"

甚至还有旧账没有清算。

面前这人听着，表情有些古怪，嘴角想往上扬，又努力地往下撇，眼里微微泛光。

殷花月挑眉打量他，还不等看个仔细，这人便飞快地别过了头，粗声粗气地催她："走快些。"

"……是。"

按照先前的安排，众人该在未时启程继续往山上走。可殷花月与李景允回到野味居的时候，发现人都还在。

"三爷先来楼上歇息吧。"温故知看见他们就招了招手，"要晚些才能动身了。"

"怎么？"李景允扫了四周一眼，"出事了？"

"哪儿啊。"温故知直摇头，"是大司命的意思，说酉时末上山于太子殿下有利。"

"那长公主的仪驾呢？"

"早往山上去了。"温故知左右看了看，压低嗓门，"她才不会做对太子有利的事。"

李景允莞尔，将东西放了便要上楼。

"两位大人。"有个丫鬟过来行礼，"楼上要看茶，后厨人忙不过来，可否借奴仆一用？"

见他皱眉，那丫鬟立马捧上东宫的腰牌，软声道："实在是不得已，还请大人体谅。"

李景允扫了腰牌一眼，看向殷花月，后者点头，顺从地跟着那丫鬟往后院走。

绿色的裙摆在前头摇曳，殷花月走了几步，见身边无人了，才开口道："还要我帮忙？"

绿裙子丫鬟转过头来，愤愤道："万事俱备，你能帮上什么忙？不过是看在常大人的分上，给你这个。"

一枚黑乎乎的药丸递了过来，殷花月挑眉，捏在手里端详片刻。

"别看了，是闭气丸。沈大人已经帮咱们拖延了时辰，等动起手来你就吞了这个，也免得被殃及。"

殷花月沉了脸，眼神倏地变得阴晦："不是说只对那位下手？"

"哪顾得上那么多。"绿裙子丫鬟被她吓了一跳，皱眉嘟囔，"大人说了，成大事者不拘小节，咱们也没料到今日有这么多人伴驾。"

常归与前朝大皇子乃生死挚友，从魏朝覆灭至今，一直忍辱苟活，就为伺机谋杀当朝太子。周和朔为人谨慎，常归行刺多回难以得手，此番好不容易有了机会，他自然不肯放过。

要是提前与她知会过，殷花月也就睁一只眼闭一只眼了，可眼下，她冷笑。

"去跟常大人回话，今日成不了事，让他换个时间。"

绿裙子丫鬟以为自己听错了，瞪眼看着她："什么？"

殷花月没有重复，扭头就走。绿裙子丫鬟反应过来，快步追上，抓住她的手腕："你想干什么！"

"让你去传话，你听不明白？"殷花月侧头，眼里哪还有半分温婉，眉眼凌厉，像一把包得厚实的匕首，突然露出了刀锋。

绿裙子丫鬟惊得松了手，呆呆地后退了两步，可这一退，背后就抵着个人。

"我能问问理由吗？"

常归按住绿裙子丫鬟的肩，从她的头顶看过去，笑着迎上殷花月的目光。

第四章

儿女情长

"常……常大人。"绿裙子丫鬟转身，惶恐地行礼。

常归拍了拍她的肩，示意她去旁边守着，一双狭长的凤眼扫向对面的人，似笑非笑道："说好的事，怎么突然就要变卦？"

"说好的？"殷花月冷眼看他，抬手指了指前头的楼阁，"你同我说过要杀尽这一百多人？"

常归笑了，轻轻"嗤"了一声，袖袍一拂，头上青带随风微扬："当年'观山之乱'，死在这儿的魏朝人，也是一百有余，你不心疼宁怀，倒是心疼起凶手来了？"

殷花月一怔，脑海里飞快地闪过那个红衣银甲的影子，眼里锐意顿消。

常归打量着她，眼底有些恨意又有些嘲弄："舍不得李家的那位公子爷？"

殷花月想也不想就摇头："没有。"

"我听人说，你最近在他院子里伺候，似乎关系颇亲近。"

"你想多了。"殷花月垂眼，"没有的事。"

常归意味深长地转头去看远山，负手道："那位公子确实有些本事，竟能把韩霜从周和朔的手里给救出来，可怜周和朔被人耍得团团转，竟也没怀疑他。"

救的人……是韩霜？殷花月愣怔，收拢了袖口。

李景允看起来很不喜欢韩霜，言语抵触，见面就避，关系僵硬至此，如何还愿意冒着生命危险去救她？

想起树林里那人回眸时凌厉无双的眼神，殷花月有些恍惚。

看似亲近，实则她好像一点儿也不了解他。

"说了这么多，在下也不过是想问问小主缘由。"常归开口，打断了她的思绪，"在下想知道，是什么东西让小主你忘记故人拿命相护的恩情，转而对仇人心慈手软。不过现在看来，得出的结果也没什么新鲜。"

"儿女情长？"他冷笑，"果然是女人会想的东西。"

殷花月心一沉，暗道不妙，身形霎时后退。常归出手也快，五指如钩，直袭她左肩。殷花月侧身躲过，翻手与他对掌，知道不敌，就猛地往前庭跑。

身后的疾风如影而至，吹得她后颈发凉。

"别跑了。"常归的声音如同暗夜鬼魅，带着阴暗潮湿的气息从后头卷上来，"香已经点燃了，你跑回他身边也没用。"

野味居的前庭有一口大鼎，此时已经燃上了三根手腕粗的高香，南风一吹，青紫色的烟卷向楼里面，从窗口飘进每一间厢房。偌大的野味居，突然一点儿人声也难闻，四处安静沉闷，像一座死楼。

殷花月心急如焚，掩了口鼻就往楼上冲，一边躲避身后的袭击一边想，李景允那么聪明的人，说不定有警觉，只要他还醒着，那……

还没想完，她抬眼看见二楼茶厅里的景象，瞳孔猛地一缩。

烟雾缭绕，纱帘半垂，李景允躺在茶榻上，双眼紧闭，嘴唇发白。

常归已经追到了她身后，殷花月来不及多想，踉跄地扑进厅内，伸手去探了探他的鼻息。

毫无反应。

一口气憋不住了，她僵硬地拿出绿裙子丫鬟给的闭气丸含进嘴里，不甘心地看着他。

"不少人说他厉害，如今一看，也不过如此。"

前头再无生路，常归也就放慢了步伐，慢悠悠地跨进门道："绣花枕头，比不得宁怀半分英姿。"

殷花月回头，哑声道："大统领府于我们有恩，你凭什么连他也算在账上？！"

"恩？"常归哈哈大笑，"魏朝覆灭的时候，没有一个梁国人是无辜的，你眼里那点儿恩情，在我这里什么也不是。"

他居高临下地睨着她："以你今日所言，已非我同道之人，沈大人开坛祭祀，还差个祭品。借你性命一用可好？"

本有两分清秀的人，面容狰狞起来，与地府恶鬼无异。殷花月后退半步，知道他是真的动了杀心，不由得浑身发凉，下意识地抓住了榻上那人的手。

十指相扣，温热的掌心令她一怔。她想回头看，但面前这人抽出了匕首，毫不留情地朝她刺了下来。

泛光的刀刃在她的瞳孔里放大，凶猛的力道令人牙齿根泛寒，死亡将至之时，人连躲避的反应都做不出来。

千钧一发之际，一只手从她耳侧越过，带着十足的戾气，在常归腕下狠狠一击。

啪的一声，匕首飞砸在地上，殷花月鬓边的碎发被这股风吹起，又缓缓落下。

常归吃痛地捂住手腕，眼眸突然睁大。

这人眼里向来只有痴狂和不屑，殷花月这是头一回在里头看见了惊愕。他盯着她身后，像在看什么怪物。

她茫然无措，还没来得及回头，就感觉头顶一暖，肩头也跟着一重。

李景允恹恹地靠在她的身上，烦躁至极地睨着常归："爷睡得正好，你吵个什么？"

殷花月："……"

常归退后两步，显然是没料到他能在灭骨烟里醒过来。他眼珠子一转，扭头就跑。

李景允沉了脸，起身就想追，可刚坐直身子，殷花月就拉住了他的袖口。

"你的账，爷等会儿再来算。"李景允垂眼，神色不耐烦道，"这个时候还想拦着，那爷待会儿也保不住你。"

殷花月没松手，反而是蹲下了身子。

李景允无奈，心想自个儿再纵容她也是有限度的，这种大事，绝不可能任她胡来……

衣襟突然一紧，身子跟着就往前倾，李景允没个防备，骤然被拉得低下了头，还不等他发怒，唇上突然感受到柔软。

琥珀色的眸子在他眼前放大，漆黑浓密的睫毛也骤然清晰，他愕然，牙关一松，就有柔软的舌尖闯进来，给了他半颗东西。

若有若无的玉兰香飘来，没来由地将人心底勾出两分躁意，李景允只愣了片刻，便反客为主，摩挲着她的后颈，将她压向自己。

唇齿厮磨，殷花月仰着头，脖颈的弧度好看极了，白玉一样的肌肤微微泛红，耳垂上有细小的耳洞，没戴东西，看起来柔软又干净。

他下意识地伸手碰了碰。

耳后一阵战栗，殷花月突然回神，猛地推开他，急急地喘了两口气："公子！"脸红得像要烧起来，她用手背蹭着嘴角，后退两步。

李景允被她推得后仰，撑着茶榻定了定神，没好气地说道："你自己主动凑上来的，吼爷做什么。"

"我……"殷花月又恼又羞，舌尖抵着上颚，咬牙道，"烟雾有毒，奴婢那是在分您一半药。"

后知后觉地品出嘴里的药味，李景允面不改色地问："你为什么有解药？"

殷花月微微一噎，耷拉了眉眼，看起来有些心虚。

他起身，看了一眼早已无人的走廊，扭头佯怒道："区区一个丫鬟，你真是好大的胆子。"

"奴婢可以解释。"殷花月不安地说道，"这不是奴婢的主意。"

"眼下没这个时间。"李景允摆手，"你先随我来。"

原先还寂静无声的野味居，突然响起了刀剑碰撞之声，各个厢房里都蹿出了人来，与下头如同潮水一般涌来的黑衣人战成一片。

殷花月跟着李景允到了主厢房，周和朔站在窗边看着下头，身后是沉默的沈知落。

"景允来了？"周和朔回头，"可抓着人了？"

李景允进门就笑："跟条泥鳅一样，看见了脸，但没能抓住。"

殷花月站在他背后，指尖冰凉，不敢吭声。

原以为是常归下的绝妙的一手好棋，但可惜似乎是反被人算计了。她悄悄抬眼，看向那边站着的人。

沈知落安静地把玩着手里的乾坤罗盘，紫棠色的袍子上星辰闪烁，眉目间却是一片漠然。察觉到她的目光，他顿了一下，但没有回视。

于是，殷花月明白了，问题还是出在他身上。

"还有多少同伙？"周和朔问。

殷花月一僵，下意识地低头，却听得身前这人道："都在下头了，来时扫了一眼，只跑了两个。"

周和朔叹息，往太师椅上一坐，眼里闪过一丝厌倦："殷宁怀也是个了不起的人，都这么多年了，他身边的这些人却从没放弃过刺杀本宫。总这么防备着，也挺费神。"

思忖片刻，他突然拊掌笑道："不如将那人的尸身挖出来，扔出京华。狗见着骨头，一向能追得远，那本宫也就可以高枕无忧了。"

厢房里一阵哄笑，殷花月脑子里轰的一声，想也不想地抓住面前这人的衣裳，想将他拉开，好冲上去对着周和朔的脸来一拳。她指尖颤得厉害，力气却很大，像要横冲直撞过去的小牛犊子，眼眶都气得发红。

然而，跟前这人不但没顺着她的力道挪开，反而侧了身子，将她堵了个严严实实。

"虽说下头那些人打不上来，但这地方终究不适合久留。"李景允慢条斯理地说道，"还是往山上走吧，去得晚了，长公主怕是要将草皮都卷起来带回宫了。"

周和朔想了想，拍案颔首："起驾吧。"

"是。"四周的人应了，开始纷纷往外走。

一群人叽叽喳喳地议论着路线，声音嘈杂，地方也拥挤。殷花月觉得脑袋发胀，耳边一阵阵的嗡鸣，身子也被推撞了好几下。

跟跄之中，有人伸手将她拉过去护在了双臂之间，顿时嘈杂远离，白雾渐散。

殷花月抬头，正好看见李景允靠过来的薄唇。

"走什么神？"他没好气地说道，"跟爷坐马车上山，爷有话要问你。"

帘子落下，腥风血雨的野味居霎时被隔绝在外，宝盖华车纷纷转动辘辘，往山上猎场而去。

殷花月跪坐在李景允身侧，脸颊还有些余热未消。她抿着唇偷摸打量身边这人，也不敢细看，余光闪烁，心虚得很。

"说吧。"李景允摇着手里的玉骨扇，余光扫过来，意味深长道，"哪座庙里来的大佛啊，竟有胆子对东宫下手。"

眉梢耷拉下去，殷花月揉着袖口低声道："公子不也瞧见了，奴婢也差点儿为人所害，与他并非同伙。"

"可你认识那人。"

"都是宫里出来的，怎会不认识。"她含糊地说着，仔细地回忆了一番当时常归的话，眨了眨眼，"也就是认识。"

李景允笑了，身子往软枕上一靠，玉骨扇在指间转了两个圈："常归可不是什么普通的宫里人啊。前朝大皇子身边的宠臣，常住东宫的谋客，与他光是认识，就足够让爷把你交去东宫领赏钱了。"

殷花月心里一沉，微微慌乱起来。

这人神态慵懒，像是在与她话家常一样，压根看不出来在想什么。他在周和朔面前分明只说记得脸，可眼下看来，竟是认识常归。

"哑巴了？"他挑眉，"要送去殿下跟前，才说得出话？"

"不是。"殷花月飞快地摇头，挣扎片刻，一狠心一咬牙，闭眼道："实不相瞒，奴婢早先伺候过常大人。"

李景允顿了一下，黑眸半睐："怎么个伺候法？"

"就是端茶送水。"她道，"奴婢因此经常出入东宫，故而与沈大人也算熟悉，这才有了先前沈大人那几句话。"

李景允神色微动，捏住扇子，有一搭没一搭地敲着手心："魏朝的人——那观山一乱之后，你主子都逃了，你怎么还在宫里？"

殷花月伸手掐了一把自个儿的大腿，脸上的神情顿时变得凄楚不已："主子遁逃,也不曾带上奴婢,奴婢一介宫女,也没别的营生,就继续在宫里伺候。后来宫人调度,奴婢就来了大统领府。"

好像也说得通,李景允点头:"那今日是怎么回事?"

殷花月沉沉地叹了一口气,心中唏嘘,摇头道:"常大人对大皇子极为忠诚,大皇子死在太子殿下的手里,他自然是要来复仇的。他不知如何得知奴婢也在此处,便来要奴婢协助他刺杀东宫,奴婢不肯,便被他追杀。之后的事,公子也就知道了。"

眼下蒙了一层泪,眉也像是被愁苦压垮,她抬眼看他,无辜又委屈:"奴婢虽是魏朝人,却没做任何伤害公子之事,还请公子明鉴。"

车轮碾过石头,吱呀作响,车厢轻晃,将她这弱不禁风的身板晃得更加虚软,她手撑着座沿,贝齿轻咬,泪光激滟,真是我见犹怜。

如果当日没在栖凤楼见过她这副模样,他定然是要心软。

李景允轻笑,将玉骨扇一收,伸出指尖碰了碰她发红的耳垂。

"殷掌事厉害啊,深知'过刚易折、过慧易夭',朝人示弱驾轻就熟。"他轻叹一口气,凑近她,指腹从她的耳垂划到下颌,微微往上一挑,"可你是个什么性子,爷还能不清楚?"

她骗得过一无所知的周和朔,还能骗得了朝夕相处的公子爷?

殷花月一僵,脸上闪过一瞬的懊恼,接着神态就慢慢恢复了清冷,柳眉回直,嘴角也重新抿成一条直线。

李景允左右看了看,满意地点头:"还是这样顺眼。"

"奴婢没撒谎。"她淡声道,"公子若愿意去查,宫里也许还有奴婢的籍贯。"

李景允哼笑:"爷查那个做什么,爷就想知道你是不是个隐患,留在大统领府会不会祸害爷的家人。"

这回答令她有些意外,殷花月不由得看他一眼,然后摇头:"不会,奴婢无论如何都不会做伤害夫人之事。"

李景允无奈地睨她一眼:"就那么喜欢夫人?"

"是。"回答这个问题时,殷花月耳垂不红了,挺直了腰杆道,"夫人是世上最好的人。"

李景允朝着车顶翻了个白眼,闷声道:"就算你这么说,爷还是不放心,与其留个祸害在身边,不如早些除了,以免夜长梦多。"

殷花月脸色一白,抬眼看他,想从他脸上看出两分玩笑之意。可是没有,他说得十分正经，墨色的眼眸里满是思量，像是在想如何除掉她才能不留痕迹。

"……公子。"她皱眉，"留着奴婢，怎么也比卖了有用。"

"哦？"李景允不以为然，"你除了在爷跟前添堵，还能有什么用？"

"遇见险境，奴婢愿意分您半条命。"她握紧了手，眼神灼灼，"如同今日一般。"

"今日？"食指抚过唇瓣，他哼笑，"你倒是真敢说，不是应了夫人的吩咐，要撮合爷与那韩家小姐的婚事？殷掌事这算不算乘人之危、趁火打劫？"

"回公子，情况紧急，情非得已，不算。"她眼里毫无愧色，说得正气凛然。

李景允敛了笑意。

他平静地看着她，良久，一字一顿地重复："情非得已。"

面前这人移开了目光，白皙的脖子上显出一根筋来。

他打量片刻，轻声问："时至今日，若再有鸳鸯佩让爷拿去送给韩霜，你还会系在爷的腰上？"

"会。"她毫不犹豫地点头。

李景允眼里的光骤然黯淡，他抬着下巴睨着她，半晌之后，嗤笑出声："真是个尽职尽责的好奴才啊。"

"多谢公子夸奖。"殷花月朝他行礼，双手交叠在腹前，头磕下去，几近膝盖，"奴婢绝不会背叛主子。"

车厢里安静下来，有些发闷，殷花月盯着自己裙摆上的纹路走了会儿神，然后开口问："奴婢可以退下了吗？"

座上的人没吭声，她等了片刻，开始不着痕迹地往车外挪，挪了许久，才终于到了门口。

可是，手碰到车帘，刚掀开一条缝，她就突然觉得腰上一紧。

有人伸长了手臂，倏地将她整个人往后一捞。

"咚"——车壁一声闷响，吓得外头的马夫连忙询问："公子，您没事吧？"

"没事。"肩背抵着车壁，李景允淡淡地应了一声，然后垂眼去看怀里这人。

他的袍子宽大，衣袖一抬就能埋住她半个身子。这人显然是被吓蒙了，从他的衣料间伸出脑袋来，薄唇微张、小脸发白，一双眼睛瞪得溜圆。

"你……"她看向他，下意识地去掰他箍着她腰的手。

李景允收拢了手臂，轻声问："若是我不喜欢鸳鸯佩，你也会系？"

殷花月皱眉，用一种不可理喻的眼神看着他："当然会。公子就没有喜欢的东西，若都不系，那还得了。"

"那要是你不喜欢呢？"

殷花月愣怔，有一瞬间的失神，不过很快就垂了眼眸，硬着语气道："奴婢不会不喜欢……"

"你会。"

殷花月眼里闪过一丝狼狈，她别开脸，恼怒地继续去掰他的手："说不会就不会，奴婢会恪守做下人的本分，以后绝不再发生今日之事。"

"不是说下次遇险，也会分爷半条命？"他将下巴搁在她的肩上，轻轻地眯眼，"原来是骗人的。"

"又不是回回都得……"她咬牙，气得脖子同脸一起红了，"公子说这些浑话做什么。"

李景允拈起她鬓边的碎发打了个卷儿，突然低了眉眼，声音喑哑地说道："爷说这么大半天，就想得你一句偏爱的话，几字而已，有那么难吗？"

殷花月心里一跳，呼吸一滞。

她下意识地平视前方，只能看见晃荡的车帘，视线模糊，其余的感官倒是异常敏锐。身子被他拥着，能感受到他隔着衣料传来的温热，稍稍侧头，还能闻见他身上的檀香气息。

平时闻惯了的味道，眼下嗅起来，她却觉得有些发昏。

耳后的声音不断传来，有些低沉："爷没让你赔《八骏图》，也没责备你以下犯上，在一起也这么久了，你后背上每一道疤长什么样子，爷都记得清楚。亲近至此，你却总不肯说实话。"

他苦恼地叹了一口气："果然是冷血无情的殷掌事。"

殷花月的心头塌下去了一块，连带着指尖都抖了抖，她抿紧了唇，倔强地想抵抗这种不受控的情绪，脑海里却不由自主想起那日的练兵场。

舞得生花的长矛狠劈于剑锋之上，火花四溅，金鸣震耳。那人就那么背光而立，手里的红缨似火，眼神凌厉，摄人魂魄，袖袍一卷黄沙，尖锐的矛头堪堪停在秦生喉咙前半寸的地方。

这个画面漂亮得不像话。

后来殷花月在梦里见过这个画面很多次，可每一次，她都只敢站在人群里看着，在他转过身来的一瞬间，飞快地收回自己的目光。

胸口起伏，殷花月喘了一口气。

挣扎良久，她终于伸出手，轻颤着抓住了他的衣袖。

"我……"喉头发紧，她艰涩地张开嘴，"我有……有情。"

这是她能说得最直白的话了，花掉了她浑身的勇气，说得额上出了一层细汗。

然而，身后这人听了，竟笑出了声。

"结巴了？"他松开她，眼里尽是得逞之后的笑意，"谁能想到巧舌如簧的殷掌事，竟也有舌头捋不直的一天啊！"

绣着花和鸟的车帘被风掀开一条缝，殷花月僵着身子坐着，被凉气扑了个满脸，眼里的光渐渐散去，脸上的燥热也慢慢退得干干净净。

身后的人仍旧在笑，像是发现了什么不得了的稀罕事一样，欺身道："你有什么情，倒是说清楚。"

"……"

心里的躁动和慌乱都消散无踪，殷花月抿唇，自嘲地闭了闭眼。什么烈火骄阳，什么长枪英姿，那人哪里是一个下人能妄想的。

别说李景允，眼下反应过来，她自己都觉得离谱，逗弄两句就当真，还跟个傻子似的结巴、脸红。若不是他笑出了声，她还真就……

心里装着的东西不断下沉，殷花月深吸一口气，撑着座位站了起来。

怀里一空，李景允抬眼："哎，话还没说完，要去哪儿？"

面前这人没答，朝他行了个礼，转身就退出了车厢。

笑意一僵，李景允跟着掀开车帘："喂。"

殷花月下了车，头也不回地往后头的奴仆队伍里走。她背脊挺得笔直，水色的裙摆被风吹得扬起，不一会儿就消失在了某一辆马车后头。

"那么大脾气啊……"李景允嘟囔。

一路的山石，走得快了容易崴脚，可殷花月愣是没放缓步子，像是跟谁赌气一样，脚崴了也继续走。她脸上清寒如冰，眼里也没半分温度，看得迎面而来的奴仆下意识地往旁边避让。

沈知落半倚在车门边，安静地看着她走过来。

打听消息的人回禀说，大统领府上的这个掌事温和、乖顺，对谁都是一张笑脸。可他似乎总遇见她发脾气的时候——横眉怒目，浑身是刺。

她从他车边经过，似乎没看见他，径直就要走过。

沈知落轻笑，伸出手去，将她抱起来往车厢里一放。

这动作虽然突然，但他自认轻柔，没伤着她，也没让她磕着碰着。

然而，殷花月反手就给了他一肘，力气极大，像是活生生想将他腹上捅出一个窟窿。他吃痛地闷哼，刚抓住她的手肘，另一只手又狠狠地朝他脖子上劈下来。

沈知落脸色发青。

"小主。"他道，"是我。"

殷花月回眸，眼神冰冷得不像话："有事？"

沈知落微微一噎，将她扶稳放到软座上，无奈地叹了一口气："今日之事，太子早有戒备，只能说是常归羊入虎口，并非在下执意背叛。"

殷花月面无表情地抬眼："你与常归是同僚，我又不是，他的生死与我无关，何必同我解释。"

"那宁怀呢？"沈知落定定地看着她，"宁怀与你，也无关吗？"

殷花月神色一僵，她直视着面前这人，倏地嗤笑出声："沈大人，您别提这人为好，好端端的名字从您嘴里吐出来，听着怪恶心的。"

"……"

沈知落愣怔了片刻，浅紫的眼眸里情绪万千，似恨似怨，似恼似倦。

沉默半晌之后，他低声道："我找你，就是要说他的事。"

殷花月骤然抬眼。

手指摩挲着衣袖上的星辰绣纹，他低声说道："大皇子死后，尸骨被焚，连同一些随身物件，一起被埋在了观山之顶，地方隐蔽，本不该为人所知。

"但是不巧，他入土之处的那棵松树长了五年，枝繁叶茂，形态上乘，被猎场看守人挖去贩卖。松树没了，下头的东西稍有不慎，就会重现人世。

"这次春猎，得找机会将那地方填上，抑或……把重要的东西带走。"

思绪有些飘远，沈知落轻声道："原以为你不在了，这件事只有我能做，可眼下你竟然也来了。既然如此，总要与你商议。"

殷花月皱眉听完，戒备地说道："你如今一人之下，万人之上，想挪点儿东西还要亲自动手不成？"

面前这人轻笑起来，身子一动，袍子上的星辰粼粼泛光："观山是皇家的猎场，除了春秋开猎之时，皆有重兵封山，无令不得出入。

"怎么说都是我扬名天下之地，若是随意派人来挖东西，太子殿下还不得起疑心？"

后半句话是他的自嘲，殷花月听着，眼里神色复杂起来。

几年前的梁魏之乱，梁朝皇子周和朔于观山生擒大魏皇子殷宁怀。殷宁怀写降书，叛国通敌，令京华城门大开，百姓遭难，后来有所悔悟，却被身边近臣沈知落所弑，尸骨无存。

那一年，大魏山河破碎，皇子为千夫所指，而沈知落，因为转投周和朔门下，逃过一劫，继续享着荣华富贵，也背上了叛徒之名。

这是她知道的事情。

可是，眼下再见沈知落，她发现有些不对劲。殷宁怀要当真是沈知落杀的，哪里还能留下什么随身物件，早被他一并交给了周和朔才是。见着她，他也不用激动和开心，将她卷起来往周和朔面前一放，又是一等的功劳。

眼下这般，图个什么？

察觉到她的困惑，沈知落弯了弯眼："小主现在看我的眼神，像极了十年之前。"

十年前的她个子还不到他的腰腹，梳着两个螺髻，髻上系着银铃，朝他一仰头，叮当作响。她爱极了绕着他转圈，总是将他拖曳在地的长袍抱起来顶在脑门上，满眼困惑地问他："国师，什么是命数？

"国师，为什么我不能离开西宫？

"国师，什么是小主？"

天真无邪的孩子，不高兴了就哭，高兴了就笑，声音脆如银铃，能洒满半个禁宫。

然而现在……

这人听了他的话，神色有些微松动，像是忆起了什么，可只片刻，就重新变得冷硬："谁都不会一直活在过去。"

沈知落收回目光，摩挲着手里的乾坤罗盘，长长地叹了一口气。

他拿出一张图纸塞进她的手里，想了想，还是开口叮嘱："李家三公子不是什么好人，你仔细防备些。"

殷花月捏着图纸的手一僵，觉得有些狼狈，微恼道："我心里清楚。"

"你若当真清楚，就不会如此烦躁了。"沈知落伸手揉了揉被她打得发疼的小腹，摇头道，"打从你出生，我便算过，你今生命无桃花，是孤老之相，若强行违背天命，只会落个惨淡的下场。"

殷花月手指收紧，不悦地抬眼："大人给自己算过命吗？"

沈知落摇头："此乃天机，不可窥也。"

"我看你是不愿意窥。"她收了图纸，寒声道，"开口便定人孤老一生，半分余地也不给，叫人没了念想，无望地等死。此等无情无义之举，你哪里会用在自己身上。"

他微微一怔，皱眉道："我不是这个意思。"

"不是这个意思，还能是什么？"殷花月扯了扯嘴角，满眼讥诮，"从我出生开始，你便说我不吉，再大些，断我祸国，后来我终于家破人亡、无家可归，你又说我命无桃花，注定孤老。沈大人，我做错了何事，招惹您憎恨至此？"

"……"

沈知落张了张嘴，有些无措。他伸手想碰一碰她的发髻，这人却飞快地躲开，挪着身子离他更远，一双眼恼恨地瞪着他。

手指慢慢收拢，沈知落垂眸，本就没什么血色的脸更苍白了两分。

"你怨我？"

殷花月轻笑："我哪里敢怨你？你能窥天命，告诫我等凡人一二，是为恩赐。我没早晚三炷香将您供奉，都算不敬，还敢不识抬举？

"要不您连我什么时候会死也一并说了，好让我提前准备棺材进去躺着，也免得落个死无全尸、坟都没一个的下场，那才惨淡呢。"

她说得嘲讽之意十足，一字一句都跟带着针似的，扎得人生疼。沈知落咳嗽起来，宽大的袖子遮了半张脸，咳得眼眶发红。

殷花月冷眼看着他，还想再嘲讽两句，可嘴唇动了动，终究是闭上了。

到底是看着她长大的人，再狠再绝，也是她最后的亲人了。

殷花月闷闷地吐了口气，扭头想去掀帘子下车，可刚伸手，沈知落就抓住了她。

他还在咳嗽，眉头皱得死紧，一双眼看着她，重重地摇了摇头。

殷花月不解，刚想说难道还不让她走了，结果就感觉马车停了下来。

外头似乎来了很多人，脚步声凌乱，可片刻之后，声音齐齐断在了车辕边。

"先生。"周和朔恭敬地朝车厢拱手，"我有一事不解，可否请先生指点？"

"……"殷花月傻眼了。

沈知落显然也没料到他会在这个时候过来，脸色有些难看，一边咳嗽，一边道："殿下，微臣身体欠佳，恐怕说不了什么。"

周和朔失望地收了手，想了想，扭头就要招呼李景允往回走，结果刚要转身，他余光一瞥，瞧见了一抹水色。

沈知落向来爱穿紫棠衣袍，水色罗裙的裙摆，怎么看也不该是他身上的。

他微微眯眼，停下了步子，慢条斯理地问："先生还有别的客人？"

殷花月浑身的寒毛都立起来了，她下意识地往里面缩了缩，却不料腰上突然一紧。

水色的衣摆消失了，里头的人没有回话。

周和朔不悦，伸手捏住了车帘："先生曾允诺过，绝不对本宫撒谎，眼下看来，似乎食言了。"

帘子掀开，里头藏着的人无处遁形，他张口刚要呵斥，眼眸一抬，却愣在了当场。

娇小的女人依偎在紫棠色的星辰袍里，衣衫松垮，姿势亲昵。她抬头看着沈知落，眼里隐有泪光，端的是水波潋滟，娇嗔动人。

沈知落大袖一抬，将她整个人遮住，又急又羞："殿下！"

"……"周和朔张大了嘴。

不只他，身后的随从和内臣都惊愕地瞪圆了眼睛，谁都没想到看淡红尘的大司命会在车里玩这么一出，都想去看他的表情。

然而，李景允抬眼看的是他怀里的人。

墨瞳扫过罗裙，落在那浅青色的腰带上，他顿了一下，目光陡然阴沉。

车帘被人飞快地按下了，甭管是紫棠的袍子还是水色的罗裙，统统都遮在了后头。

众人咳嗽的咳嗽，望天的望天，都当什么也没看见。周和朔合拢了嘴，转身若无其事地说道："既然有客人在，那也不好多打扰。"

"是啊，是啊，还是回车上饮茶、听曲儿。"随从附和，连忙替他开路。

周和朔颔首走了两步，又往旁边看了一眼："景允？"

李景允还站在车辕边，似乎在走神，听见喊声，他动了动，却没回头："我就不去了，还要继续找人。"

周和朔也不强求，只笑道："有什么需要，吩咐他们一声。"

"多谢殿下。"

一群人浩浩荡荡地走了，李景允盯着车帘看了半晌，不耐烦地吼道："还不给爷滚出来！"

帘子颤了颤，接着就有一只小爪子伸出来，犹犹豫豫地抓住帘子边。

殷花月伸出半个脑袋，皱眉看他一眼，吸了吸鼻子："您怎么在这儿？"

听听，她问得多理直气壮啊，活像来错地方的人是他。

李景允气笑了："爷要是不在这儿，哪儿能知道你这么有能耐啊，府上那'光宗耀祖'的匾额就不该挂在祠堂，该挂在你的脑门上。"

殷花月抚了抚额。

车帘被掀得大开，沈知落沉着脸看向他："三公子。"

"哟，沈大人。"李景允皮笑肉不笑道，"身子不好就多歇着，怎么老惦记别人家的丫鬟？"

"三公子也说，她只是丫鬟。"沈知落眼皮微抬，"既然只是个丫鬟，您又何必动怒。"

"别说丫鬟，就算是一条狗。"他舔了舔后槽牙，扬唇道，"只要是我养的，就没道理对着别人摇尾巴。"

沈知落气乐了，抬袖扶额："狗卖不卖？"

"不卖。"他将人扯过去，低下身捏着她的爪子朝他挥了挥，"回见。"

殷花月恨不得咬他一口。

沈知落还想再说什么，李景允已经拉过人往回走了。殷花月水色的裙摆一扬，在空中划了道弧，飞花似的随着人而去。

沈知落神色复杂地看着，若有所思。

手腕被拽得生疼，一路跌跌撞撞的，殷花月抬头看向前面这人，忍不住道："奴婢认得路。"

"你认得哪条路？"李景允头也不回，"是去小树林的路，还是去人家马车的路？"

"公子。"殷花月觉得好笑，"奴婢所作所为，并未违反大统领府的规矩。"

"那倒是。"他无不嘲讽地说道，"毕竟大统领府也没有不要脸到将不许人白日苟且的规矩写在明面上。"

"……"

殷花月脸色有些难看，她张了嘴又合上，抿唇低头。

她如今算是看清了，要指望李景允嘴里吐出什么好话，那还不如去旺福嘴里挖象牙。他话说得再难听，她当奴婢的，也只能受着。

听不见背后有什么响动，李景允反而更来气："怎么，觉得爷说得不对？"

"没有。"殷花月顺从地说道，"公子说什么就是什么。"

"行啊。"他甩开她的手，哼笑，"你这是认了自个儿是狗？"

殷花月抬头看他一眼，平静地回道："汪。"

牙齿摩擦，发出咯吱咯吱的声响，李景允勉强维持住笑意："那爷说你与人苟且，你也认？"

殷花月交叠好双手，姿态恭敬地朝他躬身："奴婢认。"

李景允要气死了。

他活了二十年，从来都是把别人气个半死，头一回被个小丫头片子气得头昏眼花，差点儿没站稳。

她上回还知道狡辩呢，还知道说他比沈知落好呢，眼下倒好，破罐子破摔，一副反正他拿她没办法的模样，他看着就火大。

"你图个什么？"他烦躁极了，"京华男儿何止千万，你想嫁人，有的是好人家给你挑，何必要做那不知廉耻的勾当。"

殷花月也跟着寻思了一番，然后道："就图奴婢喜欢吧。"

"喜欢……"李景允抹了把脸，"你是眼睛瞎了还是怎么的，居然喜欢个绣花枕头？沈知落除了皮相好看，还有哪里讨人喜欢？"

殷花月越说倒是越从容了："皮相好看就够了，反正要别的也没用。"

有眼无珠、鼠目寸光、不知好歹！

李景允转身就走，步伐迈得极大，衣摆都甩得生风。身后这人倒是跟了上来，碎步款款，却没再开口多说半句话。

回到车上坐下，他抬眼看看跟进来的人，冷声道："还跟着我干什么，回去找你风华绝代的沈大人不好？"

殷花月温和地在他身边跪坐，低头道："回公子，马上要到猎场了，按照夫人的吩咐，这个您还是先拿好。"

周和朔上次还给她的白玉鸳鸯佩被她重新用丝绳穿起来，妥帖地放在锦盒里，眼下打开捧到他眼前，华美依旧。

又是这个东西。

李景允面无表情地看着，眼里墨色幽暗。片刻之后，他用指尖钩起丝绳："上回爷问过你，若爷不喜欢，你还会不会系。"

将鸳鸯佩摇晃到她眼前，他透过上头镂空的缺口看过去。

殷花月恭顺地低着头，琥珀色的眸子里连半点儿感情也没有。她伸出双手将玉佩接了，食指钩过他的腰带，将丝绳往里一带，再用拇指穿过，往鸳鸯佩上一套。

"好玉做良配，美眷添福喜，祝公子马到功成。"

她抬头再拜，福礼做了个周全。

先前还会红着脸吞吞吐吐，去了一趟人家的马车，回来就是这副虚伪至极的表情，李景允半合了眼看着，眼底戾气陡生。

殷花月跪得正好，冷不防就被人拉了一把，这回她熟练了，不管三七二十一，先给人一肘。

李景允的反应怎么也比沈知落快，她刚用力就被他出手阻止，手腕被握住，他一只手就将她捏得动弹不得。

"怎么，他抱你就无妨，爷抱你还要挨打？"他欺身过来，伸手捏住她的下颌，"公平何在？"

殷花月试图挣扎，可只尝试了一下就放弃了，任由他抱着："若沈大人动手也会挨打，公平得很。"

"是吗。"李景允嗤笑，"爷看你倒是高兴得很，依偎在人家怀里，动也不动。"

那个关头，要怎么动？沈知落突然拉她过去，她都没来得及反应，鼻子还撞在了他的肩膀上，疼得眼泪都出来了。等她反应过来，沈知落已经抬袖将她挡住了。

周和朔是见过她的，知道她是大统领府的人。她若还跳出去露脸，那不就是个二傻子吗，就连现在这位公子，估摸着也会受牵连。

殷花月心里直嘀咕，也不想与他争辩，毫无生气地说道："是，奴婢高兴。"

掐着她手腕的力道陡然收紧，面前这人离她更近了些，近得她都能看见他眼底跳动着的火气。

殷花月打量两眼，觉得好笑："奴婢于公子而言，不过是车前马卒、手中玩物，公子又何必为这些小事着急上火。"

"玩物？"李景允冷了眼神，"你见过给玩物上药喂食？真正的玩物，坏了就扔，哪还有往回捡的。"

殷花月想了想，说道："也不一定，您那把珍藏的佩剑坏了也没扔，还时常擦拭呢。"

"……"

李景允气得要疯了，一把将人捞回来就狠狠地咬在了她的侧颈。

殷花月始料未及，"啊"地痛呼出声，想退后，却被他擒着手。

"你……你松口！"她慌了，全力挣扎，"要杀要剐也来个痛快，脖子破了流血都要流半个时辰！"

李景允置若罔闻，一双墨瞳阴阴沉沉，兀自叼着她脖子不放。

这才是只狗吧？殷花月哭丧着脸，正经主子哪有咬人脖子的，咬一边还嫌不解气，换了另一边接着咬。

她动弹不得，也看不见自己脖子是否流血，心里慌得没个底。

"他方才也是与你这般亲近？"李景允松口，垂眼看着自己的"杰作"，漫不经心地问。

殷花月连忙摇头："没有。"

"那是怎样的？"指腹拂过牙印，他轻轻刮了刮她的耳垂，"你倒是说说，往哪儿下的蛊，爷也试试。"

殷花月觉得好笑："公子何必非要计较这个，奴婢区区下人，眼光未必有多上乘，说一句'沈大人好看'，公子也未必就是比他差。放眼整个京华，仰慕公子的人少说千百，公子实在不必斗气。"

不说还好，一说他又露出了獠牙。京华千百人都知道他好，凭什么他身边的小丫鬟反而瞎了眼，要看上别人的美色，还要因为别人同他呛声。

殷花月一看就知道他又要咬人，连忙道："公子，马上要到猎场了，韩家小姐就在前头，您好歹收敛些，别叫人误会了。"

"误会什么？"他抬了抬眼皮。

"自然是误会公子风流多情，与身边丫鬟都有染。"殷花月皱眉，"还未娶妻就先传出这些风声，对您没什么好处。"

李景允恍然大悟，点了点头："有道理，爷不能让人误会。"

殷花月心头一松，正想缓口气，结果就听得他下一句道："要染就真染了，也好过白背骂名。"

殷花月心里无语极了。

先前他调戏逗趣，她还会脸红心跳，惴惴不安，可如今他话说得再过分，殷花月也只当他在开玩笑，无奈地说道："还请公子放奴婢一条生路。"

"跟着爷吃香的喝辣的，怎么就不是生路了？"

殷花月轻笑，垂眼问他："公子可还记得奴婢背上的伤是怎么来的？"

脸上的放肆之意一点点收敛，李景允抿唇，略微有些暴躁："先前是爷没防备，往后不会了。"

"奴婢更希望没有往后。"她挣了半晌，终于挣开了他的桎梏，揉了揉手腕道，"公子若是开口，自然有大把的人愿意陪您逢场作戏，可奴婢的命只有一条，奴婢很惜命，还请公子高抬贵手。"

手里一空，怀里也是一凉，李景允迟缓地拂了拂衣袖，纳闷道："为什么是逢场作戏？"

殷花月顿了一下，跟着就笑出了声："那换成逢迎示好也成，没差，公子爱用哪个词便用哪个。"

她整理好裙摆，朝他屈膝："奴婢会准备好其他东西，待会儿到了地方，还请公子赏脸。"

李景允沉默。

她脖子上的牙印很深，虽然没流血，但一时半会儿都消不下去，换作旁人，肯定会在意一二的，不说多娇羞，脸红一下是必然的。

可是殷花月没有，她掏出箱子里的小铜镜看了一眼，神色很平静，仿佛只是被狗咬了一口，顺手就拿一条白布裹上了。

李景允想不明白，是他话说得不够清楚，还是姿势不够亲昵，为什么她会是这个反应？

天色渐暗，夜幕笼罩天际之时，太子一行人终于抵达了猎场。

殷花月提了一盏琉璃灯在前头引路，李景允跟在后头，一双眼里依旧充满困惑。

"前些时候夫人替您送了回礼去韩府，是一只玛瑙手镯。韩家小姐要是提起，您敷衍也好，别说不知道。用膳的地方在楼上，上头只有您与韩家小姐，奴婢随他们一起回避，公子若有别的吩咐，开窗喊一声便是。"

站在楼梯边上，她转身将灯塞给他，认真地说道："别太早离席。"

烛火照在琉璃上，透出来的光有些晃眼，李景允迟疑地伸手接过，这人却转身就走了。

步伐轻快，一点儿留恋都没有。

殷花月一整天没吃东西了，好不容易在厨房里拿了个馒头，哪儿还顾得上别的，将任务完成了就躲去楼下啃，两只手捧着白生生的馒头，啃得又快又仔细。

有人在她身边坐下，给她递了杯水。

"多谢。"殷花月接过来要喝，余光往旁边看了一眼。

不看还好，一看她就不敢再接那杯子了，尴尬地停住手，笑道："是你啊。"

先前在韩府来替他们开门的那个小丫鬟，依旧笑得甜甜的，轻声同她道："姐姐，我叫别枝。"

殷花月笑得有些发虚："是韩家小姐有什么吩咐吗？"

别枝摇头，轻叹了一声又笑道："这已经是小姐最高兴的时候了，自不会想要旁人打扰，你我能躲在这儿，偷上许久的懒。"

殷花月跟着点头，端着一杯水，喝也不是，不喝也不是。

"姐姐别怕。"别枝歪着脑袋道，"水里没毒。"

那谁知道真没毒假没毒啊，殷花月笑了笑，没动。

别枝抿唇，双手搭着膝盖，低声道："咱家小姐挺幸运，一出生就得了长公主青睐，有长公主撑腰，没人敢欺负她。可是，她也挺可怜，每次长公主的雷霆手段，到后来都会让她背上恶毒之名。

"姐姐是景允公子身边的人，小姐讨好都来不及，又怎么会想着害姐姐。"

殷花月听得挑眉，想起上回韩霜来东院说的话，恍然道："你的意思是，你家小姐未曾生过我的气？"

"姐姐是景允公子的宠奴，将来也是要与小姐朝夕相处的，她生你的气做什么？至多不过气公子绝情。"别枝感慨，"小姐与景允公子认识好多年了呢，先前两人关系也挺好，可后来，公子误会了一些事，就冷落小姐至今。姐姐若能帮帮忙，那将来小姐过府，想必也不会薄待于你。"

殷花月来了兴致，随手将杯子放下，问她："他们之间有什么误会？"

别枝面露难色，犹豫片刻道："具体如何，我一个丫鬟也不清楚，听说是景允公子吃了没来由的醋，故意冷落我家小姐，没人给台阶下，他也就一直没低头。"

眼睛眨巴眨巴地看着她，别枝拉着她的手臂晃了晃："好姐姐，你一定肯帮忙的吧？"

殷花月跟着她一起笑，笑得比她还甜："肯的呀，要我怎么帮？"

"这个简单。"别枝道，"眼下他们缺的就是互相了解和亲近，姐姐且将景允公子的喜好和起居习惯说与我听，我再想法子让小姐对症下药。"

"喜好嘛……"殷花月盯着她的手看了看，微笑道，"也没什么特别的，偶尔爱吃蜜饯。"

"那起居呢？"别枝凑过脑袋来，"公子平时都在什么时候出门，什么时候归府？"

"这个每日都有不同。"

别枝想了想，笑道："那怪不得四月初九那日，我家小姐去寻，公子却恰好不在府上。"

四月初九？殷花月不动声色地抬眼，正撞见别枝的视线。别枝的眼睛颜色很浅，静静地盯着她，眼里带着打量和些许试探。

102

殷花月心思微动，含笑便道："你记岔了，那日公子未曾出门，也没收到什么拜帖。"

别枝一愣，连忙掌嘴："是我记性不好，那许是别的日子。"

殷花月也没计较这错漏，只突然伸手揉了揉肚子："哎……"

"怎么了？"别枝连忙扶住她。

"刚吃的馒头好像有点儿馊。"她皱了脸，龇牙咧嘴地说道，"你先守着，我去去就回。"

"好，姐姐慢点儿。"别枝朝她摆手。

殷花月起身往茅房走，一离开身后那人的视线，脸色就恢复了正常。

先前看见韩霜，她是真信这姑娘喜欢李景允，可眼下这小丫头三言两语的，她倒是觉得不对劲了。

打听喜好也罢，起居也罢，都还算正常，可套她的话是什么意思？

四月初九那天，她被太子抓去了栖凤楼，李景允应该也在那附近。虽然不知道他在做什么，但直觉告诉她，不能往外说，尤其是不能给一个手上半点儿茧子也没有的下人说。

回头看一眼那亮着灯的二楼，殷花月摸了摸下巴。

这天晚上的宴席进行得很顺利，李景允出来的时候脸上没什么表情。殷花月看了一眼韩霜，发现她也没哭，那起码过程不算太惨。

李景允瞧着兴致不高，瞥她一眼，将琉璃灯还给了她，然后回去倒头就睡。

第二天就是"开山头"的日子，一般来说由地位最高的人将笼子里的兔子射杀，之后众人就可以开猎，可是今年有所不同。

长公主和太子殿下一同到了猎场，若论尊卑，那自然是太子高上一头，可论长幼，又该是长公主为先，两边颇有较劲之意，以至于这山头许久也没开起来。

最后长公主竟是娇笑着道："听闻李家府上的公子箭法卓绝，百步穿杨，不如让他来开好了。"

这提议有些荒谬，可难得的是，周和朔也点了头："景允，还不多谢长公主赏识？"

李景允出列，刚要行礼，长公主就掩唇笑道："你可是霜儿未来的夫婿，一家人，行什么礼啊，免了吧。"

周和朔不屑："李府与韩府什么时候定的亲事，本宫怎么没听说？"

"皇弟消息不灵通，这姻缘之事，还是女儿家知道得清楚。"长公主摸着尾指上的护甲，抬着下巴道，"霜儿知书识礼，李家公子文武双全，再没有比这更好的婚事了，李家夫人也点了头呢。"

"可本宫怎么听说，景允近日独宠一人，府里什么好的东西都往那人房里堆了。"周和朔摇头，"婚姻大事，还是要你情我愿来得好，强扭的瓜有什么甜头？"

殷花月站在李景允后头，听得冷汗直冒。

这怎么两位官家还吵起来了？吵就算了，方向还越来越歪，公子爷在府上有什么独宠的人，她怎么不知道？

"殿下。"沈知落突然开口，"吉时要过了。"

周和朔回神，摆了摆衣袖："景允，开吧。"

"是。"

带着翎毛的长箭又快又准地射中了笼中白兔，栅栏一开，贵族子弟纷纷吆喝起来，策马就往山上冲。

殷花月面带微笑地看着，将背篓和猎网都递给后头的八斗，以便他跟着去捡公子射下的猎物。

然而，李景允收回弓，竟直接开口道："你随我去。"

殷花月一愣，左右看看，不太确定地说道："公子，奴婢去？"

"嗯。"

"奴婢一介女流，"她皱眉比画，"未必有八斗力气大。"

"爷就要你去。"李景允居高临下地看着她，"怎么，不乐意？"

殷花月摇头，将猎网往身后一背，朝他笑了笑。可刚打算跟他走，就觉得后脑勺没来由地一凉。

她下意识地往身后看去，就见猎场上龙旗飘扬，长公主坐在龙旗之中把玩着手指，一双眼定定地看着她。

殷花月心里"咯噔"一声，僵硬地说道："奴婢要是说不乐意，眼下还能不去吗？"

顺着她的视线，李景允看见了场边站着的沈知落。那人捏着乾坤罗盘，正目光深邃地望着殷花月的方向，似忧似虑，欲语还休。

"想留下来同人私会？"李景允眼神冰凉，替她理了理肩上的猎网，贴近她低声道，"做梦。"

殷花月觉得李景允可能是误会了什么，她只是怕又被长公主看进了眼里，没什么好下场。但这人明显没想到这一点，将她拎上一头小骡子不说，还亲自将骡子的缰绳拉着。

"公子。"她赔笑，"您觉得有没有一种可能，奴婢是会自己骑骡子的？"

李景允冷眼道："殷掌事什么都会，爷自然是不敢小瞧，但爷乐意牵着，你管得着吗。"

……惹不起。

殷花月伸手将自己的嘴给合上，老实地背着猎网跟着他走。

"三爷。"

徐长逸和柳成和没一会儿就跟了上来，殷花月以为他们是要结伴打猎，方便围堵猎物，结果这两人上来就道："那边给的，意思是让咱们别去东边。"

两个红封，里头装的应该是银票，掂着颇有分量。

殷花月有点儿蒙，打猎还行贿？

不过转念一想也能明白，这贵门人家的玩乐，若拔得头筹，也能得上头赏识。

但为什么给李景允？

李景允心情不佳，连带着眼神都恹恹的："每年都来这一招，烦不烦。"

徐长逸笑道："能来这地界儿的，谁不想活命啊，您就当看在我的面子上，睁一只眼闭一只眼。"

李景允抿唇继续往山上走，没接。

徐长逸有点儿尴尬，挠了挠脸侧，扭头就冲殷花月笑："殷掌事，您拿着吧？买几身衣裳也不错。"

殷花月回他一笑，摇头。

"哎，你别怕啊。"徐长逸看前头一眼，策马行在她身侧低声道，"你收下是无妨的。"

主子都不敢收，她收还无妨？殷花月看着面前这长得甚为周正的少年郎，心想坑人也不是这么坑的。

结果李景允闷声道："想拿就拿。"

银票这东西，殷花月是没什么贪念的，但既然他开口了，那她也就接过来，随便拆开看了下。

"……"殷花月猛地将红封合上，瞪大了眼睛。

后头的柳成和早料到她会是这个反应，趴在马背上就笑："掌事可还满意？"

这是满意的问题吗？殷花月脸都绿了，一场春猎而已，她以为行贿也就几百两，结果这里头装的是五百两一张的票子，装了厚厚的一沓。

大统领一年的俸银也没这么多啊。

她伸手就把这红封塞回去，结果徐长逸立马躲远，捏着缰绳笑道："三爷，你这丫鬟没见过世面啊，还是你不厚道，总也不把人带出来玩。"

李景允斜他一眼，皮笑肉不笑道："你想怎么玩？"

意识到不对劲，徐长逸皮子一紧，立马正经道："眼下也不是玩的时候，我与柳兄先去西边看看，三爷您先走着。"

"告辞。"

马尾一甩，这两人跑得飞快，殷花月还没反应过来，捏着红封朝他们伸手："哎……"

李景允扯着缰绳就把她骑着的骡子拉了回来。

"没见过银票？"他白她一眼。

殷花月扭头，眉毛拧成了个结："这要是被人揭发，会连累整个大统领府。"

"你想去揭发？"

"不是。"她伸手比画，"可咱们没有拿这钱的道理。"

李景允也懒得解释了，只问她："不是想要宝来阁的首饰？你手里这两个红封，可以给你家夫人买一堆。"

此话一出，面前这人的眼眸霎时一亮，光一照，闪闪动人。然而，只一瞬，她就冷静了下来，正气凛然地说道："那也不能拿这不干净的钱。"

"那你便扔了吧。"他漫不经心地扭过头去，牵着她的骡子继续往前走。

几千两雪花银啊，在这位爷眼里好像压根不算什么事，殷花月神色很严肃，没敢当真扔，可拿着也烫手。

她纠结了一路，正想着要不等回去再找徐长逸他们还了，就听得前头突然传来一声破空之响。

凌厉的羽箭穿枝过叶，唰地钉在了树干上，远处响起人的号哭声，一边哭一边在喊："救命啊——"

殷花月一凛，驾着小骡子就挡在李景允身前，戒备地说道："公子小心，前头许是有什么野兽。"

李景允一怔，垂下眼眸看向眼前这人，一直阴沉的脸色突然就放晴了些："怕什么，我们来这儿不就是为了猎野兽的？"

对哦，殷花月点头，接着就更想不通了："那前头的人为什么慌成这样？

看见大兽，不是该喊人围猎吗？"

李景允轻哼，扯着缰绳把她的小骡子拖回来两步："人遇见野兽是不会慌的，人遇见人才会害怕。"

殷花月没听明白，但莫名地，她觉得背后发凉。

前头的人越跑越近了，许是看见这边有人，发了疯似的喊："救命！救救我！"

殷花月看向旁边马上这人，正想问他要不要帮人一把，结果眼前突然就是一片红。

飞来的羽箭将人从背后刺穿，血溅出去老远，狂奔着的人身形倏地一僵，接着便重重地往泥地上倒去。他脸上带着极度的恐惧和不甘，眼睛睁得血丝迸出，固执地看着他们的方向。

殷花月脸色骤然苍白。

后头的树丛里蹿出了几个人，七手八脚地将尸体给拖走了，有人看见了李景允，赔着笑行了个礼。

李景允见惯不怪地摆手，那人飞快地就带着人消失在了枝叶间。

"殷掌事见多识广，这点儿东西想必吓不着你。"他牵着她的骡子转了个方向，慢条斯理地说道，"在这山头上打猎，有的东西看见了，你也最好当没看见。"

身边这人没吭声，李景允挑眉转头，嘲笑道："怎么，难道你还真怕……"

话没说完，他神色一变。

殷花月双目发直地看着前头，一张脸绷得死紧，隐隐透出些青色，嘴上艳红淡去，整个人像是被魇住了。

"喂。"他皱眉，伸手将她拎到自己身前，掐住她人中，又朝她背心一拍。

殷花月呛咳出来，开始大口大口地呼吸。

"什么毛病？"他很是嫌弃，"你一个从大魏混到大梁的人，还能没见过死尸？"

自然是见过的，甚至一模一样的死法她都见过，只不过那张脸的主人是她的至亲，喷溅出来的血正好洒了她满脸。

殷花月定了定神，紧绷的身子逐渐松软下来，平静了片刻，她自嘲地说道："奴婢这样的胆子，跟着公子爷，是不是有点儿丢人？"

李景允没好气地打量她两眼，伸手探了探她的额头："你还有什么见不得的，干脆一并说了，也免得这一惊一乍的，惹人烦。"

"没。"她低头浅笑，"女儿家不都怕这些？见过一回，奴婢下回就不会如此了。"

她爬下他的马，回到自己的小骡子上头，戒备地看了看四周："公子，奴婢觉得这地方不太安全，要不今日咱们就先回去，也免得被人误伤。"

李景允甩着缰绳，好笑地问她："以你之见，爷收那红封是做什么用的？"

"要让人拔头筹。"殷花月想了想，道，"或者打到的东西分给别人一些？"

李景允摇头，牵着骡子，一夹马腹继续往前走："那是他们拿来保命的。"

殷花月："……"

她觉得他在说笑，乍一听有些吓人，可反应过来就觉得他未免太自负。今日来山上狩猎的贵门子弟何其多，也不乏地位高于大统领府之人，逆着风说这话，也不怕闪了舌头。

摇摇头，她揣好红封，还是打算拿回去还人。

李景允在南边山头游走，时不时引弓出箭，箭落之处必有猎物，不过都是些小兔子和野鸡。殷花月骑着骡子兴高采烈地去捡，途中又遇见过两回旁人被"误伤"之事。她远远地看着，缩了缩脖子。

途经一个小山坡时，殷花月眼神动了动。

"公子，东西太多，奴婢先找个地方把它们藏起来，待会儿再回来拿吧？"她笑道，"带这么大一背篓东西，奴婢倒是无妨，这骡子挺受罪。"

李景允正抬箭指着一处骚动的草堆，闻言只"嗯"了一声。

第五章

大皇子的遗物

殷花月抱起背篓，骑着骡子就跑开了。

沈知落给她的图纸，她昨晚仔细看过，也基本确定了方位。虽说不会全然信他，但殷花月觉得，顺路来看一眼也不会亏。

李景允策马去追一头白鹿了，殷花月连忙按着图纸找到一个大坑。

如沈知落所说，原本的松树被人挖走了，这地方遗留着土坑和杂草，旁边有一块岩石，尚算平整。若不知这下头埋的是什么，便会觉得这岩石稀松平常。

殷花月下去，拿着帕子将它上头的土和灰都擦了擦。

昔日风华无限的大皇子，入土连块碑也不能有，以宁怀的性子，在九泉之下怕是也要大吵大闹一番。

她低头看着，脑海里浮现出这人的脸。

殷宁怀对她并不算好，打一见面，他就喜欢抢她的东西、捉弄她，甚至在她还不满五岁的时候将她带出禁宫扔在外头，让她滚远点儿。

她叫他"大皇子"，他亦只喊她"西宫小主"，两人掐起架来，没少头破血流。

可是，梁军过境，直逼观山的那一天，殷宁怀没将她交出去。甚至到最后，周和朔都不知道大魏的皇室少死了一个人。

喉咙里堵了一口气，殷花月垂眼，伸手刨开一捧土："不是最恨我吗，干脆带我一起走不是挺好？"

风吹草动，杂草沙沙作响。

"想骂我？"她哼了一声，"即使你现在骂我，我也听不见。"

手上动作干净利落，很快刨出了一个坑，殷花月低头看着，又笑："当年你怎么骂我来着？说小野种生不配住禁宫，死不配进皇陵，我要是埋在父皇身边，你就拿把铲子，把我的陵寝挖了。大皇子您看看，您没挖着我的，倒是我来动手了。"

儿时的斗嘴最后却是她占了上风，殷花月乐得很，但是乐着乐着，眼前就模糊了。

手指杵在泥里，指甲缝里都是脏污，她嫌弃地看着，恼道："非在这种地方干什么，又脏又荒，什么也没有……"

说到后头，声音没在了喉咙里，她咬牙，翻出背篓里藏着的铁弩，用弩头将下头硬些的土给刨开。

这坑本就不深，没挖几尺，她就当真挖着了一个木头盒子。盒子底板已经跟土粘成一块，拿不出来，她狠了狠心将盒盖用力一撬。

里面放着一个白瓷罐子，旁边放着一个黄锦包，锦布一抖，掉下来几个印鉴和两块配饰。

这都是殷宁怀的信物，殷花月看也没看，往怀里一塞，就想接着去抱那瓷罐。

"好大胆的奴婢，在藏什么东西？"

旁边一道惊雷炸响，殷花月手一抖，下意识地就拿土将瓷罐一盖，然后抬头。

一个穿着雪锦长衫的男人站在坑边居高临下地看着她，手里捏着弓箭，二话不说就拉开对准了她的眉心。

殷花月一愣，慌忙道："奴婢是大统领府上的。"

"大统领府……"他目光扫向她怀里露出的黄锦边，眯着眼道，"什么东西，拿出来看看。"

殷花月十分为难，余光往外一瞥，没看见李景允的影子。

"磨蹭什么？再不拿，我这箭可不长眼睛。"他又拉开了半寸弓。

殷花月僵硬地举起手，掏出怀里的东西放在坑边。

黄锦历来是皇室才能用的东西，里头若裹着印鉴、玉佩，那可就不得了了。这人显然也是个识货的，扫一眼就变了脸色，手里的弓箭半点儿没松，眼里甚至泛起了杀意。

殷花月察觉到了不对，抓起那包东西就想跑，可这人实在离她太近，近得她能清楚地听见弓弦弹动的声音。

嗡——

有羽箭破空而来，殷花月心里顿时只有两个大字——完了。

梁朝人好骑射，能来打猎的都不是绣花枕头，这箭准头极佳，想躲都来不及。

锋利的箭头在她眼前放慢速度，殷花月甚至能看见上头映出来的天空、花草，远处有树影摇曳，甚至出现了李景允的脸。

果然是人之将死，所想皆见。

她有点儿难过，甚至想伸手碰碰箭头上这人的影子。

然而，下一瞬，旁边横空飞来一支红尾箭，"锵"的一声，箭头将她面前这支羽箭的箭身贯穿，箭杆裂开，木屑溅出来，偏离了它原本的轨迹，跟着整支箭就被带着定在了后头的杉木桩上。

殷花月愕然，震惊地扭头，就见李景允踩着马镫，逆着光拉开了第二弓。

冰凉的箭头上闪着寒光，红色的尾羽抵着弓弦，那人眉目冷峻地望着箭之所指，杀气横生。

有那么一瞬间，殷花月恍惚觉得四周是黄土遍布的练兵场，抬眼看过去，那人依旧穿着狐袍，红缨在手。

影子一晃，红缨化成了赤羽，长箭破空，射中某个地方，换来一声闷响。

瞳孔微缩，殷花月猛地回神，转头要去看，面前却突然冲来一匹马。

"你骡子呢？"他扯着缰绳挡在她面前问。

殷花月抬头看他，阳光有些刺眼，只看得清这人的轮廓。她有些恍惚，心口激烈的跳动还没平复："在……旁边拴着呢。"

李景允摆手："去骑上。"

她乖乖地转身找回骡子，又乖乖地回来把缰绳递到他手里，定了下神，还想去看方才那人，却被他拽着骡子往反方向拉。

"你都知道这地方不安全，还敢离爷这么远？"

她觉得自己有点儿冤枉："奴婢怎么知道这里的人会杀人不眨眼？"

"猎场刀剑无眼，谁死了都不稀奇。"

"可是……"殷花月握着缰绳，忐忑地说道，"您方才动的那个人，看衣着似乎颇有身份。"

李景允斜眼看她，轻笑："若比身份，能比得过你怀里这东西主人的身份？"

殷花月脸色一僵，下意识地将怀里的黄锦塞了塞，可旋即又意识到自己这动作有些蠢——他既然看见了，那她就算吃进肚子里也没用。

殷花月犹犹豫豫地将黄锦包掏出来，心虚地说道："奴婢想藏猎物的时候不小心挖出来的，也不知道是什么东西。"

"不知道的东西你也敢捡。"李景允接过来扫了一眼，眼里墨色变深，"胆子也真是大。"

"黄锦包着的，多少也值些银子不是？"

李景允把东西收拢放在怀里，哼笑道："有的东西值钱，有的东西值命。"

这就不打算还给她了？殷花月有点儿急："公子，那是奴婢发现的。"

"想要？"他斜眼。

"……也不是特别想要吧，但您这身份，哪里稀罕这捡来的玩意儿。"她仰头赔笑，"不如就赏给奴婢？"

　　李景允勒马，她的骡子也跟着停下来，山间起风了，吹在薄薄的春衫上，还是有些凉意。

　　殷花月心里发虚，捏着缰绳的另一端，移开目光不敢看他。

　　直觉告诉她，李景允是起了疑心的，但不知道为什么，他没开口问，只停顿了片刻，就继续往前走了。

　　她不敢再开口要那包东西，只能眼巴巴地看着。

　　到了午时，众人都就地烤肉吃，徐长逸和柳成和跑过来，拎着两只兔子朝她笑道："殷掌事可会烤兔肉？"

　　殷花月有心事，颇为有气无力地说道："还行。"

　　"那就麻烦你了。"两人把香料和兔子往她怀里一塞，就兴高采烈地跑去后头找李景允了。

　　殷花月叹气，拎起兔子去河边清理。

　　李景允坐在一棵老树下头，捏着一块配饰安静地看着，他眼里有惑色，还有些隐隐的不安。

　　"三爷。"徐长逸坐下来便笑，"您是不知道，东边打得那叫一个血流成河，长公主最近独宠的那个粉面男人被太子殿下的门客射伤，当即两拨人就打了起来，嚯，半分情面也没留的。"

　　李景允不着痕迹地将配饰收起来，问道："你们俩就在旁边看着？"

　　"那哪能啊，长公主那边怎么说也是给了银子的，咱们岂有袖手旁观之理？"柳成和一本正经地说着，又笑开，"咱们趁乱偷了两只兔子，交给你那丫鬟了，待会儿吃个饱的。"

　　李景允扫了一眼，发现殷花月蹲在不远处的河边挽着袖子剥兔皮。死人她看不得，死兔子倒是弄得干净利落，动作像个屠夫，身板却纤细得很，乌发如云，腰身不盈一握，浅青的腰带绕了两圈，还剩一长截拖在河边的鹅卵石上。

　　与别的奴才不同，她总将背挺得笔直，哪怕是要弯腰做事，这人的仪态也比旁的奴婢要好些。

　　他微微思忖，转头道："成和，我记得五年前你进宫清点了前朝的宗室典籍。"

　　"怎么突然想起这个了？"柳成和啃着不知从哪儿摘来的果子，望着天想了想，"是清点过。"

"那你可还记得，前朝有几个皇嗣？"

"这还用记？"柳成和摆手，"前朝就一个大皇子，连太子之位都还没来得及坐上，就死在了咱们太子手里。"

李景允皱眉，手指在宽大的袖口里摩挲着那块配饰，迟疑道："族谱上也只有他一个？"

"是啊，就他一个。"柳成和觉得好笑，"三爷，要是前朝还有余孽，以咱们太子的性子，能睡上这么多年的安稳觉？不早把整个京华翻过来了。"

他啃了一口果子，将汁水胡乱往袖口上一擦，含糊地说道："甭说太子了，长公主都不会闲坐着，眼下两厢斗得要死要活，若还有前朝余孽在，那咱们大梁可就热闹了。"

"这样……"李景允垂眼，眉头没松开，还是在思量。

徐长逸好奇地看着他道："三爷在想什么，是出了什么事不成？"

"没有。"李景允道，"我就是想起野味居那一场闹剧，你们说若是没有前朝的皇嗣遗留，这群人冒着丢命的危险也要来刺杀东宫，是图个什么？"

"图个报仇雪恨呗。毕竟咱们的殿下当年屠尽了他们的皇室，也没对大魏的百姓手下留情。"说到这里，徐长逸有点儿感慨，"这将来也不会是个明君哪。"

"你瞎说什么！"柳成和急斥他一声，左右看看，怒道，"想死也别拉上我和三爷。"

徐长逸心虚，干咳两声扭头就喊："殷掌事，兔子好了没？"

殷花月刚把收拾好的兔子架上火堆，闻言有些哭笑不得："几位公子要吃生肉？"

"那倒不是，你慢慢烤。"徐长逸笑道，"仔细点，别烫着了。"

李景允抬眼，目光幽冷地看向他。

柳成和："……"

他觉得徐长逸还不如骂太子呢，就这做派，也没想好好活。

吃了午膳，这两人就跟着李景允走了，三人一起围猎，收获颇丰。等日落西山的时候，殷花月和另外几个奴仆都背着个大篓子，她手里还牵着一头白鹿。

"这头鹿真漂亮，难得的是它身上竟然没有任何伤口。"徐长逸"啧啧"叹道，"三爷是怎么抓着的？"

李景允头也不回地指了指殷花月："她抓到的。"

徐长逸看了过来，殷花月一愣，连忙摇头："奴婢不知此事。"

"你织的网抓到的，怎么就不是你抓到的了。"李景允轻哼，"回去给你养在大统领府里，免得你天天说没见过，要出来打猎。"

徐长逸意味深长地"哦"了一声："我说今年三爷怎么还来凑热闹呢，原来有这么一出。"

柳成和也跟着起哄："没想到咱们三爷也会为美色低头。"

殷花月有点儿尴尬，侧头一看，李景允倒是镇定自若，面无表情地说道："我见的世面少，哪像您二位啊，家有美眷良妻，看惯了美色，自然不轻易低头。"

提起这茬，两个人脸上都是一僵，徐长逸表情夸张地捂住了心口，痛苦地说道："三爷，都是兄弟，说话别往人心窝子捅，我家那位，有美色可言吗？"

柳成和也摇头，想起些事来，脸色发青："还美色呢……回去指不定闹成什么样子。"

殷花月一怔，接着就笑了。这两位公子看起来潇洒，没想到家里似乎有些麻烦，不提还好，一提他们脸就绿了一路，直到回到下头行宫，情绪都没缓过来。

李景允同情地目送他们回了房间，然后转过身来语重心长地说道："知道爷为什么不愿意成亲了？"

殷花月笑得甜美，朝他摇头："奴婢不知。"

"……"

李景允恨不得把她也架去火上烤了。

察觉到杀气，殷花月赔笑，抱起他的弓箭就开溜。红色的凤羽箭在箭囊里晃荡，尾羽看起来漂亮极了。

行宫的主殿里，周和朔也捏着一支箭。

他就着烛火看了看那火红的凤羽，眼神阴沉可怖。

沈知落站在他身侧，手里乾坤罗盘转了两圈，还是道："此人无叛意。"

"他没叛意？"周和朔轻笑，捏着凤羽箭转了一圈，将箭头对准他，抬眼，"没叛意为何要杀本宫的人？"

一身锦袍的仆射被白布盖住，放在了主殿的台阶下头。几个奴仆跪在一侧，瑟瑟发抖。

周和朔实在想不明白："这人得罪他了？"

"回殿下，"旁边有人道，"仆射与李家公子并无交集。"

"没有交集，却用他独有的箭将人射杀，还是一箭穿颅。"周和朔垂眼，

"不是明摆着给本宫脸色看？"

"个中缘由，微臣不得而知，但有一事殿下可以考虑。"沈知落拂袖，"自古英雄难过美人关，长公主尚知与他攀姻亲，殿下又怎能没有表示。"

周和朔恍然，眼尾朝旁边一扫，陡然露出笑意："这倒是个好办法。"

殷花月正在后院的水井边提水，刚打上来一桶，还没倒进盆里，就见另一个拐角绕出来几个奴才。

要光是奴才还没什么打眼的，但那几个奴才当中，有一个天仙似的美人儿，裙袂飘飘，长发如瀑，飞也似的从走廊间过去了。

她觉得新鲜，端起水盆就往回跑，想跟李景允说这行宫里原来有仙女啊。

结果一进门，她发现仙女坐在李景允的旁边。

殷花月："……"

李景允看起来心情不错，朝她摆手道："水放着，你下去吧。"

殷花月扯了扯嘴角，没动。倒不是别的什么原因，而是夫人安排要她促成韩家小姐跟这位爷的好事，没道理白让人钻了空子啊。这三更半夜孤男寡女的，她要是走了，那还得了？

"公子。"她犹豫着开口道，"时候不早了，若有来客，不妨明日再见？"

李景允不动声色地扫过她的脸，哼笑道："你也知道时候不早了，这个时候来的客人，来了还能走了？"

还真是说得坦荡，一点儿也不避讳。

殷花月抬眼看去，就见那仙女已经双颊泛红，美眸顾盼之间，流露出深情款款之意。

人家这干柴和烈火都准备好了，她往这儿泼一盆凉水，好像是不太合适。殷花月想了想，还是乖顺地说道："那奴婢就告退了。"

李景允没吭声，目送她出门，抿了抿嘴角。

似水在旁边看着他，压根没注意这个奴婢在说什么。

在太子那边，她只能做个歌姬，在这儿就不同了。大统领府的公子年少有为、血气方刚，若能与他好上，那她也能捞着个侧室，享尽荣华。

于是她一双眼定在了他身上，就等那门一合，好飞上枝头变凤凰。

然而，原本还笑着的公子爷，在门合上的一刹那突然就沉了脸。他踢开脚边矮凳扯了扯衣襟，看起来颇有些烦躁。

"公子热吗？"似水连忙起身，笑着就要替他宽衣。

"不急。"他拦住了她的手，恹恹地说道，"爷有些事想不明白。"

上来就做那事，好像是没什么情调。似水收回手，娇笑道："公子这般人物都想不明白的事，那奴家定然也想不明白。"

这人看了她一眼，似乎有些嫌弃。似水吓了一跳，慌忙道："但奴家可以听，公子且讲。"

"你们女儿家，若是心里有人，会舍得将人拱手让给别人吗？"他问。

似水一愣，没想到他会问这个，眼睛眨巴眨巴便道："若当真是放在心坎上的，那自然没有让的道理。别说让了，奴家看上的人，谁要是多碰两下，奴家也要生闷气。不过奴家这心思，是做不得大户人家主母的。人家当主母的，都不嫉不妒，专心为夫君开枝散叶。"

李景允沉默片刻，更烦了："她又不是主母，怎么也没个妒性。"

"谁？"似水不解。

他没再答，起身将房里的香点了，然后站去窗边等着。

似水有些慌，她不知这位公子为何不再看她，低头打量自己两遍，她站起身，想再与他说些话。

然而，青烟过处，她觉得腿脚发软，好像有点儿站不起来，没过一会儿，她开始觉得有点儿困意。

"公子……"迷迷糊糊间，她看见窗边那人朝自己走过来了，还温柔地伸出了手。

心里一喜，似水伸手去抓，可还没触到指尖，她眼前就是一黑。

殷花月没回奴仆住的大杂院，而是去了一趟后庭。

月色寂寂，沈知落站在庭前树下，他的衣袍与黑夜融为一体，只看得见一张脸。

他听见了动静，回头朝她笑："找到了？"

殷花月点头，为难地看着他。

"找到了怎么还是这个神情。"沈知落轻笑，伸手摸了摸她的发髻，"想宁怀了？"

"我才不会想他。"殷花月皱了皱鼻尖，"我是有别的事。"

西宫小主轻易不肯与人示好，一张嘴什么都会说，就是不肯说软话。沈知落叹息摇头，捻了捻她发间银簪，问："别的什么事？"

殷花月咽了口唾沫，心里发虚："如果那些东西落在了别人手里……会如何？"

沈知落神色一变，身子颤了颤，手里的乾坤罗盘一动，哗啦啦转了个方向。

他低头一看，无奈地抚额："落在谁手里了？"

"也没谁。"她含糊地嘟囔，"就李家公子。"

"李景允？"沈知落气笑了，"小主可真会找人给。"

"不是我给的。"她微恼，"出了些事，东西被他发现了，拿去了之后就不肯还我了。我都没来得及看清是些什么。"

沈知落抿唇，平静了半晌，吐了口气道："那些东西落在他手里没什么用，只有你拿着才好使。"

殷花月眼眸一亮。

"你也别高兴得太早，总在他手里，万一让太子知道，你们整个大统领府都别想留活口。"

心口一跳，她抬头看着面前的这个人，发现他半分玩笑也没开，不由得有些发愁。

得想个法子拿回来才行。

今晚是不可能了，公子爷美人在怀，定是一番良宵不得歇。殷花月按捺住性子，决定明天晚上想法子去拿。

结果，一夜过去，小院里热闹大发了。

不知是谁走漏风声，说李景允宠幸了个歌姬，于是韩霜一大清早就来了这边，对着李景允就是一顿哭闹。接着长公主也来了，笑着打了两句圆场，顺手就让人把那歌姬拖出去砍了。

那歌姬哪儿甘心啊，张口就说自己是太子许配给李公子的人，于是没一会儿，太子殿下也来了，说这郎才女貌的正合适，让李景允收了做妾。

韩霜当即就哭昏了过去，长公主铁青了脸，死活要砍人。太子殿下不让，两人就在主屋里僵持着，连第二日的开猎都没去。

殷花月看得唏嘘不已，心想虽然常说红颜祸水，却没想到这儿还有蓝颜祸水。李景允这一出，也并不比褒姒妲己之流差到哪儿去。

"殷掌事。"温故知不晓得从哪儿冒了出来，拉着她就是一阵安慰，"男人嘛，少不得有个三妻四妾，三爷这般人物，身边也不会只有一个。"

殷花月莫名其妙地看了看他，又看了看屋子里正被掐着人中的韩霜，干笑着问："您认错人了？"

这不该是安慰韩家小姐的词儿吗？

温故知一愣，眨眼打量她片刻，纳闷道："你不伤心？"

"伤心什么？"殷花月扯着自己身上的灰鼠袍给他看，"这儿有奴婢伤心的地儿吗？昏过去也没人给掐人中啊。"

"不是。"温故知想不通，"你和三爷也算是情投意合，中间平白横出个人来，难道连点儿情绪也没有？"

情投……还意合？殷花月垂眼，嗤笑出声："您怎么就不明白呢，公子爷是主，奴婢是仆，我俩就算天天在一块儿，也没情投意合的说法。他看不起我，我也未必中意他。"

温故知摇头，还想反驳，余光却瞥见她身后来了个人。

李景允站在门口，手里还捏着半包蜜饯。他侧头看过来，恰好能看见殷花月那因为认真而绷起来的小脸。

她的眼神一如既往平淡，姿态却柔和极了，就像沐浴在明媚的春光里的玉兰一样，温婉恭顺地朝温故知屈膝："公子只要顺利定亲，与谁相好都无妨。"

心口好像有块什么东西，猛地往下一沉。

殷花月丝毫没察觉到身后有人，她看了看温故知，关切地掏出帕子递给他："大人，奴婢说的都是实话，您怎么吓成了这样？"

温故知脸色发白，没敢伸手接帕子，只咽了口唾沫，眼神直往她身后的方向示意："你现在说点儿好话……也许还有救。"

好话？殷花月没看明白他这歪嘴斜眼的表情是什么意思，纳闷地想了想，试探地说道："那祝公子美眷在侧，福寿康宁？"

温故知懊恼，心想：这还不如闭嘴呢。

殷花月茫然地看着他摇头叹气，正想再问，就听得身后传来李景允的声音："殷掌事。"

寻常的语气，听着也没什么情绪，可走廊里的这两人都是一僵。

殷花月反应过来了，懊恼地看一眼面前这人。温故知比她还恼呢，他都暗示半晌了，这傻丫头也没明白，怪得了谁？

两人僵持了片刻，殷花月还是先转了身，埋着脑袋朝他行礼："奴婢在。"

"去加点儿茶。"李景允仿佛什么也没听见，只平静地吩咐，"温热的即可。"

"是。"

殷花月如获大赦，小碎步迈得飞快，眨眼就蹿出去三丈。温故知见状，也干笑着拱手："我跟着去帮个忙。"

李景允觑着他，薄唇轻抿，神情冷漠。

温故知后退两步，扭头就跑，追上前头那傻子，委屈地说道："你说的话，他给我脸色看干什么。"

殷花月捏着手走得端庄，嘴唇没动，声音从牙齿里挤出来："奴婢也没说错什么。"

"是没说错，可他听得不高兴。"

"那要说什么他才高兴？"殷花月纳闷道。

温故知这叫一个气啊："都说女儿家心思细腻，你怎的跟三爷也差不离。男人喜欢听什么你能不清楚？无非是夸他赞他，喜他悦他，这还用教吗？"

殷花月眼里闪过一丝狼狈，她抿了抿嘴角："当奴婢的，还是做奴婢应做之事为好。"

这话说得如一潭死水，波澜不起。温故知看了她两眼，欲言又止，最后长长地叹了一口气："看来三爷还是没福气，连婚姻大事都能做别人的傀儡。"

殷花月觉得好笑："公子爷天生尊贵，本事又过人，还得无数上位者的青睐。这般人物要是都只能做傀儡，那这世间能有几个鲜活人？"

"你个小丫鬟懂什么。"温故知踏进茶房，四下扫了一眼，发现无人，拎起两个空茶壶往她面前一摆，"真以为韩李两家的婚事是门当户对？不过是长公主用来拉拢李大统领的手段。"

一把茶匙横在两个茶壶中间，搭起一座桥，他指了指茶匙，撇嘴："三爷就是这个。"

殷花月拿起那把茶匙擦了擦，放进一边的托盘："公子只要与门当户对的人成亲，就难免要为维系两家关系而付出。"

"可眼下情况不同呀。"温故知又拎来一个茶壶放在旁边，努嘴道，"太子殿下同三爷示好多年，早有将他纳入麾下之意，既如此，又哪里肯让三爷遂了长公主的意？今日这番闹剧，不就是这么来的？"

"他们想同三爷结亲，都是因为觊觎着三爷背后李大统领的兵力。一旦三爷应了其中任何一方，就相当于整个大统领府都站在了这方。将来若有不测，覆巢之下，焉有完卵？"

手指在三个茶壶上头敲了敲，温故知惆怅地说道："三爷可怜哪——"

殷花月听得怔忪了片刻，可旋即就恢复了从容，她仔细将茶水倒进三个茶壶，一并端起来往外走："主子再可怜也是主子，我一个奴婢，也帮不了他什么。"

"这话就不对了。"温故知跟着她走，碎碎叨叨地说道，"你常伴在他身侧，总是能寻些法子让他开心的。他眼下就喜欢听你说好话,你哄他两句又何妨?"

哄两句,然后给他嘲笑?殷花月摇头,这事做一次是脑袋不清醒,做第二次就是傻。

"温御医。"有丫鬟提着裙子跑过来,"韩家小姐醒了,请您快去看看。"

温故知闭了嘴,终于是跟人走了。殷花月端着托盘看着他的背影,轻轻地摇了摇头。

长公主和太子殿下在李景允的屋子里吵了足足两个时辰,殷花月端茶都端了四个来回,最后两厢各让一步——太子殿下先将似水安置在别处,李景允也没点头应下与韩霜的婚事。

主屋里不欢而散,殷花月进去收拾残局的时候,下意识地往内室的方向蹭。

大皇子的遗物应该还藏在他房里,昨儿有似水在,她没机会来找,眼下外头沈知落和李景允正说得欢,那她也能趁机踩踩点。

殷花月不动声色地将内室里洒扫一番,她翻开两个抽屉,皱眉合上,又去翻一边的柜子。她动作很轻,不敢发出声响,一边翻还一边透过窗户往外看。

庭院里,两道身影相对而坐。

桌上摆着一只天青色的茶盏,溢出阵阵茶香,沈知落伸手端过来嗅了嗅,没有喝,而是盯着杯盏上的花纹看了看:"公子爷已是弱冠之年,身边没个人可不是一件好事。"

李景允慵懒地倚着后头的假山,长腿随意地往旁边的空凳上一伸:"大司命还要做媒婆的活儿?"

"倒不是在下多管闲事,而是命盘有言,公子若在年内添个喜事,将来大有好处。"

李景允恍然,似笑非笑地指了指屋里那探头探脑的人:"那添她如何啊?"

沈知落顺眼看去,眼里闪过一丝恼意,不过稍纵即逝,一转眼就失笑开,紫瞳泛光间容色惊人:"强扭的瓜可不甜,她心里有无公子地位,旁人不清楚,公子如鱼在水,还能不知冷暖?"

"大司命所言甚是有理。"李景允抬手托着下巴,满脸苦恼,"可有句话怎么说来着?强扭的瓜不甜,但能解渴。伸手就能扭到的东西,爷管她甜不甜,扭了放在自个儿篮子里,其他人也吃不着。"

沈知落不笑了,俊俏的脸沉了下来,如暮如霭。他回视面前这人,声音放得很轻:"此女生来带厄,克父母克兄长,将来也必定克夫。"

此话一出,面前这人脸上的笑意慢慢收敛了起来。

沈知落觉得这是意料之中的事，顺势劝慰道："公子爷还是考虑考虑太子送来的人吧，那姑娘八字好，是个旺夫的命，有她进门，家宅可……"

"这话你同她说过？"李景允突然开口。

沈知落顿了一下，没明白："跟谁？"

"她克父母克兄长还克夫，这话，你同殷花月说过？"

没料到他还在想这茬，沈知落垂眼："她从懂事起就知道自己的命数，不劳公子操心。"

眼里墨色翻涌，李景允看了他半晌，慢慢收回腿坐直了身子。

"先前撞见过不少她与你亲近的场面，我还以为二位是什么陈年故交，情意知己。"他凑近沈知落，眼底的嘲弄清清楚楚，"没想到大司命也从未把她放在心上，可怜我那丫鬟还夸赞大司命容貌出众，也是个为色所迷的无知之人。"

他这神态过于讥讽，一字一句也跟生了刺似的，听得人不舒坦极了，饶是冷静如沈知落，也架不住有些恼："公子这话未必太武断，我与她相处十几年，怎么也比公子来得熟悉亲近。"

"大司命所谓的熟悉亲近，就是对着个孩子咒人克天克地，让人了无生趣？"李景允不以为然，"您这十几年，还不如不处。"

"从我出生开始，你便说我不吉，再大些，断我祸国，后来我终于家破人亡、无家可归，你又说我命无桃花，注定孤老。沈大人，我是做错了何事，招惹您憎恨至此？"

脑海里响起殷花月的声音，沈知落呼吸一室，一股凉意从心坎生出，直漫指尖。他想捏紧手里的乾坤罗盘，可一捏，才发现这东西更凉。

无措的指针打了几个旋，怎么也停不下来。沈知落看了一会儿，突然伸手将它死死接住。

"你懂什么呢？"他再开口，声音沙哑得不像话，"我与她这十几年的相知相守，轮得到你来指手画脚？你知道她出生时是什么样子吗？又知道她经历过了些什么？你曾经救过她的命吗？你曾经得到过她的崇拜吗？她半夜被雷惊醒，第一个去找的人是你吗？你知道她六岁写的字是什么样子，知道她十岁时画的什么画吗？"

他越说越激动，但说完反而冷静了下来。沈知落注视着李景允，过了一会儿，淡淡地说道："你一无所知，你只知道她现在是你身边的一个丫鬟。"

庭院里突然起了一阵风，将桌上袅袅的茶烟吹乱，假山上的野草随之摇摆，一颗碎石掉入鱼池。水面泛起微波，原本优雅的庭院变得冷清而寒冷。

沈知落起身，抚着乾坤罗盘神情漠然地往外走："您还是早些将似水纳了吧。"

似叹似嘲的语气被风卷起，吹进茶里弥漫着苦味。李景允没应，他的半张脸映在茶水中，被浮起来的茶叶所遮掩，让人难以辨认他的表情。

殷花月找完柜子还是一无所获，抽空再往窗外看出去的时候，就见外头只剩了李景允一个人。他侧身坐在庭院的石桌边，没动也没说话，背影显得冷漠。

"殷掌事。"就在她以为他会静静地坐上许久的时候，李景允突然开口了。

殷花月微微一愣，依依不舍地看了一眼床上那几个还没查看的抽屉，然后取下屏风上挂着的东西便往外走。

"公子有何吩咐？"走到他身侧，她抖开手里的披风给他系上。

纤细白皙的手指上下飞快地翻动，打出了一个漂亮的结。李景允低头看着，眼里神色不虞："替我传个话，让柳成和过来一趟。"

"是。"她应了，将他的披风整理好，然后扭头就去跑腿。灰色的褙子从背后看过去，当真是又老气又粗糙。

他安静地看着，食指在桌沿上轻轻一敲。

柳成和过来后，两人关上房门就开始议事，殷花月安静地在门外守着，盘算着等晚膳的时候，借着换被褥的由头，找一找床上那两个抽屉。

不承想，里头两人商议良久，晚膳直接在主屋里用了。而柳成和离开后，李景允懒洋洋地往软榻上一躺，抽了本书来看，丝毫没有要出门的意思。

殷花月拿着帕子擦拭房里的花瓶，用眼角余光打量着他，犹豫片刻，还是笑道："今晚月色不错，韩家小姐身边的丫鬟来传话，说公子若能去观山湖边走走，那就再好不过了。"

李景允头也没抬："不去。"

"那东边庭院里的烤肉宴呢？"她眼眸亮亮地提议，"您晚膳也没用多少，要不要过去吃点儿？"

手上的书翻了一页，李景允打了个哈欠："要下雨了，吃不了一会儿。"

"哪儿啊，月亮还这么……"殷花月笑着指天，结果就看见一片黑压压的云遮住了皎月。

她把后半句话咽了回去，低头老实地擦着手里的花瓶。

李景允瞥了她一眼，脸色不太好看："怎么，想把爷支开？"

殷花月心里一跳，连忙摇头："没，哪能呢，爷爱在哪儿就在哪儿。"

"那你这躲躲闪闪的是干什么？"他将书卷起来，往脸侧一撑，"又想你的老相好了？"

被嘲讽得多了，殷花月再听这种话已经丝毫不会难过了，她放下花瓶，从容地说道："老相好那么多，您问的是哪一个？"

李景允脸颊鼓了鼓，唰地展开书挡在自己面前，啐道："爱哪个哪个，有爷在，你别想得逞。"

殷花月笑了笑，看一眼内室床上的抽屉，不着痕迹地将准备好的被褥抱进来："这床来过外客，奴婢替您换一换。"

"不必。"李景允闷声道，"爷不嫌弃。"

"可是……"

"爷的客人，跟你有什么关系？"他来了气，沉着眉眼道，"说不用换就不用换。"

殷花月脸上的笑意有点儿僵，她低头看了看怀里的被褥，遗憾地伸手抚了抚。

这条路行不通，那可怎么是好？

书上的字一个也没看进去。李景允擦着书边儿抬眼，就见那人磨磨蹭蹭地站着，琥珀色的眼瞳直往内室瞥，瞥一眼又飞快地收回去。

他眉梢一抬，眼里闪过一道暗光，稍稍一思量，便放了书道："今日累得很，爷想早些就寝，你也下去休息吧。"

"是。"殷花月不情不愿地退下去带上门，她在门口站了一会儿，看着屋子里灯熄了，眼眸又是一亮。

明的不行，那就来暗的。

她点了一截安神香，放在李景允房间的窗台上，然后蹲在门口，捂着口鼻，看着烟气顺着风往屋子里飘，等待着。

夜里下起了雨，还越下越大，殷花月瞅着，心想雨天最易安眠，再加上安神香的催眠功效，应该是万无一失。

于是半个时辰之后，嘎吱一声，她推开了门。

"公子？"她小声喊了一句，抱着被褥轻手轻脚地说道，"下雨了，奴婢怕您着凉，特来给您加床被子。"

房间里安安静静的，除了外头传进来的雨声，别的什么动静也没有。

殷花月一喜，凑近内室又喊了一声："公子？"

李景允安静地躺在床上，双眸紧闭，呼吸均匀。

殷花月心下一松，无声地上前，假意将被褥展开给他盖上，手却趁机伸到床里头，摸着抽屉上的铜环，轻轻一拉。

一团黄锦露了出来，里头裹着的东西纹丝未动。

眼眸一闪，她连忙想伸手去掏，结果床上的人突然朝外翻身，胳膊伸出来，眼看着就要碰到她的腿。

殷花月反应极快，凭借自己苦练多年的轻功，一个后仰翻就从地上翻到了床内，落地无声，姿势轻巧优美。

李景允手落了空，横在床沿边，人没醒。

殷花月偷偷地松了一口气，又想动手，谁料外头突然一声惊雷轰顶。

"咔嚓"——震耳欲聋的响动，伴随着闪电，花窗都被照了个通亮。

殷花月吓得浑身一僵，床上的李景允也似乎被吵着了，嘴里嘟囔了一声，翻过身来。他的胳膊搭住她的肩，将她整个人按在了旁边的枕头上。

闪电劈在房梁上，天边春雷阵阵，窗外大雨倾盆。殷花月一动不动地瞪着双眼，眼睛看见的是床帐顶上的寿山纹，耳边传来的是李景允温热的气息。

怀里抱着一个人，这位爷似乎也没有察觉，呼吸平稳，睡意浓厚。他胳膊很重，压得她有点儿喘不过气，但也正因为如此，她好像没那么害怕了。

小时候总怕打雷，一打雷她就爱往沈知落的房里跑，因为大家都说他知天命，雷肯定不会劈他。没想到如今躲在个不知天命的人身边，她竟然也觉得挺安心。

她侧头往旁边看，电闪雷鸣之中，睡着的李景允没有白日的戾气和乖张，一张轮廓较深的脸，眉目端正极了，长长的眼睫垂着，看起来温和又无害。

这样的人，就算做傀儡，也是浓墨重彩、最为打眼的一个傀儡。

雷声持续了一炷香时间，殷花月也就盯着人看了一炷香时间。一炷香时间之后，她清醒过来，想把他的手挪开继续去掏抽屉，结果刚一用力，旁边这人就像是要醒过来一样。

殷花月吓蒙了，双手举在自己耳侧，连呼吸都放轻了。

李景允挪动了一下身子，似乎觉得很舒服，再次陷入了沉睡。

殷花月有些无语地想：她是来偷东西的，又不是来偷人的。

这般场景，明儿醒过来该怎么跟人解释？

殷花月心里直发愁，愁着愁着反而睡了过去。外头风雨大作，她这一觉却睡得极为安稳。多年来的噩梦和梦呓都没有出现，她一觉睡到了天边破晓。

睁开眼的第一件事，她紧张地扭头往旁边看了一眼，发现李景允仍然在沉睡，于是赶紧试着挪动他的手。

　　这次李景允没有要醒的意思了，她顺利地脱离他的怀抱，起身整理好衣襟和发髻。她跪坐起来，正准备去拿抽屉里的东西，却听得一声："你干什么？"

　　殷花月吓得差点儿跳起来，连跪带爬地下了床，站在床边结结巴巴地说道："奴……奴婢拿被子，外面下雨……奴婢不是有意……"

　　李景允眼皮半睁地看了她一眼，像是压根没睡醒，将床帐一拉，闷哼一声又睡了过去。

　　冷汗濡湿了衣裳，殷花月站在床边愣了好一会儿，发现他当真只是惊醒了一下，没有要追究她的意思，连忙腿脚发软地往外退去。

　　这真是黄泉路口走了一遭，幸好没被发现，她关上门拍了拍胸口，刚放松片刻，又觉得不对。

　　她是没事了，可东西怎么办？

　　殷花月抬头看看紧闭的房门，脸色很难看，心想难不成今晚还得再来一次？

　　不了吧……

　　眉毛皱成一团，她抚额，头疼地揉了揉太阳穴。

　　"姐姐起得早啊？"别枝远远地打了个招呼。

　　殷花月扭头，正好看见她端着一盘早点过来。两人视线一对上，别枝一愣，上下打量她两遍，又看看旁边的房间，神色陡然复杂起来："姐姐你……"

　　人刚睡醒的窘态和声音里的沙哑是遮掩不住的，殷花月张口想解释，可又觉得有点儿欲盖弥彰，谁会信一个丫鬟在主人房里不小心睡着了这等荒谬的事情呢。

　　于是她只笑了笑，绕过别枝就要走。

　　"姐姐。"别枝一改先前的乖顺，横身过来拦住她道，"莫怪我这做妹妹的没提醒，姐姐是个什么身份自己也应该清楚才是，长公主才送走一个，您怎么也动这种歪心思？那个姑娘有太子护着，您有谁护着？"

　　殷花月着实尴尬，只能点头道："受教了。"

　　这话听来更有些不服，别枝沉了脸，将托盘放在走廊的长石板上，捏着手道："妹妹逾越，今日就提前说道姐姐两句。人要脸树要皮，不是每只麻雀都能飞上枝头，动作太大，就会摔个死无全尸。"

　　"我知道了，下次不会了。"殷花月一笑，绕过她想往另一头走。

结果这小丫头动作比她还快，侧身挡住路，冷眼道："原以为姐姐挺好，不承想也是厚颜无耻的贱人，存着那拿皮肉换富贵的心思，干出这样不要脸的事。不想着去给我家小姐道歉，倒是想一走了之吗？"

殷花月笑着笑着，眼神突然变得冷漠起来。她抬眼看着眼前这个还没到她下巴的小丫头，终于有些不耐烦地问道："你家小姐过门了？"

别枝一愣，接着就恼了："早晚的事。"

"早晚也分个有早有晚，眼下你家小姐还没过门，你还能管谁在公子爷房里过夜？"殷花月伸手，替她拂了拂肩上的晨露，"别说我什么也没干，我就是真往主子床上爬了，今儿也轮不到你来说教。"

指尖抵在她的肩窝，将她推开，殷花月皮笑肉不笑地抽出髻上的银簪，含在嘴里，乌发散落下来，又在她手心被重新合拢，发梢一甩，糊了别枝一脸。

"你……"别枝拂开她的头发，大怒。

她捏着银簪重新往发间一插，鬓如远山黛，眉如青峰横，睨了别枝一眼，迤迤然消失在了走廊尽头。

房间的窗户半开，李景允靠在窗边，将外头这一场吵闹尽收眼底。

殷花月在他面前顺从惯了，以至于他都忘记了这人是大统领府里最凶最恶的狗奴才。瞧瞧对着外人这凌厉的气势、这目空一切的动作，还有这不卑不亢的态度，真真配得上一声"殷掌事"。

他欣慰地点了点头，转去了另一侧朝着后院的窗边，想再看看这人那犀利的小模样。

结果就看见方才还昂首挺胸的人眼下正抱着后院走廊上的石柱子瑟瑟发抖。

李景允抚额。

殷花月着实慌张，有气势是一回事，可真被韩家小姐和长公主逮着错处就是另一回事了。别枝有句话说得没错，似水有太子殿下护着，她有谁护着？真让人当什么狐媚的小妖精往林子里一拖，然后打死，她连喊救命的机会都没有。

她垮了一张脸，抬头望了望天，眼里满是绝望。

"殷掌事。"楼上传来了李景允的声音。

殷花月顿了一下，扒拉着石柱站起来，迅速收拾好自个儿，恢复了一个掌事该有的仪态，迈着小碎步就往楼上去。

李景允倚在床边等着，没一会儿就见这人面色从容地到了他跟前，屈膝行礼："公子，洗漱用的水奴婢已经打好了，您今日可要上山？"

李景允困倦地发出"嗯"的一声，起身让她更衣。他一双墨瞳从她脸上扫过，又若无其事地看向窗外："你在这院子里，可有听见那歌姬的消息？"

"公子是说似水姑娘？"殷花月想了想，摇头道，"只听闻太子将她安置去了行宫之外。"

眼里闪过一丝怜惜，李景允叹道："还真是可惜了。"

殷花月伸手替他理了理衣襟，笑道："公子要当真舍不得，便让太子将人送回来就是了，哪有什么好可惜的。"

"你不明白。"他惆怅地抬手，眼神忧虑地望向远方，"那哪里只是简单的歌姬，只要在我这房里过了夜，便是殿下打在韩家脸上的一巴掌，长公主那么护短的人，岂能容她？"

此话一出，面前这小丫头脸色一白，放在他腰带上的手指颤了颤，嘴唇也不安地抿了抿。

李景允墨瞳含笑，半垂下眼皮来，又叹了一口气："也算爷负心薄情，若纳了她，她便什么事都没了。但她是殿下送来的人，爷也不能轻易将她收了，只能可惜她这红颜薄命。"

眼前这人听着，脸色更白了，琥珀色的眼眸眨巴眨巴，强装作若无其事地抠着他衣襟上的云雷纹："似水姑娘有太子撑腰，也会薄命？"

"太子于她终究是主子，主子对奴婢能有多少庇护？"他意味深长地说道，"似水也是走错了路，早些往殿下跟前讨了喜，得个姬妾的名分，那可就万事无忧了。"

"公子说得倒是轻巧，"她皱了皱鼻尖，"您的姬妾尚且难为，要做太子的姬妾不是更加难如登天？"

"不试试怎么知道？"他目光幽深地看着她，"与其坐以待毙，那还不如放手一搏。"

殷花月一怔，觉得李景允话里有话，可她抬头看过去，面前这人又是一副神色慵懒、还未睡够之态，眼尾有些不耐烦地往下撇，嘴角也轻抿着，没有要与她说笑的意思。

她狐疑地收回目光，将他的腰带系好，继续愁眉苦脸。

今日李景允是要上山狩猎的，殷花月从他用完早膳开始就捂着脑袋假装不舒服，打算等他准备出发时就顺势告假，想趁着他不在，先把遗物拿走。

结果李景允关切地摸了摸她的额头，然后道："你不舒服，那今日爷就不上山了。"

殷花月傻眼了，她瞪圆了眼看着他，指了指外头："您不去争今日头筹？殿下和那么多人都盼着呢。"

"每年都争到手，也不见得有什么趣味。"李景允往软榻上一靠，满不在乎地说道，"今年让让别人也无妨。"

这话太嚣张了，如果从别人的嘴里说出来，定要被骂张狂无度。可这位爷要这么说，谁也没法说他什么，毕竟从大梁开始春猎起，每年的头筹的确都是他摘得。

殷花月为难地看了内室一眼，又给他添了盏茶，试探着问："您要在这屋子里待一天，不觉得闷？"

"是有点儿。"他抽了本书随手翻了两页，"那你便去给爷寻点儿蜜饯来。"

杀人不眨眼的武夫，偏喜欢吃那甜腻腻的东西，殷花月腹诽两句，还是转身要去给他找。

结果刚拉开门，一盘蜜饯就递了过来。

别枝端着盘子，看见她脸色顿时变了，却也没有说什么，径直挤开她进了房间。

"三公子安好，这是我家小姐特意给公子送来的，还请公子别嫌弃。"她笑着朝李景允行礼，殷切地看着他。

李景允没动，仿佛没听见这话，连眼皮也没掀一下，翻了一页书，懒懒地打了个哈欠。

屋子里安静下来，气氛有些尴尬。

殷花月站在门口看着，正犹豫要不要请她出去，门外就又传来了脚步声。

"公子安好。"似水端着点心在门外行礼，一身青绿色的留仙裙，飘逸非常。抬眼看见屋子里有人，她眸色一动，跟着就跨进门来，将碟子放在他手边的矮桌上。

"这是奴家亲手做的，还请公子品鉴。"

别枝看见她就沉了眼神，不过李景允在场，她也不好发作，只笑道："姑娘不是离开行宫了，怎的又回来了？"

似水轻笑："奴家只是出去住，又不是被下了禁令，到底是公子的人，来关怀一二也在情理之中。"

"没名没分，谁是谁的人这话可不好乱说。"别枝朝她屈膝，"长公主昨日所言，姑娘可还记得？"

被骂了好些难听的话，句句都非常伤人，似水哪能不记得，不过她有人撑腰，也不慌："太子殿下说了，公子既然对奴家有意，这名分也就是早晚的事。倒是这位姑娘，瞧打扮也上不得台面，怎么在公子面前嚼起舌根来了。"

你来我往，虽然没撕破脸，可也是针尖对麦芒。殷花月听得头皮发紧，李景允倒是自在，还能跟没事人一样翻着手里的书，一句话也不说。

没一会儿，温故知也来了，本想进门喊"三爷"，结果一只脚还没跨进来，就看见了屋里站着的人。

他收回脚，挑眉问门边站着的人："什么情况？"

殷花月耸了耸肩，抬袖掩着唇小声道："三爷的风流债。"

温故知看了两眼，感慨不已："这哪是什么风流债，简直就是催命符。看来两边都是不达目的不罢休，三爷危险喽。"

殷花月以为他在开玩笑，也没当回事，轻松地笑了笑。谁知温故知扫她一眼，眉心微皱："我可没吓唬你，要是春猎结束之后，三爷还没做出选择，你觉得这两位主子会轻易罢休？"

"不甘休又能如何？"她瞥一眼李景允那气定神闲的模样，"还能对他下手？"

"三爷行事向来没有破绽，直接对他动手倒是不至于。"温故知摸了摸下巴，道，"但像你这样的身边人呢？那几位要是一个不如意，拿掌事你开个刀，扣你个以下犯上或者与主私通的罪名，再波及整个大统领府，你又能如何？"

殷花月哼笑："奴婢可没以下犯上与主私……"

通？

想起昨晚雷电之中看见的侧脸，她骤然顿住，眼里掠过一丝心虚的神色，咕噜一声把话咽了回去。

"都是大人物。"她耷拉了眉毛，弱弱地说道，"不至于与奴婢这等下人计较吧？"

"越是大人物，就越小气，不过也无妨，"温故知满怀信心地看着她，伸手拍了拍她的肩，"殷掌事行事妥当，想必也不会给人抓住把柄。"

殷花月："……"

温故知进门，里头争执的两位姑娘总算停下了，一前一后地出了门，互相不理不睬地朝着两边走去。

然而，别枝在离开的时候，还是回头看了她一眼，目光悠长，别有深意。

殷花月觉得腮帮子疼。

她意识到自己可能要完了，不只遗物没拿回来，可能还得把自己的命搭上。

李景允与温故知说了会儿话，抬眼看向门口："你脚长那地上了？"

殷花月一愣，转身屈膝："回公子，没有。"

"没有还不过来？"他看了一眼这人惊慌得四处乱转的眼眸，嘴角微微上扬，又很快按了下去，"在怕什么呢？"

"没……"殷花月磨蹭着回到他身边，提着茶壶给两位爷倒了茶。她交叠着双手站着，面上倒还镇定，心里已经在琢磨怎么活命了。

李景允手指抵着眉骨，跟看猴戏似的打量着她，突然问了温故知一句："你怎么过来了？"

温故知配合得很，笑着就道："我遇到一些麻烦，第一个想到来找的肯定是三爷您了。这俗话说得好，'在家靠父母，出门靠朋友'，自个儿解决不了的事，自然想请三爷出出主意。"

话都说到这个份儿上了，再笨的人也该从中得到启发了吧？李景允盼地扭头看向殷花月。

殷花月的确是受到启发了，愁苦的小脸突然舒展开来，然后笑着就朝他跪了下来："公子。"

李景允轻咳两声，矜持地交叉双手，板着脸冷漠地说道："有事就说。"

"奴婢能不能休息片刻，去处理些私事？"她仰起头来冲他笑，"去去就回。"

李景允："……"

温故知一个没忍住，"扑哧"笑出了声。找人帮忙是想到了，可第一个想到的人偏不是面前坐着的这个人。

李景允转头看着他，目光冰寒："这些日子殿下正为西北瘟疫之事发愁，温御医这一身本事，落在这无趣的猎场属实大材小用，不如……"

"哎，不用不用。"温故知连忙道，"我这上有老下还没有小的，就这么背井离乡不太合适。三爷您看，我这还有病人在等着，就先走一步了啊。"

说罢，脚底抹油，跑得比兔子还快。

殷花月忐忑地看着温故知出去，转回头轻声问："奴婢说错什么了？"

"没有。"李景允皮笑肉不笑，"累了两日了，想休息也是情理之中，你去歇着吧。"

她如获大赦，行了礼就往后退。

结果那人慢条斯理地补了一句："爷正好自个儿去找沈大人聊聊，等爷回来，你也该休息好了。"

退后的步子一僵，殷花月有些无措："您……突然找沈大人做什么？"

"昨儿有个熟人去了他那儿，正好看看情况如何。"李景允起身，走去内室将那个黄锦包往怀里一揣，迤迤然拂袖，"你下去吧。"

殷花月干笑，扫一眼他怀里的东西，又扫一眼他："公子身边也没个人跟着，奴婢还是随行吧。"

李景允侧头看她，眼神充满嫌弃："不是有私事？"

"私事哪里比得上公子重要。"她张口就瞎掰，"公子是大统领嫡子，哪能连随行的丫鬟也没有，未免让人笑话。"

李景允收回目光，轻哼了一声，拂了拂衣摆就往外走。

殷花月连忙迈着小碎步跟上。

昨日太子在李景允这儿也没讨到什么便宜，殷花月觉得殿下对他的态度应该有所变化，不说冷落，但至少应该没有先前那般偏宠了，毕竟大人物都小气嘛。

然而令她没想到的是，李景允一进主殿，周和朔看起来比之前还要热情，亲自迎上来道："景允是要同本宫一起上山吗？"

李景允恭敬地行礼，然后笑道："本是这么想的，但无奈突然有客人来，在下打算先安置好她。"

客人？殷花月听得有点儿迷茫，哪儿来的客人？

结果周和朔立马明白他在说什么，一脸深意道："本宫也正想找你说这事。"

两个大男人站在殿里相视一笑，同时拱手朝对方行了一礼。

殷花月看傻了，满是不解。

主殿的右侧有个别院，是太子给沈知落住的地方。平时这里没人来，连丫鬟进出都是小心翼翼、提心吊胆。

但是眼下，这院子里站了个姑娘。

姑娘一身火红长裙，头戴三支金色梅花钗，臂挽海棠双绣雪轻纱，面容秀丽，姿态优雅。她站在沈知落面前，手里捏着乾坤罗盘，指尖有一下没一下地拨弄着。

"要不是三哥说你在这儿，我还真就被你糊弄在了京华。"苏妙眼眸笑着，嘴角却往下撇了撇，"就这么不想看见我？"

沈知落整个人都僵住了，眼角微不可察地抽了抽，然后收拢袖口，想去拿她手里的罗盘："没有。"

苏妙举着罗盘退后，歪着脑袋冲他笑："既是没有，那你今日随我上山打猎去。"

"我今日有别的事。"

拇指点在无名指的第二节指腹上，沈知落皱眉，抬眼朝殷花月所在院落的方向望去。

结果苏妙举着罗盘就挡住了他的视线，嘟囔道："在这荒山野岭的，能有什么事？"

她想了想，又退让一步："那我陪你去办事。"

沈知落很头疼，苏妙是大统领府的表小姐，两人只是今年年初见过一面，结果不知为何这人就缠上他了。他好不容易想着法子躲到山上来，不承想躲过了她，却没躲过李景允。

三公子平日可不是会管这等闲事的人。

沈知落颇为恼恨地转身，想往主殿走，结果一转身，就看见李景允穿过走廊朝这边来了。

说曹操曹操到，沈知落沉着脸迎上去，两人在走廊对上，双双停下步子。

四目相对，剑拔弩张，他张口就想说话。结果李景允很温和地从怀里掏出一块东西，捏着丝绦在他面前晃了晃。

"我思来想去，这东西对个丫鬟应该是无用的，只有对大司命你兴许有些用处。"他墨瞳笑得眯起来，看着格外不怀好意，"做个交易吗，沈大人？"

沈知落扫一眼他捏着的东西，呼吸一窒。

大皇子的随葬、前朝陛下亲刻的印鉴，就这么被他轻易地拿在手里晃悠，动作嚣张至极。而恰在这个时候，太子殿下也从他身后的方向走了过来。

沈知落脸色发青，伸手想去抢那印鉴，却被他躲了过去。面前这人挑起眉梢来，颇有些痞气地问："成不成？"

周和朔越走越近，他余光看着，额上已经出了冷汗，但还是强自镇定地说道："被殿下发现，遭殃的是你。"

"我又不是大魏的人。"李景允轻嗤，"可要与我赌一把？"

四爪蟒纹的袍子已经近在咫尺，沈知落手指冰凉，紫瞳惶然晃动，终于在太子看见印鉴的前一刻咬牙点头："好。"

手指一翻，李景允收回东西，笑着就朝周和朔拱手："殿下，大司命似乎也没什么意见。"

"哦？"周和朔哈哈大笑，心情极好，"如此，倒是本宫多虑了。"

他侧头，看向前来行礼的苏妙，颔首道："几个月不见，苏姑娘容色又美两分。"

"殿下过奖。"苏妙笑着屈膝，然后侧头看了看沈知落，不解地问，"你怎么出汗了？"

沈知落神色恢复了正常，云淡风轻地说道："袍子穿厚了。"

"那正好，我带了一套新的来，你去试试合不合身？"苏妙双手交合，分外开心。

李景允无奈地摇头："尚未出阁的人，怎么这般不矜持？"

苏妙撇嘴，小声嘀咕道："我要是像表哥你这般矜持，那这辈子都嫁不出去。"

周和朔哈哈大笑，笑声爽朗，传了半个庭院。

殷花月在院子门口守着，远远地就看见沈知落与苏妙站在一处，两人靠得很近，甚是亲密。她有点儿意外，沈知落从来不爱与外人亲近，这还是她头一回瞧见有人凑到他身边，他却没有躲开。

不过眼下这还不是最重要的，重要的是她本想找他想法子解决现在的困境，谁料那几人聚在一起，说说笑笑一阵之后，苏妙就拉着沈知落进了屋子里。

殷花月心知找他救火无望，长长地叹了一口气。

"怎么，不高兴？"李景允不知什么时候出来了，站在她身侧顺着她的目光看了看，笑眯眯地说道，"那两人不是挺般配的吗？"

她有气无力地应了一声，耷拉着脑袋，暗想沈知落是指望不上了，那还有谁可以救她？

打量着她的表情，李景允慢慢地不笑了，他沉默了片刻，颇为烦躁地说道："回去吧。"

"是。"殷花月又叹了一口气，低着头往前走。

然后没走两步，她撞在了前头这人的背上，鼻尖生疼。

"这可不太妙啊。"李景允突然转过头，颇为苦恼地说道，"苏妙倒是开心了，可眼下长公主与太子正斗法呢，她横插一脚，长公主那边该如何交代？"

殷花月一愣，左右看了看，确定他是在同自己说话，便道："此事与长公主何干？"

李景允用看傻子的眼神看着她，直摇头："太子和长公主都想与我大统领府交好，你没见今日都还来人争执？眼下苏妙突然说要与大司命定亲，长公主着急起来，还不得逼爷娶韩霜？"

想想好像也是这么回事，殷花月点头："那您便娶了韩家小姐。如此一来，大统领府便两头不得罪。"

"不行，爷不想娶。"

殷花月嘴角抽了抽，道："您既不想娶韩家小姐，又不想被长公主逼迫，这世上哪来那么多双全法？"

李景允神色黯淡下来，垂眸道："也是，爷眼下就算想娶别人，一时半会儿也不会有人来当这个出头鸟。"

话说到最后，还带了点儿小委屈。他拂袖转身，惆怅地继续往前走。

殷花月觉得奇怪："公子难道觉得随便娶谁都比娶韩家小姐好？"

"那是自然。"李景允头也不回，"韩霜此人心机颇深，别有所图，真让她进了大统领府的门，谁都别想好过。"

脑海里莫名浮现出别枝那日试探她的场景，殷花月皱眉，心想难不成她的警觉是正确的，别枝和韩家小姐，真的另有所谋？

但夫人看上的是韩霜，除她之外，还有哪家小姐能让夫人接受呢？

她低头琢磨了片刻，脑子里突然闪过一道灵光。

除了沈知落，好像当真还有一个人能救她。

第六章

收网了

李景允回到主院，懒洋洋地往软榻上一坐，正要开口，蓦地就撞见殷花月一张笑得见眉不见眼的脸。

他伸手按住心口，往后退了退："好端端的，这是做什么？"

殷花月殷勤地凑上来，乖顺地替他斟了茶，又将蜜饯捧到他面前，笑道："看公子脸色不太好，若有什么事，尽管吩咐奴婢。"

李景允拈了个蜜饯含在嘴里，含糊地说道："今日闲得很，能有什么事？"

"公子不是在愁怎么应付长公主？"她眨了眨眼，"想到法子了吗？"

李景允眼波微动，不动声色地继续嚼蜜饯："法子嘛，爷还真想到一个。"

"哦？"殷花月顿了一下，努力让自己表现得不那么迫切，只问，"可否说给奴婢听听？"

李景允拍了拍手上的糖霜，望着房梁哼笑："愿意当出头鸟的高门小姐不好找，寻常想过富贵日子的姑娘还不是一抓一大把？大梁重娶妻之序，向来是要先娶妻再纳妾，若爷先纳了妾，一年之内，便立不得正妻。"

殷花月一听，嘴角止不住地往耳边拉："公子高招，竟能想到这一出。"

"也是不得已之举。"李景允愁闷地叹气。

她磨磨蹭蹭地在软榻边跪坐下来，小心翼翼地问："您心里可有人选？"

"纳妾而已，要什么人选，街上随意拎一个也行，去栖凤楼赎一个也可。"他抬头往外扫了一眼，漫不经心地说道，"让柳成和去帮忙挑吧。"

"怎么说也是要陪在您身边的人，您都不亲自去看看？"

"反正也是纳回来放着，有什么好看的。"他摆手，不甚在意地将软榻上的书摊开，盖在自己的脸上道，"爷困了，你也歇会儿吧。"

眼前一片黑暗，鼻息间弥漫着浓郁的书香。李景允全身放松，却专心地听着旁边的声音。

他听见殷花月揉了揉衣料，又撑着软榻边的脚凳站起身，犹豫地张嘴呼吸，又硬生生地将那口气给咽了回去。

实在是踟蹰和为难。

人都到坑边儿上了，李景允也不急，耐心地等着，没一会儿就听得她道："柳公子平日也忙，这事儿要不奴婢替您看看？"

"你？"被书挡着的眼里满是笑意，李景允的语调倒也平常，"你知道爷喜欢什么样的？"

这人又跪坐了回来，凑在他身边道："奴婢不清楚，但公子可以指点一二。"

书拿下来，一张脸又恢复了漠然冷静的神色，李景允觑她一眼，哼声道："爷喜欢乖顺听话的，话最好少一点儿，不烦人，长相要娇美如画，腰肢要细软如柳。"

殷花月挑了挑眉，拿过一旁的青枝缠颈瓶，指了指这纤细的瓶颈和上头的画："这样的？"

李景允："……"

他微恼地拿了她手里的花瓶扔去软榻里头，道："你眼光这么差，还是别插手了。"

"公子息怒。"殷花月连忙赔笑，"说说而已，奴婢一定尽心为您挑选。"

"选好了就把庚帖递来给爷看。"他重新将书盖回脸上。

殷花月应"是"，起身欲走，又忍不住多问了一句："若是选着的人符合要求，却不合您眼缘——"

"无妨。"李景允闷声道，"符合要求的就递庚帖，爷也不是那么挑的人。"

她轻舒一口气，朝他行礼，神色复杂地退出了主屋。

书页抵着鼻尖滑落下来，李景允看着房门慢慢合上，嘴角一挑，眼里墨色流转。

殷花月心平气和地走在回廊间，试图安慰自己，她只是为自己留了一条退路，也不是非要往这上头走。李景允有多不待见她，她心里是清楚的，除非迫不得已，否则没有必要自取其辱。

然而，刚这么想完，她就看见了神色匆匆地往这边来的温故知。

"殷掌事。"温故知看见她就问，"你这也是赶着去看热闹？"

殷花月朝他行礼，然后困惑地问："什么热闹？"

"那个叫似水的姑娘，死在了行宫外的驿站里。"温故知抬袖掩鼻，昏昏欲呕，"我刚从那边过来，死状也太惨了。"

"死……"殷花月深吸了一口气，震惊不已，"死了？"

"是啊，也不知道是谁下的手，连个全尸都没有。太子和长公主都去看围猎了，眼下许是还没收到消息。等他们回来，肯定又是一场腥风血雨。"

温故知说着，又"啧啧"摇头："要说这事跟长公主没关系，我可不信。不过眼下也没证据，估摸着最后也只能不了了之。下人的命运啊，就是这么惨……哎？殷掌事，你没事吧？"

殷花月笑得温和："奴婢能有什么事？"

温故知愕然地看着她的脸："这都白成纸了，还发汗，你瞧瞧，还是体虚吧？来，我给你诊诊脉。"

"不必了。"她尴尬地摆手，迟疑地说道，"奴婢无碍，就是有些吓着了。好歹是太子殿下的人，竟也就这么死了？"

温故知见惯不怪："太子身边的人何其多，这个连名分也没有一个，算得了什么？不过也是她自己找死，明明知道长公主不好惹，竟还跟那丫鬟在三爷面前争执。"

殷花月笑得更虚了："那丫鬟……不就是韩家小姐身边的下人？"

"下人也看背后是什么人哪，那小丫鬟就坏得很，专喜欢嚼舌根的。被她逮着把柄往韩霜面前那么一唆摆，韩霜再跟长公主一哭，那还有似水的好果子吃吗？"他笑道。

殷花月身子晃了晃，颤颤巍巍地扶住了旁边的石柱。

温故知担忧地看着她："你当真无碍？"

殷花月虚弱地摇头，抱着石柱望向远方的山尖，抖着嗓子问："温大人，脸面和性命，哪一个更重要一些？"

温故知莫名其妙地挠挠头，道："自然是性命。什么'宁为玉碎不为瓦全'，都是扯淡，若本身就是瓦，那碎不碎的也没差，给自个儿留个活头不好吗？"

他这话一说完，就见面前这人沉默了片刻，琥珀色的眼瞳直晃悠，有些茫然，又有些决绝，像极了即将奔赴战场的勇士。

没一会儿，她便恢复了常态，朝他笑道："多谢温大人，奴婢先告退了。"

温故知点头，目光扫过她这瘦弱的小身板和那苍白的脸色，还是忍不住暗叹：三爷不当人啊，干的这都是什么事儿。

"阿嚏——"

李景允躺在软榻上，没来由地打了个喷嚏。他疑惑地起身看了看，发现已经是要用午膳的时辰了。

房门被推开，殷花月端着托盘走了进来："公子。"

李景允扭头看向她，微微挑了挑眉。

先前还只有一根素银簪的头上，眼下倒是多了一枚珠花，斜斜地插在云髻里，给她添了两分娇美。这人换下了灰鼠袍，只着水色罗裙和藕白上襦，正衬外头春色，浅青的带子往腰上一裹，当真是软如柳叶。

李景允眼里泛起一抹笑意，却装作什么也没看见，只问："午膳是什么菜色？"

面前这人有些失落，裙摆微晃，看起来更犹豫了，不过只片刻，她就安定下来，笑着答道："是厨子烧的野猪肉，还有这些日子打的山鸡、兔子，都做成了珍馐。"

李景允慢悠悠地挪去桌边，提着筷子尝了两口。

殷花月站在他身旁，动手替他布菜，然后将汤也盛出来放在一旁，之后就安静地看着他。

大概是被看得有些不自在，他皱眉："你今日怎么这么少话？"

殷花月抿唇，小声道："奴婢平日话也不多。"

他用拳头抵着咳嗽了两声，强压着笑意，一本正经地说道："那你下去吧，爷也落个眼前清静。"

殷花月微微顿了一下，顺从地点头，躬身就要往后退。

李景允用余光瞥了一眼，就见这人退到一半的时候又停住了，手指捏着袖口抠了抠，然后慢慢地走回来："公子，奴婢还有一事要禀。"

"说。"

屋子里檀香袅绕，桌上饭菜也正香，人身处其中，按理应该轻松才对，然而殷花月紧绷着身子，连眼皮也绷得死紧。

"公子想的立妾挡妻的法子的确可行，但夫人与大统领少不得要生气，若是旁的人为此进府，日子难免水深火热。"她捏着手道，"思来想去，奴婢有一个主意。"

一张庚帖递到了他眼皮子底下，李景允也没去看，目光径直落在她那蜷缩得发白的手指上，眼里浮起两分戏谑。

"什么主意啊，讲来听听。"

殷花月为难地看向庚帖："您要不先看看这个？"

"看了也不认识，你先说。"他抱起胳膊来，像即将收网的老渔夫，不急不慌地等着。

嘴唇都快咬出血了，殷花月支吾了两句。

"大点儿声。"他不耐烦道。

殷花月深吸了一口气，鼓足了这辈子全部的勇气，突然大吼："与其随便去外头找一个，还要花银子，公子不如纳了奴婢。奴婢乖顺听话，话也少，虽不娇美，但吃得不多，不会惹夫人不开心，也不会给公子添麻烦。"

一口气说完不带喘，殷花月感叹自己厉害，然后屏息等着面前的人答复。

她这个主意其实挺好的，既能省钱又能帮忙，还能保住她自己的小命。虽然做李景允的姿室也是处在风口浪尖上，但比起被人分尸还喊不出救命，这条路实在是通天大道宽又阔。

然而，面前这人听了，半晌也没个反应。

心口一点点地往下沉，殷花月想起这人上回对她的嘲笑，睫毛颤了颤，开始生出一丝后悔来。

李景允会怎么看她？无耻下人，企图攀主子的高枝，不守着奴婢的本分，反而想着如何飞上枝头，真是厚颜无耻、胆大妄为。

人前正气凛然的殷掌事，原来是人后勾搭主子的狐狸精！

殷花月越想越绝望，往后退了半步，喃喃："奴婢说笑的，公子也别往心里去。奴婢就是看您今日闲在屋子里，怕您闷着……"

话还没说完，手腕上就是一紧。

李景允眼底的笑意几乎要喷薄而出，但鉴于上回的惨案，他也实在不敢再笑，强自板着脸道："你想做爷的妾室？"

"也不是那个意思。"她尴尬地笑着，挣了挣手，"奴婢就是觉得……当个花瓶摆在您的院子里也能挡挡灾，比外人来得省事。"

这人真是不会撒谎，一撒谎耳垂就泛红，眼珠子乱转，偏生脸还要绷着，端着她作为"殷掌事"该有的仪态，瞧着可爱得很。

要不是怕狗急了咬人，他可真想蹲下来好生逗弄逗弄。

李景允翻开手里的庚帖，上头毫不意外地写着"殷花月"和她的生辰八字。他只扫了一眼就合上了庚帖，勉为其难地说道："你这么说，似乎也对。"

原本奄奄一息的殷掌事，突然就跟打了鸡血似的活过来了，她捏着手惊喜地看着他，问："公子这是答应了？"

"爷不是说了吗，纳谁都一样。你本就是大统领府的人，那纳你还来得快些。"他脸上一丝喜色也没有，整个人看起来就像是在菜市场上挑白菜的大爷，"嗯，就你了吧。"

换作以前，殷花月肯定恼得想咬他一口，可眼下，她竟然有种喜极而泣之感。拉着他的袖口，她就差给他磕头了："多谢公子。"

李景允懒懒地瞥过来："说好的，要乖顺听话。"

殷花月点头如啄米："听！"

说完，她又迟疑地看他一眼："公子若当真纳了奴婢，那可会保奴婢周全？"

他哼笑，筷子在指间一转，倏地夹了块肉递到她唇边，眼眸深邃不见底："要是连个丫鬟都护不住，爷也白混了，趁早跟你一块儿下黄泉。"

心里一块大石头咚地落了地，殷花月下意识地张口咬了肉，口齿不清地问道："那这纳妾礼什么时候行？"

　　"等回去京华再行不迟。"李景允又夹了一块肉，在她唇边晃了晃，"不着急。"

　　面前这人眼眸一瞪，陡然急了："不行，还是就在这儿找点儿东西办了，纳妾又不是大礼。"

　　趁着她张嘴，他将肉又送了进去，满意地看着她嚼，然后道："这里什么也没有，太仓促了。"

　　"不仓促，那不是有爷给奴婢抓回来的白鹿？"殷花月咽下嘴里的肉，"用那个就能做定礼。"

　　说着，她像怕他反悔一样，拉起人就往外走。

　　这好像是她头一回主动拉他的手，李景允随她小步走着，低头就能看见她与自己牵在一起的手指。

　　殷花月人看着冰冷无情，手指却绵软得不像话，绵绵地缠着他，生怕他改主意。

　　绷了半晌的嘴角，终于忍不住高高扬起。

　　不听话的小丫鬟终于掉进了坑里，并且乖巧地给自己埋上了土。

　　身为主人，他很欣慰。

　　后院关着的白鹿正吃着草呢，冷不防面前就来了两个人。藕白色的那个人拉着青黑色的那个人走过来，嘀嘀咕咕地说了些什么。青黑色的人嫌弃地看了白鹿一眼，敷衍地与藕白色的人一起朝它低了低头。

　　"礼成。"藕白色的人欢呼。

　　青黑色的人直摇头："这鹿也就颜色稀罕，肉也不好吃，何必拜它。"

　　白鹿：嗯？

　　殷花月伸手给食槽里添了一把草料，道："这事越简单越好，眼下找谁来都不合适，就它碰了巧。"

　　男人鼻尖里轻哼一声，把玩着她的手指，顺带扫了一眼她的发髻："既然礼成，那你也该换个打扮了。"

　　殷花月想想也是，点头："可奴婢也没带别的衣裳首饰。"

　　"这个好办。"他转身，拉着她的手指引了一下，"跟我来。"

　　未时三刻，日头有些耀眼，沈知落靠坐在窗边，伸手扯了扯衣襟。

他换下了一贯穿的星辰袍，眼下正穿着苏大小姐亲手缝制的青鹤长衫，眉目间带着一贯的冷淡，容貌依旧令人惊艳。

苏妙在旁边托着下巴看着他，看了半个时辰，也没动一下。

沈知落有些无奈："你没有别的事可做？"

"嗯。"苏妙点头，笑眯眯地说道，"表哥说了，让我看着你就成。"

沈知落眉宇间闪过一丝戾气，别开了脸："三公子也真是厉害。"

"我表哥自然厉害，整个京华就没有不夸他的。"苏妙双手合拢，赞叹地说完，一扭头还是满眼仰慕地看着他，"可他没你厉害，你什么都知道。"

沈知落深吸一口气，沉声道："小姐都这么说了，那在下也正好给你一个忠告。小姐与在下并无缘分，没有红鸾牵扯，强行凑在一起，只会伤了小姐。"

苏妙听完，脸上的笑容一点儿没散："我会因此而死吗？"

"不会。"

"那便好了。"她拊掌弯眉，"等回京华，我便让人去你府上下聘。"

沈知落额角跳出两根青筋，语气又冷了两分："苏小姐，且不说这事能不能成，就算要成，也是在下给小姐下聘。"

苏妙挑眉，狐眸眯起来，轻轻地"啊"了一声："是这样吗？我以为是情愿嫁娶的人给不情愿嫁娶的人下聘。这样你拿我手短，吃我嘴软，就不会悔婚了。"

这说的都是什么话？沈知落觉得头疼，也就大统领府能教出这样的小姐来，放在别家，早被扣个放荡的罪名拖去沉湖了。

他很想发火，可想想李景允手里的东西，又硬生生地将这火气给咽了回去。

"小姐。"门外跑进来一个丫鬟，喜上眉梢地说道，"三公子方才去了您的房间，拿走了您那些新的衣裳和首饰。"

苏妙一听，脸登时黑了下来，拍了一下桌子，然后扭过身说道："这是什么喜事啊！"

桌子"砰"的一声响，上头的茶杯都跟着颤了颤。

沈知落的眼角又抽了抽。

小丫鬟好像对这种情形非常熟悉，丝毫没有惊慌，她上前笑着说道："若是三公子自己拿去了，那奴婢肯定会拦着他。但这是给个姑娘拿的，他还留了这个给您。"

苏妙狐疑地看她一眼，接过纸条一看。

"愚兄今日纳妾，未备妆点，特借你些许应急，待还京华，双倍奉之。"

苏妙满意地看着这最后四个字，点了点头："算他懂事。"

纸条被揉成一团塞回丫鬟手里，她转身正要继续看沈知落，突然觉得有点儿不对劲。

"等等！"苏妙一把将丫鬟抓回来，重新打开纸条，瞪大眼看向第一行字。

"纳妾？！"

最后一个字拔得太高，有些破音，沈知落被吵得捂了耳朵，不明所以地抬眼。

一袭胭脂红裙，满头宝钗金梳，骤然从铜镜里看见这样的自己，殷花月有些失神。

李景允坐在她跟前，左右看了看，勉强点头："还凑合。"

殷花月不安地看了看四周，问："为什么要来这里？"

好好的主屋不待，李景允愣是拉着她寻了行宫一间空房，还吩咐下人不许知会旁人。眼下时辰已晚，他也没有要回去的意思。

"图个清静。"李景允打了个哈欠，半合着眼道，"爷劝你好生睡一觉，什么也别问，不然明儿也招架不住那场面。"

窗外月已高悬，是该就寝的时辰了。殷花月明白地点头，然后疑惑地问："这房里就一张床，奴婢睡哪儿？"

李景允一噎，没好气地白了她一眼，捏着她的下巴给她做口型："跟爷学——妾身。"

眼前的脸骤然放大，呼吸都近在咫尺，殷花月瞳孔一缩，磕磕巴巴地跟着道："妾……妾身。"

"这才是侧室的自称。"他满意地点头，然后问，"知道侧室该睡哪儿吗？"

殷花月愕然，脸跟着就有点儿泛红："不是说就摆着好看？"

"身为妾室，要摆着也是在爷的床上摆着，你还想去哪儿摆？"他看她一眼，表情突然凝重起来，"难不成你压根没想好，说要做妾室只是一时冲动？"

"我……"

"殷掌事也不是这么冲动的人啊，也许另有隐情？"他摸着下巴沉思，"你该不会是想利用爷帮你挡什么……"

"没有。"殷花月否认得飞快，扭头就去将被子铺好，"是妾身愚钝了，公子这边请。"

李景允起身，甚为宽厚地说道："人生在世，别总为难自己，不情愿的事就别做，也免得旁人看了，说爷强取豪夺。"

她心里沮丧极了，面上还不敢表露，只能扯着嘴角笑："怎么会呢，妾身很情愿。"

李景允满意地躺进了床内侧。

殷花月望了一眼外头的夜空，眼神忧郁又悲凉，然后啪地关上了花窗，收拾好自个儿，然后爬上了床。

这房间床挺宽，她贴着床沿，能与他拉开一尺远。

灯熄了，眼前一片黑暗，只隐约能看见头顶的床帐，殷花月抓着床沿一动不动。身边这人安静了片刻，突然开口："过来。"

殷花月呼吸一室，倏地闭眼，假装已经入睡，手将床沿抓得更紧。

她不知道李景允这话是什么意思，但就是不敢动，心跳得极快，连带着耳根也有些发热。她只着了中衣，薄薄的料子，贴在被褥上都能感觉到绵软的触感，更别说与人……

不过好在这两个字之后，李景允也没再多说，披了披被角，打了个哈欠就不再动弹。

紧绷着的神经慢慢松下来，她轻舒了一口气，试探着睁开眼往旁边看。

今晚月色皎洁，照进花窗里，半个屋子都是幽亮的光，落在这人高挺的鼻梁上，勾勒出一幅青山远黛图。他似乎也累了，眼睑微微低垂下来，呼吸平稳悠长。他的中衣青色衣襟微微敞开，喉结上下微微滑动。

殷花月注视着他，眼里充满了困惑，不明白他为什么会在这里，更不明白自己为什么会在这里。她缓慢地移开目光，然后慢慢地合上了眼。

这一觉睡得没那么安稳，毕竟是靠在床沿睡的，她被突然而来的失重感惊醒了好几次，到后来实在困倦，才往里挪了挪身子。

李景允没睡，在殷花月闭眼的一瞬间就睁开了眼，他戏谑地看着她几次差点儿滚下床，又戏谑地看着她往自个儿这边滚过来。

白日里看起来那般刻板严苛的殷掌事，裹在被子里只有小小的一团，发髻散开，青丝披散在枕边，衬得额头分外白皙。她双手都捏着被褥边，两只爪子握成小拳头，像是在戒备着什么。

李景允无声地笑了笑，撑着脑袋将自个儿随身的玉骨扇一折一折地展开，然后放去床外，对着她轻轻扇动。

这山上回暖本就要晚些，又下过雨，夜里颇有些凉意，殷花月在睡梦中都觉得冷，下意识地往被子里缩了缩，又挪了挪身子，不经意碰见个暖和的东西，想也不想就伸手抱住了。

胳膊上一暖，李景允心满意足地收了扇子，替她将被子掖了掖。

这才叫乖顺啊。

若是温故知在场，定会拿册子将此厚颜无耻、臭不要脸的行径记载下来，以作野史之传。然而眼下他不在，李景允也就肆无忌惮地继续看着身边的这个人，眉眼间是他自己都没察觉到的温柔和愉悦。

心口一直空落着的地方，好像突然被什么东西给塞得满满当当，踏实又有些鼓胀，让他不自禁地就想笑。

一只骗到手的狗而已，随便养养，没什么稀奇，就是目的顺利达成，他太高兴了。

李景允是这么给自己解释的，然后心安理得地继续盯着身边这人看。

……

晨曦初露之时，殷花月醒了，她困倦地翻了个身，懒洋洋地蹭了蹭被子，结果就发现被子不太对劲。

青色的，还有些温度。

错愕了片刻，她猛地抬头，却正好撞到个地方，嘎嘣一声响。

"啊。"李景允吃痛地捂住下巴，低头看下来，目光幽深晦暗，满是怒气。

愣愣地盯着他看了好一会儿，殷花月打了个寒战，一把将他推开跪坐起来，双手交叠，惶恐地说道："奴婢冒犯。"

眼里闪过一丝明显的不悦，李景允揉着下巴道："昨儿刚教你的自称，今日就还给爷了？"

殷花月顿了一下，立马改口："妾身知错。"

"你一大早的知什么错，又跪个什么？"他看起来还没睡醒，眉目都恹恹的，扭头瞥一眼窗外的天色，伸手将她拽了回去，厚重的胳膊压在她的前肩上，强硬地把她按回了枕头上。

"这么早，起来做什么。"

殷花月看看时辰，错愕道："都寅时了，妾身要去交代厨房今日的膳食，还要与随行的下人清点行李，后院的白鹿也该喂一喂，自然是要起的。"

她试图去抬他的手臂，可刚一用力，这人就倏地将她整个人拢进了怀里，下巴抵着她的脑袋顶，不耐烦地说道："爷没睡醒，别吵。"

殷花月在他怀里瞪大了眼，稍稍一动，就闻到了这人身上的檀香味。她眼眸向上看，目及之处，能看到他青色中衣上的褶皱。

她脸上莫名地有点儿发热，小声嘟囔："您没睡醒就继续睡，妾身该起了呀。"

李景允闭着眼，鼻音浓重："多睡一个时辰。"

说罢，怕她再反抗似的，拍了拍她的脑袋。

殷花月偷偷地撇了撇嘴。

先前在大统领府，因为每日要做的杂事极多，她向来只有两个时辰的好睡眠。眼下被他这么按着，她不情不愿地闭上眼，发现自个儿也不是不能睡着的。

疲乏已久的脑袋渐渐放松了下来，一直绷着的神经也逐渐松弛，殷花月打了个哈欠，埋在男人怀里，当真又睡了过去。

半合的墨瞳注视着她，李景允看得出神，抚摸了一下她散在他指间的青丝，眼底的光芒亮起来。

他这厢旖旎万分，原来的院子里却炸开了锅。温故知和徐长逸一大早收到消息赶过来，就见沈知落阴沉着脸坐在主屋里。

"怎么回事？"温故知看向旁边的苏妙。

苏妙双手托腮，闻声转过脸来，笑眯眯地说道："你们来啦。也没什么事，我昨儿听闻表哥要纳妾，便想过来看看。谁料这屋子里没人，等了一宿也没见回来。"

这还叫没什么事？

徐长逸脸都绿了，他站了半晌才消化完苏小姐这句话里的意思，然后看向沈知落："大司命为何也在这儿？"

沈知落抿着唇没吭声，略带戾气地扫了他一眼。

"你瞪我干什么？"徐长逸也是个火爆脾气，当即就炸了，"这是三爷的房间，苏小姐是大统领府的人，在这儿坐着情有可原，你一个外人在这儿摆什么脸色？"

温故知连忙拉住他，笑着低头："大清早的被吵醒，各位心情都不好，冷静冷静。"

苏妙挪了挪身子，挡在沈知落面前继续笑："挺简单的事儿，你们慌什么。表哥那么大的人了，也不会在这行宫里走丢，至多不过刚纳了妾心情好，带人四处去逛逛，咱等他回来不就好了。"

温故知应和地点头。

徐长逸回头瞪他："你怎么半点儿不意外？三爷纳妾，纳妾啊！你也不问问是谁，为什么突然有此举动？"

温故知一愣，为难地挠了挠脸颊，还没开口，就听得苏妙笑道："表哥一个人断是干不出这事儿的，得有人帮忙。你既然不知情，那温大人肯定掺和了。"

她想了想，又打了个响指："柳公子估计也知晓一二。"

徐长逸瞪大了眼，错愕半晌之后有点儿委屈："就瞒着我？"

温故知满眼慈祥地拍了拍他的肩："三爷也不是排挤你，昨儿你不是喝高了跟人打起来了吗，也没空找你说。"

好像也是，的确怪不得三爷。徐长逸恼恨地捶了捶自己的大腿，然后拉着他问："纳了谁？"

温故知饶有兴味地看了沈知落一眼，笑道："还能有谁，三爷身边就那么一个姑娘。"

沈知落抬眼看过来，目光森冷逼人。

难得见他这么生气，苏妙扬眉，笑道："一夜没睡，身体也扛不住，沈大人还是先回房吧。我让下人看着，等表哥一回来就去知会你。"

她弯起眉眼，很是甜美地背着手朝他低下头："眼下有了乌青就不好看了。"

"不劳苏小姐担心，"沈知落满腔都是怒意，实在无法好好说话，开口都溅火星子，"在下想在这儿等着。"

苏妙脸上的笑容僵住，接着就淡了些，她抿着唇，一双狐狸般的眼睛注视着他："你等在这儿有什么用？"

"与你无关。"他皱眉。

这态度着实轻慢，徐长逸在旁边都看不下去了，撸起袖子就准备与他理论。

然而，还没等他走过去，苏妙就抬腿踩在了沈知落坐着的软榻上，"啪"的一声响，红色的裙摆一扬，像火一样鲜艳灿烂。

"既然与我无关，那你为何要应下婚事？"

她双眼直视着他，丝毫不避让："是我听错了吗？你在太子殿下提及婚事的时候反对过？"

沈知落眉心皱得更紧，扫一眼苏妙踩着的绣鞋，莫名有点儿生气："你一个姑娘家，从哪里学来的仪态？"

"我在问你话，你先答了再说。"她仰头，"如果大司命现在说个不字，我立马去找太子殿下退婚。"

沈知落脸色发青，抬手揉了揉眉心。

温故知笑着上前打圆场："太子殿下都允了的婚事，哪里还有退的道理？大小姐息怒，您也说了沈大人没睡好，心情不佳。"

"他对着别人不佳可以，"苏妙抿唇，固执地说道，"对我不行。"气势汹汹的话，说到最后尾音却有点儿委屈，声音都微微发颤。

沈知落听见了，无奈地吐了口气，袖袍一扫，将旁边的凉茶倒来，递到她手里。

"就一盏破茶，还是凉的。"她不高兴地嘟囔，手却伸来接了，仰头喝下。

"气消了？"他问。

苏妙撇嘴，重新托着腮帮子看着他，哀怨地说道："你不能老凶我又哄我。"

徐长逸看得感叹，难怪都说中了情蛊的人是傻子，表小姐是何等人物，在沈知落面前竟然一点儿脾气也没有，能屈能伸的。

这沈知落也奇怪，分明不喜欢苏妙，却也愿意低头。一张死人一样的脸看着就让人生气，但也好歹松开眉头。

"乾坤卦象说，三公子此遭不该纳妾，否则必有大祸，在下也是因此才着急。"沉默半响，他终于愿意解释了，"如果赶得及阻止的话，那还有救。"

苏妙听得挑眉，不过也只眉毛动了，整个人都没别的反应。

沈知落很纳闷："你不担心你表哥？"

"担心倒是担心，可是这卦象……"苏妙轻笑，眼里满是揶揄，"卦象还说你我并无缘分呢。"

沈知落神色微微一僵，有些恼："强行逆命，怎能怪卦象不准。"

"卦象连我逆命都算不到，又有什么好信的？"苏妙不以为然地说道，"以温御医所言来看，表哥纳的是他身边的殷掌事。那姑娘之前在庄氏身边伺候，我见过两回，人挺好的，不至于害了表哥。"

沈知落起身，怒道："万一你表哥害了她呢？"

苏妙怔然，还没得及接上他这话，就听得门口有人冷声答他："那也与你无关。"

众人齐齐顺着声音看过去，就见李景允跨入门来，一身青鲤长袍洒满了朝阳。在他身后的半步处，殷花月也跟着进门，原先的发髻已经整齐地高绾，衣裙也换了样式。

徐长逸"嗷"的一声就扑了过来："三爷大喜！"

李景允眼疾手快地按住他的肩，微微一笑："随礼记得补上。"

"没问题。"徐长逸越过他看向后头的人，感慨不已，"这兜兜转转的，不还是她嘛。"

这话听着哪里不对劲，殷花月疑惑地抬眼，却正好对上迎上来的苏妙。

"殷掌事。"她眨巴着眼看着她，又摇头，"不对，现在是不是该唤一声'小嫂子'？"

苏妙一向是个可人儿，殷花月对她印象不错，便也朝她屈膝："表小姐。"

"千算万算，也没算到这老铁树会在这儿开上花啊。"绕着她转了两圈，苏妙拊掌而笑，"回去说给庄姨听了，也算是双喜临门。"

"双喜？"殷花月不解。

苏妙高高兴兴地就将后头的沈知落给拉了上来："你与我表哥成了事儿，我与沈大人也要定亲，可不就是双喜吗？"

四人相对而立，李景允淡笑着，心里那股子恼怒却泛了上来。

他曾经预料到会有这样的场景，自己亲自拉了苏妙和沈知落的红线，又设计纳了殷花月，那她就早晚会和沈知落这样面对面地站着，各自叹惋自己的命运和与对方那浅薄的缘分。

从小到大，这世上就没有什么是三爷得不到的，殷花月也不例外，哪怕她心里装着别人，他也有办法让他们只能相看泪眼，再无执手之机。

大功告成，按理说，他现在应该是来看好戏的。但不知道为什么，一想到殷花月的眼里，可能会出现对沈知落的不甘和不舍，他就觉得烦。

烦到想立马拉着她离开这儿。

"怎么？"苏妙突然开口，"你认识我小嫂子？"

李景允侧头，只见沈知落脸色苍白地盯着他身边的人，眼里的血丝让他看起来有些狰狞。

殷花月抬头，也朝沈知落看了过去，两人目光刚一交会，李景允立刻转身将他挡了个严严实实，然后低头道："跟爷去用早膳。"

一双眼清澈干净地回视他，殷花月不解道："来的时候不是用过了？"

恼怒的眼底突然变得清澈了，像是一股清泉，李景允意外地看着她。

她似乎没有什么难过的情绪，甚至对沈知落的愤怒也没有任何反应，她白皙的脸蛋在晨光中染上了一层暖色，散发着温柔而平静的气息。

"您没吃饱？"她想了想，道，"那妾身让厨房再送一些来？"

妾身。

沈知落一听这自称就闭了闭眼，李景允真是好本事，手脚快得压根不给人任何阻拦的机会。殷花月也是有本事，竟能随意将自己的一生都委付于人。

跟他对着干，就为了证明她不会孤老一生？

他气极反笑，狠狠地拂了拂袖袍："这里也没在下什么事了，便先告辞。"

"不送。"李景允扬唇。

苏妙一脸茫然地看着他们，本想问点儿什么，可一权衡，她还是摆手道："衣裳、首饰算我给小嫂子的随礼，祝二位花好月圆。我去看看他。"

"也不送了。"

两人前后脚跑出门，主屋里一下子安静了许多。李景允牵起殷花月的小爪子，望向旁边嗑瓜子看好戏的两个人。

徐长逸被他看得差点儿将瓜子皮咽下去，慌忙道："我们刚来，不至于也要走吧？"

"你们走不了。"他拉着人在软榻上坐下，给了包蜜饯让她吃，然后抬眼看向温故知，"有的是事要做。"

温故知不慌不忙地嚼着瓜子仁，满眼含笑："三爷这回肯提前与兄弟们打招呼，小的已经是感动不已，剩下的都安排好了，就算不能全身而退，也至少能少受点儿罪。"

"什么意思？"徐长逸茫然地凑过来，"安排什么？"

温故知拍了拍他的肩，说道："你今日也别闲坐着了，上山去打打猎。"

"你们都不去，我一个人去打什么？"

"柳兄在上头呢。"温故知笑了笑，道，"只管往东边走，去找他就是。"

徐长逸眼里闪过一丝了然，他没有再问，扔了瓜子起身道："那我也就不多打扰了。"

他朝殷花月点头，殷花月亦是低头回礼，目送他飞快地跨出门槛，轻轻抿了抿唇。

"别动。"李景允捏着她的手指，分外嫌弃地说道，"你指甲怎么都不修？"

她回过头来，脸有点儿红，挣扎着想收回手："当奴婢的都这样。"

"都说了别动。"他皱眉，捏紧她的手，从抽屉里拿出剪刀，将她这食指上的倒刺一一修理干净。

太阳出来了，金灿灿的光从正门照进来，整个屋子都亮堂了不少。温故知目瞪口呆地看着软榻上那两个人，觉得有点儿晃眼睛。

三爷先前怎么说的来着？一个丫鬟而已，不重要，重要的是对付长公主和韩府。

　　可眼下这是怎么的，不重要的丫鬟，也值得他亲自拿剪刀替人修剪指甲？最离谱的是，殷花月看起来很寻常，恪守着自己妾室的本分跪坐在他身边。可这位爷倒好，硬要将人往自己怀里带，急得人家脸都红了。

　　要不是怕那剪刀突然朝自个儿飞过来，温故知真想问问他醉翁之意到底是在酒还是在人。

　　"算算时辰，我也该去药房了。"他感慨地起身，"今日我是免不了被传唤的，不如早些去备好药箱。您二位且歇着，我也先告退。"

　　听着这话，殷花月心里紧了紧。

　　门被打开又合上，屋子里总算只剩下他们两个人，李景允扔了剪刀睨她一眼，哼笑："皱着个脸又在愁什么？"

　　"没。"她垂眼，腮帮子鼓了鼓，"妾身在愁午膳吃什么。"

　　李景允忍不住伸手戳了戳她的脸颊，咬牙道："你是当惯了奴婢不会享福了是不是？跟了爷还用愁这些？"

　　面前这人身子端着仪态，眼瞳却又开始乱晃："那……妾身现在应该愁什么？"

　　"愁怎么哄爷高兴。"他扬眉，目光落在她骤然拢起又慌忙散开的眉间，眼底笑意又起，"妾室只用做这个。"

　　殷花月不太乐意，但她也不敢表露，低头看着自个儿的裙摆，装出一副乖顺的样子。

　　"公子。"院子里的小厮突然跑到了门口，慌张地说道，"长公主传话，让您今日开猎。眼下已经有些晚了，您还是快些动身吧。"

　　此话一出，他身边这人轻轻地颤了颤。

　　李景允好笑地看着她，伸手将她的爪子裹进掌心，然后撑着软榻起身道："走，今日有真的猎要打。"

　　她没吭声，跟着他出门上马赶赴猎场，一路都低着头，与做奴婢之时也没什么差别，低眉顺眼，姿态谦卑。

　　今日去猎场注定是不太平的，看着她这柔软可欺的模样，李景允略微有些担忧。

　　然而，三炷香时间之后。

　　殷花月站在猎场的看台之上，唇边带笑。

长公主今日的眼神格外吓人，表情也阴冷非常。四周的奴仆连大气也不敢出，就算是韩霜，也被吓得坐远了些。

可她像是什么也没察觉一样，静静地站在离长公主最近的地方，默默地看着自己的手指。

"闻说景允院子里闹了些事，"长公主皮笑肉不笑道，"正好闲得无趣，你可否给本宫说来听听？"

殷花月闻言便走到她身前，乖巧地叩首行礼，然后道："奴婢有罪，请长公主责罚。"

原本就支着耳朵听着这边的众人，眼下纷纷转头看了过来。

李景允也抬眼看去，就见那凤座下头像是绽开了一朵海棠花，殷花月不卑不亢地跪坐着，螓首半垂，鬓边一缕碎发从耳后斜落下来，轻轻地拂在她的脸上。

长公主垂眼看着她，沉声问："你何罪之有？"

殷花月抿唇，嘴角弯起一抹小小的弧度，琥珀色的眼眸朝李景允看过来，目光温柔又眷恋："身为奴婢，却贪慕主子风华，实在是罪无可赦。"

心口毫无防备，突然就被人一撞，他怔怔地看着她，有那么一瞬间的失神。

不只是他，旁边看着的人都听傻了，连韩霜也是愕然了好久才反应过来，起身急道："你也知道自己是奴婢，怎么敢说出这样的话来！"

她一出声，后头的别枝也跟着跪了出来，带着哭腔道："求殿下替我家小姐做主！"

四周响起细碎的议论声，长公主摸了摸护甲上镶嵌的宝石，余光扫向李景允。

都闹成这样了，她以为他会站出来说两句话，也好让她知道他在想什么。可是没有，李景允就负手站在一旁，安静地盯着地上那小蹄子看。

长公主心里有点儿不悦，接着问别枝："做什么主？"

"殿下明鉴，这殷氏与奴婢也算熟识，奴婢对其不曾防备，甚至将我家小姐与李家公子的好事悉数告之。谁料想她竟别有居心，夜闯公子房间，逼得公子不得不纳她为妾。"

别枝将头叩下去，声音凄楚："那日奴婢当面撞见她从公子房里偷溜出来，还被她恶言相向，说我家小姐没名没分，不配过问于她。殿下，我家小姐怎么也是在您膝下长大的，如何能受这恶奴折辱？"

字字句句，如含冤泣血，听得人都跟着觉得韩家小姐可怜。

长公主大怒，拍了凤座扶手便道："还能有这样的事！"

殷花月跪得端正，迎着扇出来的风也没变脸色，仿佛别枝说的不是她，依旧温和地弯着眉梢，双手叠放在腿上，气定神闲。

抛出去的怒斥也没人跟着喊"恕罪"，周和姬看她一眼，有那么一瞬间的茫然："殷氏，你没话要说？"

殷花月回神，不慌不忙地笑了笑："别枝姑娘说得如此声情并茂，奴婢也不敢打扰。"

"你分明就是心虚，辩无可辩！"别枝恼恨地瞪她一眼，声音极大，完全将她的话给盖了过去。

于是殷花月又安静了下来，转头用打趣的眼神瞧着她，没有反驳半句。

她的姿态实在太从容，以至于就算嗓门不够大，气势上也完全不输分毫。与她这从容的模样相比，别枝就显得有些歇斯底里了。

四两拨千斤。

周和姬眼里闪过一丝诧异，终于正眼瞧了瞧这小丫头，摆手让别枝住嘴，尾指朝她点了点："她说完了，你来说。"

"别枝姑娘所述罪状——"她轻笑摇头，"奴婢不认。"

"你！"别枝气急，"你凭什么不认！"

"就凭奴婢爱慕之人并非人手中傀儡，他明辨是非，也知人冷暖。"殷花月抬眼看向李景允，眼尾轻挑，"若奴婢当真做出这等事来，公子岂能遂了奴婢的意。"

一直没说话的李景允低头回视她，眼底像是平静的湖面被人投了一颗石子，突然起了涟漪。他扬唇，似是在笑她：这个时候了，都不忘记夸爷两句？

殷花月盈盈一笑，心道再不将他扯进来，他不知还要看多久的好戏。

周和姬顺着她的目光就看向李景允，终于开口问他："景允，你说呢？"

李景允收回目光，满脸意外地看了看身边："长公主英明果断，这等小事，怎么问起在下来了。"

周和姬微恼："这是你身边的丫鬟，自然是你的事。她到底有没有使手段博地位，不是该你最清楚？"

李景允恍然点头，然后笑道："官邸宅院里的这些下人，历来经由掌事院处置，突然问起在下，倒是当真没反应过来，还请殿下恕罪。"

他说得诚恳极了，俊朗的眉目间满是歉意，还抱拳朝她行了一礼。

中宫和长公主通过掌事院监管各个官邸，其中的蛮横霸道之处，早已惹得众人不快。但敢当着长公主的面说出这话的，李景允是第一个。

周和姬想发怒，可他这话说得也没什么错处，一时半会儿的，她也只能冷着脸沉默，目光深沉地看着面前的这个人。

"景允，你这话就说得不对了。"

一片寂静之中，突然传来一个声音，带着爽朗的笑声，迅速而来。

众人侧目，就见周和朔笑眯眯地掀开挂帘进了长公主所在的看台，目光从地上跪着的几个人身上扫过，最后落在周和姬身上："我大梁皇室，以礼治国，本就不该插手臣下家事。此事错在皇姐，你又何须喊'恕罪'。"

李景允躬身行礼，苦笑："长公主怎会有错，太子言重了。"

周和姬面上神色未变，心里已经是怄火不已，她低头理了理手里的帕子，曼声道："太子怎么又过来了？"

"听闻景允纳妾，本宫特意备了贺礼，谁料左右找不到人，也就只能来皇姐这儿瞧瞧。"周和朔笑得虚伪极了，转头看向地上跪着的人，"这就是景允挑的人？"

"是。"李景允拱手，"纳妾这等小事，怎敢惊动殿下。"

"哎，你难得能自己挑个喜欢的，本宫也当重视。"周和朔欣慰地拍了拍他的肩，又看向殷花月，"怎么还跪着，起身吧。"

殷花月低头叩谢，缓缓站起来，拂了拂裙摆，退去李景允身边。

别枝不甘心地想张嘴，可看一眼太子，她又有些畏惧，犹豫一二，还是将话咽了回去。

韩霜见状，突然抽泣了起来。本就玲珑的美人儿，添几分梨花带雨，就更是楚楚可怜。

长公主慌忙道："霜儿不哭，本宫在呢。"

"姑母……"她欲言又止，扭头看向殷花月的方向，突然就站起了身，疾步走了过去。

四周的人都吓了一跳，李景允皱眉，下意识地想拦住她。

然而，他身子刚一动，就被旁边的人轻轻抵了抵，葱白的指尖偷偷按在他的手肘上，似乎在示意他别管。

李景允不解，动作倒是停了下来，眼睁睁地看着韩霜走到她面前。

"你想要什么？"她伸手拉住殷花月，眼泪扑簌簌地往下落，"想要什么我都可以给你，只要你把景允哥哥还给我。"

韩霜越说哭得越厉害，红着眼哽咽，连尾音都打着战："我与他这么多年……这么多年了，就等着过他的门。

"你想当他的妾室，可以，我都可以包容，但你别在这时候……你这一来，我想陪在他身边，便又要等一年。

"我等得起，可我本是不用等的。"

晶莹的泪珠顺着脸颊一串串地滑下来，韩霜哀怨地看着殷花月，又有些乞怜的神态，任谁看了，都得心疼她两分。

李景允看得心里冷笑，这是韩霜最擅长的招数，拿感情来做筹码迫使人让步，无耻又令人没有办法。拒绝了她的，都会变成整个京华最铁石心肠的负心人。

他侧头看向殷花月，想说点儿什么来帮她一把。

然而，目光一转过去，他看见了殷花月那比韩霜还红的眼眶。

李景允："……"

苍白的脸蛋几近透明，殷花月轻颤着嘴唇，眼里的泪珠也大颗大颗地往下掉。她学着韩霜的样子哽咽，肩膀也控制不住地颤抖着："求韩小姐饶过奴婢，奴婢什么也不想要，奴婢只想活命……"

她的尾音也跟着韩霜颤，甚至颤得比她还厉害，身子在风里晃啊晃，跟着就朝她跪了下去。

韩霜的眼角微不可察地抽了抽。

殷花月低头，手指颤抖地放上自己的小腹，眼泪在衣襟上化开，晕染成一片。她欲语还休，最后捂着小腹给韩霜和李景允都磕了个头。

"贵人们的事，奴婢哪里敢插手，奴婢只求祸不及家人，请韩小姐和长公主饶了奴婢。"

小小的身板抖起来，像快凋零的花。

不知道为什么，李景允竟然觉得有点儿骄傲，他养的小狗子也太厉害了吧，还能跟韩霜对着哭？

嘿，别说，哭得还比韩霜好看。

韩霜显然是没料到会碰见这么一出，整个人僵在原地，眼里的泪都忘了流："你……你肚子？"

殷花月抬头咬唇，眼神无辜又心酸："奴婢当真是逼不得已。"

太惨了，李景允看得都想擦擦眼角，殷掌事真是上得厅堂下得厨房还装得了大尾巴狼，瞧瞧这柔弱的模样，跟当初带着护卫到处堵他的样子完全扯不到一块儿去。

他欣慰地颔首，刚移开目光，就对上了韩霜震惊的眼神。

"景允哥哥你……你怎么能！"食指羞愤地指着他，又指了指地上那人的肚子，韩霜有些崩溃，嘴唇哆嗦了好一会儿，"哇"的一声就哭了出来。

这地方也不是什么雅间暖阁，四下都有人看着，长公主脸上挂不住，连忙让别枝将韩霜扶下去。

周和朔美滋滋地看过了瘾，然后笑道："景允，恭喜恭喜啊。"

李景允笑着拱手，然后面露难色地看向凤座。

周和姬伸手揉着眉梢，已经是不想抬眼。她今日是想将这小丫头收拾了，回去好让庄氏给李、韩两家定亲，不承想这一来二去，倒是她下不来台了。

也怪韩霜无用，连个男人的心都留不住。

"皇弟不是要上山巡猎？"她不耐烦地说道，"趁着时辰还早，快些去吧，这儿就先散了。"

李景允伸手把殷花月拉起来，轻声问："她可还有罪？"

"你挑的人，本宫哪能定什么罪。"周和姬摆手，不愿意再看，"都散了吧。"

围观的人纷纷应"是"，周和朔却突然笑了一声："皇姐，有件事本宫憋闷已久，今日实在是不吐不快。"

周和姬没接腔，脸色有些难看。

"这掌事院设立已久，一年到头开支不小，却没什么实际用处，仅令人发泄私愤，还扰人家宅。本宫以为，能者治天下，孬者才防口舌，掌事院早废早好。"

也不管她开不开口，周和朔兀自朗声道："此事，本宫也会尽早向父皇上奏。"

"荒谬。"周和姬拂袖，眉目冰冷，"设了几年的东西，能是说废就废的？"

"事在人为。"周和朔扫视人群一圈，轻笑道，"只要足够多的人觉得该废，那这东西就是错的。错的东西，大梁便没有硬留的道理。"

他说完，端着架子朝她一拱手，迤迤然离开了。

在场的人多是王公贵族、文臣武将，猛地听见这番话，每个人的心中都有自己的想法。周和姬气得头昏，扶着太监的手就喊"摆驾回宫"，步伐凌乱匆忙。

李景允没管那么多，径直带着殷花月回了院子。

他想着她先前哭得那么厉害，怎么也该喝口茶顺顺气，于是将门一关，转身就想找茶壶。

结果一回头，他看见一盏倒好的茶递到了面前，手指纤纤，与瓷同色。

眉梢挑起，李景允抬眼看向她，就见这人脸上的凄苦之色已经消散无踪，眼边的红肿也都褪了个干净，她又恢复了她该有的仪态和笑容，云淡风轻地说道："公子喝茶。"

准备好的一肚子哄人话被茶水冲散，李景允轻哼道："你可真厉害。"

"公子过奖。"殷花月微笑道，"今日知道有公子撑腰，妾身底气足了些。"

那是只足了"一些"？他感慨不已，长公主的威压她都能顶得住，天底下就没几个这么大胆的。若再给她两分颜色，她怕不是要直接去长公主脸上画丹青。

"有没有什么想要的东西？"他装作不经意地说道，"今日之事，你做得不错，当赏。"

她在他身边坐着，原本毫无波澜的眼眸，在听见他这话之后倏地一亮："妾身想要……"

"那包东西不能给你。"他提醒道。

她撇撇嘴，沉默了片刻，眼眸又是一亮："那……"

"主院说好了不去。"他再次提醒。

像是一盆冰水从头淋到脚，殷花月整个人都焉了，耷拉着脑袋了无生趣地嘟囔："那就不要了。"

李景允好笑地撑起身子，盘腿与她面对面，手指抬了抬她的下巴："衣裳首饰，女人不都喜欢这些？"

殷花月与他平视，眼神有点儿看傻子的味道："爷，您之前让妾身收了两个红封，什么样的衣裳首饰妾身买不来？"

他微微一噎，恼了："你这人，没半点儿情趣。"

她无奈地摊手，看着他笑："若妾身真是什么能迷惑公子的妖精，那便有情趣得很，能问公子要星星要月亮。但眼下，妾身要这些，不是自讨没趣吗？"

眼底有那么一点儿错愕，李景允垂眸掩盖住，神色慢慢晦暗。

他抿唇，语气沉了些："当着那么多人的面，连仰慕都说得，怎么在爷跟前，就什么都不敢说？"

面前这人很是意外，杏眼都瞪大了些："逢场作戏，自然是什么话都敢说。可眼下这里没旁人，又何必弄这些情情爱爱的，您又不喜欢。"

谁给你说的爷不喜欢？

李景允烦躁不已，靠回软枕上转开了头，皱眉盯着窗台上的香炉，薄唇抿成一条直线。

这人一点儿眼力见儿也没有，丝毫不觉得他生气了，甚至递给了他一枚蜜饯。他气闷地看着，没伸手，而是直接张开了嘴。

殷花月无奈，往前凑了凑，将蜜饯塞去他嘴里。可他是半躺着的，她喂食的动作有点儿吃力，撑在软榻上的手都有些颤抖。

注意力都在撑着的手上，殷花月也没抬眼，可下一瞬，她觉得指尖一暖。

这位爷张口，不仅含了蜜饯，还含了她的手。

殷花月脸上腾地一红，飞快地抽回手指，下意识地在软枕上蹭了蹭。然而不等她反应过来，手倏地被人一扯。

她怔怔地睁着眼，感觉眼前的一切都突然放慢了下来。

她能看见窗外的蝴蝶缓缓地扑棱着翅膀，能看见透过花窗落在窗台上的树影一下又一下地晃动，也能看见李景允衣襟上暗绣的花纹在她面前一点点地放大。

片刻之后，一切恢复正常，她整个人结结实实地扑进了他怀里。

珠钗颤动，云鬓松摇，红色的衣裙盖在青玄的袍子上，凌乱成一团。

李景允很是愉悦地接受了这个"投怀送抱"，眼里的戾气散开，嘴角也扬了扬，伸手摸着她的脑袋问："撒娇？"

殷花月："……"

她不知道这个突然动手的人有什么底气问出这两个字来，只能感叹三公子真是风月好手，调戏人的招数甚多。

不过她现在已经能从容面对，内心毫无波动地顺着他道："是啊，公子就答应妾身，将那包东西还给妾身吧。"

他笑得胸口震了震："小丫头，那包东西不是你拿得起的，别想了。"

她不高兴地皱了皱鼻尖，撑着软榻就想起身，结果背上一重，这孽障又将她给压回了怀里。

"别动。"

殷花月哭笑不得："公子与妾身这般亲近做什么？这里也没个外人。"

李景允墨瞳微动，他抿了抿嘴角，突然惆怅地叹了一口气："爷小时候曾经生过一场大病。"

"烧坏了脑子？"她下意识地接话。

"……"

屋子里安静了下来，李景允眯了眯眼，压着她肩背的手改成掐住她的后颈。

"……妾身知错，一时口快，还请公子宽恕。"殷花月分外能屈能伸，立马替他揉了揉心口，"消消气，您继续说。"

后颈上的压力消失，身下这人接着道："那时候庄氏经常不在府里，我与奶娘又不亲近，所以就总一个人躲在被子里哭，生怕自己活不下去。

"打那时候开始，爷就很想被人抱一抱，可庄氏没空。后来爷长大了，也就不需要她抱了。"

殷花月安静地听着，心里有些震惊。

她一直不知道当年到底发生了什么让这母子二人疏离至此，眼下听他说这两句，她竟然觉得有些心疼。

原以为是被宠着长大的公子哥儿，不承想竟也有无助的时候。

女儿家天生的善良让她心口一软，接着就不再挣扎，任由他抱着。

摸了摸怀里这人的脑袋，李景允满意地笑了。

自己养的自己骗，肥水不流外人田。

完美。

两人就这么缠在软榻上，难得地有了一炷香时间的和谐宁静。

然而，一炷香时间之后，门外响起了苏妙的声音。

"表哥，我进来了啊。"

殷花月本来都快睡着了，一听这声音，飞也似的蹦了起来，手撑在他胸口，差点儿把他压出内伤。

门"嘎吱"一声被推开，苏妙伸了个脑袋进来，发现殷花月也在，笑眯眯地说道："正好，小嫂子随我出去走走吧，知落说有事要找表哥。"

李景允白她一眼，哼笑道："还没嫁出去呢，就已经胳膊肘往外拐了。"

苏妙撇嘴，嬉笑着将殷花月拉出去，然后把沈知落推了进来。

两人擦身而过，沈知落目光定在殷花月身上，微微皱眉。

"沈大人有何事？"李景允下了软榻，伸手替苏妙将门合上。

两个小姑娘叽叽喳喳地往远处走了，沈知落听了一会儿，确定她们走得够远了，才道："三公子上回答应的交易，东西还没拿给在下。"

想起这码事，李景允也没多说，径直去将印鉴拿出来塞进他手里。

"剩下的呢？"沈知落皱眉。

李景允哼笑道："还能被你一锅端了不成？你娶苏妙娶得不情不愿，谁知道之后会不会负了她？东西慢慢给，一年一件，你若不答应，现在也能反悔。"

沈知落气笑了："好歹也是大统领府的公子，怎能如此厚颜无耻。"

"大统领府行兵用道，讲究的就是一个厚颜无耻。"李景允笑着替他弹了弹肩上的灰，"这就叫兵不厌诈。"

沈知落不想再与他多说，转身就走，门甩得"哐"的一声响。

李景允觉得好笑，这沈知落在外人面前都是一副世外高人的模样，可不知为何，对着他老是易躁易怒。可能这就是痛失所爱后的真实表现吧。

他没失去过，他体会不了。

李景允惋惜地摇头，转身去收拾被扒拉开的黄锦。

这一包东西，别的他都能明白是什么，只有一块配饰，上头刻着生辰和玉兰图，没别的名姓，也不是大魏宗室的子嗣，让他有些摸不着头脑。

李景允拿出这块配饰再扫了一眼，随手想放回去，脑子里却突然闪过了什么。

坤造元德年十月廿辰时瑞生。

他难以置信地拿出来再看了一遍，确认没看错之后，打开了另一个抽屉，拿出了殷花月上回递给他的庚帖，看向上头的生辰——坤造元德年十月廿辰时瑞生。

第七章

无耻得高兴就好

山风从窗口卷进来，拂过庚帖那通红的纸面，在端正的八字上打了个旋儿，又从另一边窗户吹了出去。

殷花月捋着被风拂乱的鬓发，含笑看着面前的人。

苏妙身上有她曾经拥有过的热烈和张扬，鲜活四溢，漂亮极了。她裙摆一转，就能划出一个圈，然后脸颊上露出两个浅浅的酒窝，歪着脑袋问："小嫂子和知落是旧相识吗？"

她没立马答，倒是很好奇地看着苏妙这双狐眸："表小姐很喜欢沈大人？"

苏妙笑开，眼睛眯成了两条缝，她在庭院的石桌边坐下，左手撑着下巴，憨傻地答道："是啊，很喜欢。"

"为什么呢？"殷花月很意外，在她的印象里，沈知落是个冷血无情、不沾红尘之人。而苏妙，她简直是这红尘里开得最灿烂的火烈花。两人无论怎么看，也寻不到什么相似之处。

像是被人问过很多次了，苏妙连回答都很熟练："因为他好啊。"

"沈大人……"脑海里闪过那人高高在上、俯视世间蝼蚁的模样，殷花月满脸都写着纳闷，"很好？"

"他不仅长得俊美动人，脾气也很有趣。"苏妙双手合十，眼眸亮晶晶的，"比起京华别的绣花枕头，抑或是我表哥这种无趣的武夫，我觉得他最好了。"

说他长相动人，殷花月觉得自己可以理解，但脾气——有趣？她抹了把脸，忍不住感叹大统领府出来的小姐真是不同寻常，对冷漠易怒的理解独辟蹊径。

她想了想，还是道："先前在宫里，我与沈大人还算相熟。"

"哦？"苏妙来了兴致，坐得离她更近了些，"那你知不知道，他从前都经历过些什么不好的事？"

"这倒是没有。"她摇头，"沈大人是天命所定之人，在宫里的祭安寺出生，五岁能观天象，七岁便受封国师。我见到他的时候，他已经是一身祭祀长袍，立于祭坛之上了。"

苏妙听得满眼崇拜，目光望向远处，似是在想那么大点儿的沈知落，穿起祭祀袍会是什么模样。

然而只片刻，她就回过神来，不解地皱眉："一丁点儿苦也没受，那他怎么会悲伤成那样？"

悲伤？殷花月垂眸想了想沈知落那张脸，好像怎么也没办法把他同这个词联系在一起。沈大人是孤冷的，也是骄傲的，他什么都知道，也什么都没放在眼里过。

除了他自己的性命。

脑海里闪过些不好的记忆，她打住，不再去想，只笑道："表小姐不必太担心。"

苏妙眨眨眼，理所应当地说道："喜欢一个人，肯定是会为他担心的呀，哪怕他日子已经过得很好，你也会担心他开不开心。小嫂子也喜欢我哥，难道没有担心过他？"

李景允？殷花月认真地思忖片刻，然后摇头："公子衣食无忧，每天心情也不错。"

苏妙眼里闪过一抹诧异，她看看殷花月，又扭头看看主屋的方向，沉默片刻，了然地嘟囔："也太逊了吧……"

似是有所感应，主屋那紧闭着的房门突然就打开了，李景允跨出门来，抬眼看向她们这边。

"殷花月。"

殷花月背对着他，闻声一愣，接着就迅速起身，迈着小碎步飞也似的回到他身侧，低头答："妾身在。"

这场面，不像什么公子和宠妾，倒像是主人唤管家。

苏妙看得连连摇头。

李景允倒也没管他这表妹，只低头与殷花月小声说了什么，殷花月乖顺地点头，然后遥遥朝她行了一礼。

苏妙颔首回礼，然后起身，冲她那没良心的表哥摆了摆手，潇洒地回沈知落的院子里去。

沈知落应该是拿到自己想要的东西了，可不知为何，他看起来依旧不高兴，斜倚在贵妃榻上拨弄着手里的罗盘，浅紫的瞳孔里毫无神采。

苏妙轻手轻脚地跨进门，本想从背后吓他一吓，谁知刚抬起手，这人就冷声道："步子太响，轻功没练到家。"

苏妙脸一垮，没好气地绕去他身边坐下，跷着二郎腿撑着手肘道："你这人，就不能装作没发现？"

沈知落扣了罗盘，皱眉道："你我虽有亲事，可定礼未下，堂也未拜，你怎好天天往我这儿来？"

"我不来你多无聊啊。"她理直气壮地抬了抬下巴，"看看，我一来，你脸色都好多了。"

沈知落分外复杂地看她一眼，然后重新拨弄手里的罗盘。

苏妙好奇地问："这是在算什么？"

"算算苏小姐的眼疾什么时候才能痊愈。"

苏妙："……"

沉默片刻，她乐了，盯着沈知落甜甜地笑着，心想老娘的男人，果然是比别人都有趣。

"太子意欲废除掌事院。"沈知落再开口，突然就说起了正事，"你府上若是有什么关于掌事院的冤屈，可以一并上禀。"

苏妙哼笑："我能有什么冤屈，我不让掌事院的人觉得冤屈就很好了。"

沈知落低眸看着罗盘上的指针，面色凝重道："还是随便找些事来禀了吧，总比扯进去更多的人来得好。"

此番春猎，太子遇刺，山上也折了不少人命，等回京都，太子麾下的禁卫军定是要遭受重创。为了减少损失，太子一定会祸水东引，从掌事院下手，直击长公主和中宫的要害。

这一点，沈知落算到了，李景允也算到了。

不同的是，李景允看起来跟没事人似的，一腔心思都放在怎么逗小丫鬟上头。

晚膳在东边院子里与人一起享用，长长的山珍席上杯盘错落，酒香肉熟。殷花月坐在李景允身边，安静地盯着长案上的菜色。

徐长逸捏着酒盏忧心忡忡："三爷，这回他们下手好像过重了。"

李景允漫不经心地应着，下巴点了点那盘烤羊，朝殷花月道："爷想吃那个。"

殷花月为难地看他一眼，拿起银筷替他夹过来放进碗里。

他不满地"啧"了一声，动也不动，直接张开了嘴。

"公子。"殷花月试图跟他讲道理，"这儿这么多人看着……"

他没动，墨色的瞳子凝视着她，带了点儿催促，还带了点儿委屈，好像在说，肉都不让他吃了？

殷花月无奈，一只手握着筷子，一只手放在肉下兜着，转过身来飞快地喂给他，然后将银筷放下，心虚地左右看了看，耳根微红。

这副小模样，可比她那虚伪笑着的样子顺眼多了。李景允满意地点头，然后对徐长逸道："与咱们也没什么关系。"

徐长逸对他这副沉迷美色的模样分外不满："三爷，自古人都说，美人乡，英雄冢。"

李景允咽了肉，觉得味道不错，顺手就夹了一块喂到殷花月嘴边，口里还接着他的话："能把美人乡当了冢的，也算不得什么英雄。"

好像也有道理，徐长逸跟着点头，然后怒道："我不是想说这句话的对错。"

李景允敷衍地点头，然后抬了抬筷子，示意她张嘴。

殷花月有些尴尬，但还是温和地笑了笑，小声道："您自个儿吃吧。"

"张嘴。"他道。

"妾身还不饿。"她满脸清心寡欲，"野味吃太多会腻。"

李景允恍然地点头，深以为然："你说得对。"

然后他还是道："张嘴。"

殷花月："……"

绯红的颜色已经从耳根爬到了脸颊，她抬袖挡着，飞快地将他筷子上的肉叼走，然后微恼地鼓着腮帮子道："您也听听徐公子在说什么。"

"爷听见了。"他哼笑道，"可今日坐在这儿，就不是为这事来的。"

徐长逸一怔，下意识地看向旁边的柳成和，想听他分析分析三爷这话是什么意思。

结果就见柳成和八风不动地抿着酒，用一种看傻子的眼神看着他："三爷别理他，他这两日脑子都不清醒。"

被温故知这么说也就算了，被柳成和嘲讽，那简直是奇耻大辱。徐长逸放下筷子就想动手，却听得席间传来两声咳嗽，接着四周热闹的议论声就都消失了，整个庭院慢慢地安静了下来。

殷花月跟着众人的目光看过去，就见庭中站了个微胖的锦衣男子，端着杯盏笑呵呵地说道："承蒙安兄相邀，今日能与各位贵人同享佳肴，实属幸事。但在下家中有丧，食不得酒肉，故此以茶代酒，敬各位一杯。"

这人地位颇高，席上众人都给他面子，饮了口酒，见他落座，才又议论纷纷。

"那不是梅大人吗？"徐长逸抿了口酒，小声道，"他家里最近有什么丧事？"

柳成和看了一眼，答道："梅大人的夫人是个嘴碎的，常在府里说些闲话，前些日子犯了皇家忌讳，吃错东西死了。"

徐长逸倒吸一口凉气。

殷花月慢慢地嚼着嘴里的肉，目光有些呆滞。

大梁皇室很厉害，各府都设了掌事院，臣下一旦有不妥的举动都能立刻被发现，防患于未然。

不过，委实有些没人情味。臣子也是人，谁都不是草木做的，在家里都不敢说话，谁会高兴？

果然，有梅大人做引，席上众人都开始小声议论起掌事院的事，就连柳成和也转过头来，看着殷花月道："我突然想起来，小嫂夫人是不是也进过掌事院啊？"

李景允斜了他一眼。

"哎，我没揭人伤疤的意思，您别着急。"他连忙摆手，"就是想起来问问，若是真如太子所言，要废这掌事院，三爷可要出手？"

殷花月下意识地摸了摸自己的背，那上头的伤是好了，可是疤痕交错，已经是不堪入目。她眼眸微垂，抿了抿唇。

李景允继续夹了菜递过去，满不在乎地说道："别家死了夫人女儿的不在少数，甚至抄家的案子也有好几起，哪里轮得着我家这小丫头的事儿。"

柳成和放心地拍了拍胸口，笑道："那就好，我就怕您冲冠一怒为红颜，没来由地蹚这浑水。"

"不会。"

得到想要的回答，柳成和美滋滋地继续喝起了酒。

李景允侧头扫了一眼，小丫头安静地坐着，脸上没有任何不甘和委屈，只是手往背后伸着，目光游离，似乎对自己身上的疤有些介怀。

没有女儿家会不想肌肤如玉、浑身无瑕，哪怕是殷掌事也不会例外。先前还被他嘲讽说这一身疤找不到夫家，虽然现在……也算是找到了半个，但想起背后那惨不忍睹的伤，她也笑不出来。

她张口麻木地吃着旁边不知道从哪儿夹来的肉和菜，开始回忆以前在御药房有没有看过什么修复疤痕的方子。

等她回过神来的时候，嘴里已经快塞不下了。

"公子。"她鼓着腮哭笑不得，"您吃不下了就放着，别都给妾身吃啊。"

"不好吃？"他挑眉。

好吃是好吃，可是……殷花月艰难地将嘴里的东西都咽下去，颇为不满："妾身又不是饿死鬼投胎。"

"嗯。"他点头，顺手递了茶杯到她唇边，"张嘴。"

殷花月就着他的手咕噜噜将茶杯喝了个底朝天。

徐长逸在旁边看得筷子都掉了，他震惊地扭头，小声问柳成和："这还是咱三爷吗？原先去栖凤楼，那个连姑娘都不看一眼的三爷？"

柳成和满眼感慨："这要是被韩霜看见了，指不定把禁宫都给哭塌。"

"好事还是坏事啊？"徐长逸有点儿不放心，"都说女人多误事，青史上沉迷女色的人，好像都没个好下场。"

柳成和想了想，摇头道："也不尽然，魏国史上有个皇帝就宠极了他的皇后，三宫六院只中宫风月殿住了人，人家也没出什么事，国运还挺昌盛。"

徐长逸默然，又往那边看了一眼。

有人来敬酒，李景允不好推辞，连饮了好几盏，脸色虽然没变，但眼神有些微迷离。殷花月默不作声地看着，似乎半点儿也不担心，仍旧在吃她碗里的东西。

可是，当第六杯酒端过来的时候，李景允刚伸出手，素白的手指就抢在他前头握住了杯壁。

"公子醉了，这杯就由妾身代了吧。"殷花月看着面前这不知谁家的小姐，得体地笑了笑，"见谅。"

那小姐有些不满，可殷花月仰头将杯子里的酒喝尽了不说，还拿起桌上的酒杯笑道："这杯是赔罪，等改日公子饮得少些的时候，再与小姐相祝。"

白皙的脖子一仰，隐隐能看见上头细细的青筋，她喝得既干脆又干净，杯盏往下一翻，滴不出半点儿酒来。

饶是再不高兴，这也挑不出什么毛病。那小姐无奈地行了个礼，转身走了。殷花月若无其事地坐回李景允身边，继续咬着碗里的熊掌。

她垂眼没往旁边看，徐长逸和柳成和却看得清清楚楚——方才还迷离装醉的三爷，眼下正无声地扬起嘴角，墨瞳泛光地看着她。

那欣喜的小眼神啊，活像是殷花月刚刚推开盘古自己开辟了天地。

徐长逸和柳成和对视一眼，齐齐摇了摇头。

没救了。

"小嫂夫人酒量还挺好。"柳成和戏谑道，"比三爷能喝。"

李景允跟着点头，也想夸她两句，刚开口，就听得"嘎嘣"一声。

牙齿好像磕在了碗沿上，殷花月脸埋在碗里，突然没了动静。

李景允："……"

他连忙伸手将她拉起来，低头一看，这人脸上也没什么变化，连红都没红，眼睛却是半合着，恍惚地看着他，一副神情低落的模样。

"想睡觉了。"她嘟囔。

李景允错愕了那么一瞬，倏地笑出了声。他将她搂过来，让她靠在自个儿怀里，然后小声逗她："这宴席上不让睡觉，睡了就是失礼。"

软绵绵的小爪子抓住了他的衣襟，怀里这人闷声道："那回去睡。"

"酒没喝完，人家不让走。"

殷花月烦躁地哼了两声，蹭着他的衣襟扭过脸，伸手又去拿桌上的酒杯。可不知是她手短还是怎么的，那杯子明明近在眼前，却怎么都拿不到。她往上抓，那杯子就往下跑。

殷花月脾气上来了，撑起身子用双手去抓，结果那杯子竟跟生了翅膀似的，又往上飞了。

"三爷，"徐长逸实在是看不下去了，"您这是不是无耻了点儿？"

李景允一只手撑着脑袋，一只手拿着酒杯逗弄怀里的人，分外愉悦地说道："无耻就无耻吧，爷无耻得挺高兴的。"

……这话就更无耻了。

徐长逸抹了把脸，觉得不能跟现在的三爷讲道理，毕竟中了情蛊的人都是傻子。

抓了好几回都没将杯子抓住，殷花月眯眼，突然不动了。

李景允"嗯"了一声，捏着酒杯在她面前晃了晃，以为她当真睡过去了。

结果就在他放松的一瞬间，怀里的人出手如电，身子蹦起来，一把就将酒杯抓住了。

殷花月大喜，杏眼笑得弯起来，脸颊也终于透出两抹绯红。然而，她这动作太大，身子完全没个支撑，刚将酒杯抱进怀里，眼前的景象就突然倾斜。

她看见桌子和菜肴都往上飞了起来，而徐长逸和柳成和两个人变得歪歪扭扭的，满脸愕然地看着她。

眼前出现了半幅衣袖，被落下来的酒盏一洒，酒香浸染。接着，她整个人都跌进了这片酒香里，温热踏实，恍如梦境。

她咧了咧嘴，就着这梦境蹭了蹭。

李景允是想斥她的，可话刚到嘴边，侧颈上就是一暖。

这人歪倚在他肩上，嘴唇刚好碰着他，似乎是把他当熊掌了，"啊呜"一口咬下来。贝齿小小的，连他的皮肉都叼不住，龇牙咧嘴地磨了两下，她有些泄气，委屈地伸着舌尖舔了舔。

酥麻的感觉自侧颈传遍四肢，李景允身子一僵，脸色骤变。

怀里这人什么也没察觉，哼唧了两声，带着酒气的呼吸都喷洒在他的颈间。

"别动。"李景允哑了嗓子，手捏紧了她的腰侧，"爷可不是山珍。"

　　那双墨瞳里有暗涌翻滚上来，如压城黑云，急急欲摧。可殷花月看不见，她只记得个儿拿到了酒杯，杯子里的酒好像也没了，于是她抓着他的衣襟高兴地说道："现在可以回去了吧？"

　　这回李景允没再逗她了，他深吸了一口气，将眼底汹涌而至的东西一点点地压回去。

　　"可以。"

　　徐长逸和柳成和一个望着左边，一个望着右边，都装作什么也没看见。李景允扫了他们一眼，沉声道："这儿交给你们了。"

　　"三爷慢走。"两人齐齐应下。

　　李景允走得极快，怀里的人却抱得很稳，几乎没怎么颠簸。

　　不过回到主屋，她还是有些难受，眉头紧锁地看着他，小声道："要沐浴。"

　　见惯了殷掌事自律矜持的模样，这任性骄纵的样子他还是头一回见，李景允有些哭笑不得，伸手替她将鬓发别去耳后："行，爷让人给你抬浴桶来。"

　　"不行。"面前这人突然就任性了起来，嘴巴不高兴地翘得老高，"我不要在浴桶里沐浴，我要浴池，要以玉石为砌、黄金为阶的那种。"

　　这要是换了别人，他肯定拎出去扔在假山旁的鱼池里，让他清醒清醒。可对上这张醉意朦胧的脸，李景允发现自己生不起气，甚至心口还有点儿软。

　　他伸手抚了抚她那滚烫的小脸，低声道："你说的那个浴池在禁宫里，现在看也看不着。"

　　殷花月一怔，傻愣愣地看着他："我不可以去禁宫沐浴吗？"

　　"是啊。"

　　轻轻软软的两个字，他自认为回答得够温柔了，结果面前这人一听，眼里竟慢慢涌上了泪，哑着嗓子碎碎念："为什么啊……"

　　他心里一紧，"啧"了一声，连忙捏着袖子给她擦脸："有什么好哭的。"

　　她撇着嘴，仿佛受了天大的委屈，眼泪擦了又跟着冒出来，哭得抽抽搭搭的。

　　"行行行，爷带你去浴池。"李景允抹了把脸，低身将她抱起来，咬牙切齿地威胁，"不许哭了。"

　　手臂无力地搭在他的肩上，殷花月眼神蒙眬地看着他，突然破涕为笑。

　　行宫里有傍着温泉修的浴池，大大小小的池子被分隔开，修成了精致的浴房。

　　珠钗"咚"的一声落入了池水，青丝铺散开来，像蔓延的无边夜色。

　　夜色下美人的脸皎皎如月，明明生绯。

单薄的中衣被水浸透，贴着肌肤勾勒出湿漉漉的线条，衣襟被荡漾的水波一点点冲散，露出半边白皙莹润的肩窝。

浴池里的人恍然未觉，她正醉眼蒙眬地看着他，像是在等着什么。半晌，见他纹丝不动，她委屈地撇了撇嘴，软绵绵地朝他伸出了手。

湿透的衣袖贴在手臂上，几近透明，水滴顺着皓白的手腕滑落，落在池子里，晕开一层又一层的涟漪。

殷花月仰头看着他，迷茫地问："你为什么不下来？"

"……"

岸上的人僵硬地别开脸，没有说话。

等了好久，伸出去的手都凉了。殷花月委屈万分地收回手，吸了吸通红的鼻尖，默默地游到浴池的另一侧，将背贴着浴池边儿，然后满眼怨气地遥遥看过来。

喉结上下动了动，李景允轻吸一口气，哭笑不得："你跑那么远做什么？"

她耷拉着嘴，张口想出声，结果脑袋埋得太低，嘴唇一松温水就灌了进来，呛得她直咳嗽。

李景允被气乐了，快步绕着池子走过去，半跪下来将她捞出水面："方才还没喝够？"

她撇了撇嘴，眼神幽怨地望过来，挣开他的手，又将背紧紧地贴在池边的石壁上。

李景允眼眸微动，好像明白了些什么。

他朝她钩了钩手。

醉醺醺的小狗子气呼呼地看着他，不肯动。他"啧"了一声，食指轻轻叩了叩池边的玉石板："过来。"

殷花月腮帮子鼓起，脸颊被热气蒸得嫣红，她瞪了他一会儿，还是不情不愿地朝他游回来，越近人越往水下沉，等回到他跟前，水面上就只剩了一双可怜的杏眼。

心口软得一塌糊涂，他叹了一口气，摸了摸她的脑袋，低声道："爷没嫌弃你。"

面前这人显然不信，眉头皱起来，眼里怨气更重。看他好像没有别的话要说了，她又开始不动声色地往后退。

结果下一瞬，她突然觉得肩上一紧。

有人倏地将她从水里抱了起来，手臂从她的腰上横过去，将她整个人转了一圈。

扬起的水花纷纷落回浴池里，像春日里的大雨，哗啦哗啦地溅起无数涟漪。被水浸透的中衣顺着肩滑落下去，露出一大片肌肤。

殷花月愣怔地望着白茫茫的水面，还没反应过来发生了什么，就觉得背心一暖。

李景允抱着她，低头吻上了她背后的疤。

那些丑陋的、扭曲的、见不得人的疤。

一条、两条、三条，他温柔地描摹着疤痕的形状，似惋惜，似眷恋，从腰窝到肩背，最后轻轻叼住了她的后颈。

"还疼吗？"他含糊地问。

战栗从耳后传至全身，殷花月心口一酸，下意识地反手抓住了他的衣袖，原本就不清醒的眼眸，眼下更是蒙上了一层雾，似梦似醒，不知所措。

"嗯？"身后的人听不见回应，牙齿轻轻磕了磕她的颈窝。

"……不疼了。"她恍惚地答。

"真乖。"温热的气息卷上来，他低声在她耳畔道，"这些都是爷欠你的债，没有不好看，你可以用这些跟爷要账。"

怀里这人缩了缩，可怜巴巴地问："怎……怎么要啊？"

李景允分外严肃地思考了片刻，然后将她转过来，十分诚恳地指了指自己的唇："亲这儿，亲一口就可以抵一条。"

殷花月茫然地看着他，脑子里已经是一片混沌，她看着他的动作，下意识地跟着做。白嫩的藕臂搭上他的肩，低头就朝他的唇覆了上来。

李景允身子一僵，眼里晦深如海。

他喝的酒好像也终于上头了，捏着她腰侧的手无意识地紧了紧。

身上这人松开了他，傻笑着数了个"一"，然后低下头来再亲一口，想数二。

不等她数出来，他难耐地伸手扣住了她的后脑勺，将人按了回来。

温泉里的热气蒸腾四散，平整的浴池边湿了一大块地方，像雨后初干的路面。青黑的锦袍裹在上头，同玉色的肌肤卷在一起。

……

主屋里燃着香，温暖干燥。

李景允将人抱回床榻，想去给她找身干净衣裳，可低头看见那张睡得娇憨的小脸，忍不住又低下头来，厮磨着啄她两口。

172

他向来不喜与人亲近，但也不知为什么，对她，他总是觉得怎么亲近都还不够。

可惜她没出息地睡了过去。

李景允微恼地弹了弹她的脑门，随手扯了自己挂在一旁的雪锦袍子来，温柔地替她擦着尚湿润的青丝。

床上的人乖巧地睡着，嫣红的小脸蛋天真又无辜。

李景允眼里含笑，嘴角也扬得按不下来。他也不知道自己在乐个什么劲儿，但就是高兴。

床上这人嘟囔了一声，手无意识地在空中挥了挥，他伸手接了，放在唇边轻轻一吻，然后塞回被子里，顺手给她掖了掖。

目光落在她有些红肿的嘴唇上，他顿了一下，斜倚在床边，又开始笑了起来。

春猎结束，众人开始启程回京。

殷花月脸色苍白地坐在马车上，伸手捂着脑袋，还有些想吐。

"公子。"她皱眉问，"妾身昨日醉酒，可有什么不妥的举动？"

李景允撑着下巴看着外头的山水，脸不红心不跳地答道："没有，你醉了就睡了。"

"那……"她有些难以启齿，"妾身的衣裳怎么换了？"

他白她一眼，理所应当地说道："一身酒气，爷还留着那身衣裳在房里过夜不成？衣裳和你，总有一样要被扔出去，你自个儿选？"

殷花月面色凝重地沉默片刻，恭恭敬敬地给他行了个礼："多谢公子。"

扔衣裳比扔她好多了。

李景允抽了抽嘴角，他轻咳一声，顺手拿了本书来挡住脸。

"您在笑吗？"她狐疑地问道。

"没有。"他声音如常，"爷只是在看书。"

看看他手里书的封皮，殷花月眼里的怀疑更深了："倒着看也能看懂？"

不动声色地将书正过来，李景允憋了好一会儿，终于是憋不住，低低地笑出了声。

"……"

面前这人有些恼了，红唇抿起来，眉间也皱成一团。

瞧着是当真生气了，他轻咳一声，放下书道："从这条路下山，午时咱们就能到宝来阁。"

"谁要去什么宝——"话没说完，她顿了一下，意外地看向他，眼里一点点地亮起来。

"宝来阁？"

李景允若无其事地说道："随便逛逛，正好给你添些首饰。"

方才还阴云密布的脸色，瞬间变成了晴空万里，殷花月不再追问他在笑什么，而是翻出了她一直收着的两个红封，双手递到他面前。

"给你了你就收着。"他摆手，"去宝来阁里花了也成。"

像是就等着他的这句话，殷花月美滋滋地将两个红封抱在怀里，眼珠子滴溜乱转。

李景允看得好笑："殷掌事，在你买东西的盘算里，有没有爷的一席之地？"

"呃……"眼神一滞，她心虚地看了看他，勉强点了点头。

就凭这个反应，李景允也能猜到她在想什么，长叹一口气，他表情沧桑地看向远方："养不熟的白眼狼。"

她微微有些不好意思，坐到他身边去，大方地拿出一个红封："这里头的都用来给公子买东西。"

他斜眼瞧过来，眼尾有那么一丝愉悦："想买什么？"

她想了想，试探地说道："随身的玉佩？"

李景允不屑地哼道："韩霜之前送了爷一枚南阳玉蝉，你这一个红封未必买得着更好的。"

殷花月心里一紧，她尴尬地放下手，睫毛跟着垂下，堪堪遮住自己有些狼狈的眼神。

意识到自己说的话不太对，李景允坐直了身子，刚想找补两句，这人就飞快地将红封收了起来，脸上恢复了微笑："那到时候妾身去寻一寻，看有没有别的稀罕玩意儿。"

"不是。"他张了张嘴，"爷也不是非要什么贵重的……"

"公子身份尊贵，"她善解人意地说道，"是妾身没思量周全。"

李景允掐了一把大腿，心里暗骂，好端端的他为什么要说这话。真要拉着人说不是故意的，好像没这个必要，可要是就这么过去了，他也不知道她是不是真的不介意。

身边这人表情平静地看着窗外，双手交叠放在腿上，看不出喜怒。

李景允沉默，神色复杂。

各家的马车从进城开始就四散开去，大统领府的马车停在宝来阁外，里头有眼色的伙计立马出来迎接。

"公子夫人里头请。"伙计躬身行礼，再抬头一看，"咦？殷姑娘。"

殷花月每月都来这里，与这里的伙计也算相熟，她笑着朝他道："我来买点儿东西。"

往日她来时，总是穿着一身灰鼠袍，风尘仆仆，朴实无华。而眼下，这人换了一袭锦绣红裙，头上戴着精致的发钗珠花，肤白如玉，显得贵气优雅。

伙计满目赞叹，然后小声同她道："该给咱们掌柜的看看，他肯定不敢再小瞧您了。"

像是想起了什么，殷花月跟着笑出了声。

突然背后一道阴影笼罩，他感到一阵莫名的寒意，耳边接着就传来阴森森的声音："好笑得很？"

伙计吓了一跳，扭头一看，正对上李景允不悦的眼神，他连忙退了三大步："小的失礼了，您里头请。"

殷花月转头看着李景允，却见他神色如常，甚至近乎温和地朝她道："进去吧。"

扫一眼伙计那惊恐的模样，她茫然地跨进了大门。

宝来阁有两层，往常殷花月都只敢在一楼看看，可眼下她怀里有银子，便底气十足地拉着他上了二楼。

掌柜的正在二楼的窗边晒太阳，听见动静，随意地扭头看了一眼，结果这一看，差点儿从椅子上摔下来。

"三公子？"他满脸堆笑地迎过来，"您今日怎么亲自来了，可是有什么想要的？您在这儿坐会儿，小的去取给您。"

这得是来光顾过多少回，才能让掌柜的殷勤至此？殷花月感慨地看了李景允一眼，若有所思。

"你别瞎想。"李景允黑了半张脸，"爷之前只是随徐长逸他们来过。"

"嗯。"殷花月也不争辩，点头表示听见了，但不信。

李景允后槽牙紧了紧，往旁边一坐，伸手指了指她，对掌柜的道："这小祖宗，带着她去挑，看她想要什么。"

掌柜的十分错愕，心想三公子还会带女人来挑东西？这可是头一回。

转头看向这女人，他更错愕了："怎么是你？"

殷花月皮笑肉不笑地看着他："候掌柜。"

从前她来这儿，都是揣着月钱在一楼挑上许久，然后与他讨价还价。候掌柜对她这没钱还想买宝贝的奴婢向来没个好脸色，不承想如今她再来，竟是这么个场面。

候掌柜脸上的笑意有些僵硬，他余光瞥着李景允，也不敢妄动，低头躬身地请她往簪台上走。

宝来阁东西繁多，首饰玉器、丝绸缎面，殷花月挑了很多，大大小小的盒子摞在一起，有半人高。

候掌柜擦着额上的冷汗，与她小声道："之前有些冒犯，您可别往心里去。"

殷花月莫名其妙地看他一眼，道："掌柜的怕什么，我不过是借着公子的光过来买东西，又不会少给银子。"

"话不能这么说，"候掌柜赔笑，"我宁可少收您一些银子，也不敢得罪三公子身边的人啊。"

殷花月更想不明白了："我家公子虽然出身尊贵，可眼下并无官职，也无建树，掌柜的何至于如此巴结。"

候掌柜难以置信地看着她："您不知道？三公子在这外头，那可是……"

"挑好了没？"李景允等得久了，有些怏怏地走过来。

候掌柜立马收了声，朝他笑道："夫人对本店的宝贝甚是青睐呢。"

殷花月满腹疑窦，倒也不急着问，只转身跟他指了指旁边的盒子，然后道："就这些吧。"

李景允点头，低声问她："饿不饿？"

"有一点儿。"她道，"现在赶回府，应该还来得及用膳。"

"不回去吃了。"他道，"天天吃府里的饭菜也腻，这旁边有家不错的酒楼，爷带你去尝尝味道。"

殷花月一听，连连摇头："夫人还在府里等着呢，要是知道春猎散了咱们还没归府，少不得要担心。"

候掌柜听得满脸惊恐，拼命给她使眼色——顺着三公子的意思就行了啊，哪能与这等贵人对着干？

哪知还不等殷花月接收到他的暗示，面前的三公子就"啧"了一声，无奈地说道："行吧，回府。"

候掌柜："……"

他觉得自己的耳朵可能出了问题，或者刚才太困了，他现在是在做梦。

可是，殷花月往他手里放了一沓银票，掂着沉沉的，也能闻见熟悉的纸墨味儿，怎么都不像是梦境。

"劳烦掌柜的待会儿把这些送去大统领府。"

"是。"

目光呆滞地送着这两位出门，候掌柜站在门口发了会儿呆。

"掌柜的？"有人伸手在他眼前晃了晃。

候掌柜回神，定睛一看，又连忙低头行礼："韩小姐。"

韩霜面带病色，轻咳了两声道："上回我瞧好的那支金镶玉四蝶玉兰步摇，你替我送去韩府。"

候掌柜微微一愣，连忙道："这个不巧，方才有人刚买走。"

韩霜眉心皱了皱，略带戾气地问："谁？"

"小姐莫怪，是李家三公子的夫人挑走了。"

旁边的别枝上来就斥："瞎说什么，三公子还没立正室呢，哪来的夫人！"

掌柜的一缩，连忙拱手："见谅见谅，小的也不清楚，只看公子甚是宠爱那姑娘，便当了刚过门的夫人。"

韩霜闭了闭眼，冷淡地问："买了很多？"

"是，银票还在这儿呢。"候掌柜连忙摊手给她看。

韩霜扫了一眼，心情甚差，转身刚要走，却突然顿了一下。

她扭过头来，仔细地看了看票面上的密押和水印，脸色骤变。

"是三公子给你的，还是他身边的姑娘给你的？"

候掌柜不知道她为什么突然问这个，但还是如实回答："三公子身边的姑娘给的。"

韩霜点了点头，扶着别枝的手回到了马车上。

"小姐。"别枝还有些愤然，"三公子对旁人可没这么好过，咱们可不能坐以待毙。"

韩霜若有所思。

车帘落下，马车晃晃悠悠地就朝禁宫的方向去了，车轮在地上留下长长的印子，蜿蜒扭曲。

殷花月跟着李景允跨进大统领府的大门，刚在东院更了衣，就收到了宝来阁送来的东西。她仔细盘点收拾好，取了几个盒子就要往外走。

"喂。"李景允很是不满，"你当爷是死的？"

抬起的绣鞋僵在半空，殷花月哭笑不得地解释："妾身是要去一趟主院。"

"那你也该同爷说两句场面话。"他皱眉，负气地抱起胳膊。

本着哄小孩儿的心情，她转过身来，笑眯眯地朝他屈膝："妾身要出门了，公子可要同去？"

"好。"他平静地应了一声。

"……"殷花月瞪大了眼睛看着他。

这人起身朝她走来，手一抬就将她怀里的盒子都抱了过去，然后不耐烦地催她："要走就快点儿，还能蹭顿饭。"

"您……"她喜出望外，满眼小星星，"您愿意去看看夫人了？"

李景允俊朗的脸上闪过一丝别扭，他头也不回地往外走："算爷给你的补偿。"

殷花月也不想问他要补偿什么了，随便什么都好，她提着裙子就跟了上去，脸上的笑意挡也挡不住："爷，您小心脚下，手上拿这么多有些重吧？妾身帮您拿。"

"不用，待会儿交给八斗。"

"那您要不要换身衣裳？妾身给您找那套蓝鲤雪锦的袍子来可好？"

那套袍子早拿去给她擦了头发，李景允心里觉得好笑，面上却没有表情，只摇头："不必。"

殷花月高兴得都快有些不知所措了，绕在他身边跟旺福似的来回转悠，就差冲他摇尾巴了。

李景允将盒子递给过来的八斗后，状似无意地揉了揉指节，眉宇间颇有些痛色。

身边这人这回反应是非常快，白嫩的小爪子立刻抵在李景允刚才揉过的地方，柔声问他："这儿不舒服吗？"

"嗯。"他点头。

于是，她就握着他的手，捏揉按摩了一路，温热的指腹贴在他的指缝间，一直没松开。

李景允别开头，在她看不见的地方，眼里盛满笑意。

回来的时候，殷花月以为公子不会去主院，所以也没让其他人往主院里递话，眼下两人一同前去，倒是能给夫人一个惊喜。

她是这么想的。

然而，一跨进主院，她就听见主屋里传来大统领冷漠的声音："不用你操心。

"你就在这后院里过日子，锦衣玉食，奴仆成群，你想要什么就有什么，别的事与你无关。

"你想帮忙也帮不上，何必徒增麻烦。"

殷花月心里一紧，松开了李景允，迈着碎步飞快地往里走。

庄氏向来是温声细语的，走得近了才能听见她在说话："我如今什么也不要，只想要景允平安。"

"他平安得很，即使哪天我没了，他也不会有事。"

"老爷……"庄氏有些哽咽。

殷花月听得既焦急又担心，碍于自己的身份，她也不敢贸然推门，只能站在门口干瞪眼。

然而，下一瞬，耳畔突然伸过来一只手，越过她的肩，轻轻地推开了那扇门。

"嘎吱"——外头的光照进门里，卷起一些细微的灰尘。

屋子里吵着的两个人顿时住了口，齐齐扭头看向门口。庄氏眼睛不好，只能看见光线下走来两个模糊的人影，而李大统领抬眼就能看见李景允看他的眼神。

冷清、陌生。

跟他看庄氏的眼神一模一样。

不知为什么，李守天竟然莫名地笑了，他盯着这张与自己长得六分相似的脸，似喜似悲："真不愧是我的亲生儿子。"

"景允？"庄氏一听就站了起来，双手朝前摸索，"是景允来了吗？"

殷花月连忙上去扶住她，笑着轻声道："夫人，是公子过来了。公子刚春猎归府，来跟您请安。"

庄氏眼眶微湿，欣慰地拍了拍她的手，然后颤着嗓子转头问他："春猎好玩吗？"

他总是会回答她"回母亲，甚好"，庄氏已经习惯了，但她还是想多听一回自己孩子的声音。

"回母亲，"李景允开口，声音平和，"今年山上冰化得晚，猎物没有往年多，但去的人不少，也算有趣。儿子带了一头小鹿回来，是白色的，花月喜欢，想养在院子里，还请母亲应允。"

庭院里玉兰吐蕊，香气沁过花窗，伴随缕缕飘散的青烟，溢满了整个主屋。

有那么一瞬间，庄氏没有反应过来，她听见了一段很长的话，听起来像是做梦一样。在梦中，有一个天真可爱的孩子拉着她的裙角，对她既没有恨也没有怨，满脸高兴地给她展示一头雪白的小鹿。

她想笑，又觉得眼睛无比生疼。

"夫人。"殷花月轻轻唤她，握住她有些冰寒的手，小声提醒，"公子在同您说话呢。"

庄氏恍然回神，望向李景允的方向，想开口，却觉得喉咙里堵了什么东西，她吸了一口气，慌忙点头。

殷花月见状笑道："夫人这是应了。"

李景允颔首，目光只在庄氏身上停留了一瞬便移开了，他转过头来，正好对上自己父亲那双深沉的眼。

"你回来得正好。"李守天道，"为父有事要与你商量。"

庄氏听着，连忙拉着殷花月往外退。她步伐有些踉跄，惊得殷花月不敢松手，一路扶着她出了主屋。

"夫人，"她微恼，"您急什么，万一摔着可怎么是好。"

庄氏双眉微蹙，脸面上却是笑着的，她像之前一样抚着殷花月的手，声音沙哑道："我……就是太高兴了……"

殷花月心里微酸，叹了一口气。

她扶着庄氏往花园的方向走，一边走一边给她顺气，直到她完全平静下来，才低声道："奴婢也有事要禀夫人。"

园子里春光明媚，庄氏坐在假山旁，安静地听着身边的人磕磕巴巴地讲述观山上发生的事。

殷花月没瞒她，将实情都说了，一边说一边心里打鼓，生怕夫人生气。

然而，庄氏听完后，既没有责骂她，也没有质问她，只面带担忧地替她捋了捋鬓发。

"你喜欢景允吗？"她问。

殷花月心里莫名涌出一阵温热，她狼狈地低下头，矢口否认："奴婢对公子没有觊觎之心。"

"那你打算怎么办？"庄氏柔声道，"你是不能走在风口浪尖上的。"

"奴婢知道。"她半蹲在庄氏腿边，亲昵地蹭了蹭她，"奴婢已经想好了，待会儿同公子请愿，就说来主院照顾夫人。奴婢还是能和从前一样，就陪在夫人身边，哪儿也不去。"

温柔的手轻轻抚着她的乌发，庄氏仰头看向天上模模糊糊的光，突然想起了一些陈年旧事。

"就她一个了吗？"

"就她一个了。脾气不太好，不爱与人亲近，手脚也笨，那些个官家都不喜欢，打算待会儿打发去浣洗司。"

"那就让她跟我走吧。"

"什么？"

"从今日起，她就是我的丫鬟了。"

"……"

回忆里带着能看见的灰尘和光，还有一双无比温柔的手，穿过恐怖折磨的噩梦，轻轻地将她抱进怀里。

"吧嗒。"

殷花月以为下雨了，茫然地抬眼，却见庄氏目光空洞地盯着某一处，眼角落下一串又一串的泪来。

"夫人？"她慌忙拿了帕子给她擦脸，"您怎么了？"

庄氏回神，揩了泪花笑道："外头光太亮了，有些刺眼。"

这样的借口，即使她没听过一百次，也至少听过九十九次。殷花月神情凝重地看着她，沉声问："奴婢不在主院的时候，大统领是不是又欺负您了？"

"没有。"庄氏笑着将手帕叠好，"大统领与我是夫妻，怎么会欺负我。"

还夫妻呢，自她进府开始，大统领就从未在主院歇过，夫人每年的生辰也没有任何贺礼，连在一起吃顿饭都难，这算哪门子的夫妻？

左看右看，殷花月怎么都觉得夫人瘦了，料想霜降照顾人没有她仔细，夫人也不是个会苛责人的，指不定忍了多少委屈。

她暗暗下定了决心。

李景允站在书房里，沉默地听着李守天说话。

"为父想过了，过些日子就跟上头递折子，让你来炼器司任职。"他坐在椅子上，交叠着双手道，"这样一来，过几年你就能接为父的职。

"韩家那个小姐挺好，你要是也觉得合适，就跟为父一起选个日子，将她迎了。

"为父老了，这偌大的李家宅院，早晚要靠你撑起来。"

李守天说得语重心长，也颇有些居高临下的姿态。毕竟，人人都羡慕李家的兵权，而他也不止一个儿子。能为李景允安排至此，对他这个做父亲的来说，已经是最大的偏爱了。

然而，面前的这个人听着，脸上一点儿情绪也没有。

"怎么，"他不悦地问，"你有异议？"

"没有。"青黛色的衣摆拂起又落下，李景允似笑非笑地说道，"父亲的恩赏，是子辈梦寐以求的福气，但是……"

他眼尾轻轻地扬起来，收敛了好久的痞气又从手上的响指里冒了出来。

"我不需要。"

书房里寂静了一瞬，接着就响起一声嗤笑。

"你不需要。"李守天抬眼看着他，目光幽深，"所以你就想当一辈子的纨绔，享受李家的给予，做一个废人？"

他越说声音越大，最后几乎是拍案而起："我不会养你一辈子，你离开李家，离开你三公子这个身份，就什么也不是！"

李景允对他的暴怒丝毫不感到意外，他平静地听着父亲的嘲弄，只趁着他喘气的间隙问了一句："你和母亲，先前在争执什么？"

李守天皱眉，神情复杂地说道："问这个做什么？你一向不关心你母亲。"

"再不关心，我也是她的亲生儿子。"李景允伸了个懒腰，漫不经心地说道，"没事儿还是别去她那儿了，你看着她烦，她也未必看见你。"

李守天噎了一下，既气愤又好笑："你现在是连我也要教训了？"

"不敢，"李景允低头，很认真地朝父亲拱了拱手，然后垂着眼皮道，"只是听烦了。"

李守天顿了一下，放在腿上的手无意识地收拢。

他已经很久没有跟李景允聊过天了，这么多年来，他大多是从旁人的口中听到他的动态，让人把他关在府里，或者送他去练兵场磨砺。

眼下再看，这小子好像长高了，眉目也长开了些，少了他身上的庄重，多了两分他看不懂的尖锐。

他就这么站在他跟前，眼里没有丝毫敬畏的神色，像是与友人闲谈一般地说道："对了，儿子自作主张地纳了个妾。"

李守天差点儿气晕过去："纳妾？"

他撑着桌子站起来，急火攻心地说道："你怎么敢，怎么敢做出如此忤逆之举！殷掌事呢？把殷掌事给我叫来！"

李景允恍然道："您将殷掌事指来儿子身边，就是想让她管着儿子，一有风吹草动便向您汇报。"

他说着说着就笑了，伸手递过去一盏茶，将茶杯举过眉心，眼眸也跟着向上看："儿子料到了这一点，所以纳的妾恰好是她。"

李守天："……"

府里的老奴在书房外打瞌睡，冷不防听见一声巨响，吓得从门边蹦了起来，接着书房里传来一声愤怒的咆哮："给我滚——"

老奴吓得够呛，连滚带爬地想去开门看看情况，结果正撞见三公子从里头若无其事地走了出来。

"向伯。"三公子朝他笑了笑，"多给我爹备点儿清火的茶。"

"哎，好。"向伯下意识地应下，然后就看见眼前这人潇洒地走出院子。

而他身后的书房里，传来老爷急促的呼吸声和恼怒的咳嗽声，一直持续着。

回到东院的时候，李景允的心情尚算平和，甚至想到待会儿有人会撒娇给他听，他还有点儿开心。

然而，见到面前的人，他的心情就不那么开心了。

殷花月乖顺地跪坐在他面前，眼波盈盈地看着他，小爪子轻轻地挠着他的衣摆，欲言又止。

他心里有种不好的预感，眯眼道："你又想做什么？"

"公子……"她尾音翘起来，软绵绵地朝他眨巴眼，"如果有一天，妾身同您的宝刀一起掉进花园的池子里，您先捞哪个？"

李景允打了个寒战，嫌弃地回道："宝刀。"

"那妾身和您软榻上的书……"

"书。"

"那墙上的八骏图……"

"《八骏图》。"毫不犹豫地回答完这些蠢问题，李景允眉心直跳，"你还好意思跟爷提《八骏图》？"

面前这人傻兮兮地笑起来，余光瞥一眼墙上那幅破了个洞且尚未修补的挂画，轻轻地搓了搓手："那看起来，妾身在您心里，好像也没什么地位。"

一般这种话说出来，不是应该充满幽怨且带着控诉的吗？听她的语气，怎么有一种欢天喜地的感觉？

他不满地敲了敲软榻上的矮桌，还没来得及说话，就见面前这人扑过来，满眼恳求地说道："那能不能让妾身回主院去照顾夫人？"

李景允白她一眼，哼笑道："你回去几日就是，爷又不是那么小气的人。"

"不是。"殷花月摇头，讨好地拉住他的手臂，轻轻地晃了晃，"妾身的意思，要不……就不回东院来了。"

眼里的光一滞，李景允慢慢地收敛了笑意，双目晦暗地看向面前这人。

她还在笑，眼里点点滴滴都是殷切，没有不舍，也没有试探，只有干净的乞求和真诚的光。

心里原本已经稳妥挂好了的东西，突然咔地断了绳子，沉向了黑不见底的深渊。接踵而至的失落和不适让他有点儿慌，还有点儿生气。

"你什么意思？"他问。

殷花月对他这话显然有些意外，她轻轻地"啊"了一声，然后收回手，端正地跪坐好，好奇地抬眼看他："您当时纳妾，不就是为了挡一挡韩家小姐的婚事？眼下挡住了，妾身只要待在大统领府里，那待在夫人身边和待在您身边，不都是一样的吗？"

话说得很有道理，他深吸一口气，点头笑了："你早就这么盘算好了？"

答应做妾的时候，的确是这么盘算的，她以为说出来，李景允会很爽快地答应，毕竟在她看来，他也不是很喜欢她，甚至能将她弄走的话，他还会更自由。

结果没想到，他似乎不太高兴。

她心口微微一动，眨了眨眼，神色有些古怪："公子您……舍不得妾身？"

"没有。"李景允身子往后倾斜，伸手撑住软榻，眼皮合了下来，"爷只是不喜欢被人算计。"

殷花月心虚地低下头，嘟囔道："也是迫不得已。"

撑在软榻上的手紧了紧，李景允有些狼狈地别开眼，蓦地嗤笑出声。

她是最会逢迎的奴婢，会对他笑，对他弯腰，可是归根结底，只是为了保命而暂时屈居于他身侧，是走投无路，是迫不得已。

舒坦的日子过太久了，他竟真的以为能一直这么过下去。

"公子？"面前这人有些犹豫地打量着他的脸色，"您要是真的想让妾身留下来，那……"

"随便你。"他撑着软榻起身，玉冠里散落下来的墨发堪堪挡住了半张脸，"你想去哪里就去哪里，爷院子里不缺人。"

说罢，他拂了衣摆就往外走。

"公子要去何处？"她连忙问。

那人停在房门边，侧头露出个浑不懔的笑来："爷去栖凤楼，你也要来吗？"

殷花月僵硬地摆手，笑道："妾身等您回来。"

他下颌紧绷，眯眼看向外头："等什么等，想去主院就快点儿去，趁爷不在，东西都收拾干净些。"

"您这是应允了？"她歪了歪脑袋。

李景允扯了扯嘴角，摆手道："允了，恭喜殷掌事。"

袖袍抬起，在风里翻飞得像一只黑色的风筝，然后他转身往外走。殷花月目送他消失在东院的大门外，琥珀色的眼里露出一丝落寞。

虽然只有一丁点儿，比指甲盖还小，她很快掩盖了，干净利落地开始收拾房间。

李景允走得很急，从马厩里随便牵了一匹马，就飞奔去了栖凤楼。这个地方白日不开门，可看见是他，掌柜二话不说就给他开了三楼的厢房。

空荡荡的屋子里除了酒什么也没有。

他拍开封泥，没有多说什么，拎了酒坛子就开始灌。

掌柜的也是没见过这架势，向来八面玲珑的人都傻在了原地，嘴里无措地喊了一声："东家……"

他斜眼看过来，哼笑道："谁允你这么唤的。"

掌柜的微微一窒，立马改口："三爷，大白天的您这是做什么，可要请另外几位公子过来？"

"不必。"他笑，"爷今儿心情好，来尝尝你这儿的陈年佳酿。"

掌柜的不敢吭声了，拿了酒盏来，替他一杯杯地斟，总好过整个酒坛拿着喝。

"人呢？"楼下突然传来柳成和的声音，"掌柜的！"

李景允眉心一皱，扭头看他。

掌柜的吓了一跳，连忙摆手："小的不知道，小的一直站在这里，也没让人去通知柳公子。"

李景允颇为烦躁地扫开面前的矮桌，撑着酒盏起身，慢条斯理地晃去走廊上，垂眸朝下看："你嚷嚷什么？"

柳成和抬眼看见他在，飞快地绕着旁边的楼梯冲了上来，气喘吁吁地说道："我正想让掌柜的去大统领府传话，三爷，长逸进去了。"

李景允用食指摩挲着酒杯杯沿，有些困惑："进哪儿去了？"

"天牢。"吐出这两个字，柳成和神色凝重地看着他，"京兆尹刚带人去拿的人，罪名是行贿受贿，连徐大人也被请去了衙门。"

"……"

眼里的混沌散去，李景允扔了杯子，转身往楼下走去，神情恢复了正经："证据呢？"

"春猎收的银票。"柳成和颇为烦躁地抹了把脸，"按理说不会出事的，不承想这回有人留着心眼呢。银票上的水印和密押都有门道，一旦流出去，就知道是哪儿来的，您猜猜告发的人是谁？"

他怒不可遏地继续道："就是给长逸送红封的那个奴才。这可好，人证物证俱在，哪怕自个儿没活路，也要拉徐家下水。"

李景允眼底有些惑色，沉默半晌，低声问："徐老太太怎么说？"

"已经进宫去求见中宫了，但看样子……许是救不出来。"柳成和脸色很难看，"他们那边给的银子，反将咱们的人拖下水，中宫又怎么可能松口。"

中宫与长公主为一党，先前在观山上给他们红封，就是想让他们别插手，好趁机除去太子身边一些她们惦记已久的人。两党春猎互相残杀之事每年都会发生，李景允第一年还救下不少人，可后来他觉得没必要了，于是收了红封，睁一只眼闭一只眼。

但他没想到的是，今年的长公主会跟他来鱼死网破这一招。

难道是被他纳妾之事给刺激了？

李景允冷笑，出门便骑上马，带着柳成和直奔京兆尹府。

"景允哥哥。"

刚到地方，没见着别的，倒是看见韩霜就站在门口等着，像是知道他一定会来一样，迎上来便焦急地说道："霜儿有事要说。"

李景允没看她，将马给了马奴，转身就要进府。

"景允哥哥，事情不是你想的那样。"她几步上来，张开双手拦在他面前，眼里满是焦急之色，"霜儿绝对不会做出对你不利的事来，这件事中间出了岔子，长公主也不知情，你能不能先听我说两句，再往里走？"

他停下步子，不耐烦地抬眼看向她。

韩霜被这眼神一吓，微微后退了半步，可很快她就镇定下来，将他拉去一侧，低声道："送红封的那个奴仆是长公主殿里的，但没有料到他非我大梁人，而是前朝遗奴。这人不知存了什么心思，拼着命不要也跑去告了黑状，其中必定有更大的阴谋。

"景允哥哥，你不能轻易上这个当。"

他的目光落在她飘忽的眉眼上，安静地听她把话说完，轻轻地笑了。

"韩霜。"他喊她的名字，"你这人从小撒谎就喜欢往左边看，是你不清楚还是我不清楚？"

韩霜心里"咯噔"一声，飞快地垂下眼，捏紧了手帕道："我没有骗你，这事长公主当真不知道，你眼下进去也问不出个什么来，不如查查手里的银票都去了哪里。那奴才一直在长公主身边，自个儿定是寻不着送出去的银票的，他应该还有同伙。"

视线从她的脸上移开，李景允冷淡地说道："这就不劳韩小姐费心了。"

绣着暗纹的青黑袍子从嫩绿的襦裙旁擦过，李景允带着柳成和头也不回地跨进了京兆尹府的大门。

"三爷。"走得远了，柳成和才敢开口，"韩霜说的好像也不是没道理，告状的人拿的是面额五百两的银票，那银票按理说不是应该全在殷掌事手里吗？"

身形微微一动，李景允没说话。

柳成和瞧着不对劲，下意识地放轻了声音："我也不是要怀疑什么，但眼下长逸进去了，想出来可没那么容易。他爹身子也不好，真给拖在这儿，指不定会出什么事。"

李景允修长的手指拿起鸣冤鼓旁边的鼓槌，绕在指尖转了一圈。他看着那崭新的鼓面，突然轻笑道："爷都来了，他就算想待在天牢里，也待不下去。"

话音落，鼓声起。

柳成和想拦都来不及，只能眼睁睁地看着鼓面震动，而后衙门里涌出两列人来，慢慢地将他们包围。

……

殷花月整理好最后一件衣裳，突然觉得有点儿心悸，她疑惑地回头看了看，没瞧见什么东西，便低头将包袱打了个结。

红封还剩下了半个，里头有多少银票她没敢数，想想也懒得带走，便直接塞去了李景允的枕头下面，只将从宝来阁买的盒子都抱起来，艰难地往外挪。

这模样，像极了一个赚得盆满钵满、衣锦还乡的人。

打趣着自个儿，殷花月跨出东院，还是忍不住再看了一眼主屋，然后将院门合上。

说不上来心里是什么滋味儿，她不想多想，径直将东西放去自己的屋子里，然后去给大统领送汤。

热气腾腾的汤盅端在托盘里，殷花月心生私念，绕了一条道，打算从东院经过，看看李景允回来了没有。

结果刚过月门，她就看见管家追着一群衙差进了门来，嘴里连声喊着："哪有说搜就搜的，这是咱们公子的院子，哎……大统领还在府里呢！"

第八章

有时候也不是那么怕死

为首的衙差将搜查文书递到了管家面前，管家年老眼花，看半晌也没看明白，正着急呢，文书就被人抽走了。

他扭头一看，如获大赦："殷掌事，殷掌事你快看看他们，没有王法了啊！"

殷花月仔细地读完文书，抿着唇道："管家不必着急，他们过来是公子允了的。"

"什么？"管家看着挤满衙差的东院，茫然道，"这是做什么……"

殷花月也想不明白，为什么突然有人来搜家。此外，文书上写李景允还是用的"在押之人"。他不过是出去了一趟，怎么就变成在押之人了？

"我去告诉老爷。"管家急慌慌地走了。

殷花月站在东院门口，看着里头四处翻找的人，突然心里一紧。

那半个红封！

她倒吸一口凉气，提着裙子就想进门，怎料这些人动作极快，眨眼就有人拿着红封出来道："找到了。"

为首的衙差打开红封，拿出银票对着日头看了看，微微颔首。

"大人。"殷花月几步上前，正色道，"这红封是我的东西。"

正要走的衙差一愣，皱眉扫她一眼，摆手道："那你也跟着往衙门走一趟。"

凌乱嘈杂的脚步声从东院卷出前庭，像一阵急雨打过荷塘，少顷，雨势停歇，庭中只剩下满脸惊慌的奴仆。

殷花月以为自己会被带到李景允身边，所以尚算平静，可等她到了京兆尹府，被关在候审堂里的时候，她才发现李景允不在。

"你怎么也来了？"柳成和满面愁容地坐在里头，一看见她，眼睛都瞪圆了。

殷花月被推进栅栏里，四处打量几眼，然后冲他笑了笑："府里搜出半个红封，我便跟着来了。"

柳成和倒吸一口凉气，震惊地问："从三爷房里搜出来的？"

殷花月捏着袖口的手慢慢收紧，心跳得非常快，咬唇点了点头："是我没放对地方。"

"完了完了。"柳成和头疼地靠去墙上，直揉额角，"若是没在他房里找到银票还好说，真要是找到了，那三爷在劫难逃。"

殷花月心口"咯噔"一声，低头看着自己的手指，指关节被她捏得发白："到底……是怎么一回事？"

许是被关在这儿也无聊，柳成和左右看了看，过来同她小声解释："三爷收的红封是观山上的规矩，他自己也不想拿，但如果不拿，长公主那边就不会安心，所以最终被迫拿了，说到底也是为了卖长公主一个人情。不承想这回长公主身边出现了叛徒，据说是前朝遗奴，愣是要拖咱们下水。"

"本来咱们有太子撑腰，是不该怕的，但此番难就难在三爷收的是长公主的钱，太子未必肯出手相救。再加上长公主对三爷突然纳妾心生不满，三爷栽在这儿，真没那么好脱身。"

他叹了一口气，语气沉重，殷花月听着也忍不住跟着难受起来。

"他在牢里，会吃苦吗？"她声音极轻地问。

柳成和摇了摇头："谁知道呢？原本是要开堂会审的，但不知为什么，京兆尹府突然大门紧闭，外头好像来了不少人。"

面前这人沉默了，巴掌大的脸上苍白无血色，她神情还算镇定，但睫毛颤动，双手绞在一起，身子也在微微发抖。

就是一个普通无助又可怜的小姑娘嘛，三爷到底看上她什么了？

柳成和摇头，移开了目光。

"柳公子。"小姑娘突然唤了他一声，声音里有些迟疑。

他也算是久经红尘之人，知道女人在这种情况下通常都会说什么，直接挥手打断她的话："你不用太担心，三爷都安排好了，就算他真的出了事，也不会牵连你分毫。"

"公子误会了。"殷花月抬眼看他，"妾身是有一事，想请公子帮忙。"

柳成和更不耐烦了："能让你全身而退，已经是仁至义尽，你还想要什么？"

她笑了笑，认真地说道："妾身想找个机会，见一见告状的那个前朝遗奴。"

"……"柳成和转过头来，满脸莫名其妙。

他们待的地方是候审堂，待会儿要上公堂的人都会被暂时关在这里，所以就算殷花月不说，那个人也会被带过来的。

他看向殷花月，发现这小姑娘好像已经没有刚才那么慌张了，她跪在稻草上，背脊挺直、脖颈优雅，双眸甚至绽出了他觉得很陌生的光。

李景允站在门窗紧闭的大堂里，有些困倦地打了个哈欠。

他身上还有酒味未散，京兆尹皱眉看着他道："此事还是不宜闹大。"

"为何？"他抬眼，"缺人证还是缺物证？在下都可以给柳大人送来。"

这是人证物证的事儿？柳太平脸都绿了，先有奴仆来告徐家嫡子，后有大统领府嫡子直接来告当朝长公主，他这地方是京兆尹府，又不是金鸾大殿，哪里审得了这么大的案子？

李家三公子也是疯了，压根与他无关的事，上头也只是想捏一捏软柿子，拿徐家出气，不承想他竟是直接自首，并且还说三年间长公主行贿给他不下五万两白银。

这能审吗？他不要脑袋，他一大家子还要活路呢。

长公主身边的面首急匆匆地赶了过来，此时在这儿站着，也只能笑着说好话："三公子，这与长公主可没什么关系，是小的给的红封。"

"你哪儿来的银子，柳大人不敢问，当今圣上还不敢问吗？"李景允痞笑，微醺地将手捏作杯状，朝他敬了敬，"还真别说，龙大人也是有钱啊，大把的银子撒向民间青楼，要是长公主知道，也不知会是怎么个下场。"

龙凛听着，脸也绿了："你……你怎么……"

"在下最爱去的就是栖凤楼，可撞着您不少回。"他感慨道，"公主金枝玉叶，哪里比不上枝间海棠红？"

柳太平轻咳一声，正色道："公堂之上，莫要说些风月之事。"

李景允转过头来，慵懒地说道："那就升堂啊，我还有师爷在外头等着呢。"

"这个……"柳太平看了一眼龙凛。

这个人来，定是带着长公主的意思来的，就看他怎么说了。

龙凛脸上还有些恼色，但他看向李景允的眼里已经满是顾忌。犹豫了一下，他将李景允拉至旁边低声道："三公子，这真没必要，徐家小门小户的，哪用得着您这么大动干戈？让大统领知道了，少不得又要生气。您今日就先回府吧，这儿我替您收拾了，如何？"

李景允皮笑肉不笑地回："这才哪儿到哪儿啊，我还准备去金銮殿上给陛下请个安呢。"

脸色一变，龙凛沉了眼："三公子，有些事不是凭您一己之力就能改变得了的，今日就算您要替人顶罪，徐长逸这受贿之罪也是人证物证俱在，等李大统领过来，您只能回府。"

原来是在这儿等着他，李景允点头，挥开他看向柳太平："那就趁着我爹没来，升堂吧。"

惊堂木被他捏在手里转了一圈，"啪"的一声落在长案上，紧闭的大门顿开，衙差从两侧涌进来，杵着长板齐呼："威——武——"

柳太平面露难色，看向龙凛，后者一狠心，朝他点了头。

柳太平长叹一声，坐上了主位，刚要宣被告，突然就见得捕头疾步进来道：

"大人，李大统领到了，小的也拦不住。"

他话音刚落，就被身后的人推到了旁边。

李景允眼神一黯，对面龙凛倒是笑了出来，连忙迎上去道："大统领来了，快将三公子请回去吧。他又无罪，在这儿站着，妨碍柳大人审案。"

李守天跨进门来，目光阴沉地扫了李景允一眼，然后往观审席一站："不用管我，我只是来听听审，看看我大统领府犯了何错，以至于没有圣旨就要被搜家。"

心里一跳，柳太平苦了半张脸，他想解释那不是他的意思，可乌纱帽已经戴上了，他这坐主位的，也没有再低头哈腰之理。

他强撑着一口气，宣了长公主身边的奴才进来。

"李大统领也别太生气，此事跟大统领府无关，就是徐家惹了麻烦。"龙凛站去李守天身边笑道，"您看这奴才，要告的也是徐长逸，三公子只是意气用事，非要与兄弟共进退。"

李守天将信将疑地看向李景允，后者站在跪着的奴才身边，面无表情。

"堂下之人，将要告之事重新禀上。"柳太平拍案，旁边的师爷拿着笔，都没打算再记口供，反正这奴才每次说的话都一样。

结果这回，这奴才磕头起身，说的却是："奴才自首，奴才受人威胁，故意诬告徐家公子，徐家公子是冤枉的。"

此话一出，满堂皆静。

龙凛是第一个反应过来的，他跳起来就要朝那奴才冲过来，不料李景允的动作比他更果断，身子一侧就将人给挡住了。

"你继续说。"他低头道，"将实情说出来，爷保你不死。"

小奴才身子颤了颤，结结巴巴地说道："前些日子有人拿了一包银子来，要奴才来状告徐家公子，还要奴才说银票是一位姑娘给的。奴才也不知道是什么意思，但那人威胁奴才，若是不从就别想活命，奴才只能照办。"

"那你现在为何又突然改口，"柳太平一拍惊堂木，"你可知这是戏弄公堂之罪？"

"奴才……奴才良心不安。"他砰砰磕了两个头，眼珠子乱转，"奴才怕照做了最后也不得善终，还要拖累无辜之人，不如实话实说，求大人给个公道！"

龙凛听得大怒，上前就骂："你这刁奴，竟敢在这公堂之上大放厥词！"

"奴才所言，句句属实。"他畏惧地看了龙凛一眼，又埋下头去，"奴才只是个下人，为何要去贿赂徐公子？奴才这么做有什么好处？"

"你……"龙凛不忿，可看一眼旁边站着的李守天，他也不敢乱来，只能退后两步，朝柳太平使眼色。

哪知柳太平压根没抬眼看他，自然不懂他的意思，只沉声道："如此一来，此案便只能作废。"

"这怎么要作废？"李景允笑道，"不是还有个教唆污蔑之罪吗？大人接着审啊，看是何方神圣设了局来诬陷徐家，还敢威胁到长公主的身边人。"

柳太平看他一眼，道："那要另外立案，择日再审。"

"徐家人呢？"他笑意慢慢收敛，"既然案子都立不了了，那人也该放了吧。"

远远瞥见后头面目严肃的李大统领，柳太平也不想多争执，挥手让师爷写文书上禀，又让捕头带手令去放人。

一场来势汹汹的灾祸，最后竟以闹剧的形式收场，柳太平请了李守天去谈话赔罪，李景允也就跟着衙差离开了公堂。

"三公子，"衙差小声道，"您身边那两位，还在候审堂等着。"

两位？李景允点头，心想温故知许是也闻声赶过来了。

结果推开门，他看见了殷花月。

这人缩在角落里，身子小小的一团，要不是衣裳料子颜色浅，跟后头漆黑的墙壁格格不入，他几乎发现不了那儿还有个人。

他既好气又好笑，径直走过去打开栅栏上的锁，三步并两步跨去她面前蹲下，伸手探了探她的额头。

殷花月本是在闭目养神，被他一碰就睁开了眼，清凌凌的眼眸带着一丝迷茫，直直地看进他的眸子里。

"……"

心口一撞，李景允收回了手，不甚自在地斥道："你怎么来这儿了？"

她看了看他身后，又拉着袖子看了看他身上，确定没受伤，才长出一口气，低声道："他们在东院翻出了红封，妾身便跟着来了。"

"与你有什么关系？"他蹙眉，"大难临头不知道跑，还上赶着往里钻？"

"那红封是妾身没放好地方，公子若是因此被定罪，也是妾身的错。"殷花月坐直了身子，余光瞥见门外站着的衙差，连忙拉着他的袖子压低声音道，"妾身已经跟人说好了，他不接着告，您便死不承认见过红封，就说是妾身的私房钱即可。"

看着她这着急的模样，李景允眼底墨色微动，撑着栅栏慢慢悠悠地在她身边坐下来，惆怅地说道："恐怕不成啊。"

"为何？"她有些慌了，撑起身子抓住他的手臂，极力劝道，"你有大统领府护着，只要有人肯顶罪，他们一定不会再追究。"

"如此一来，爷倒是脱身了。"他侧头睨着她，"你呢？"

殷花月一笑，掰着手指跟他有条有理地说道："妾身至多不过被关几日，您只要无妨了，也能想法子救妾身出去。况且，这案子只要告密的人收了声，也就不会再翻出多大的风浪来。"

她自认为这计划天衣无缝，可不知道为什么，面前这人神色没有丝毫赞赏，反而是摇了摇头，感慨道："天真。"

"你收的银票上有密押，来历一清二楚，如何作得私房钱？替爷顶罪，那你就要被关进天牢。天牢可不是什么好地方，要受刑的。"

他转头看着她，意味深长地说道："受刑你也敢去？"

殷花月几乎是毫不犹豫地点头道："那些地方，妾身比您熟悉，妾身去，总比您去来得好。"

眼神灼灼，笃定而坚决。

李景允盯着她看了一会儿，不动声色地别开脸望向别处，嘴角控制不住地往上扬了扬。

他自认为不是个好哄的人，但想起这人有多怕死，再看看眼下她这视死如归的表情，他心里像是突然涌起了暖流，先前坠落下去的东西被暖流一荡，又晃晃悠悠地浮了上来。

好像她也不是完全不在意他。

"三爷，"一直躲在旁边看热闹的柳成和憋不住了，"咱们要不先离开这儿，您再慢慢与小嫂子说道？"

殷花月一愣，困惑地抬头问："能离开这儿了？"

柳成和失笑摇头："小嫂子你就是太傻，才总被三爷耍得团团转。咱们要是不能离开这儿，三爷哪能专程过来在这儿待着与咱废话啊，早被人押走了。"

李景允侧头，眯着眼觑着他。

"……但是，眼下情况好像也不容乐观。"话锋一个急转，柳成和严肃地说道，"总之先出去，咱们再好生商议。"

李景允应了一声，拂了拂衣摆上的杂草，将身边的小东西也拎起来："走了。"

殷花月有些迟疑："妾身不用留下来交代红封的事情？"

"不用。"李景允转身往外走，"肚子饿了，回去用膳。"

他与柳成和走在前头，身后那人好像还有些迷糊，磨磨蹭蹭地落了后。

"那奴才是怎么回事？"李景允也没催她，反倒是趁着她没跟上来，小声问了柳成和一句。

提起这茬，柳成和顿时来了精神："三爷您是没瞧见，您家这小丫头跟会妖术似的，那奴才来候审堂一见着她，就像中了邪一样，她说什么，那奴才就听什么。拼着不要命告的黑状啊，转头竟愿意毁了口供。"

李景允皱眉："她都说什么了？"

"我在旁边听着，什么也没说啊，就问他能不能帮个忙，改一改供词，那奴才居然答应了。"柳成和挠了挠下巴，"除了会妖术，也没别的能解释。"

脑海里闪过一个东西，李景允抿唇，若有所思。不过只片刻，他就又问："她为什么这么做？"

"还能为什么？担心您呗。一听说您出事了，小脸都白得跟纸似的。"柳成和"啧啧"摇头，"先前瞧着还觉得她颇为冷淡，到底是患难见真情啊。"

李景允一听，眉梢轻挑，眼波明亮。

他不想高兴得太明显，便板着脸道："毕竟是爷纳的人，心自然是贴着爷的。"

这话里的得意劲儿是藏也藏不住，若是身后有条尾巴，怕是能把天给捅个窟窿。

柳成和嫌弃地打了个寒战，搓着自己的胳膊道："三爷，咱们都是在风月场里打滚的人，能别在一棵树上吊死吗？"

李景允冷淡地看他一眼，摇头："你这样的人是不会明白的。"

柳成和："……"

关他什么事？

"爷这儿还有点儿忙，你去接徐长逸，顺便将徐老爷子送回府。"李景允推了他一把，"这两日没事就别到处乱晃，收着点儿风头。"

"哎……"柳成和想抗议，结果三爷直接不理他了。李景允半躬下身子，朝着落在后头的殷花月拍了拍手："过来。"

迷茫的"小狗子"乖顺地快步到了他的身边，仰头看他，黑白分明的眼睛清澈又无辜。

他轻吸一口气，还是决定不要脸一回："脱身是脱身了，但这案子没结，又立了个新的。你现在回去夫人身边，若是追查起来，少不得要连累夫人。"

　　殷花月一愣，眉头皱得死紧："那妾身暂时搬离大统领府，等案子结了再回来？"

　　"也不必。"他摸着下巴假装深思熟虑地说道，"就且在东院住着，若有变数，也好知会一声。"

　　想想很是有道理，她垂眼，闷声道："多谢公子。"

　　食指抵住她的脑门，他叹息着安慰："无妨，你也别往心里去。"

　　殷花月不知道他是主动来给人顶罪的，只当是她把红封放错了地方，导致他差点儿被定罪，心里哪里安定得下来，面上是端着仪态，眼眶却微微发红。

　　这下他倒是当真有些过意不去了："哎，这不是没事了吗？"

　　"妾身也没说有事。"她倔强地抿着唇，"能平安归府就好。"

　　李景允哭笑不得："你眼睛怎么红了？"

　　"风吹的。"

　　"那鼻尖呢？"

　　"冷的。"

　　她有些恼羞成怒，抬眼瞪着他道："公子在意这些做什么？"

　　李景允轻笑出声，目光扫过她的脸，落在她嫣红的唇上，呢喃道："我当你是心疼我呢。"

　　殷花月微微一滞，狼狈地别开头："公子好端端的，哪用得着下人心疼。"

　　李景允遗憾地叹了一口气，还想再调侃她，却见前头的府衙大门敞开，有几个人疾步走了进来。

　　为首的那个一身星辰长袍，手握乾坤罗盘，眼神冷冽非常。他步子极大，眨眼间就走到了他跟前，堪堪与他平视。

　　李景允脸上的笑容消失了，刚想开口，就见这人突然伸出手，朝他身后一拉。

　　浅青的裙摆扬起，宽大的衣袖跟着翻飞，殷花月还没反应过来，整个人就朝前扑了过去。

　　京兆尹府前庭有一棵柏树，生得翠绿繁茂，殷花月扑过去的时候，正好面朝着它，能看见修剪得齐整的枝叶和被风吹得微微晃动的树梢。

　　她觉得沈知落就像这棵树一样，死板又孤傲，每回遇见他，他都像个傲慢的救世主，用力地拉扯着她，仿佛想把她从沼泽深渊中拽出来。

然而，深渊的另一边，有人也拉住了她。

李景允淡淡地收回手，将她往回带，另一只手朝沈知落捏着她的手腕下猛地一击。

沈知落手一麻，松开了。

"大司命。"李景允看见他心情就不是很好，连带着语气也冷淡下来，"这是我的妾室。"

沈知落收回手揉了揉腕子，笑了，紫瞳里嘲弄之意十足："妾室？与奴婢也没什么两样。高兴起来逗弄一二，遇着事了，便推出来挡灾。三公子，天下女子何其多，您非收她做什么？"

"这话应该问您啊，您怎么就非要跟我收了的人拉拉扯扯？"李景允不悦地将人带回身后，看向沈知落的眼里尽是尖锐的刀锋，"从前事从前毕，您与她认识十几年又如何，现在她也与您没关系。"

风吹树动，前庭里莫名地萧索了起来，殷花月搓了搓手臂，从李景允身后伸出半个脑袋："其实……"

"你闭嘴。"

吵起来互不相让的两个人，在吼她这件事上达成了空前的一致，殷花月噎住，悻悻地将头收了回去。

"您还有事吗？"李景允不耐烦了，"我这儿赶着带人回家。"

沈知落眼含嘲意地看他一眼，又转身看向门外站着的那个人："你带她，还是带那一位？"

韩霜站在门外，正好奇地往这边看，撞见他望过来的目光，她一愣，强撑着笑意行了一礼。

李景允冷了脸："那一位与我有什么干系？"

手里的罗盘转了一圈，沈知落抚着上头的花纹低声道："你会在这儿站着，都得归功于她。"

李景允心念一动，转眼看向面前这人。

沈知落身上有他极为不喜欢的孤冷气息，但他说这句话的时候语气很平静，像与陌生人在街上擦肩而过时随意的一句低语。

沈知落说完也没看李景允，只朝他身后看过去，沉声道："千百条性命抵不上一时冲动，你早晚会死在他手里。"

这话是对殷花月说的，她低头听着，脸上没什么变化。

只是，抓着她手的人的力气又大了两分，她被捏得生疼，手腕上那一圈肌肤也热得发腻。

她下意识地挣了挣，将自个儿的手收了回来，轻轻地揉了揉。

身前的人背脊一僵，空落的掌心慢慢收紧，掩进袖口里。

"不劳大司命费心了。"李景允心情好像突然就变得很差，语气冰凉地吐出这句话，袖袍一挥便往外走去。

殷花月见状，连忙小步跟上。

沈知落站着没动，一双眼平视前方，只在她经过他身侧的时候低声道："你早晚会明白，我没有骗过你。"

罗盘上的指针被风吹动，"哗啦啦"地指向了"坎"字。殷花月瞥了一眼，没有应声，裙摆在风里一扯，卷着的边儿划了个弧，轻飘飘地就从他眼皮子底下溜走了。

热闹的京兆尹府很快就被远远地抛在了身后，李景允带着她回了大统领府，路上一句话也没说。

殷花月看着，只当他是在想韩霜的事，乖巧地保持了安静，直到回到东院主屋，她才上前替他脱了外袍。

"大统领应该知道了今日之事。"将外袍挂在屏风旁边，殷花月低声地与他禀告，"所以待会儿，您也许还要再去一趟书房。"

面前的人没应声，他站在窗前，墨瞳微微眯起来，似乎在想事情。

知道他情绪不高，殷花月噤了声，轻手轻脚地就想退出去。

结果，刚将门打开一条缝，身后就突然伸过来一只手，越过她的头顶，"啪"地将门合上了。

殷花月一愣，肩膀跟着就是一紧。

身子被翻转过来，狠狠抵在了门扇上，她抬头，正好看见他覆下来的脸。

李景允的下颌线条很是优雅好看，尤其是侧仰着压上来的时候，像远山连天，勾人心魂。可那双眼睛里沉甸甸的，半分光也透不出来。

呼吸间尚有酒香盈盈，他张口抵开她的唇齿，温柔又暴戾地吻她，粗糙的手掌撑开她的手指，一根一根地交叠穿插，死死扣紧。

殷花月闷哼了一声，想躲，可下一瞬，这人捏住了她的下巴，更深地纠缠她。

靡靡的动静在这空寂的屋子里显得格外清晰，殷花月耳根渐红，微恼地挣扎，力气大起来连自己都不顾。

于是就听得"咔"的一声响，她手指一痛，眉心骤然拢起。

身上这人动作僵了僵，终于离开了她的唇瓣，一双眼幽深地看下来，带着七分恼恨和两分慌张："乱动什么？"

殷花月无奈："公子，山鸡被杀之前还会扑腾两下，您突然这样……还不让妾身动一动？"

她的眼眸依然清澈明亮，轻轻柔柔的语调，像指腹抹出来的琵琶声，落在人心口，又痒又麻。

他喉结动了动，低咒了一声。

门外有奴仆洒扫路过，怀里这人身子骤然紧绷，贴着门一动不动，一双眼紧张地瞪着他。

他视若无睹，只将她的手从背后拉出来，没好气地问："拧哪儿了？"

殷花月脸上发热，还有些没反应过来，只小指动了动。

李景允垂眸看去，摸着她的指骨一节一节地轻轻按揉，确定没有拧伤，才又冷哼一声，重新凑近她。

"公子，"她有些哭笑不得，"妾身能不能问一句为什么？"

眉梢痞气地挑了挑，他看着她的眼睛，低沉地说道："猜。"

殷花月为难极了，将他生气前后的事仔细想了一遍，试探地说道："沈大人说今日之事与韩家小姐有关，您在生气？"

雪白的虎牙露出来，狠狠地咬住她颈边嫩肉，殷花月"啊"了一声，余光瞥见外头晃动的人影，又连忙伸手将自己的嘴给捂住，琥珀色的眼眸惊慌地乱转，身子也不停地挣扎。

"猜错了，再猜。"身上这极不讲道理的孽障咬上瘾了，下巴抵在她的耳侧，懒洋洋地箍住她的腰身。

殷花月很想发火，可一眼看进他那黑不见底的眼眸里，这火也发不出来。挣扎无果，她自暴自弃地说道："那您就是对沈大人有意见，顺带迁怒于妾身。"

他在她耳边嗤笑了一声，喷出来的气息洒在她耳蜗里，她右臂跟着战栗。

"你是他什么人，爷看他不顺眼，为什么一定要迁怒你？"他不甚在意地卷起她的鬓发，"爷可不做那拈酸吃醋的事儿，无趣。"

想想也是，拈酸吃醋的事儿都是闺门小肚鸡肠的姑娘做的，他这样的公子哥儿，身边要多少人有多少人，怎么可能在意这些。

殷花月点头，想起沈知落的话，还是决定劝劝他："公子虽然与沈大人总不对付，但他眼光一向很准，轻易也不会妄言，这次红封之事，公子若是想查，可以听听沈大人的话。"

"……"

心头火烧得更甚，李景允抵着她，反倒是笑了："你不是看他不顺眼？"

"不顺眼是一回事，"殷花月轻声道，"该听的还是要听。"

胸腔笑得震了震，他咬牙贴在她耳侧道："小爷不会听，你也别想。"

强烈的侵略气息从他身上散发出来，殷花月呜咽了半声，被他统统堵了回去。

气息相融，抵死缠绵。

理智告诉殷花月，她这是在做错事，分明只是有名无实的侧室，哪能与人这么亲近。可是他薄唇含上来，温热的触感将她最后存着的一点儿理智都烧了个干净。

轻轻颤着的手，缓缓朝他背后的衣料伸去，想给他抓出些褶皱，像她现在的心口一样，把它拧成一团。

"腿软了？"他松开她，轻声呢喃着问。

殷花月抖着腿，梗着脖子答："没有，站久了很累。"

身上这人笑起来，眼里像是乌云破日，终于透出了光。

他就着这个姿势将她抱起来，几步走到软榻边，仰身往上一躺。她跟着倒去了他身上，青色的裙摆卷上来，揉进他深色的衣摆里。

"公子，"殷花月想平静地开口，但吐出来的声音，怎么听都带着点儿颤，"您喜欢妾身吗？"

李景允半合了眼枕在厚厚的软垫上，闻言没有回答，只轻轻啄了啄她的眼皮。

"喜欢吗？"她固执起来，又问了一遍。

李景允觉得好笑，轻轻地摇了摇头，然后钳住她的下颌，仰头又想覆上去。

身上这人却突然偏开了头。

她撑在他身上的手颤了起来，极轻极缓，不过只一阵，她就将手收了回去，跪坐在他身侧，双手交叠放在腿上。

"怎么？"怀里突然一空，他不悦地侧头。

身边这人朝他笑了笑，温和地颔首道："大统领快回来了，您应该先去书房候着。"

先前的旖旎气氛被这话吹散个干干净净，李景允没好气地翻了个白眼："我爹知道我纳的人是你，指不定正想着怎么把你扔出府去，你倒是好，还替他惦记着事儿呢？"

"正事要紧。"她将他扶起来，伸手抚了抚他背后衣裳上的褶皱，眼神平静，"妾身在这儿候着。"

直觉告诉李景允，好像有哪里不对劲，可扫一眼殷花月，这人神色如常，姿势恭敬，也没任何不妥之处。

他纳闷地接过外袍穿上，又将人拉过来，在她额上弹了弹："爷待会儿就回来。"

"是。"她柔声应下，万分顺从地朝他行了个礼。

李景允一步三回头地走了，大门合上，屋子里恢复了寂静。

软榻上的人沉默地坐着，过了许久，才长长地吐出一口气。她捏着衣袖擦了一下自己的唇，又将裙摆重新理好，然后起身去主院拿先前放过去的东西。

路过西小门的时候，殷花月远远地看见有人在喂狗。

旺福除了她，向来对旁人都凶恶得很，所以霜降站得很远，将馒头一点一点地抛过去，看它张口接得正好，便会笑两声。

殷花月打量了片刻，朝那边走了过去。

旺福一看见她就不理霜降了，舌头吐出来，对着她的方向直摇尾巴。

霜降跟着看过来，见着是她，眯着眼就笑道："您可回来了，说去给大统领送汤，结果一转眼就不见人了，夫人还在找您呢。"

殷花月看着她，抿唇道："我还要在东院住些日子。"

霜降脸上的笑容顿了一下，看着她，眼神渐渐充满不解。

"您不是一向最惦记夫人吗？"她道，"人都回来了，还留在东院做什么？"

"有些事没处理完。"

手里的馒头被揉碎，霜降垂眸看了两眼，突然道："您去观山的时候，那边就有风声传过来，说您跟三公子太亲近，恐怕会误事。我不信，还将小采骂了一顿，说您是刀尖上活下来的人，哪里还会感情用事。

"所以您现在，是要打我的脸吗？"

霜降与她相识多年，殷花月知道这人嘴硬心善，无论说什么，都是为她好的。

她从霜降手里拿过稀碎的馒头，走过去喂给旺福，声音极轻地说道："不会。"

"那您这一身装束是什么意思？"霜降冷笑，语气刻薄起来，"想用美人计上位，好试试走另一条路子？"

殷花月微微有些难堪，她摸了摸旺福的脑袋："性命攸关之时做的选择，并非心甘情愿。"

霜降狐疑地看着她。

殷花月长叹一口气，将观山上发生的事大致和她说了一下，霜降起先还不信，可听到长公主的时候，她沉默了。

"你……"犹豫半晌，霜降问，"你对三公子，当真没有别的感情？"

　　能有什么别的感情呢，殷花月低笑，目光落在旺福头上，反问她："你来喂旺福，是因为喜欢它吗？"

　　"不是。"霜降老实地回答，"我就是看厨房里有剩的馒头，又刚好闲着无事，就来逗逗它。"

　　殷花月摸着旺福的手僵了僵，很快又继续给它顺毛。她的声音很轻，几乎是呢喃道："对啊，都是闲着没事逗弄一二罢了，哪来的什么感情。"

　　这回答霜降很是满意，她又笑了起来，拉着她的手道："您忙完就快些回来吧，听那边的消息说，好像找到了什么重要的东西，咱们这些七零八落的人，也许很快就能重新凝聚在一起。"

　　重要的东西？殷花月想了想，问："跟沈知落有关吗？"

　　"似乎就是他找到的。"霜降撇嘴，"虽然我也不喜欢他，但常大人都能接受的人，一定不会真的背叛了大皇子。"

　　提起常归，殷花月有那么一点儿心虚，即使上回没有她，常归也成不了事，但两人已经算是撕破了脸，往后要再遇见，也不知会是个什么光景。

　　乱七八糟一大堆事搅和在一起，殷花月有点儿烦。

　　回到东院的时候，她面色看起来依旧平静，替李景允准备好了晚膳，又替他铺好了被褥。

　　李景允连连看了她好几眼，问："你在想什么？"

　　殷花月随口就答："身为妾室，自然在想公子您。"

　　毫无感情的话，像极了酒桌上应付外客的敷衍。

　　他听得不高兴极了，伸手将人拉过来，仔细打量她。

　　殷花月原本身板就弱，只气势看着足，一副外强中干、色厉内荏的模样。来了东院之后，伤病更多，整个人活生生瘦了一大圈。他伸手比画，发现她的脸真跟他的手掌一样大了。

　　"你没吃饭？"他皱眉。

　　怀里的人笑了笑："吃过了。"

　　"那为什么不长肉？"他捏捏她的脸蛋，又掐掐她的腰，眉峰高高地拢起来，"再吃点儿。"

　　桌上酒肉丰盛，是他的晚膳，殷花月看着摇了摇头："身份有别，妾身上不得桌子。"

　　李景允气乐了："行，你别上桌子，你就坐爷腿上，爷给你布菜。"

眼看着他真的开始动作了，殷花月捏了捏自己的袖口，莫名其妙地问了一句："您不觉得这举止太亲近了？"

筷子顿了一下，李景允若无其事地继续夹菜："亲近怎么了，你有个侧室的头衔呢。"

"可妾身也不是真的侧室。"她转头看进他的眼里，"四下无人的时候，不是应该与主仆相去无几吗？"

他斜了她一眼，眼里尽是戏谑："哪个奴才能为主子豁出命去？"

殷花月认真地回答："妾身为夫人也能。"

"……"

高兴了一整日的事儿，就被她这么轻飘飘的一句话浇了个透凉。李景允放下筷子，眼神有些沉："你给爷找不自在？"

"妾身不敢。"她低头，姿态一如既往谦卑，"只是怕公子一时兴起，忘了分寸，以后难以自处。"

"还真是体贴。"他握紧了她的腰，声调渐冷，"可到底是怕爷难自处，还是怕你自己动心思？"

殷花月心里紧了紧，朝他露出一抹毫无破绽的笑容："妾身自然是懂分寸的。"

一股火从心底冒上来，李景允觉得荒谬。他与她已经这么亲密，这人凭什么还懂分寸？好几回的耳鬓厮磨、意乱情迷，难不成就他一个人沉浸其中？

仔细想想，好像还真是……她醉酒的时候，什么也不知道。

李景允闭了闭眼，松开了手。

殷花月飞快地站起来立在一侧，替他盛饭布菜："您先吃一些吧，今天忙来忙去都没顾得上进食。"

他拿起筷子，没有吭声，一双眼幽深地盯着桌上某一处。

这一顿饭吃得格外慢，殷花月没有再开口，李景允也没有再说话。碗筷收走之后，他神色如常地抬眼看她："你今晚就在这屋子里睡，爷不动你。"

殷花月点头，回房去抱了她的被褥来。

晚上的时候，温故知过来了一趟，他欣慰地看着同处一屋的这两人，然后沉重地开口："查出来了，是韩霜干的。"

李景允平静地喝着茶："她是怎么想的？"

"估摸是想用那红封挑拨您二位的关系，来个'夫妻本是同林鸟，大难临头各自飞'。"温故知摊手，"谁料您没上当。"

"绕这么大个弯子，她也不嫌累。"李景允很是不耐烦，"你也跟她递个信，让她别白费功夫，没用。"

"也不是没说过，那位死心眼，有什么办法？"温故知叹了一口气，"不过我是没想到，她这小脑袋，竟也能扯前朝之事，要知道咱们太子是最忌讳这个的，扯它出来，必定断了您的后路，还挺妙。"

李景允神色微动，突然转头看了殷花月一眼。

那人安静地站在隔断处，似乎在发呆，琥珀色的眸子垂着，眼睫轻轻眨动，像个瓷做的娃娃一样。

收回目光，他听得温故知继续道："不过说来也怪，韩霜像是笃定小嫂子跟前朝有关一样，准备的这陷阱又毒又辣，一旦她被坐实了身份，那不管是长公主还是太子殿下，恕我直言都不会放过她。"

说着，他转头问殷花月："小嫂子，你是前朝之人吗？"

殷花月捏着手看了李景允一眼，后者朝她点头，示意她随便说。

她犹豫片刻，点了点头："先前在宫里……伺候过大魏的主子。"

"难怪，也不知道她哪里来的消息，我都不知道这事儿。"温故知嗤笑摇头，"女人的嫉妒心果然可怕。"

"这事传出去没什么好处。"李景允道，"你能压就压了。"

"我明白。"温故知点头，"明日约了要去给韩霜诊脉，我也就不久留了，您二位好生歇着。"

李景允将他送到门口，温故知回头看了一眼，压低声音道："不是我要说闲话，三爷，毕竟是身边人，有什么话早些问清楚，也免得将来误会。"

李景允颔首表示听见了，将他推出了大门。

殷花月站在原地发呆，像是想起了什么，脸色不太好看。他默不作声地看着，脱了外袍，又熄了灯。

"爷给你一晚上的时间，"他心平气和地说道，"你要是有难处，说出来，爷给你解决。若是不说，就休怪出事之后爷不帮你。"

烛台上飘出两缕灯火熄灭后的白烟，屋子里暗下来，只能看见人的轮廓。

殷花月睁着眼盯着帐顶上的花纹看了片刻，问："除了大统领府三公子，您还有别的身份吗？"

李景允没想到她会突然提到这个，愣怔片刻，偏了脑袋不耐烦地说道："让你说自己，没让你反过来问爷。"

黑暗里，殷花月笑了笑，用下巴将被子掩住，似叹似怅："妾身没什么好说的。"

眼神沉下来，融入黑夜之中，李景允很想发火，想把庚帖和配饰贴在她脑门上，问问她同床共枕的人，为什么半句真话都说不得。

可是，仔细琢磨她的话，他好像明白了。

他不会告诉实话，那她也不会完全信任他。

看起来柔软可欺的人，戒心重得不止一点半点。

转过头去与她一起看向帐顶，李景允吐了一口气，怏怏地说道："那爷可就不管你了。"

"承蒙公子照拂，妾身已是感激不尽。"她的声音从旁边传过来，轻柔而温和，像即将入睡之前的低语。

李景允转过身背对着她，心想说不管就不管了，她都不担心自个儿，他何必要多费心去担心她。

屋子里再没有人说话，只有均匀绵长的呼吸声，一直延续到清晨。

第二日。

李景允破天荒地醒来很早，殷花月刚走出门，他立即从床上翻身起来，更衣洗漱，紧随其后离开屋子。

说不担心是一回事，但好奇又是另一回事，他往日都是醒了就想法子出府，压根没注意殷花月每天都在府里做些什么。今日既然得空，他打算跟着去看看。

没别的意思，反正闲着也是闲着。

给自己找足了理由，李景允不动声色地跟了上去。

天还没亮，那抹青色的影子在熹微的暗光里显得格外柔弱，她从东院出去，一路往主院走，没走两步就遇见了老管家。老管家给了她账本，她点头应了一句什么，一边翻看一边跨进主院。

主院里的账房是个极为复杂的地方，李景允在大统领府这么久，总共也就进去过两次。在他的印象里，账房里面有成堆的账册和一群焦头烂额的账房先生，每个账房先生的眼下都挂着乌青，活像是从地府爬上来的恶鬼。

他看见殷花月若无其事地跨进去，眉头皱成了一团。

一个姑娘家，在这种地方搅和什么？

他摸到后院窗边，侧头往里看。

还是那群眼下乌青的恶鬼，衣衫不整、头发散乱，怀里都抱着厚厚的册子。

可是现在，这群人竟然都围在一张桌子旁边，姿态恭敬地候着。

殷花月坐在那张桌子后头，手里拿起朱砂笔，在册子上迅速地圈着什么。一本完成后，有人哀号一声，又十分感激地冲她行礼，抱起册子就回到自己的位置上去。其他人如潮水一般围上来，争着将自己的册子递给她。

李景允看着都觉得窒息，修改账目吗？那么多本，要改到什么时候去？

桌边那人神情很是专注，与在他面前的温柔低眉不同。对着旁人，她脸上什么表情也没有，下笔干净利落，身上透着拒人千里的清冷，任是资历再老的账房先生，也要恭恭敬敬地唤她一声"殷掌事"。

李景允没来由地觉得有点儿高兴，抱着胳膊继续看。

前些日子上山春猎，她似乎堆积了不少账目没清，就算已经做得极快，也足足过了一个时辰才看见长案本来的颜色。

整个账房里的人都松了一口气，纷纷拱手朝她行礼，他以为她会靠在椅子上休息片刻，不承想这人只点了点头，又起身出了门。

卯时刚过，殷花月去了一趟厨房。厨房里的人看见她已经是熟悉得很，都不等她开口便迎上来道："殷姑娘，今日厨房来了一批西湖鲜鱼，公子爷可爱吃？"

她在食材架子旁边站定，拿了一张纸出来道："三公子不爱吃鱼，给他改成粉蒸肉。昨日的鸽子汤他一口没动，下次别往里面放山药。早膳送粥过去，午膳多两个素菜。"

"好嘞。"厨娘点头哈腰地应下。

李景允靠在墙上听着，心想她还真是了解他，看来在他没注意的时候，她还花了不少心思。

嘴角不着痕迹地往上扬了扬，他吸吸鼻子，故作不在意地继续听。

安排好膳食，殷花月想走，可刚一回头，她就看见了小采。

作为传递消息的丫鬟，小采知道的事比霜降还多一些，此时看见她，神情很复杂，两三步走上来低声道："您背叛了常大人？"

她的声音很小，又是拉着人在墙边说的，所以厨房里那群忙碌的人不会听见。

殷花月也就不顾忌了，靠着墙好笑地说道："我从未在常归手下做事，如何谈得上'背叛'二字？"

"可是，您说了去观山会帮忙联系沈大人的，又如何会反过去坏他的事？"小采急得跺脚，"大皇子没了，常大人是接手他旧部的不二人选，您得罪谁也不好得罪他啊。"

"是他先想杀我。"

小采满脸狐疑地看着她:"可常大人说,是您鬼迷心窍,非要去救大统领府的三公子。"

殷花月眼皮垂下来,语调跟着就冷了下来:"他说你就信?"

"本也不信,可……可主院那边传来风声,说您做了三公子的妾室。"小采恼恨地说道,"您这是何苦?好不容易联系上了沈大人,您大可回去他的身边,也好过在这地方看人脸色。"

"去沈知落的身边,然后跟他一起给周和朔当牛做马?"殷花月笑了,她伸手替小采理了理衣襟,"你若是想去,我送你去便是。"

小采脸色铁青,退后半步,垂眼道:"奴婢没这个心思,但是眼下常大人已经与沈大人握手言和,咱们底下的人都开始纷纷往那边投靠。您要是不早做打算,以后再想报仇,可就没这么多人帮忙了。"

殷花月抬眼,认真地问她:"自始至终,我都只是你们反梁复魏的借口,什么时候成了你们甘愿替我报仇了?"

面前的人僵住了,站在原地没有动,过了好半晌,才道:"您别忘了,没有我们帮忙遮掩,您的身份不一定能瞒得了这么好。昨儿在衙门,您跟人暴露了身份,子时我们就收到了消息。您要是觉得与我们道不同不相为谋,那若是被周和朔察觉,我们也不会伸出援手。"

殷花月轻笑出声,摸了摸自个儿的背:"上回我快死了,你们也没来拉我一把,眼下又何必来威胁我。真想鱼死网破,大不了你们将我卖出去,我也将你们统统抖出来,咱们大魏的余孽,死也该死在一起。"

小采望着她,脸上露出了极为惊恐的表情。殷花月慈祥地拍了拍她的肩,然后转身,表情冷淡地往外走。

一跨出厨房,她就恢复了寻常的神态,仿佛刚才什么也没发生,迈着碎步,端着笑意,继续前往下一处。

训斥不守规矩的下人,又指挥人修葺了半夜坍塌的旧墙,殷花月忙碌到了辰时,终于回东院去伺候三公子起身。

不知道为什么,今日的李景允没有起床气,她只喊了一声,这人便睁开了眼。

漆黑的眼眸像温泉里捞上来的玄珠,在晨光里笼着一层雾气,好看得不像话。他就这么盯着她,一动不动。

殷花月别开头,拧了帕子递过去。这人伸手接了,靠在床边半睁着眼问她:

"去哪儿了？"

她笑着跪坐下来，低头答道："妾身如今虽然富贵了，但府中尚无新的掌事接任，许多事情交接不了，还是只能妾身去处置，故而早起四处转了转。"

那么繁杂的事务，在她嘴里就只是"转了转"，李景允轻哼一声，懒洋洋地擦了擦脸。

殷花月拿了新袍子来给他换上，整理肩头的时候，她听见他闷声道："真的没有话要跟爷说？"

嘴角勾出一抹和善的弧度，她从善如流地反问他："您呢，真的没有话要同妾身说？"

面前这人恼了，挥开她的手自己将腰带扣上，半合着的眼里乌压压的一片："不说算了，爷才懒得管你。"

殷花月笑着应下，转身出去倒水，可等她端着水盆回来的时候，就见屋子里放了一副分外眼熟的盔甲。

毯子塞在盔甲里，成了一张红色的脸，两支铜簪往脸上一插，便是一对极为生气的眉毛。

李景允又出府了，没知会她要去哪里，只留了这么个东西，无声地表达着他的愤怒。

要是之前，殷花月定是会生气，万一大统领来传唤，她又没法跟人交代了。

可不知道为什么，回想起第一次看见这个场景，再想想现在，她倒是觉得好笑。

三公子不是这院墙关得住的人哪。

随他去吧。

殷花月摇摇头，放下水盆就要去收拾桌子，结果刚一动手，就听得外头有人朝这边跑过来，步伐匆忙，气喘吁吁。

"不好了。"霜降扒住门框，朝里头扫一眼，见只有她在，慌忙跑进来说道，"您快走，再晚就来不及了！"

殷花月被她这慌慌张张的样子弄得有些蒙："你先说清楚，我走哪儿去？"

霜降咽了口吐沫，急慌慌道："刚刚传来的消息，知道您身份的那个奴才，本是要发配去边疆的，谁料突然被太子殿下带走了。"

殷花月心里一沉，垂眸问道："人好端端的，太子带走一个奴才做什么？"

"还能为什么，前朝遗奴。"霜降掐着她的手臂，快把她掐青了，"他们不传话来我还不知道，您怎么能随便跟人暴露身份，真当自己是御花园里随便的一条鱼，死生无妨？"

收拾好碗筷，殷花月无奈地说道："我也不是有意，那人先前就是西宫里的人，突然见着了，我想遮掩也没用。"

本来听说是前朝遗奴，她就只是想见见，碰碰运气，想着万一能套话出来也是好的。谁知道一见面卓安就认出她来了，泪流满面地跪在她跟前，要不是碍着柳成和在，都要给她磕头了。

"他应该不会出卖我。"殷花月道，"你先别急。"

霜降一指头戳在她脑门上，恨不得给她戳个窟窿出来："您是不是被男色迷昏头了？那人要真是什么忠奴，能突然背叛长公主告徐家一状？新主尚且叛得，您这旧主又算个什么？"

眉心蹙了蹙，殷花月叹气："我知道了。"

"我已经跟夫人说好了，就说您回乡探亲，且先出去躲几天，万一被查出来，也不至于被人在大统领府里逮着。"霜降拉着她往外走，"车马都准备好了，您只管跟着去。"

被她拉了个踉跄，殷花月下意识地回头看了一眼坐在桌边的盔甲。可也只来得及看一眼，她很快就被塞去了马车上，带着一包不知哪儿来的盘缠，晃晃悠悠地上了路。

周和朔是个极其多疑之人，曾经因为怀疑姬妾偷听了自己和沈知落的谈话，而直接将人活埋，更是因为听见臣下要背叛他的风声，就带人将其抄了家。

上回东宫遇刺，要不是因为牵扯的人是李景允，周和朔也不会轻易罢休。

沈知落很清楚这一点，所以一听见卓安被抓回来的消息，他立马赶了过去，想帮着说两句话。

结果，周和朔只随便问了两句，就将人安顿下去了。

这和他一贯的作风不符，沈知落扫了上头一眼，突然意识到他可能连自己也防备着，他只要在这里，周和朔就不会问重要的问题。

他称病告了两天假，周和朔很爽快地允了，派人送他出宫。

沈知落转着罗盘，心里没来由地觉得慌张。

"我就知道是你的车。"

马车行到半路，车辕上突然跳上来一个人，车夫吓得勒住马，沈知落没个防备，身子骤然前倾，然后就被苏妙一把接了个正着。

她怀里抱着一堆东西，为了接他，哗啦啦都掉去了车厢里。苏妙倒是不介意，顺势蹭了他脸颊一下，捏着他散落的墨发轻笑："这么想我啊？"

沈知落微恼地推开她，道："你怎么随便上别人的车？"

"你也算别人？"伸手将落在地上的几个纸包捡起来，苏妙顺手打开一个，拿出个扇坠在他的罗盘上比画了一二，"刚好买了东西想送你。"

沈知落觉得荒谬极了："苏小姐，我这是乾坤罗盘，不是谁家公子的折扇，不可能挂俗世之物。"

"嗯嗯。"苏妙敷衍地应着，打量两眼道："还挺合适，来，我给你挂上。"

沈知落怀疑她根本听不懂人话。

沈知落赶着去找殷花月，苏妙的突然出现让他觉得烦躁，连带着语气也不太好："昨日小姐不是还同兵部那位侍郎在一起？送他便是，拿来招惹我做什么。"

柳眉高挑，苏妙乐了："你这就吃上醋了？我与丹离只是恰好碰见，又不是故意走去一处的。"

还丹离呢，正经人家的姑娘，会上来就唤人的字？

沈知落收回罗盘避开她，冷声道："是不是碰巧也与在下无关，在下忙着去办事，还请小姐下车。"

"办什么事？带上我呗。"苏妙眉眼弯弯地说道，"我保证不碍事，你去哪儿我就在外头守着，等你忙完了，我带你去吃罗华街上新开的酒馆里面的小菜。"

"下车。"他丝毫没有动容。

苏妙嘤咛一声，双手合十，央求道："我有两日没见着你了，今儿就放纵我一回，可好？"

沈知落颇为头疼地揉了揉额角，沉声道："你不下车也可以，正好我想去的是大统领府。"

"去找我表哥？"苏妙仰脸笑问。

沈知落摇了摇头，看着她道："去找殷花月。"

"……"

娇俏的脸错愕了那么一瞬，嫣红的唇抿起来，很快又松开。苏妙叹了一口气，小声嘀咕："别怪我没劝过你，我表哥这么多年从来没对谁上心过，就这个小嫂子，他是放在心坎里了，你若三番五次去找小嫂子，他生起气来，保不准跟你拼命。"

沈知落轻哼一声，扭头看向窗外："你表哥是做大事的人，看着情深义重，可真到了要抉择的时候，殷花月只会是被舍弃的那一个。"

苏妙嘴巴鼓了鼓，不满道："他不会。"

"我没道理拿一条人命来与你赌你表哥到底会不会。"他不感兴趣地摇头，"我要做的就是在他舍弃之前把人救下来。"

苏妙拨弄了一下手里的扇坠，低低地笑道："总有人说你无情、冷血，该叫他们看看，想护着一个人的时候，大司命也是有血有肉的。"

她好像在难过，可脸上又笑出了两个酒窝，灌了蜜似的甜。

沈知落看了她一眼。

苏妙将散落的纸包重新抱回怀里，一个个码好抱紧，然后将扇坠放在他身边，摆手道："突然想起丹离说要请我吃午膳，我还是不回去了，你见着殷花月，替我问声好。"

说罢起身，艳红的裙摆一扬，跟朵骄阳下的花一般卷下了车辕。在车旁站定，她还笑着冲他挥了挥手。

外头的车夫有些不知所措，扭头看着里头问："沈大人？"

沈知落冷着脸看着那抹红消失在人群里，收回目光，平静地说道："继续往前走。"

车轮往前碾了一段路，又骤然停下。

沈知落掀开帘子下来，浅紫的瞳子往后一扫，满是不悦。

"大人？"车夫伸出脑袋来看他。

"罢了。"沈知落轻吐一口气，摆手道，"你先回去，我随便走走。"

"……是。"

车水马龙，人声鼎沸，没一会儿就淹没了紫棠色的背影。街边刚揭开的蒸笼里冒出雾气，一缕缕如云一般向天上散去。

早上还晴了片刻的天，到晌午就有些阴沉了。殷花月站在别苑的庭院里，听着屋子里头几个人的争吵声。

"你不想又有什么办法？陛下的印鉴在沈知落手里，只有他才能集结散落的旧部，你不与他牵线，我们难道就这么单干？"

"单干有何不妥？这么多年不也过来了？"

"是啊，过来了，然后连人家的衣角都没碰上。"老人的声音低哑又愤怒，"眼下更好了，小祖宗能自个儿把身份泄露出去，周和朔尚是只听见了风声，他麾下的禁卫却想着立功呢。等人来把她的命取走，你再说有何不妥吧。"

"你就是一根筋。"另一个声音也生了气,"在这地方谁找得来?再说了,有她在,不用咱们去找,沈知落早晚会上门的。"

听得无趣了,殷花月打了个哈欠,望着头顶上的乌云。

里头的两个人一个是前朝宫里曾经的总管,另一个是她的乳娘,自打她出宫开始,两人就借着她名头私下网罗大魏残部,想着反梁复魏,重夺河山。

不过在他们眼里,她可能跟沈知落手里的印鉴是差不多的东西,有最好,没有也无妨,谁也无法阻止两位对权势的向往。

他们来这儿也不是为了关心她,就是想吵一架,然后连哄带吓地提醒她别再惹麻烦。她已经被太子身边的禁卫盯上了,若再有麻烦,他们会直接舍了她,去投奔沈知落。

殷花月平静地看着他们,内心毫无波澜。

覆灭的王朝是不可能再活过来的,她的父皇在她面前倒下去的时候,也没说过要让她担起殷家复兴的重任。殷花月之所以没有对他们的举动提出过异议,只是因为她想杀周和朔,而他们恰好也有这个目标。

但眼下来看,他们靠不住。

孙耀祖和尹茹吵完了抬头看的时候,殷花月正仰头在瞧树枝上的玉兰花,侧脸娴静柔美,温和恬雅,好像完全没有在听他们的话。

尹茹无奈地叹了一口气,摇头道:"也别指望她什么,娇生惯养着长大的小主子,除了任性妄为,也成不了别的气候。"

在这件事上,孙耀祖与尹茹难得地达成了一致,恨铁不成钢地冲她跺了跺脚,两人一起从月门离开了。

庭院里安静了下来,枝头上的玉兰有些开败了,柔软的花瓣落下来,恰好落在她的掌心。

盯着看了两眼,她突然想,李景允要是回到府里,发现她不见了,会不会着急?

意识到自己又在想些虚妄之事,殷花月回神低笑,轻轻敲了敲自己的脑门:"成不了别的气候。"

天边彻底阴沉了下来,没一会儿就开始下雨,雨打在瓦檐上噼里啪啦乱响,遮盖了她的低语,也遮盖了院墙外突然响起的细碎脚步声。

第九章

给我种枇杷树那种喜欢

酉时末，大雨倾盆。

乌沉沉的天际被闪电撕开一条口子，电光石火间，闪电将雨幕骤然照成一片惨白。雨水砸在瓦檐上，噼里啪啦直响，院子里的花盆也不知是不是没放好，被风一卷，"啪"的一声摔在了地上。

殷花月已经长大了，没有小时候那么怕打雷，但此时坐在桌边看着时暗时明的花窗，她心里也不太踏实，手握成拳，面色紧绷。

又是咔嚓一道闪电，将院子里的树影映在了窗户纸上，她不经意地看了一眼，却看见那树下好像有几个人影。

只一瞬，天边就又暗了回去，树影和人影都重新没于黑暗，雨水在窗台上溅开，潮湿的泥土气息溢满口鼻，有什么东西趁着夜色窸窸窣窣地朝这边来了。

指节泛白，浑身发凉，殷花月没敢出声。她左右看了看，踩着桌子悄无声息地爬上了房梁。

她刚将裙摆收好，就看见门缝里伸进来一把利刃，刃口雪亮，往上一抬门闩，大门就突然被狂风卷开，"哐"的一声砸向两侧。

殷花月瞳孔紧缩，伸手捂住了自己的嘴。

她来的这别苑不容易被人找到，可换句话来说，一旦被人找到了，也没人能救她。

几个穿着蓑衣的影子进了门，开始四处翻找，湿答答的靴子踩在地上，留下了一串黏湿的脚印。这些人手里都拿着短剑，行走间蓑衣摆动，黄铜色的腰牌一闪而过。

是周和朔麾下的人。

这些人武功极高，上回去大统领府抓她的时候，她连喊叫一声的机会都没有。

余光瞥向旁边的窗户，殷花月眼底暗光流动。

将柜子和床底都找过之后，薛吉终于开口了："门锁着，人是一定在这儿的，左右也逃不了，不如早些出来，也免得动起手来伤着人。"

屋子里没有回应，薛吉眯眼，抬头四顾。

"大人，"身边的禁卫小声道，"窗户好像没上闩。"

薛吉跟着过去，指尖一抵，花窗就敞开了。他往外看了一眼，跟着就带人翻了出去。

心跳得极快，殷花月盯了片刻，见他们没有要马上回来的意思，立马抓

214

着房梁跳回地上，飞快地朝门外蹿去。

高大的影子倏地出现在门口，将她堵了个正着。

"真是厉害。"薛吉低头看她，一步步将她逼回屋子里，目光阴沉，"我就知道，上回那楚楚可怜的模样定是你装的，三番五次想从我手下逃走的丫鬟，哪能是什么柔弱之人。"

殷花月呼吸一紧，连连后退，苍白的小脸抬起来，无辜地冲他笑了笑："大人是不是有什么误会？"

"你这副样子，骗得了殿下，骗不了我。"薛吉冷笑，侧脸上的刀疤显得尤为狰狞，"我抓过形形色色的人，扮猪吃虎这一套，在我这儿不管用。"

说罢，劈手就抓住了她的手腕，反拧去身后拿绳子捆住。

殷花月吃痛，额上细汗涔涔，挣扎着道："我当真什么也不知道。"

薛吉完全不信："你要是心里没鬼，怎么会从大统领府躲来了这里。"

"大人误会。"她委屈地低头看向自己的小腹，"我可没躲，过来养胎罢了。"

"……"薛吉狐疑地打量她。

先前在观山上，似乎就有三公子身边的丫鬟借着身孕飞上枝头的传言，这话许是有两分可信。但她是卓安改口供之前见过的最后一个人，极有可能与前朝有牵扯，带回去查出点儿什么，便是大功一件。

只犹豫了一瞬，薛吉就摆了摆手。

身后的禁卫用力将她推出了门，她踉跄两步站进雨幕里，瞬间被雨水浇了个透。

拂开水张口喘气，殷花月绝望地垂眼。

雨水是能冲刷一切的，今夜之后，院子里什么蛛丝马迹都不会留下，李景允就算想找她，恐怕也找不到了。

风刮在湿透的衣裳上，使人感到刺骨的凉。

"大人，"受着雨水，殷花月最后问了一句，"太子殿下与三公子怎么说也算交好，您要真动了我这肚子，不怕三公子与你算账？"

"三公子？"薛吉哼笑，"这大雨滂沱的天气，他定是在栖凤楼搂着佳人欢好，哪里还顾及得了你。等他发现你不见了，也不会找到我头上来。"

好像也是，她叹息，放弃了挣扎。

襄衣在雨里不停地往下淌水，薛吉很烦这样的天气，手里的短剑有一下没一下地抛着，抬步跨过月门："女人就是爱慕虚荣，找个寻常人家嫁了什么事也没有，偏生要往权贵身上扑，怎么死的都不知道。"

月门上有青绿色的藤蔓，久疏打理，乱七八糟地垂吊着，人一过，就钩住了雨帽的边缘。

薛吉恼怒地嘟囔了一句，翻过短剑就要去割。

然而，短剑刚碰着一截蔓枝，那层层叠叠的藤蔓里就突然伸出一只手，手掌击在他腕口上，雨滴四散间干净利落地缴了利刃，反手便朝他喉间一捅。

"扑哧——"

腥稠的东西在雨幕里飞溅出去，快得让人没有反应过来。

薛吉睁大了眼，茫然无措的瞳孔里映出一顶黑色的斗笠。雨水打在笠檐上，清凌凌地溅开，那斗笠缓缓抬起来，露出弧度极俊的下颌，和一双乌黑如墨的眼。

"你知道自己是怎么死的吗？"来人轻笑着问。

后头站着的几个禁卫如梦初醒，纷纷拔剑上前，薛吉惊恐地捂住自己的喉咙，想开口说点儿什么，人却抽搐着倒了下去。

赤红的血一缕缕地融进雨水里，他想捏，却怎么也捏不住，眼眸瞪得极大，不甘心地往上看，却只看见那人袖口里如银蛇一般飞出来的软剑。

太子麾下的禁卫，武功深不可测，是以能让殿下高枕无忧，宵小不敢犯分毫。

而眼下，六七个精挑细选的禁卫，在那人手下竟是不堪一击。泛着光的软剑擦着雨水飞抹过去，人倒下的时候，甚至没想明白自己的伤口在哪里。

有机灵的禁卫见势不对，想逃走去报信，可那人如同鬼魅一般，眨眼就不声不响地追了上来，从背后割开人的喉咙，脚下半点儿涟漪也没起。

临死之前，薛吉终于明白了过来。

"是……你……"

先前那个夜闯东宫救走韩霜的人，殿下没有怀疑错，真的是他。

大统领府的三公子——李景允。

天边又炸开一道闪电，李景允抬头，英挺的侧脸在光影里显得杀气十足。他居高临下地看着薛吉，似叹似惋："你是不是想问我，难道不怕太子殿下找我算账？"

薛吉死死地瞪着他，眼珠几乎爆出。

李景允缓缓低下身子，他扬着唇将他喉间的短剑又送进去一寸，学着他的语气道："这大雨滂沱的天气，殿下定是在宫里搂着佳人欢好，哪里顾及得了你。等他发现你不见了，也不会找到我头上来。”

一口血气上涌，薛吉恨恨地看着他，死不瞑目。

将他的雨帽拉下来盖住脸，李景允起身，回头望向后头站着的人。

殷花月愣怔地看着他，小脸煞白，如同一根湿透的芦苇，颤颤巍巍地立着。

他神色缓和，收了软剑，大步走过去将自己的斗笠戴在了她头上，然后轻轻拍了拍她的背心：“喘气。”

随着他的力道一咳，殷花月终于能够大口大口地呼吸。她脑袋太小，斗笠戴不住，倾斜下来盖住了她半张脸。

胡乱伸手将斗笠拉上去，殷花月仰头想说话，冷不防嘴上就是一痛。

他用额头替她顶住笠檐，低下头来，不由分说地便咬了她一口，不轻不重，落在唇上只一个浅白的印子，眨眼就消失了。

“叫我好找。”低哑的声音听着有两分恼意，还有些不易察觉的颤抖。

她眼神软了下来，伸手拉住他的衣袖，刚想开口，就被他的唇堵住了。

清冽的雨水，混合着杀戮刚过的急促呼吸，扰乱了她所有的思绪。

腰身被箍紧，雨水也都被遮挡，她那惶惶不安的心好像终于归了位，在这鲜血遍地、大雨倾盆的地方，骤然找回了踏实的感觉。

殷花月缓慢地眨了眨眼，抓紧了他的衣裳。

李景允顿了一下，接着动作就更加猛烈，按着她的后脑勺，像是想把她揉进骨子里。

雨越下越大，可是好像没有先前那样阴森恐怖了。

殷花月坐在屋子里，雨水还在顺着裙摆往下淌。她不安地看了看窗外，小声问：“那么多尸体，被人发现了怎么办？”

李景允脱了外袍，伸手就去解她的腰带：“发现不了，若不是府上车夫出卖消息，他们自己都找不到这地方。”

车夫？殷花月回忆了片刻，黑沉了脸。

府上奴才都是她管着的，这是她自己看走了眼。

殷花月刚有些生气，脑门就被人一弹。

“不跟爷告罪，自个儿在这儿生什么气？”面前这人眸子乌压压的，比天边的云还暗，“你知道爷为了找你，花了多大的功夫？”

殷花月心虚地低头，伸手按住自己的腰带：“妾身也是不得已。”

“你是不得已？你就是蠢。”他扳开她的手，分外恼怒地将人抱过来，“别动。”

她哭笑不得道："公子又想与妾身亲近？"

"近猪者笨，鬼才想同你亲近。"他冷声低哼，嫌弃地将她湿透了的罗裙脱下扔去地上，然后扯来被褥，将她冰凉的身子整个裹进去，从外头一并抱住。

"你得明白一点——这世上最安全的地方就是爷的身边，逃去哪儿都不如来跟爷喊救命有用。"他将下巴搁在她的肩上，半眯着眼说道。

殷花月十分认同地点头，然后问："今日您在府里吗？"

李景允不太自在地轻咳一声，含糊地说道："爷又不是不回去。"

怀里的人笑了笑，裹着被子打了个哈欠，没有要问他去哪儿的意思，只拉过他的手，就着脱下来的袍子，将他指间的血迹一点点擦干净。

"你好像很畏惧鲜血。"他垂眼看她，另一只手揉了揉她半干的长发，"上回在山上，还说见过一次以后就不会怕了。今日瞧着，却还是没敢呼吸。"

她软绵绵地应了一声，没多解释，想就这么糊弄过去。

然而，身后这人不知怎么的突然就对这个感兴趣了，半抱着她问："以前有过什么经历？"

"没有。"殷花月不太自在地动了动，将脸别到一侧。

微微泛红的耳垂出卖了她，李景允默不作声地瞧着，拿下巴轻轻蹭了蹭她的颈侧。

"痒。"她皱眉。

"小命都是爷捞回来的，让你受着点儿痒怎么了？"他捏住她的后颈，"别乱躲。"

这话说得实在太理直气壮，殷花月琢磨了半晌也没词儿反驳，只能任由他抱着。

人一安静下来，触感就格外敏锐，她好像察觉到这人抱着她的手在轻轻发抖，像是极度紧张又骤然松弛之后的自然反应，不太明显，但抖得她心里跟着一软。

"公子。"她迟疑着开口，眼尾轻轻往后瞥，"您今日要是赶不及救妾身，会不会很难过？"

抱着她的手一紧，接着那人就在她侧颈上狠狠咬了一口："你说呢？"

她眼眸微亮，抿了抿嘴角，又试探着说道："不是死了养久了的狗的那种难过，是……给妾身种棵枇杷树，多年之后看着树还能想起妾身的那种难过。"

李景允：“······”

他伸手摸了摸她的额头，喃喃道：“淋多了雨，难免头疼脑热的，你还有哪儿不舒服？”

还种枇杷树呢，如果他有那闲工夫，不如先把人救回来更好？

面前这人悻悻地别开了脸，像是对什么失望了一样。李景允也不知道她在失望什么，顺手找了帕子来，就胡乱搓揉着她的脑袋，直到青丝干透，才将她抱回床上。

一挨着床，殷花月打着滚儿就滚去了最里头，贴着墙背对着他。他既好气又好笑，覆身上去咬住她的肩："知恩不图报，还跟爷炮蹶子，你属驴的？"

殷花月吃痛，倒也没挣扎，咬牙闷声道："困了。"

"先别睡，告诉爷太子的人为什么抓你。"他闷声道，"不然下一回还是会有人找来。"

殷花月翻过身，一本正经地说道："不就是因为前朝之事，说来也只能怪太子多虑，大魏覆灭多年，当下他的对手分明应该是夺权的中宫和长公主，他却偏要去为难一群什么也没有的人。"

李景允在她身侧躺下，手垫在脑后，嗤笑："要不怎么说你蠢呢，真以为大魏没了就是没了？"

她不解地扭头看他。

李景允轻叹一口气，道："梁朝是入侵建国，人自然没大魏的人多，眼下朝中大魏旧臣占了大半，宫里各处也都还有魏人，要不是殷氏主族全灭，血脉无存，太子殿下怎么可能睡得了这么多年的安生觉。先前坊间就有传言，说殷大皇子死归死，却还留下了皇室血脉和先帝印鉴。太子为此屠杀无辜之人过百，遍寻无果，才不了了之。结果春猎还遇见常归想复仇，他对魏人，就更是深恶痛绝。"

李景允侧眼，对上她若有所思的眼眸，微微一笑："若只是普通的魏人，保命不难，可若是跟前魏皇室有牵扯，那可就不一样了。"

殷花月睫毛颤了颤，飞快地垂眼，低声道："前魏皇室死得一个不剩了，还能有什么牵扯。"

"未必。"他懒洋洋地说道，"爷听说，前魏皇帝有个私生女，坤造元德年十月廿辰时瑞生的，不知流落去了何处。"

殷花月浑身一僵，拉过被褥盖住了半张脸，指尖冷得冰凉。

他怎么会知道这件事？

前魏皇帝的女儿，打从还在腹中之时就被国师说是不祥之人，不能入族谱，不能有名分，养在西宫里长大，连声父皇母后都喊不得。近侍伺候，都只唤她"西宫小主"，就连殷宁怀，也从来不喊她妹妹。

　　她以为这个秘密会随着大魏的崩塌而被埋葬，等她报了仇，就能悄无声息地消失。

　　结果不承想，在这么一个雨夜，这个秘密被她从身边人的嘴里听见，云淡风轻得像是茶余饭后的闲聊。

　　手指控制不住地发抖，殷花月咬了咬指甲，脑子里一根弦绷得死紧。

　　李景允还在继续说："若真有这么个人，被太子殿下找着了，那可真是要死无全尸了。"

　　他说得很轻松，尾音微微上扬。

　　然而，身边的人听着，一动也不敢动，寒气从她身上透出来，浸染了被褥，连带着他都感觉有些冷。

　　李景允一哂，伸手握住了她抓着被褥的手指。

　　触手如冰。

　　"怎么冷成了这样。"他脸色微变，将她的双手都拿过来，握在自己的手心里，抬眼斥她，"想什么呢？"

　　她哆哆嗦嗦地从他身上汲取了点儿温度，极为勉强地笑了笑："妾身只是在想，公子都知道的消息，太子怎么会不知？"

　　面前这人颇为不屑地撇了撇嘴角："爷知道得比太子多多了，东宫那点儿情报网，大多还是爷给过去的消息。"

　　"那……"她指尖动了动，低声问，"这个消息，公子也会给太子吗？"

　　李景允眼尾一挑，凝神看她："你好像很在意这个事？"

　　"没。"她极快地否认，思忖片刻之后，身子软软地朝他贴了过来，"妾身只是好奇。"

　　被褥下的身子连中衣都没穿，就这么贴过来，线条柔滑温暖。

　　李景允轻吸一口凉气，暗暗咬牙，心想谁说殷掌事清冷来着？使起美人计来也没见含糊，老实跟他招了也不会有事，可她偏愿意走这歪门邪道。

　　他是那种会为美色低头的人吗？

　　他是。

　　李景允目光幽深地扫过她晶亮的眼，沉默片刻，无耻地伸手点了点自个儿的唇："这儿有点儿干。"

殷花月一愣，倒也识趣，抓着他的肩爬起来，吧唧一口亲在他的唇上。

这人好像不是很满意，眼含嫌弃地瞪着她。

殷花月心虚一笑，犹犹豫豫地攀着他的肩凑过去，又飞快地收了回去。

"行了，爷不说出去。"捏着她腰身的手紧了紧，李景允盯着她水光激滟的唇瓣，哑着声音就又想往上压。

殷花月连忙抵住他的心口，略微惊慌地说道："今日您也累了，先歇了吧。"

抵触和害怕，从她的眼神里清晰地传达出来。她看起来很紧张，生怕开罪了他，说完又朝他笑了笑，弥补似的给他看两个弯弯的月牙。

李景允一怔，突然想起她说的"懂分寸"，身上烧起来的火顿时熄了大半。

殷花月没撒谎，他再意乱情迷，她也是个懂分寸的人，可以亲吻，也可以拥抱，甚至可以开玩笑说在想他，但她不会让他越了界。

李景允突然发现，若不是有一层身份压着，她对他，恐怕也会像对旁人一样，清冷、淡漠、拒人千里。

这个发现让他的心情瞬间很糟糕。

他沉默地躺下身子，扯了被褥盖住自个儿，低声道："睡吧。"

"公子好梦。"身侧的人说着，轻轻地松了一口气。

应付他似乎让她很为难，李景允冷着脸想，与他亲近的时候，心里恐怕也没个好想法。

不过，既然落在他手里了，他是不会放人的，即使不高兴也只能忍着，他才不会心疼。

气闷地入睡，李景允做了一晚上噩梦。

梦里，殷花月跟着沈知落往一个巨大的乾坤罗盘里走，一边走还一边回头朝他挥手："公子不用送了，后会有期。"

送？他非把人抓回来打个半死不可。

打沈知落个半死。

……

"阿嚏——"沈知落莫名打了个喷嚏，看了看眼前飘过去的罗裙，那上头脂粉味极重，香味浓郁。

他嫌弃地抬袖挡住口鼻，皱眉问："你要玩到什么时候？"

苏妙趴在一旁喝酒，她看起来酒量极好，两个小坛子见了底，脸都没红一下。她软软地撑在桌上，斜眼看过来，媚眼如丝地说道："沈大人要是忙，就先走啊。"

先走，然后把她留在这龙蛇混杂的栖凤楼？

沈知落气笑了，他放了袖子冷声道："苏小姐要胡闹，在下没有意见，但顶着在下未婚妻的头衔在外头花天酒地，似乎不太合适。"

听他说出"未婚妻"三个字，苏妙的眼里骤然流出光来，如桃花绽开，似风情漫山。她抬手覆在他的手背上，微凉的食指轻轻敲了敲他手背上鼓起来的青筋。

"你又吃我的醋。"娇嗔的嗓子，带着勾人魂魄的轻佻。

沈知落阴沉着脸，浅紫的瞳孔里透出十成的厌恶来："我没有。"

她咯咯笑起来，也不与他争，葱白似的指尖轻点着旁边的酒坛，眨眼就把封泥开了。

"姑娘。"有人过来轻声劝她，"没您这样喝酒的，会伤身子，您要是想喝点儿，咱这儿还有桃花酿，口感也比这烈酒温和。"

沈知落抬眼看过去，就见大堂里迎客的俏倌儿走过来，倾身柔声地劝着她："我给您倒点儿？甜的，很好喝。"

苏妙怔怔地注视着他，突然就软了嗓子撒娇："小哥真好，温柔体贴，声音还好听得紧。"

俏倌儿被她这一夸，耳根便羞得通红。苏妙拉着他坐下来，又轻轻拍了拍酒坛子："陪我喝两杯？"

俏倌儿没见过这么讨人喜欢的姑娘，本想说自己很忙，可看着她如蜜一般甜的笑容，心下便不忍，最终坐下来替她换了一杯口感更柔和的酒，并给了她两块糕点。

苏妙看得笑了，眼波盈盈地问："你们栖凤楼的招待这么周全啊？"

像焰火在眼前盛开一样，这姑娘容色瑰丽得不像话。俏倌儿红着脸退后两步，低头道："没有呢，单是看姑娘心情不好，这些不收姑娘的银子。"

"这样啊。"她抱着糕点盘子，狐眸弯弯，"那多谢小哥了。"

俏倌儿胡乱点头，步伐凌乱地离开了。

指尖沾了糕点上的糖霜，苏妙伸出舌尖尝了尝，笑着回头："这还挺好吃。"

沈知落的眼底一片阴冷。他收拢衣袖，站直身子，漠然道："你爱吃就吃个够吧。"

说罢拂袖，星辰的光在她眼前一晃，遮云蔽日般朝外卷去。他走得极快，带着几分怒意，片刻就消失在了拐角处。

苏妙手托着腮帮子，痴痴地看着，笑道："整个栖凤楼的好颜色，也抵不上他生起气来时的眉眼哪，啧，真是惹人怜爱。"

随身丫鬟木鱼麻木地听着，觉得自家小姐对"惹人怜爱"这四个字真的有很大的误解。

"您还要喝？"木鱼看了看大门的方向，"大司命要走远了。"

"走就走吧。"她潇洒地摆手，点了两个姑娘来陪自个儿喝酒，眼尾媚气横生，"今儿要么他来接我，要么，我就喝死在这儿。"

没必要啊，木鱼直摇头，谁都知道大司命心里没她，小姐自己也清楚，沈知落也就是碍着太子和三公子，才应承与她的婚事，哪里又会真的管她的死活。

出了栖凤楼的大门，沈知落在自己的马车边看见了常归。

他一身粗布衣裳，脸上贴着乱七八糟的胡子和刀疤，压根看不出原来的面目。但沈知落认得他的眼睛，那双靠仇恨撑着三分活气的眼睛。

停下步子，他问："有事？"

常归已经与他言和，眼下对他倒是没那么仇视了，只似笑非笑地朝他伸手："印鉴。"

沈知落从袖口里掏出一沓盖好印鉴的纸，递给他。

"真是小气。"嘀咕一句，常归收了纸，又朝栖凤楼里看了一眼，"你就这样把人扔在这儿？"

绕开他往车上去，沈知落不咸不淡地说道："轮不到你管。"

"不是小的要插手什么，"常归伸手按住他的车帘，半眯着眼说道，"东宫既然已经对你起了疑心，那你还不如早些跟她完婚，有大统领府做掩护，你我行事也更方便些。"

紫瞳里闪过戾气，沈知落在暗沉沉的车厢里抬眼，目光像淬了毒的羽翎。

常归瞧着，不觉得害怕，反而是更高兴了些。他拍着手道："知晓命数的国师，也难免有被自己的命数玩弄的时候。你瞪我也无用，聪明如你，自是知道该怎么做的。"

乾坤罗盘转了一圈，被他伸手压住，沈知落垂下眼，浑身气息突然变得非常暴躁。

常归松手，飞快地躲开了，一边躲一边笑，笑得眼泪都快出来了。

曾经有人说，大魏的命数都握在沈知落一人手里，他掌风调雨顺，也知天道轮回。只要有他在，大魏必定昌盛百年。

可是啊，没有朝代会一直统治天下，也没有凡人真的能逆天改命。

他沈知落，也不过是个普通人。

常归越笑越厉害，扶着街边墙壁吐了两口血，伸手一抹，尽数抹在那沓纸上。

沈知落在车上坐了好一会儿，还是回到了栖凤楼。

苏妙已经喝高了，抱着个身段窈窕的歌姬，将脸埋在人家的怀里，嘤咛道："姐姐，你好香啊。"

那歌姬被她弄得双颊泛红，支支吾吾地不知道说什么是好。见着有人来，慌忙转头："大人！"

沈知落看着她怀里埋着的那个人，眼里的嫌弃盖也盖不住。

闻到他身上那股子奇异的香气，苏妙扭了扭身子，从歌姬怀里抬起头来，眼尾尽是狐媚颜色："啊呀，你还是回来了。"

她舔了舔嘴唇，朝他伸手："我可不能再喝了，再喝会死在这温香软玉里。你送我回家吧？"

沈知落很想知道，对着他这张冷淡又充满厌弃神色的脸，她到底是怎么做到满眼春色、渴望不已的。

他捏着乾坤罗盘朝她示意，想告诉她他手里没空，要回家就自己起身。

结果苏妙竟是直接伸手，抓住了他递过去的罗盘。

山泽通气、雷风相薄的乾坤罗盘，被她当块木头似的抓着，纤细的手指在上头捏得泛白，莹莹的指甲圆润乖巧，抠着初爻那一块凸起，硬生生借力站了起来。

"咔"的一声响，初爻脱离乾坤罗盘，孤零零地落去了地上。

沈知落："……"

"什么东西掉了？"苏妙迷迷糊糊地低头，又仰头一笑，"不管了，回家。"

她上前去抱他的胳膊，沈知落拂袖躲开，低身去捡那一小块东西，浅紫的瞳孔里盛满怒火。

苏妙没看见，她伸手又去抱他，攀住他的胳膊朝他笑得又傻又甜。

初爻躺在手心里，已经按不回乾坤罗盘上，沈知落牙咬得死紧，毫不留情、近乎粗暴地将她甩向一旁。

"咚"的一声响，苏妙头磕在了木椅扶手上。

她身子一僵，眼里有片刻的清醒。

"小姐！"木鱼吓坏了，连忙去将她拉起来。

额头红了一块，苏妙再抬眼，依旧像是在醉酒，眼神迷离，盯着沈知落，像是在看远方的山。

"算啦，我找得到回家的路。"她揉了揉额角站直身子，洒脱地摆了摆手，"也不是很需要你。"

一身酒气，带了三分桃花香，苏妙扬手将荷包给了掌柜的，搂过木鱼就往外走，裙摆飘飘，像个来去不羁的桃花仙。

可是，桃花仙很委屈，一路摇摇晃晃地回到府邸，倒在床榻上睁大了眼。

木鱼满眼担忧看着她。

苏妙想睡一觉，但直到天亮的时候，眼睛也没闭上，就那么盯着床帐出神。

情况不太妙，木鱼焦急地往外走，想去请个大夫来。

不承想，路过西小门，她撞见了翻墙回来的三公子和殷氏。

此时天光乍破，朝霞初染，一向独来独往的三公子抱着人从墙头跃下来，被旺福逮了个正着。

凶恶的旺福张嘴就想咬人，可牙刚龇出去，一个气味熟悉的人就被递到了它面前。

看清了是它喜欢的那个姑娘，旺福到了嘴边的咆哮变成了毫无气势的一声"嗷呜"。

李景允冷哼，将人搂回怀里，分外欠揍地冲它做了个大大的口型——爷的！

"……"

木鱼觉得，给小姐请大夫的时候，要不让三公子也顺带看看吧？

殷花月被他按在怀里，分外不自在地问："公子，妾身能下去了吗？"

李景允"啧"了一声，边走边道："你当爷想抱着呢？这么沉。"

他嘴上这么说着，手上却没有要松开的意思。

殷花月挣扎起来，哭笑不得："沉就让妾身自己走。"

"你脚步声重，爷怕你把府里的下人惊醒了。"

这话倒是挺有道理，殷花月若有所思地点头，然后一转脸就看见了不远处目瞪口呆地望着他们的木鱼。

殷花月抚了抚额。

李景允冷漠地松了手，殷花月跳去地上，理了理衣裙，挂上从容的笑："这么早啊。"

木鱼朝他们行礼，还有些没回过神，下意识地喃喃道："奴婢去给小姐请大夫。"

"表小姐生病了？"

木鱼点头又摇头，为难地说道："奴婢也不知道大夫管不管用。"

殷花月愣怔，目光飘向西院。

苏妙是在男儿堆里长大的姑娘，小时候没少跟着李景允去练兵场上玩沙子，所以身子骨倍儿棒，哪怕她想学其他的闺阁小姐生个病装个弱都不行。

殷花月跨进门的时候，正撞见苏妙下床来倒水喝，一整个茶壶拎起来往嘴里灌，连个杯子也没拿。

"表小姐。"她目光往下扫，落在苏妙光着的玉足上。

脚趾一缩，苏妙一个骨碌滚回床上，看看她，又看看后头一脸不耐烦地跟着进来的自家表哥，诧异地问道："大清早的，您二位这是来干什么了？"

"好意思问？"李景允进门就随意地坐下，背朝着她说道，"一整夜不睡觉又作什么妖呢。"

苏妙看向木鱼，后者无声无息地将自己埋去了纱帘后头。

她轻叹一声，拢了一把披散的青丝，嘟囔道："睡不着你也管。"

殷花月拿了银梳来，随手就给她挽了一个发髻，用梳子斜斜拢住。

"厨房里今日应该准备了莲子银耳汤，还有八宝珍和枣糕，表小姐可有什么想吃的？"她低头看着她，温柔又耐心地说道，"要是都不想吃，还可以吃排骨面，拉得劲道的面条，浇上卤好的小排骨，滋味儿也不错。"

苏妙本来不饿的，被她这一说，肚子咕咕直叫。她咽了口吐沫，喃喃道："家里厨子做的面条黏糊糊的。"

"表小姐若是想吃，我去给你做，不会黏糊。"伸手替她掖了掖头发，殷花月柔声问，"想不想吃？"

苏妙耸了耸鼻尖，看了她一会儿，突然"哇"的一声扑上来把她抱住："小嫂子——"

李景允吓了一跳，扭头看过去，就见那小浑蛋抱着他的人，脸使劲往人怀里蹭。

"苏妙。"他黑了半张脸，"撒手。"

"我不。"苏妙扭着身子哭，一边哭一边蹭，"这人世间多的是冷漠无情，只有小嫂子待我如珠如宝，小嫂子你别跟我表哥了，跟了我吧……"

李景允额角一跳，大步上前，扯了她的胳膊就要把人扔开。

"哇——"这下苏妙是真哭了，一把鼻涕一把泪地抓着殷花月的手，委委屈屈地喊，"小嫂子……"

苏妙本就生得好看，撒起娇来神仙也顶不住，殷花月心里跟着酸软了一下，伸手就拍开李景允的爪子，将她搂过来道："不哭不哭，有什么委屈都跟我说说。"

李景允："……"

他觉得苏妙有毛病，这么大个姑娘，为什么还要撒娇。跟别人撒娇就算了，殷花月跟她熟吗，就这么抱得死死的。

更有毛病的是，对着他万分防备的殷花月，眼下搂着苏妙，跟搂着什么宝贝似的，完全不在意苏妙在她身上蹭，还拿了帕子给苏妙擦脸，琥珀色的瞳子温柔得不像话。

吃个女人的醋很离谱，李景允想。

更离谱的是，他吃得还有点儿重。

他搬了凳子来坐在床边，冷眼看着殷花月，想让她懂点儿眼色，赶紧把人松开来哄他。

结果这人头也没抬，自顾自地低声问："谁欺负你了？"

苏妙撇着嘴，鼻尖通红："沈知落。"

李景允冷笑一声，道："他能欺负你？你一拳能把他那身子骨给打散架。"

床上的两个女人同时转头瞪了他一眼。

李景允闭了嘴。

殷花月叹了一口气，一边给苏妙擦脸一边道："沈大人那个人，就是不太会疼人的，先前在宫里，他身边没有宫女，就连太监也是一个月一换，没一个亲近的人。"

苏妙抽抽搭搭地问："那他为什么同小嫂子相熟？"

殷花月下意识地看了李景允一眼，发现他目光不太友善，抿了抿唇，含糊地说道："我先前伺候的主子与他有两分交情，所以也算面熟。"

光只是面熟，沈知落怎么可能三番五次地来找她。

苏妙心里叹气，抱着殷花月细软的腰，也舍不得为难她，只哽咽两声，又蹭了蹭她的肩。

殷花月有些不忍心："你要是实在受不住，就再想想法子，大统领府高门大户，不愁嫁娶婚事。"

"亲都定了，要是悔婚，不显得我薄情冷血吗？"苏妙嘟囔，"再说了，这婚事还打着赌呢。"

李景允心里一沉，下意识地想去堵她的嘴。

可是已经来不及了，苏妙张口就道："表哥说的，我能去观山把沈知落搞到手，让他一整日出不得门，他就把他最喜欢的汗血宝马送我。"

"……"

纱帐被风吹了起来，连带着玉钩上垂着的丝绦也晃来晃去。

窗外有奴仆在扫昨夜的落花，扫帚声一下又一下，沙沙作响。

殷花月想起了自己走投无路的那一天，眼前是跟着苏妙走了的沈知落，身后是站着看好戏的李景允。

他当时怎么说的来着？

"也是，爷眼下就算想娶别人，一时半会儿也不会有人来当这个出头鸟。"

若是无心，便是一句自嘲的感叹，可若这一切是他想好了的，那这话是说给谁听的？

寂静无声的屋子里，殷花月缓缓转头，看向了坐在自己旁边的那个人。

李景允眼里有一瞬的失措，可也就那么一瞬，他收敛好神色，双眸无波无澜地朝她回视过来，表情里没有丝毫的心虚和愧疚。

"怎么？"他道，"我让苏妙追求她喜欢的人，事成送她东西做嫁妆，有错吗？"

殷花月沉默，盯着他那漆黑如墨的眼看了许久，然后笑了："没有。

"公子自然是不会做错事的。"

即便他随意牺牲自己表妹的幸福，即便他在她需要人帮忙的时候用苏妙支走了沈知落，即便他可能一直在欣赏着她的狼狈和走投无路的窘迫。

但他是公子，他错了也没错。

殷花月胸口微微起伏，抿唇露出一抹极为标准的假笑，然后移开了目光。

气氛突然有些不对劲，苏妙擦干了脸，捏了捏她的手："小嫂子，我说错话了吗？"

"没有。"殷花月伸手替她将碎发别去耳后，低声道，"表小姐不用在意我，主人是不用跟下人道歉认错的。"

李景允牙根一紧，略微有些恼："你胡说八道什么？"

"表小姐是想吃面还是睡觉？"她像是没有听见他在说话，仍旧低声问苏妙。

苏妙瞥着自家表哥，无辜地咽了口吐沫："吃……吃面？"

"那我去做，您稍等片刻。"

殷花月恭敬地颔首，起身往外走，路过李景允身边的时候，他好像伸手抓了一下。

然而她正好收拢了手交叠在小腹前，与他的手擦指而过。

背后传来一声低咒，她没细听，抬步走进门外的晨光里。

李景允坐在原处，浑身气息低沉，眼神里带着刀子，一刀一刀地往苏妙身上捅。

苏妙抱头哀号："怎么回事啊，我也没说什么呀。表哥你自己想想，肯定是你哪儿做错了。"

"废话。"李景允恼恨地低声道，"爷要是没做错，会由着她甩脸色？早教训人了。"

苏妙不信，连连摇头："我就知道你不是个好东西，小嫂子那么好的人，怎么突然就给你做妾了，你老实交代，是不是又诓人了？"

"没有。"他答得飞快。

苏妙眯着眼，满脸怀疑地盯着他。

"行吧。"李景允退了一步，"是有那么一点儿，但她不至于这么快发现，眼下跟我生气，肯定是不高兴我撮合你跟沈知落，没别的原因。"

苏妙撇嘴："啊，小嫂子也喜欢沈知落吗？"

"她瞎吗，她才不喜欢，沈知落那样的人，也就你看得上。"李景允冷笑。

苏妙翻了个白眼，道："既然小嫂子不喜欢沈知落，那你这么着急撮合我跟他干什么？"

李景允一噎，别开头，烦躁地踹了一脚旁边的矮凳。

"臭不要脸。"苏妙抱着被子道，"你打小就这样，想要什么不直说，拐弯抹角地自己想手段去拿，要是个物件也就罢了，小嫂子是个活生生的人啊，我要是她我也气，怎么被你这么个孽障给盯上了。"

背脊微僵，李景允扭头看她。

苏妙吓得扯着被子盖住了脑袋，瓮声瓮气地说道："老娘心情也不好，先说在前头，你要是敢打我，我就去找小嫂子说你的坏话。"

李景允没动手。

他那张惯常带着傲气和不屑的脸上，难得地出现了一丝伤怀，如骄阳坠山，青雾漫海。

"你们女儿家，"他沉声开口，眼神冷淡，手指却无意识地摸着袖口，"你们女儿家，一般都喜欢什么样的人？"

苏妙觉得稀奇，伸出脑袋来看他，打量两眼之后笑道："完了呀表哥，您这是遇着劫数了？"

"没有。"他梗着脖子道，"随便问问。"

苏妙也懒得跟他争，坐起来一板一眼地说道："女儿家喜欢体贴的人呀，没事送个首饰衣裳，有空带去听听戏，最好还知天命、懂八卦，有一双浅紫色的眼睛。"

前头都听得认真，听到最后一条，李景允抽出了袖中软剑。

"但是——"苏妙连忙按住他，找补道，"但是小嫂子那人不一样。"

"她缺的肯定不是首饰、衣裳和紫色眼睛。"

李景允收回了软剑，抱着胳膊看着她。

苏妙想了一会儿，叹息道："我觉得她缺人疼。别看她平时做事干净利落，骨子里也跟我一样是个小丫头片子，夫人疼她，她就掏心掏肺地对夫人好。你若是拿真心疼她，她肯定跑不了。"

"可问题是，"她目光落在他的心口，偏着脑袋似嘲非嘲地问，"真心，咱们有这玩意儿吗？"

面前这人沉默了片刻，脸色有些难看。

"这话你不如去问她。"半晌之后，他道，"爷怀疑她也没有。"

苏妙错愕地瞪大了眼。

她那不可一世的、仿佛把全天下都踩在脚底的表哥，眼下竟然板着一张脸，略带委屈地同道："爷待她那么好，她也没说要给爷做排骨面。"

拉得劲道的、浇上卤好的小排骨的排骨面。

奶白的汤锅里咕噜噜地冒着泡泡，卤好的小排骨放在灶台一侧，油光鲜亮。

殷花月将拉好的细面放进锅里，用长长的竹筷轻轻搅动，神情专注，动作熟练。

厨房里的几个厨娘都站去了庭院里，伸长脖子往里面看一眼，然后缩回去继续嘀嘀咕咕。

"不是已经是姜室了吗？怎么还做下人的活儿？"

"殷掌事这姜室，一没下定二没纳礼的，就是个近水楼台先得月，趁着公子年轻气盛搅和那么一回，不就有了嘛，也算不得正经主子。"

"可我听说三公子还挺宠着她的。"

"三公子什么德行，新到东院里的东西，他都要热乎一段时间的，等这春去秋来，谁还把她当回事。"

声音不大，殷花月却还是听了个清楚，要在平时，她必定出去训斥，大统领府里向来不容嘴碎的下人。

可眼下，她觉得没有意思。

竹筷将煮好的面条夹了出来，殷花月浇上小排骨，打算往外端，就听得外头突然安静了下来。

"霜降姑娘。"有人小声唤了一句。

霜降气得双眼微红，上前来就骂："这院子里哪个主子宠谁不宠谁，轮得着你们来议论？她殷花月就算不做东院的主子，也是你们头顶的掌事，月钱不想拿就走人，别搁这儿碍眼！"

几个厨娘被吼得纷纷低头，缩成一团。

霜降犹觉不解气，大步跨进厨房，看见她就沉了脸道："我当你是聋了呢，听不见外头的热闹。"

殷花月朝她笑了笑，笑意难得地进了眼底："我赶着去给表小姐送面呢。"

"你也就这点儿本事了。"霜降气急，口不择言，"他们护着你活下来，是让你在这儿给人骂、给人做面条的？与其就这么苟活度日，你还不如学学常——"

"霜降。"殷花月飞快地打断她，皱眉。

将那忌讳的名字咽了回去，霜降咬牙，一脸不服。

殷花月轻叹一口气，带着她往外走，越过那群噤声的厨娘，踩在铺着青石板的小道上。

"我现在只是个下人。"

托盘里的碗冒着热气，殷花月望着前头，轻声同她道："下人能做的只有这些事，我做不了常归，也变不成沈知落，你要是真的很失望，可以装作不认识我。"

嘴唇几乎咬出血，霜降恼道："你这么自暴自弃，他们只会越来越看不起你。"

"即使他们看得起我，我也只是大统领府的下人。"

"撒谎。"霜降抬眼看向这人的侧脸，眼底灼灼有火，"谁家的下人有这通天的本事，让薛吉死得悄无声息？"

步伐顿了一下，殷花月下意识地扫视四周，确定无人能听见这低语，才黑了脸道："你不要命了？"

"我就是不明白，"指节捏得泛白，霜降闷声道，"你有本事拿自己当饵诱杀薛吉，为什么还任由这些狗东西踩在头上欺负。"

薛吉是周和朔的心腹，他一死，禁卫军少说也得乱上几个月，这能给他们极大的空子，原本停滞的几件事，也能因此顺畅进行。

　　若霜降是今日收到的消息，她也会以为薛吉的死只是个意外，是恰好撞上了。

　　但她是在昨日殷花月上车离开的时候听见的。

　　这人踩在车辕上，云淡风轻地同她说："你早些准备，一旦东宫禁卫有所松动，就将人送进去。"

　　彼时她还不明白，好端端的东宫禁卫，为什么会松动，直到刚才顺利地将他们的人安插进东宫，她才发现，殷花月是蓄谋已久。

　　哪怕三公子不去那一趟，薛吉也是必死无疑。

　　这是从什么时候开始计划的？霜降想不明白，但她知道，殷花月不是孙耀祖嘴里的百无一用，她有自己的想法，甚至早已经开始了她的算计。

　　这些算计连她也没有告诉。

　　霜降喉咙发紧，眼睛发红，不知道自己是在气什么，只狠狠地瞪着她。

　　托盘里的面条吹不得太多风，殷花月拿了盘子将碗口扣上，突然腾出一只手来，捏着她的拇指，轻轻晃了晃。

　　"这些年欺负我的人少了不成？"她睨着霜降，笑得狡黠又坦然，"让她们说两句又怎么了？日子还是要过。"

　　霜降板着脸，不为所动。

　　"我知道你是心疼我，你见不得那个曾经天不怕地不怕的西宫小主，变成一个任人碎嘴的奴婢。"她软了语调，柔声道，"可人家也没说错什么，人在屋檐下，哪有不低头的。"

　　"你不跟那三公子好上，就什么事也没有。"霜降鼻音浓重地嘟囔，"泯然众人分明是最周全的，你偏要同他搅和在一起，你知道韩家那小姐暗地里来打探了多少回吗？"

　　指尖微微顿了一下，殷花月别开头："我说过了，那是逼不得已。"

　　"当真是逼不得已，还是你顺水推舟？"霜降咬牙，"我不信你要真不想跟他搅和在一起，还能没有别的办法！"

　　"……"

　　步子加快，殷花月绕过月门，略微仓皇地想跨进表小姐的院子。

　　霜降在院门外就停了下来，她不会跟着进去，但她站在原地，还是沉声道："沈大人没有说错，你偏执在这一个人身上，会吃苦头的。"

　　声音从后头飘上来，被风一吹就听不见了。殷花月闭眼，稳住心神，重新挂上笑推开了主屋的门。

苏妙睡着了，屋子里安安静静的，只有李景允转头朝她看过来。

她放轻了脚步，将碗放在桌上，困惑地低声问："表小姐不吃面了？"

"睡着了怎么吃？"他扫一眼她端来的面，冷哼，"糊的。"

"端过来的路上难免糊住些。"她掀开盘子，拿筷子拌了拌，"也没糊太厉害，妾身揉了许久的面，很是劲道。"

他轻蔑地别开脸，不以为然道："看着就不好吃。"

也不是给你吃的啊。殷花月腹诽，撇了撇嘴，端起碗就要往外走。

"做什么去？"他问。

"把面送回厨房，看有没有旁人要吃。"殷花月道，"表小姐反正也吃不了。"

李景允不太自在地轻咳一声，叩了叩桌面："东西放着，你先回东院看看那白鹿喂了没。"

白鹿不是一直让八斗喂吗？殷花月心里纳闷，倒也没多说，应了一声就放了碗出去。

霜降没有要堵着她的意思，院子门口已经没人了。

殷花月轻舒一口气，低着头往东院走，一边走一边想，薛吉死了，沈知落和常归最近一定也会忙碌，东宫眼下正与中宫争执掌事院之事，孙耀祖和尹茹也忙着夺权，一时半会儿的，压根不会有人注意到她。

那她可以再找几个人的麻烦。

心里有几个名字，她反复念叨，眼底微微透着血光。

"殷姨娘。"八斗的手在她面前晃了晃，担忧地喊了她一声。

殷花月回神，发现自己不知什么时候已经走到了东院门口。八斗推着扫帚，见她终于抬眼，连忙道："您二位昨夜没回来，可把人急坏了。"

"出什么事了？"她问。

八斗挠着后脑勺道："也不是什么大事，就是听说……韩家那小姐昨儿上吊了。"

哦，上吊。

殷花月点点头，平静地继续往里走。

"等会儿。"走了两步，她停住步子，突然猛地回头，"你说什么？上吊？！"

八斗点头，杵着扫帚柄道："就昨儿夜里子时的事，有人来咱们这儿传过话，但公子和您都不在。"

殷花月倒吸一口凉气，急匆匆地就要走，低头看一眼自己身上的裙子，想想不妥，又去换了一身浅白色的。

"姨娘。"八斗笑道，"您听奴才说完，上吊归上吊，人没事，已经救过来了。"

殷花月心里微松，问他："有说是为什么吗？"

"这还能为什么呀？"八斗欲言又止，看了一眼空荡荡的主屋。

殷花月沉默。

如果说苏妙喜欢一个人是热烈奔放、不顾一切，那韩霜喜欢一个人就是癫狂痴醉、不死不休。上回韩霜到底给她设了怎样的一个局，殷花月尚窥不得全貌，但这一回，殷花月知道，她是拿命在跟自己搏了。

贵门小姐企图寻死，那是要轰动半个京华的，换成别的人家，定是要将消息压住，以防人猜测。可韩家没有，他们甚至主动告知了另外半个京华。

于是，"李家三公子始乱终弃，韩家大小姐寻死觅活"的消息很快传遍大街小巷，成为京华当日最火热的饭后谈资。

殷花月以为李景允会生气，会拒绝去看她，或者对这种女儿家的做派嗤之以鼻。

结果没有，李景允带着她一起去了韩府，坐在韩霜的床边，任由她哭湿了自己的半幅衣袖。

"我真的……真的没有骗你。"韩霜双眼通红，上气不接下气，"你什么时候才能原谅我？"

李景允静静地坐着，目光扫过她的眼眶和苍白的嘴唇，不知道在想什么，过了许久才问："你真的想死？"

韩霜怯怯地看了他一眼，吸着鼻子，突然露出一抹泪盈盈的笑来。她眼神飘忽，似乎回忆起什么好事，喃喃道："我的命是你的，我不该没告诉你一声，就寻短见。"

她说着说着，眼泪又往下掉："可是，你都不理我，娶了别人，同别人在一起，我活着有什么意思。"

殷花月站在旁边，略微有些不自在，她看了李景允一眼，发现他抿着嘴角专心致志地看着韩霜，好像有些……

心疼？

看清他眼里的这一抹情绪，殷花月怔了怔，几乎是狼狈地收回目光，垂眼看向自己的鞋尖。

还以为这人对韩霜只有厌恶和抵触呢，没想到真出了事，也是会心疼的。这人还真是，嘴硬心软。

"小嫂子。"温故知在门外站着，突然喊了她一声。

殷花月回神，低头朝李景允告退。李景允没看她，只摆了摆手，一双眼依旧定在韩霜身上。

她微微抿唇，退出房间，替这两人带上了门。

"小嫂子。"温故知将她拉去庭院里，别有深意地笑道，"在那屋子里待着不好受，我救你出来。"

殷花月温和地笑了笑，捏着手道："也没什么不好受的。"

温故知挑眉，眼里满是不信。

她若无其事地理了理裙摆："公子是何等贵人，身边和心头的人都不会少，要是说两句话我就要难受，那早在似水与他私会的时候，我这日子就不消过了。"

"似水？"温故知想了好一会儿，恍然道，"啊，你说那个从太子身边来的歌姬，那姑娘三爷是不会动的，就算在房里过夜，肯定也什么都没有发生。"

殷花月疑惑地抬眼，觉得好笑："男人还能不吃送到嘴边的肉？"

"这倒不是肉不肉的问题。"温故知道，"三爷这个人有分寸，带着目的来的女人，他一贯不碰的，再喜欢也不会有肌肤之亲，以免惹出什么麻烦发生。"

他说着，竟回头看了一眼韩霜闺房的方向，努嘴道："这位也一样。"

"一样？"殷花月轻笑，笑得露出一排贝齿来，"温御医想是没看见方才三爷跟韩家小姐怎么说话的，那模样，似水姑娘可是拍马也追不上。"

温故知满眼揶揄地瞧着她，轻笑出声。

"您别误会，"她抿了抿头发，气息清冷地说道，"我只是在说看见的事实。"

温故知歪着脑袋想了想，点头："他俩相识那么多年，难免比外人更亲近些。只是中间误会挺多，三爷待她也不会太亲密。三爷说不想娶她，那便是真的不想娶，小嫂子也不必太担心。"

她有什么好担心的？殷花月心里嗤笑。

自个儿不过是他随便诓来的挡箭牌，他将来要娶谁不娶谁，都不是她该操心的事。

不过说起来，三公子这人也真是别扭，能豁出命去东宫救韩霜，也分明是心里惦记着人家，可偏生冷脸以待，半分温柔也不给。

"温御医，"她忍不住开口问，"你若是有心悦的姑娘，是会晾着她，还是早些把人娶回来？"

温故知听得挑眉，脑海里飞快地闪过去一个人影。

他摸着下巴笑了："晾着。"

"为什么？"殷花月不解，"当真心悦，不会想厮守？"

"若这是太平盛世，那我定是将她八抬大轿迎过门。可现在不是啊。"温故知摇头，望向远方声音极轻地说道，"别看咱们这些锦衣玉食的人，瞧着鲜亮，背地里不知道有多少刀光剑影。就眼下这局势，我娶她，不是害了她吗？"

"……"

心口好像被什么东西给刺了一下，殷花月无意识地抓紧了衣袖，呼吸跟着一轻。

温故知沉浸在自己的思绪里，完全没意识到听这话的人会怎么想。他咂巴了一下嘴唇，喃喃道："那小丫头不知道什么时候才会懂。"

昨儿还跟他闹脾气，让他有多远滚多远来着，特别不好哄。

感叹了片刻，温故知抬头想与殷花月再说，却发现面前这人不知什么时候走了。

庭院里沐浴着骄阳暖光，一片好春色，可就他一人站着，左右看看，瞧不见人影。

温故知撇嘴，继续回药房去熬药。

李景允听韩霜哭诉完了之后，发现身边的"小狗子"一直没回来。

他纳闷地出门找了一圈，问药房里的温故知："看见你小嫂子了吗？"

温故知正扇着火，闻言头也不抬地说道："先前还在庭院里，后来不知道走哪儿去了。"

还真是越来越不像话了。李景允皱眉转去别处，心想这人之前还挺有分寸，今日在别人的地盘上，怎么还乱跑起来了。

脑海里闪过一个念头，他心里跟着一紧。

这是韩府的地盘，韩霜寻死，韩家人心里都不好受，别是把火气撒在殷花月头上了吧？

步子加快，他在韩霜绣楼附近找了两个来回。

没人。

李景允的脸色越来越难看，他一把抓过韩府的管事，冷声问："我带来的那个人呢？"

管事被他吓了一跳，战战兢兢地说道："方才从侧门离开了。"

走了？自己一个人？李景允听着就笑了："不折断你两根骨头，你是不是不会说实话？"

管事哀号连连："三公子，当真是走了，您要不要回去看看？"

这糊弄人的话，他自个儿都说了千百回了，哪里肯信，直接扭着管事去找韩霜。

韩霜本来已经睡着了，被他这吵醒一问，哭着就又往床柱子上撞。下人赶紧去请韩府的老爷夫人，一群人叽叽喳喳地又闹腾了起来。

没管韩家夫妇的怒骂和谴责，李景允浑身戾气地搜遍了大半个韩府，确定找不到人，才打道回府。他想过了，若是大统领府里也没人，他就带人回去把韩府拆了。

结果一下马车，他就看见殷花月好端端地站在大统领府东侧门边。

还在笑着与人说话。

李景允满心的担忧冻成了一块寒冰，他在原地沉默了好一会儿，然后大步上前，将她扯了个趔趄。

"谁给你惯出来的毛病。"他掐着她的肩，眼里刮起了夹着冰刺的暴风，"走了也不会跟爷说一声？！"

殷花月被这突如其来的呵斥声吼得没反应过来，抬眼看向他，无辜又茫然。

李景允是真气坏了，看着她这副模样，他觉得自个儿方才那大闹韩府的举动就是一个纯粹傻子行径，被她耍得团团转。

"你故意的是吧？想看爷为你紧张一回，为你怒发冲冠，着急得上蹿下跳才满意。"他喘了一口粗气，捏着她肩头的手渐渐收紧，"你们女人的这点儿心思，什么时候才能收干净些，非要用无理取闹来宣泄自己的不满？韩霜上吊，你玩消失，爷欠你们的是不是？"

殷花月被骂蒙了，呆愣愣地看着他，直到听见最后一句话，才慢慢地回过味来。

她想笑，嘴角却扬不起来，只能尴尬地抿了抿。

喉咙里堵着一团东西，咽了两回才勉强咽了下去。殷花月清了清嗓子，声音沙哑地说道："妾……奴婢没有那个意思。"

她给他看了看手里抱着的药包，一字一句地解释："方才是霜降来传话，说夫人旧疾复发，她找不到方子，让奴婢来看看药材。"

一边的霜降已经被他吓得脸色发白，闻言跟着点了点头。

殷花月想了想，带着笑容温和地说道："没知会一声就走了是奴婢不对，奴婢给公子认错。奴婢以为公子会多陪韩家小姐片刻，也不好打扰，想着抓了药材就立刻回去的。"

她交叠好双手，恭恭敬敬地给他屈膝行礼："奴婢知错，请公子宽恕。"

一口气提在心口，没能舒出去就被堵在了这里。李景允捏着她的肩，骂也不是，不骂好像情绪一时半会儿也下不来。

他就这么瞪着她，喘着粗气。

霜降看不下去了，鼓起勇气将殷花月护去身后，皱眉道："三公子，她也不是故意的，您骂也骂了，消消气。"

原本也没觉得有什么，被人这么一护，殷花月倒是有些眼热。

这人哪，什么委屈都能受，最怕的就是受了委屈有人护着你，越护哭得会越凶。霜降显然不明白这个道理，还跟老母鸡护崽似的半抱着她，轻轻地拍了拍。

殷花月不太想在李景允面前哭出来，那属实太丢人，所以她推开了霜降，拿出自己殷掌事的气势，笑道："公子若还不消气，待会儿责罚奴婢便是，眼下先让她去给夫人送药，奴婢陪您回韩府去吧？"

"不用了。"他闭眼，拂袖跨进门去，冷声道，"韩府那边暂时不必再去，你随我过来。"

"是。"

长这么大，李景允还没跟谁服过软、道过歉，但是吧，他现在冷静下来一想，方才吼人好像是吼得过了些，小丫头眼睛都红了。

人家也没恃宠而骄，是事出有因。

进主屋去倒了杯茶，他摸着杯沿犹豫，这话该怎么开口，才能既不掉面子，又让人知道他在认错。

还没想明白呢，面前就又递来了一杯茶。

殷花月双手举着茶杯，低着头给他递了上来，轻声细语地说道："这杯是刚沏的。"

态度好像比之前还好了不少？李景允很纳闷，小姑娘受委屈了不是该闹脾气吗，她怎么更乖顺了？

不过这样也好，他伸手接过茶，心想狗子就是不能太宠，偶尔发发火，也让她知道不能恣意妄为。

于是他就把话给吞了回去，心安理得地抿了一口热茶。

第十章

你这人真有意思

接下来的几日，李景允惊奇地发现，殷花月再没跟他犟过嘴，也再没出过任何岔子，早膳午膳，更衣看茶，她都做得细致妥帖、滴水不漏。

他说要出门，她便去备车；他说要见客，她便备好茶点然后带人退得远远的。

莫名地，李景允觉得不太对劲。

晚上就寝的时候，他将她拉住，抬眼盯着她低垂的眼皮，沉声问："要去哪儿？"

"回公子，"殷花月恭敬地说道，"奴婢去睡旁边的小榻，已经收拾好了。"

"为什么？"他微恼，"先前也没说要换地方睡。"

殷花月温和地笑着，很耐心地给他解释："天气热了，奴婢挤着公子睡难免不舒服，再者说，睡床上和睡小榻上也无二致，在外人看来，都是睡一起的。"

她的态度实在太诚恳，以至于他再多说一句，都像是在找茬。

李景允不太舒坦，可是好像也没什么办法，手被她轻柔地拿开，他斜眼瞧着，就见她抱着被子去小榻上铺好，然后吹熄了桌上的蜡烛。

屋子里暗下来，两人都各自躺好。

李景允睁眼瞪着床帐看了好一会儿，突然开口道："明日是五皇子的生辰，太子殿下要为他在宫外设宴，你随我去一趟。"

五皇子周和珉的舅舅是当朝丞相，母妃却在冷宫里关着，圣上对他不太宠爱，太子倒是因最近废除掌事院之事与他甚为亲近，甚至要亲手操办生辰宴。

殷花月半合着眼，眼里盛着窗外倾洒进来的月光，皎洁又幽深。她像是走了片刻的神，然后轻声应下："是。"

李景允朝外头侧过身子，看向小榻上那一团影子："你不想搭理爷？"

"公子多虑了。"她声音里带着浅浅的笑意，"公子有什么想问的尽管问，奴婢都会回答，不想搭理又是从何说起？"

"那为什么你……"他想说她这两日冷淡，可仔细一琢磨，她每天都在做自己该做的事，没有回避他，也没有故意不与他说话。

他把话咽了回去，暗自嘀咕，自个儿怎么也变得敏感多疑起来了，这觉得旁人冷落自个儿的戏码，是韩霜才喜欢玩的，他一个大男人，没必要。

"罢了，睡吧。"李景允翻身闭眼，想着明日带这人去见见世面，她一高兴，说不定就正常了。

四周重新归于寂静，殷花月也翻了个身，看向窗台上被月光照出来的花影。

明明灭灭，像极了四爪蟒袍边儿上的花纹。

五皇子的生辰宴设在京华一处隐秘的山庄里，赴宴的都是朝中的权贵和公子小姐。为表亲近，太子特意穿着他的四爪蟒袍，亲自站在庭院里与来客寒暄。

"景允你来得正好。"远远地看见他们，周和朔就招了招手，"本宫要去一趟后庭，你来招呼一下这几位大人。"

他这话说得别有深意，三两句地就把李景允划为了"自己人"，在场的权贵听着都是一笑。李景允倒也不驳，只扭头对她道："你去花厅吃茶。"

这场面，旁边站个妇道人家终究不合适，殷花月乖顺地应了，跟着下人往花厅的方向走。

花厅里坐的都是太太小姐，来这等宴会，穿着大多是正红戴翠，殷花月这一身妃色罗裙，进门就受到了八方注目。

大抵是没料到会有人带妾室来这地方，好几个夫人都捏着帕子按了按嘴角，表情不明，性子直些的小姐，径直就笑出了声。

"这是谁家的？"有人指着她问旁边的人，"是不是带错地方了？"

厅里一阵莫名哄笑，韩夫人看着她，眼神凉得刺骨："可不敢妄言，这位是李家三公子的心头好呢，为着她，婚约都不要了。也就是暂时穿穿水色，等扶了正，什么样的裙子穿不得？"

几个关系亲近的夫人一听，纷纷不忿："我当是什么天仙，也不过尔尔。三公子哪哪都好，就是看人的眼光不怎样。"

"是啊，你看这没规没矩的，半点儿也上不得台面，哪里比得上贵门小姐知书识礼。"

风向一定，厅里就七嘴八舌地嘲弄开了。大家都是抱着团过活的人，谁也不愿少说两句被人划拉出去，于是更加口无遮拦，什么"狐媚、自荐枕席的破落货"都说出来了。

一边说，还一边打量门口那人的脸色，想看看她是什么反应。

结果就见她跟没听见似的，接过下人递的茶抿了一口，一双眼无波无澜地望向她们，像没听够一样，抬了抬下巴示意她们继续说。

韩夫人噎住了，目光怨毒地瞪着她，旁边几个夫人也齐齐皱眉。

厅里渐渐安静下来，殷花月觉得好笑，放了茶盏想问她们为什么不接着说，结果人群中突然出来了一个人，拉着她就往外走。

她下意识地就想挣脱，可这人的手又软又温柔，轻轻地捏了捏她的指尖。

殷花月愣怔，抬眼看过去，就瞧见一张分外娴静的脸。

"随我来。"那人朝她笑了笑，"我不会害你。"

许是这人身上的气息实在太友善，殷花月放弃了抵抗，跟着她一路绕到小花园里。

这园子修得精巧，假山飞瀑，鸟语花香。面前的夫人坐在假山边朝她一笑，五官虽比不得旁的夫人精致，却别有一股令人安心的韵味。

"我是徐家的少夫人。"她声音很软，像上好的丝缎，一双丹凤眼望过来，满是善意，"长逸跟我提起过你。"

徐长逸的夫人？

殷花月眨了眨眼，脑海里飞快地闪过某一个场面。

"我见的世面少，哪像您二位啊，家有美眷良妻，看惯了美色，自然不易低头。"

"三爷，都是兄弟，说话别往人心窝子捅，我家那位，有美色可言吗？"

徐长逸当时那痛不欲生的模样，大抵就是在说眼前的这位夫人。

殷花月给她见礼，觉得徐公子有些身在福中不知福，徐夫人虽算不得倾国倾城，可也不至于毫无美色。

"你别往心里去。"明淑扶起她来，轻轻地拍了拍她的背，"那一屋子的人就没个说好话的，都见不得你受宠。"

殷花月感激地看她一眼，颔首道："多谢夫人。"

"也不必喊什么夫人，叫我明淑就是。"她笑问，"我叫你什么好？"

"殷氏花月。"

"那便唤花月了。"明淑摸了摸袖口，翻出一块花生酥来放在她手里，"这是我最爱吃的东西，府里乳娘做的，你尝尝？"

心情莫名好了起来，殷花月接过来咬了一口，朝她笑道："香。"

见她终于笑了，明淑轻舒一口气，欣慰地说道："今日是个好天气，要是人闷闷不乐的，就负了这春光了。你生得好看，笑一笑就更好看。"

她说着就眯眼去看树梢上的阳光，眼角微微皱起。

殷花月这才注意到，她好像比徐家公子要年长一些，别人家的夫人大多比夫婿小个三四岁，瞧着水嫩，可她似乎已经过了双十年华，眉宇间已经没了少女的天真。

"徐夫人。"远处有人唤了一声。

明淑回神，笑着起身道："我过去看看。"

殷花月点头，侧着身子给她让路。

她吐出嘴里的半块花生酥，低头看了看，觉得很可惜。她戒心重，不会随意吃别人的东西，但明淑是个好姑娘，她没有恶意。

殷花月想了想，拿了手帕出来，将花生酥包好放进怀里。

"你这人真有意思。"假山后头突然传来个声音，清朗如风入怀，"不想吃就一并扔了，做什么吃一半藏一半？"

殷花月吓了一大跳，退后两步戒备地看过去："谁？"

一袭月白绣山河的袍子卷了出来，唇红齿白的少年看着她，眉间满是好奇。

这庭院里贵人极多，突然冒出来一个，殷花月也不知对方是什么身份，最好的办法就是先走，当什么也没发生。

然而，她刚一抬脚，这少年好像就知道她的想法了，侧身过来挡住她的去路，低头认真地看着她："躲什么？"

殷花月深吸一口气，顺从地开口："给贵人请安，小女还有些急事，不知可否借一步？"

少年扬眉，对她这个借口显然是不屑的，但他教养极好，收手给她让了一条路。

殷花月埋头就走。

园子里各处都有人在寒暄，她走了半晌，好不容易寻着个没人的亭子坐下来，刚一坐稳，身边就跟着坐下来一个人。

"你的急事就是坐在这里？"少年左右打量，"不去跟人打打交道？"

殷花月轻叹一声，不解地看向他："这儿人这么多，贵人何苦与我为难？"

少年听得笑了，摆手道："我可不是要与你为难，就是看腻了这一院子的行尸走肉，觉得你比较有趣。"

有趣？殷花月皱眉，觉得这人生得倒是周正，脑子怎么就坏了呢，她与他半分不熟，从哪里看出来的有趣？

"你为什么还姓殷？"少年侧头打量她，"也不想着改一个？"

殷是前朝姓氏，上至皇亲国戚，下到黎民百姓，殷氏一族人丁兴旺。但大魏灭国之后，尚还在贵门里混饭吃的人，大多改了旁姓以避嫌，眼下还能大方说自己是殷氏的人，可能就她一个。

殷花月随口应付："爹娘给的姓氏，总不好说改就改。"

"那你为什么不招人待见？"他目光落在她妃色的裙子上，"就因为你是妾室？可妾室来这地方，不是更显得荣宠吗？"

她额角青筋跳了跳，咬着后槽牙道："贵人既然知道小女是他人妾室，怎也不知避讳，哪有男子与闺阁之人如此多言的？"

少年怔了怔，茫然地"啊"了一声，然后笑道："我随性惯了，反正也没人管。"

理直气壮得让人汗颜。

殷花月气乐了，左右也躲不过去，干脆就与他道："我是个坏了人家好事、半夜爬主子床飞上枝头的狗奴才，此等行径，如何能招人待见？贵人还是离远些来得好，万一被人瞧见，指不定随我一起浸猪笼了。"

少年被她这说辞惊了一跳，张大了嘴，清俊的双眸瞪得溜圆，看起来像两颗鹌鹑蛋。

一个没忍住，殷花月当真笑出了声，笑得眉眼弯弯，肩膀也跟着抖动。

周和珉是真没见过这样的姑娘，生起气来细眉倒竖，就差把不耐烦刻在脸上了，可一转眼笑开，又像漫天繁星都装在了眼里，晶晶亮亮的，灵动又可人。

莫名其妙地，他也跟着她笑起来，笑出两颗尖尖的小虎牙。

她看见他笑，便笑得更厉害了，一边笑一边斥他："你笑什么！"

他笑着回："那你又笑什么？"

这不是傻子吗？殷花月笑得喘不上气，直摇头，她以为精明如周和朔，请的宾客肯定都是些聪明人，没想到一群聪明人里会夹带上这么一个傻子。

两人就这么对着笑了三炷香时间。

三炷香时间之后，有人朝这边来了，少年瞥了一眼，带着近乎抽搐的笑声飞跃过了墙头。殷花月留在原地捂着小腹，觉得脸都快笑僵了。

"这位夫人，"几个下人满脸焦急地问她，"您可曾看见个穿着月白色袍子的人？"

殷花月抚着心口缓了两口气，不笑了，劈手指着那少年离开的方向，毫不留情地说道："看见了，刚从这儿翻过去，你们从两边包夹着追，步子快点儿，一定能把人逮住。"

下人感激地朝她行礼，立马包抄过去抓人。

深藏功与名的殷掌事优雅地理了理裙摆，将脸上笑出来的潮红慢慢压回去，然后掐着时辰回花厅。

李景允跟人说完话一转头，就看见一颗熟悉的脑袋埋在走廊的柱子后头。

他一哂，抬步走过去，弹了弹她的脑门："不是让你去花厅，怎么又跑这儿来了？"

额上一痛，殷花月退后半步，恭敬地屈膝："回禀公子，奴婢是来寻明淑夫人的。"

"明淑？"李景允想了片刻，恍然道，"长逸的正妻，你找她做什么？"

"回公子，这庭院里就她与奴婢能说上两句话。"

他眼神微动，不悦地抿唇："有人找你麻烦？"

"回公子，没有。"她轻轻摇头，"有公子庇佑，谁也不会把奴婢如何。"

他不耐烦地摆手："你说个话能不能别这么费劲，回公子什么啊回公子，你先前怎么跟爷炮蹶子的，都不记得了？"

她歪着脑袋回忆了一下，温和地笑道："回禀公子，那样太放肆，自然是要改的。"

李景允无奈地垮了肩，泄气似的道："爷不怪罪你，你也别给爷端着这姿态，咱们就照着先前观山上那模样来，成不成？"

殷花月不明所以地看着他。

李景允将她拉去一旁无人的角落，抵着她的额头低声道："爷宠着你，你就别戳爷心窝子，等今日这宴席结束，爷给你买京安堂的点心吃，可好？"

外头人声鼎沸，这一隅倒是分外安静，能清晰地听见她的心跳声，一下又一下，仿佛就跳在他的怀里。

李景允心软了，捏着她的手背啄了一口，轻笑道："不说话就当你是答应了。"

开口也不是，不开口也不是，殷花月索性沉默，任由他半抱着。

不得不说，三爷哄人还是有一套的，甭管说过多少混账话，只要低下身段轻言慢语两句，寻常姑娘，哪个不得立马就着他的怀抱哭一场委屈？

殷花月也想学学寻常姑娘，可这回她哭不出来，掐大腿也没用。

幸好，外头很快有人来找他了："三公子？三公子您在哪儿？"

李景允松了手，低咒了一声，然后道："你去寻明淑吧，跟她在一起，爷也安心些。"

"是。"殷花月应下，目送他绕过石壁走出去。

还没到用膳的时辰，各处都在喝茶。光西边一个院子就要两壶茶，送茶的奴仆忙得脚不沾地，好几个银壶堆在庭院门口，两个丫鬟不停地沏着新茶往里倒。

殷花月经过这儿，笑着问："你们可看见明淑夫人了？"

两个丫鬟头也不抬地说道："没看见。"

殷花月了然地点头，继续往前找，袖袍拂过敞着的银壶，带起一缕微风。

送茶的奴才跑过来，抱起刚灌满的茶壶，急匆匆地往西院去了。

韩天永正在西院与太子麾下的门客司徒风议事，两人虽然立场不同，但有些交情，故而还能坐在一起喝口茶。

"薛吉没了，禁卫统领总是要提拔个人的。"韩天永道，"还有谁比在下更合适？"

司徒风听得直笑："天永啊，你是真糊涂还是装糊涂？禁卫统领这种差事，殿下岂会给你韩家人。"

"我与韩霜又不是一路人。"

"可您二位都姓韩，都受着长公主的年礼呢。"司徒风替他斟茶，笑着摇头，"别想了，眼下太子殿下与长公主正是斗得你死我活的时候，太子没将你赶出禁卫营，已经算是给韩家薄面。"

韩天永不甘地端起茶，与他相敬，然后一同饮下。

生辰宴正式开始的时候，殷花月随着明淑在南边的小院用膳。明淑抿了两口酒之后，话就多了起来。

"长逸跟我提起你的时候，说三爷宠你宠得厉害。"她拉着殷花月的手，满眼璀璨地问，"他都是怎么宠你的？"

殷花月有些尴尬，低声道："还能怎么宠，就给银子花。"

眼里露出艳羡的光，明淑"啧啧"两声，又抿了半杯酒下去。

"徐公子对你不好吗？"秉着"礼尚往来"的原则，殷花月也问了她。

明淑满意地笑道："他……也好。"

她们三个人坐在一张长案边，殷花月坐在中间，还没来得及顺着夸赞徐长逸两句，就听得另一边坐着的人开口道："好在哪儿？"

殷花月讶异地转头，看见个穿着红底黑边对襟长裙的少妇，眉锋似刃，唇色深红。

她越过殷花月看向明淑，没好气地说道："一个多月没同房了还能叫好，改明儿他休了你你都得给他送一块'恩同再造'的匾额挂徐家祠堂里。"

殷花月被她这爽辣的话语震惊了，一时都忘记收回目光。

少妇朝她看过来，抿了抿红唇："我是柳家的正妻，与明淑也算相熟，你别误会。"

柳家……柳成和的夫人？殷花月颔首同她见礼，心想这脾气倒是挺有意思。

明淑有些醉了，也不还嘴，只笑眯眯地拉着殷花月的手给她介绍："她叫朝凤，说话向来不给人留情面，你可别被她逮着了。"

朝凤很是嫌弃地看着明淑这模样，挥手让丫鬟过来扶她下去休息。

殷花月想搭把手，朝凤却把她拉住了："让她自己去歇会儿就好。"

"朝凤夫人与明淑夫人认识很久了？"殷花月忍不住问了一句。

朝凤摆手："你直接喊闺名便是，加个'夫人'听着也累人。"

她顿了一下，又道："我与她也算手帕交，那人打小与徐长逸一起长大，徐长逸五岁就说要娶她，到后来，却是活生生拖到了她双十年华，成了半个老姑娘，才不情不愿地抬进门去。"

殷花月愕然。

不管是大魏还是大梁，姑娘家一般十六就出嫁了，十九还没婆家便要遭人闲话，双十年华才过门，明淑是受过多大的委屈？

"她……"殷花月左右看了看，见无人注意这边，才压低了嗓门问，"她为什么不干脆另寻夫家？"

朝凤顿了一下，看着她的眼神里霎时添上了一抹欣赏，不过很快就被对明淑的恨铁不成钢之意压了下去："她是个死心眼，人家五岁给她一块花生酥，她能记上十五年。那时候徐家还没发达呢，都赶不上她家的家世。后来人家飞黄腾达了，也没见多感谢她。"

殷花月听得感慨，轻轻摇头。

朝凤拉了她的手道："我看你是个玲珑剔透的人，有些话我就给你直说了，他们这一堆人，有一个算一个，都不是好东西。你趁着年轻给三爷生个孩子下来，然后锦衣玉食地过日子便是，至于什么情啊爱的，不要去想。"

本来也没想。

殷花月垂眼，余光瞥了一眼天色，又看了看院子门口。

奴仆来去匆匆，到处都是人，其中就算多了几个，也不会有人发现。

她收回目光，笑着回应朝凤："我明白的。"

朝凤欣慰地点头，还待再说，却突然听见外头传来"啪"的一声脆响，接着就听见有人发出尖锐的惨叫声，声音响彻半个山庄。

来这生辰宴的都是贵人，吃喝格外小心，碗筷、茶壶都是银制的，就怕出什么意外。

结果不该出的意外还是出了，韩家二公子、韩霜的弟弟韩天永，突然死在了西边院子里，喉咙上一条刀伤，血色淋漓。

与他坐在一起的司徒风一问三不知，只说自己困了，睡了一觉，醒来旁边就已经是一具尸体。这说辞哪里会有人信，韩夫人哭了个昏天黑地，山庄里也是人心惶惶。

周和朔压下怒意，挥手让人把事先压住，送韩家人离开了生辰宴。

本来嘛，为了五皇子而准备的宴会，哪里能因为这突如其来的意外就停下，就算是粉饰，也得把这太平给粉饰住了。

但是韩家人不这么想啊，太子殿下本就与长公主生了嫌隙，长公主最亲近的韩家人突然死在了太子麾下门客的身边，这摆明了就是故意谋杀。

于是，韩家人离开没一个时辰，山庄就被御林军给围了。

四周都是惶惶不安的夫人小姐，殷花月同她们一起躲在后庭。

"这是闹什么呢？"朝凤直皱眉，"大水往龙王庙里淹呐？不要命了？"

明淑酒已经醒了，踮脚瞧着外头的动静，低声道："怕是要出事。"

殷花月一脸无辜地站在她俩中间，手里还抓着半把瓜子。

朝凤很纳闷地问她："你不紧张？"

她茫然地"啊"了一声，问她："发生什么事了？"

朝凤和明淑对视一眼，齐齐摇头，将她护在身后道："你慢慢吃，咱们给守着，就算御林军往这边来了，也扰不着你吃瓜子。"

真是温柔啊。殷花月嗑着瓜子想，就冲着她们这么好，往后徐长逸和柳成和要是再去栖凤楼，她也要给她们递个消息。

远处突然传来一声撕心裂肺的号哭，听着有些瘆人，朝凤瑟缩了一下，明淑将她一并护在身后，轻声安抚道："不怕，待会儿他们应该会过来。"

几个爷们儿虽然平时吊儿郎当、不着四六，但也都是护短的人，山庄里不太平，几个女人抱成一团肯定没用，还是只有待在他们身边才最周全。

果然，朝凤这话说完没多久，徐长逸和柳成和就急匆匆地赶了过来。两人从人群里把她们三人给带出去，轻轻地松了一口气。

"你们先乘车走。"徐长逸道，"从后门还能出去。"

柳成和不太赞同地看他一眼，还没来得及反驳，明淑就先开口了："这是五皇子的生辰宴，不辞而别是对五皇子和太子的不敬，就算一时保全自个儿，日后也免不得落人话柄。"

徐长逸微恼："你这么多主意，那方才怎么还怕得发抖？"

明淑浅笑："那是没见着你，见着了自然就不怕了，咱们要从长计议。"

徐长逸被她这满眼的信任看得心里暗爽，咳嗽一声，拳头抵着嘴角道：

"不想走也行，就跟在我身边，当家的在，总不会有人敢来冒犯。"

柳成和点头："我就是这个意思，你带着明淑，我带着朝凤，咱们去正庭附近，借一捧太子的龙荫，这遭乱事便落不到咱们头上来。"

四人想法达成一致，然后齐齐地扭头朝殷花月看了过来。

殷花月捏着一颗瓜子，略微有些尴尬。

李景允没有过来，以他在周和朔那儿的地位，一时半会儿肯定也顾不上她。

朝凤也意识到了这个问题，张嘴道："花月你不如就跟着……"

"跟着我吧。"旁边插过来一道声音，清清朗朗的，恰好把这话给接住了。

几个人好奇地转身，就见一个穿着月白锦袍的少年过来，笑着在殷花月旁边站定："你们都没空，我有空，可以顾着她。"

殷花月眼角抽了抽，下意识地捂了捂自己先前笑得抽疼的肚子，戒备地说道："怎么又是你？"

周和珉很是难过，剑眉耷拉下来，哀怨地说道："我都没怪你出卖我，让我被人抓回去静坐了一个时辰，你怎么反而不待见我？"

"倒不是不待见。"她眼神古怪地打量他两眼，"只是萍水相逢、素不相识的，阁下如此殷勤，非奸即盗。"

周和珉瞠目结舌："我……盗？"

他像是受了什么天大的打击，扭头不敢置信地问徐长逸："我像坏人？"

徐长逸脸色有点儿发青，他愣怔地看了面前这两人半晌，支支吾吾地说道："那不能，殿下龙气佑身，是天命之人，哪能与坏字沾边。"

柳成和也干笑，朝殷花月使了个眼色，然后拱手道："我们这小嫂子鲜少出门，认不得人的，冒犯之处，还请五皇子海涵。"

殷花月看着他们，心想这两位纨绔公子哥儿，难得有这么慌张的时候，看来她身边的这个人来头不小。

然后反应了片刻，她眼里涌上了一抹茫然："你刚刚说什么五皇子？"

朝凤被她这迟钝的模样逗乐了，捏了一把她的胳膊小声提醒："这是当朝五皇子，今日就是他的十五岁生辰。"

殷花月听完，脸色比徐长逸还青上两分，她扭头看过去，眼角抽得更加厉害。

这怎么能是五皇子？生辰宴的主角不是该待在太子的身边，或者在正庭里坐着吗？他怎么还到处乱跑，跟她这下人搭话？

周和珉这颗憋闷的心啊，终于在她这仓皇的神色里找到了一丝慰藉："原来你不认识我。"

她要怎么认识大梁的五皇子？殷花月笑着咬牙，这人一没在额头上挂块匾，二没穿龙纹衣裳，难道真要让她凭着他周身的"龙气"给他见礼？

见鬼吧。

"小女多有冒犯，"她诚惶诚恐地屈膝，"还请殿下恕罪。"

姿态够低，语气里也是真切的歉意，任谁听着，都不会再好意思与她为难。

可是，周和珉不一样，他又笑开了，拊掌道："你肯定在偷偷骂我。"

大家都一脸无语。

被骂还这么高兴？

殷花月很感慨，老天爷到底是公平的，给了一个人富贵的出身和周正的面容，就可能会给他一个不正常的脑子。

周和珉实在是太富贵太周正了，以至于他的脑子格外不正常："你是谁家的妾室啊，被扔在这儿没人管，也不去跟他闹脾气？"

徐长逸瞧着不太对劲，上来替殷花月答了："这是李家三公子的妾室，温柔体贴，断然不会在这个时候给三爷添乱。殿下也不必担心，这儿有咱们几个看着呢。"

周和珉摆手："我倒不是担心，就是看前头吵觉得没什么意思，就随便走走。"

他说着，又扭过头来对她小声道："你见过太子和长公主吵架吗？"

殷花月点头："观山上有幸看过一回。"

"你们能看见的，那都不是真的吵架。"周和珉意味深长地说道，"他俩真吵起来，十丈内连个宫人也不会留。"

还没见过这么热衷于说自家兄长和姐姐闲话的人。殷花月十分鄙夷这不和睦的姐弟关系，然后满脸好奇地问："那您怎么知道他们真的吵架是什么样子？"

周和珉左右看看，朝他们招手，瞬间五个脑袋全凑了过去。

"我趴门外偷听过。"他小声道，"他们傻呀，十丈之内连个宫人也不留，那有人在外头偷听，也没人能发现。"

柳成和佩服地朝他拱手："您也不怕太子找您麻烦。"

"那不成，他还指望我在父皇面前替他说话，要废掌事院呢。"周和珉抬了抬下巴，"他不会为难我。"

"如此，敢问殿下可知前头情况如何了？"徐长逸忍不住道，"好好一个生辰宴，闹得人心惶惶。"

"还能做什么，今日就是太子哥哥开的宴，连皇长姐也没有受邀，皇长姐不高兴得很，正巧碰见出了命案，可不得借题发挥一二。"周和珉兴高采烈地说道。

这么可怕的事，为什么是用这种欢欣的语气说出来的？

殷花月朝正庭的方向看了一眼，微微皱眉。

"你是不是担心李家三公子？"周和珉耿直道，"他就是个人精，只要太子哥哥无恙，那谁也动不得他。你有那闲工夫，不如跟我去看热闹。"

殷花月听得好笑，回眸看他："殿下的生辰宴弄成这样，您还有心思看热闹？"

"热闹可比生辰宴有意思多了。"周和珉轻哼，"拉这么一大帮人来给我说些奉承话，还不如把皇长姐和太子哥哥关在一起，让他们吵架给我听。"

"恕小女冒犯，您这样实在不合规矩。"殷花月义正词严地劝了一句。

然后她小声问他："去哪儿看？"

徐长逸抹了把脸，扯了扯旁边柳成和的袖子，给他递了个眼神：想法子管一管啊。

柳成和很莫名其妙：三爷的人你都敢管，活腻了？

这要是不管，人被五皇子拐跑了可怎么办？徐长逸很担忧，虽然五皇子年纪小，看起来也就是玩心重，未必有旁的意思，但这两个人搅和到一起，怎么看也不合适吧？

徐长逸很惆怅，还没来得及想出个主意，面前那两人已经一前一后地往正庭走了。

"哎……"他伸出手。

明淑将他的手拉了回来，低声道："韩家人跟花月不对付，眼下三爷不在，她跟着五皇子倒是最安全的。"

"是啊，你们慌什么。"朝凤道，"那是个懂事的丫头，不会惹麻烦的。"

倒不是麻烦不麻烦，徐长逸绝望地看向柳成和："三爷要是问起来，你去答话。"

"我？我还有点儿事。"柳成和拉着朝凤扭头就走，"回见啊。"

徐长逸低咒了一声。

殷花月是当真想去正庭看看的，五皇子不跟她说那一套正经的规矩，她也不是个好学的性子，跟着糊弄两句，就贴到了正庭大堂外的墙根下头。

然后她就明白了五皇子为什么说他们看见的都不是真的吵架。

先前在观山上，太子和长公主为似水的事争执起来，还只是阴阳怪气、指桑骂槐，眼下十丈之内无人，他俩在屋子里骂得那叫一个痛快。

"宫女生的下贱玩意儿，别以为靠着两分功劳坐上了太子之位，就能把手指戳到我鼻子上来。"周和姬站在椅子上骂，"动我的人，你动，你动一个我动你十个！不是看上赵家小姑娘想纳去做良媛吗，我告诉你，没门，明儿我就去把她剁了喂狗！"

"我刚得了父皇的封赏，心情好着呢，嗓门比不上你这挨了中宫骂的恶婆娘。"周和朔站在不远处，冷眼还击，"你有骂人的功夫，不如回去守着你宫里的野男人，搞女人搞到宫外，也不怕带一身花柳病回去。"

不知是中宫还是花柳病戳着了长公主的痛处，她的声音陡然尖锐起来，如簪尖一下下地刮在地面上般："你没几天好活了，周和朔我告诉你，你真以为你身边的人都巴着心帮你是不是？讨好五皇弟，讨好李景允，讨好朝中大臣，你以为这样就能弹劾掌事院，你做梦！今天死的是韩天永，明天死的就是李景允，你护不住他，你也护不住你自个儿！"

殷花月心里一紧，屏住了呼吸。

"你可真是笑死我了。"周和朔的声音接着从屋里传出来，极尽讥诮，"先前不还跟我抢人？抢不到就要咒人死，嫁不出去的恶婆娘果然是心肠歹毒。不过可惜，景允跟韩天永那样的废物可不一样，你别小看他。"

"我可不敢小看他。"长公主冷笑，"毕竟是能从你那狼窝里把韩霜救出来的人，有本事有谋略，还骗得过你这双眼睛，哪里是什么省油的灯。"

屋子里安静了片刻。

殷花月一动也不敢动，贴着墙壁，背脊一阵阵发凉。

她知道李景允向来是站在风口浪尖之上，可她不知道他的处境有这么可怕，生死全在这两位的一念之间。

周和朔生性多疑，先前被糊弄住了，没有再追究鸳鸯佩之事，可眼下旧事重提，他要是去看李景允胳膊上的伤，那可就什么都完了。

她也不是担心他什么，但怎么说他也是大统领府的人，一荣俱荣一损俱损，李景允要是出事，夫人也不会好过。

脑海里闪过几个光点，殷花月眯眼沉思，默默掐算如果自己的动作再快点儿，能不能赶得及救他。

房里的两个人没安静一会儿就继续吵了起来，什么浪荡泼妇，什么贱种杂碎，两位出身高贵之人，骂起浑话来真是一点儿不输民间泼皮的阵仗。

周和珉听得津津有味，等他们实在骂不出什么新花样了，才意犹未尽地拉着她离开。

"听归听，你别往心里去啊。"察觉到身边的人情绪不对，周和珉朝她笑了笑，"他们吵起来就是什么都说的，也未必真的会做。"

"多谢殿下。"殷花月低头行礼，又继续走神。

"明日我去你府上找你玩可好？"他问了一句。

殷花月觉得荒谬，寻回两缕神思无奈地说道："殿下，小女已为人姜室，您身份再尊贵也是外男，哪有外男上府里找人姬姜玩耍的道理？"

周和珉遗憾地叹了一口气，问："找三公子玩也不行？"

"这事小女便管不……"

最后"着了"两个字还没说完，殷花月就意识到了什么，她瞳孔微缩，飞快地扭头看他。

眼前的少年一身意气，像春山间最自由的风，潇洒佻挞。他仿佛什么也不知道，又好似什么都了然于胸，笑弯了眼低眉问她："行不行？"

"你——"殷花月回头看看已经被抛在身后的正庭，又抬眼看看这人，眼里暗光跳动，终究是将话咽回去，恭敬地朝他屈膝，"自然是行的。"

"那便好了。"周和珉拂袖，嘴角高高扬起，"就这么定下了。"

她方才还在担心明日李景允会不会真的出事，眼下五皇子这么一说，殷花月觉得，好像也没什么需要担心的了。有五皇子在场，任谁有天大的本事，也不敢如此明目张胆地杀人。

心放下来，好奇就开始翻涌。

她知道大梁皇室的一些消息，知道中宫和长公主、太子和姚贵妃各自为党，争权夺势，也知道六公主与七皇子与世无争，不沾朝政。可她鲜听见五皇子的消息，这位背靠着丞相舅舅的皇子，似乎没有野心，但绝不是什么等闲之辈。

"你是不是有话想问我？"周和珉挑眉。

殷花月下意识地捂了捂心口，毛骨悚然地问："您会读心术？"

"那倒没有。"他戏谑地看着她笑道，"是你这人太有趣，心思都写在眼睛里，寻常人不好看见，可稍微打量仔细，就能知道你在想什么。"

殷花月立马捂住了自个儿的眼睛。

"哈哈哈。"周和珉大笑,倚在走廊边的朱红柱子上睨着她,"现在挡也没用了,不妨开门见山,我又不会怪罪你。"

殷花月迟疑地放下手,眉心微蹙,看着他道:"五皇子人中龙凤,为什么要与小女这等下人纠缠?"

"下人?"周和珉很是纳闷,"你哪里看起来像个下人?"

殷花月不解地扯了扯自己妃色的衣裙,又指了指自己素净的打扮,问:"我这打扮还不像下人?跟那群珠光宝气的夫人小姐比起来,就是个野丫头。"

"打扮能说明什么?"他不太认同地摆手,"宫女穿凤袍也是宫女,贵人穿麻布也是贵人。"

您要不别当皇子了,支个摊儿去给人看相吧?

虽然心里是这么想的,但殷花月也没敢说出来,她一开始觉得五皇子脑子有问题,可眼下一看,又觉得这人好像特别有意思。

他没什么恶意,看向她的眼里是干干净净的好奇和欢喜,说这些也不是要讨好或者调戏她,就是把他知道的说出来,简单又直接。

"那小女换个问题。"她移开目光,低声问,"您大好的生辰宴不去享用,跟小女在这儿站着,图个什么?"

周和珉上下扫视她,笑着道:"我是皇子,有花不完的银子,抱不完的美人。你是李景允的侧室、有夫之妇,我能图什么?"

他顿了一下,还是好心地解释:"当真是觉得你有趣,才想跟你玩。戒心重的人都有奇特的经历,他们多半不会再轻易动心。可你不一样,你戒心重,心却又软,一块花生酥吃了吐,又舍不得扔,像被打怕了的小孩儿,想伸手拿糖,又有所顾忌。"

人世间最有趣的就是矛盾,五皇子最喜欢看的就是矛盾的人。

他这话完全不像个十五岁的人能说出来的,脸上分明还有少年气,可字里行间都让殷花月有一种被看穿的感觉。

殷花月今年已经十八岁了,比五皇子大上整整三岁,所以哪怕身份低点儿,被小孩子洞悉一切还是让她有些磨不开脸。她交叠好双手,摆出自己最冷淡的掌事架子,平静地说道:"殿下看人,还是莫要太片面来得好。"

周和珉笑眯眯地说道:"我觉得我看得挺对,就像现在,你不想对陌生人泄露太多,所以你想走了。"

他说着,侧过身子来将她困在朱红的柱子边,眼眸垂下来,深深地看着她:"你放心,我不会出卖你的。"

十五岁少年的个子为什么会比她高这么多？殷花月想瞪他两眼，但由于个头矮，看起来没什么气势。她抿唇，没好气地说道："多谢殿下，可是若还有下一回，小女还是会出卖殿下的。"

想起自个儿被宫人围追堵截的惨痛模样，周和珉脸上终于露出了少年该有的羞恼，他放了手，哼声道："那我便不去保你的心上人了，明儿由着他自生自灭吧。"

说着，他转身就要走。

走就走吧，这点儿幼稚的威胁能吓唬谁啊，殷花月不屑，心想自个儿哪来的心上人。

然而，她的手不知怎的就伸出去，把人给拉住了。

周和珉顿了一下，回眸挑眉，正待揶揄她两句呢，却见走廊拐角过来了几个人。

"不是什么大事，还请三公子替咱们美言几句。"

"是啊，都是一家人，多半是误会。"

几个人有说有笑地朝这边走过来，为首的那个一身青白色银绣百兽袍，清俊的眉眼一抬，正好就与周和珉的视线对上了。

李景允今日心情甚好，人命出在韩家，连带着把司徒风给套了进去，他就更高兴了，一石二鸟、一举多得，也不知是哪路神仙出的手。

长公主带着御林军过来，但御林军里头的两个统领都是他的熟人，非但没与他为难，反而与他亲切地聊了起来。

三人就这么聊着从正庭绕到旁侧的走廊，他愉悦地一抬眼，就看见两个狗男女站在走廊上拉拉扯扯。

"……"

殷花月觉得，周和珉明日去大统领府总比不去好，所以低头说两句好话也是稳赚不亏。但她没想到话还没说出去，旁边就突然来了人。

"殿下怎么在这里？"李景允的声音听起来很平静。

殷花月飞快地转头看他，见他毫发无损、玉树临风的，心里稍稍松了一口气，无声地屈膝朝他行礼。

周和珉从容地笑道："我出来走走，透透气，谁知道遇见个迷路的姑娘，正要给她指路呢。"

他转头朝她看过来，李景允也就跟着将目光落在她脸上，眼底带了两分戾气。

殷花月很是莫名其妙，不知道这位爷怎么就又看她不顺眼了。

周和珉在给她使眼色，示意她答话。她收敛神思，顺着他的话就道："奴婢是来找公子的，这地方没来过，一时分不清方向。"

"是吗。"李景允不咸不淡地吐出两个字，朝周和珉一拱手，"那便多谢殿下了。"

"三公子客气。"周和珉大方地摆手，"我还没谢谢你先前让太子哥哥放我一马呢，明儿有空，我把父皇刚赏我的金缕玉鞍给你送去，正好配你的汗血宝马。"

李景允抬了抬嘴角，没拒绝也没应下。周和珉却当他同意了，潇洒地一挥袖："那我便先走了，你们忙。"

殷花月朝他屈膝，余光瞥过去，正好瞧见他朝她挤了挤眼。

明天见——她从他的眼神里看见了这个意思。

倒是个大气的，没当真与她计较，还愿意去帮个忙。殷花月松了一口气，忍不住朝他弯了弯眉梢。

周和珉满意地走了，潇洒的背影很快消失在走廊尽头。李景允淡淡地收回目光，朝身后的两个人颔首："就不劳远送了。"

"哎，好，三公子先去歇着吧。"那两人识相地告退。

走廊两侧种着山茶花，风一拂过，香气袭人，殷花月轻吸了一口，眼里微微泛光。

"心情很好？"面前这人问她。

"回公子，还行。"她分外诚实地回答，"原本还有些慌张，眼下倒是觉得无妨了。"

"为什么？"他又问。

殷花月古怪地抬眼，心说这还问为什么？奴婢跟在主子身边，天塌下来都还有主子顶着，自然不会再慌张。

不过她这一抬眼，就瞧见了李景允那张风雨欲来的脸。

他好像遇见了什么麻烦事，眼底泛着暴躁和厌烦，眸子直勾勾地盯着她，像是要把她盯穿。双手负在身后，绣着百兽图的袖口随风微张，没来由地给人一股子泰山压顶之感。

要是之前，殷花月肯定觉得他又犯公子脾气了，可眼下，长公主的话在脑子里一转，她觉得三公子也不容易，一副纨绔模样的背后，不知道经历了多少腥风血雨。

她轻叹一口气，笑着问："公子去歇息，奴婢可否跟着？"

李景允冷笑了一声，越过她径直往厢房的方向走。

殷花月："嗯？"

让跟就让跟，不让就不让，冷笑个什么？

她腹诽两句，犹豫片刻，还是迈着碎步跟了上去，一边走一边在心里默念：自个儿的主子，忍着点儿，忍着点儿。

推门进去寻了太师椅坐下，李景允半合着眼看向后头进来的人，一副等着她坦白从宽的表情。

然而，这厮跟着进来，什么也没察觉到，乖乖地站到了他的身侧，甚至给他倒了一盏茶。

李景允气笑了："你没有话要同爷交代？"

殷花月正琢磨着明日该准备些什么呢，被他这没头没尾地一问，满眼都是茫然："交代什么？"

"五皇子。"他咬牙敲了敲桌沿，"拉人家衣袖做什么？"

原来是这事。殷花月不甚在意地说道："先前奴婢说错了话，怕给公子惹麻烦，所以拉他回来想解释。"

"你知不知道什么叫避嫌，什么叫规矩？"桌子敲得咚咚作响，他颇为烦躁地说道，"衣袖也是能随便拉的？"

听过男女授受不亲，倒是没听过衣袖也不能拉。殷花月觉得他是故意在找茬，皮笑肉不笑地说道："那下回奴婢要拉谁的衣袖，提前沐浴焚香、上禀先祖，再行动作。"

还跟他犟起来了？李景允这叫一个气啊，想骂她又不知道从哪儿骂起。

"三爷。"温故知寻了过来，伸了半个脑袋往屋子里扫了一眼，见只有他俩在，神色一松，笑着跨进门道，"西边院子的仵作传话，说初步查验，韩天永是先被人下了迷药，再被人割喉的。"

李景允应了一声，沉声问："可有凶手线索？"

"没呢，西院里当时就两个人，连个下人都没有，谁也没瞧见有什么人进出。"温故知想了想，道，"倒是那壶茶，我看过了，用的是'二两月'，北漠有名的迷药。"

好巧不巧，司徒风就是从北漠来的人。

李景允撑着眉骨沉默了片刻，嗤笑："该他倒霉。"

"也算是报应吧。"温故知看向旁边站着的殷花月，揶揄道，"不知小嫂子可否认识司徒风，这人在剿灭大魏皇室的时候，可立过不小的功劳。"

　　"不认识。"

　　才怪。

　　殷花月微微一笑，心情又好了两分。她觉得常归是个傻子，刺杀多没意思啊，血一溅人就没了，痛苦也不过一瞬间。像司徒风这样的人，哪能死得轻轻松松。

　　她心里有一团乌黑的东西正在逐渐扭曲和扩张，她舔了舔嘴唇，余光投向旁边。

　　李景允正专心致志地盯着她看，墨黑的眸子里看不出什么情绪。

　　像被冷水兜头淋下，殷花月瞬间清醒，略微失控的眼神恢复了正常。

　　她心虚地低头去看自己的鞋尖。

　　李景允皱了皱眉，扭头对温故知道："你先去继续守着，等御林军走的时候，跟他们一起回宫。"

　　温故知了然，朝他拱手告退。

　　门被带上，镂空的雕花在地上漏下斑驳的光。殷花月正盯着瞧呢，冷不防手腕一紧，整个人跌坐了下去。

　　李景允将她接住，恹恹地将下巴搁在了她的肩上："你是不是又背着爷做坏事了？"

　　心口一跳，殷花月垂眼："奴婢什么时候背着爷做过坏事？"

　　"明人不说暗话，"他冷声在她耳边道，"你认识司徒风。"

　　一股凉意从尾骨往上爬，殷花月不自在地动了动，却被他抱得更紧。她很想狡辩两句，但他的语气实在太笃定，连两分疑问都不曾有，狡辩也没什么意思。

　　于是她咬着唇沉默，看向自己覆在他衣摆上的裙角。

　　"爷只好奇一件事。"料她也不会坦白，李景允捏了捏她的手指，没好气地说道，"既然看司徒风不顺眼，为什么杀的是韩天永。"

　　谁让他碰上了呢。

　　殷花月在心里回答，却没开口。

　　他好像也不指望她开口，自顾自地说道："有太子护着，司徒风未必会偿命，至多是下放或者调派出京华。"

　　怀里的人扭了扭，想挣开他。

李景允不高兴地钳住她的双手，空出另一只手来捏住了她的下巴："狐狸尾巴都露出来了，还敢跟爷龇牙，是想爷把你送去太子跟前领赏？"

"爷真想送，那便送吧。"她看着他的眼睛，幽幽地说道，"奴婢正好跟太子说说，四月初二那日公子到底去了哪里。"

李景允神色微变，眯起了眼。

"公子与太子殿下交好，借他的大树乘凉，却背着他救长公主的人、收长公主的红封。"殷花月轻叹一口气，"公子好奇奴婢之事，奴婢何尝不好奇公子在做什么。"

"你威胁我？"

"奴婢不敢。"她摇头，双目平静地看着地上的光斑，"奴婢只想守着自己的本分，做大统领府的下人，还请公子高抬贵手。"

人不犯我，我不犯人，人若犯我，玉石俱焚。

李景允咬了她一口，依旧是咬在肩头上，恶狠狠地，用了很大的力气："在话本子里，知道太多秘密的奴才，都是会被灭口的。"

殷花月吃痛，倒也没躲，只道："那是知道太多的蠢奴才，聪明的奴才会把自己的命和秘密捆在一起，主子动手前也得好生思量一番，给个下人陪葬值当不值当。"

他当真是拿这人没办法，本来只是想让她敞开心扉说实话，他能帮也会帮，可不知怎的，说着说着就成了个要陪葬的架势。

李景允松开她，头疼地揉了揉额角。

一个女儿家，在什么时候会突然变得让人难以掌控，甚至拿她没有任何办法？

御林军撤出山庄的时候，他拿这个问题去问了最懂人心的温故知。

温故知一边牵马一边回答："自然是她曾对一个人动过心，但后来不再心动的时候。"

动心的女儿家最好摆布，管你说什么，只要是从你嘴里说出来的，她都会信。可一旦哪天她把心思收回去了，那这时候你就会发现，她变得十分不好糊弄，甚至聪慧得能做一国之师。

温故知翻身上马，纳闷地回头问："三爷，这世上还能有您拿着没办法的姑娘？"

"没有。"李景允别开头，闷声道，"随便问问。"

温故知意味深长地看向远处朝这边走过来的殷花月，笑了笑，也没拆穿，只朝他一摆手，扬鞭就朝前头回宫的御林军追上去。

"公子。"殷花月走到他身侧道，"马车已经备好了，何时归府？"

李景允望着那一行车马带起的灰尘，许久都没有说话。

眼下绝不是什么儿女情长的好时候，他也不该在这上头花费心思。

脑子是这么告诉他的，可是心口不听话地缩成一团，闷得他难受。

她在什么时候对他动过心思？李景允想。

两人亲近是有的，可大多是他连哄带骗，她对他好也是有的，可身份摆在这儿，她的好也未必是那个意思。

也许最动情的时候，是她问他喜不喜欢她？

可那时候她的双眼里满是戒备和怀疑，没有半点儿害羞和期待，仿佛只是在跟他确认午膳吃什么，平静而冷淡。

他回答不了，也不想回答。

其余的时候呢？他在脑子里飞快地想了一遭，能想起来的都是自己抱她吻她的画面，而殷花月这个人，只要清醒着，就没对他主动过。

李景允皱了皱眉，颇为恼怒地说道："现在就回吧，爷去跟太子和五皇子告辞。"

殷花月不知道他为什么又不高兴了，不过鉴于之前那段不算愉快的对话，她决定不招惹他，乖乖地等他行完礼出来，便跟着上车回府。

回府之后，殷花月去了主院请安，李景允一个人先跨进东院的大门。

"公子累坏了吧？"八斗迎上来道，"主屋里已经烧了新茶。"

他点头，却没往主屋走，脚下一拐，转去了侧边的厢房。

殷花月平时虽然都住在主屋，可自己的东西都是放在侧边厢房里的，东西不多，也没什么私密之物，所以八斗时常来洒扫。

见公子突然进了这间屋子，八斗很奇怪，跟着进来抹了抹门框上的灰尘，小心翼翼地问："公子想找什么？"

房间里的摆设十分简单，一眼扫去能瞧见所有的东西，李景允看向床边堆着的那一摞盒子，眼含疑惑。

"那是之前从宝来阁抱回来的。"八斗贴心地给他解释，"贵重的都送去主院了，这一堆是丝线绸缎之类的，之前殷姨娘时常摆弄，可不知从什么时候起，她就收了不做了，全堆在这儿。"

李景允走过去打开最上头的盒子看了看。

一双纳好的鞋底工工整整地摆在里头，旁边还放着绣了半幅的鞋面，玄色的底子，用银线绣了一半的兽纹，线头都没来得及收，就这么卷着。

"殷掌事，在你买东西的盘算里，有没有爷的一席之地？"

"呃……"

"养不熟的白眼狼。"

"韩霜之前送了爷一枚南阳玉蝉，你这一个红封未必买得着更好的。"

脑海里无端响起这些声音来，李景允盯着这一双没做完的鞋，突然有点儿想笑。

他口无遮拦惯了，说出去的话一转眼就会忘。他以为她也会忘，可是没有，她也曾认真地盘算过给他一份更好的礼物。

只可惜，他好像错过了。

舌根微微泛苦，李景允盖上盒子，抿唇看向了窗外。

主院里。

殷花月趴在庄氏的膝盖上，旁边的奴仆都已经退了下去。她任由庄氏抚摸着头发，像只乖巧的猫一样半眯起眼睛。

"夫人。"她小声道，"奴婢今日见着了司徒风。"

摸着她脑袋的手一僵，庄氏愣住了，低头看她，手指慌乱地摸着她的脸。

"奴婢没事，也没哭。"殷花月笑眯眯地按住她的手，"奴婢只是觉得有趣，那么凶恶的一个人，今日被禁卫押着走出来的时候，鬓边竟然有白发了。"

她歪了歪脑袋，很是困惑地说道："这才几年，怎么会就有白发了呢？"

当年司徒风为了抢头功，带人闯进大魏禁宫一刀刺穿她皇嫂肚腹的时候，分明还是意气风发、红光满面的。

想起故人，殷花月又咧着嘴笑开了。

皇嫂是个很漂亮的姑娘，跟讨人厌的殷宁怀不同，她活泼又灵动，总是拉着她翻墙去偷果子吃。

殷花月曾经好奇地问她："皇嫂，为什么进贡来的上等果子咱们不吃，非要来偷这洗衣司的酸枣？嘁，真的好酸。"

皇嫂就神秘兮兮地捂着嘴同她道："因为我怀孕了呀，甜的果子不好吃，就这酸的最好了。"

她吓得将果核都咽了下去，瞪着眼直拍心口："怀孕了为何不告诉御医！"

"嘘——"面前的小姑娘狡黠地笑起来，又有些害羞地低下头，"我想先瞒着，等你皇兄从观山回来，好第一个告诉他。"

洗衣司那一棵枣树上硕果累累，被秋风一吹，带来一阵香气。皇嫂就坐在果树下，一边吐枣子核一边笑着掰手指："我要给他生个好看的孩子，要白白胖胖，长大了要跟他一样会疼人……"

　　尖锐的刀尖带着刺耳的声音把画面扎破，光和影之间破开一个巨大的豁口，接着就有艳红的血如泉水一般涌出来，糊满了枣树和皇嫂的笑脸。

　　殷花月趴在庄氏膝上，从心肺至喉咙，无法控制地抽搐。

　　"乖，囡囡乖。"庄氏抱紧了她，一下又一下地抚着她的背心，有些着急又不得不放缓语调，柔声哄她，"不想了，都过去了。"

　　怀里的人抖成一团，喉咙里发出沙哑的空响。

　　庄氏心疼极了，眼眶也跟着发红："他会遭报应的，会的。"

　　上天从来都对她不公，哪里会让她的仇人遭报应？那是仇恨，她要自己去报仇的。

　　哽咽了好一会儿，殷花月渐渐平静下来，抹了把脸，又抬头冲庄氏笑："今日去五皇子的生辰宴，公子也惦记着您，让奴婢给您带了一支金满福钗。奴婢让霜降收着了，您明儿就能戴了。"

　　庄氏垂眸，抚着她的鬓发道："你是个好孩子。"

　　"公子送的东西，怎么能白让奴婢受夸？"她抓着夫人的手晃了晃，"也夸夸公子，好让奴婢带话回去哄他开心。"

　　庄氏浅笑，想了许久，道："就夸他眼光不错吧。"

　　看簪子是，看人也是。

　　殷花月应了，又抱着她撒了好一会儿娇，才不情不愿地回东院去。

　　今日也算奔波了一整日，殷花月以为李景允会早早就寝，谁料这位爷说要沐浴，于是她只能让人去抬水，然后将主屋里的屏风立了起来。

　　以前李景允沐浴的时候都是会让她回避的，所以这回，挂好了衣裳、帕子她就要往外退。

　　结果他突然开口道："你信不信爷自己能把背心那一块洗得比脸还干净？"

　　殷花月一愣，下意识地摇头。

　　"不信还不来帮忙？"他没好气地白她一眼，解开了中衣的系扣。

　　看他插科打诨久了，殷花月几乎要忘记他是个武夫，只有衣裳落下，看见这人身上紧实的线条时，她才恍然想起他横刀立马的模样来。

　　脸上一热，她转过身去。

　　屏风后头传来入水的动静，殷花月抿唇，眼观鼻口观心，进去站在浴桶边给他递帕子。

李景允抬眼看着她，眼里的墨色被热气晕开，没来由地多了两分迷茫懵懂。他接了东西放在旁边，然后慢吞吞地朝她伸出手。

殷花月会意，拿了澡豆要给他抹，可目光落在他的手臂上，她愣住了。

先前给他缝过一道伤口，眼下早已结痂，没什么稀奇，可在这伤口旁边，还有三四道差不多模样的疤，横着竖着，从他鼓起的臂膀上越过，拉扯纠缠。

她顺着看过去，不只手臂，这人前肩和背上都有伤疤，深的浅的、长的短的，新旧不一。

"……"

练兵场上的兵器大多没开刃，就算是不小心伤着，也绝不可能伤成这样。殷花月满眼震惊地望着他，张嘴想问，又慢慢闭上了嘴。

他不会答的。

手伸着有点儿酸，李景允轻哼一声收回来，拂了拂水面："李家世代为武将，吃穿用度都极为节俭，你是管账的，怎么从来没好奇过爷院子里的用度？"

很多器具摆件，都不是他在府里拿的月钱能买得起的。她一早就知道，却为了不想与他纠缠平添麻烦，所以从没问过。

殷花月想了想，打趣似的问："奴婢问，爷会答吗？"

"会。"他认真地点头。

琥珀色的瞳孔微缩，她抬头，清凌凌的眸光里映出他这张棱角分明的脸。

李景允一眨不眨地望着他，越过蒸腾翻卷的水雾，带着案台上跳跃的烛光，深深地望进她的眼里。

"给你个机会。"他低声道，"你再问一次。"

第十一章

胳膊肘往外拐

溢出来的水从木桶边缘淌下去，落在铜箍上，晕成一道深色的痕迹。盛放在玉碟里的澡豆散发着清香，勾着热腾的雾气吹上房梁，曼丽缱绻。

殷花月就愣在了这片缱绻里，一时没回过神。

李景允的眉目十分硬朗，与李大统领相似。但李大统领的眼神永远只是威严和肃穆，而他这一双眸子时而冷冽清寒，时而温柔如水。在墨色涌动之间，仿佛藏着一个无限广阔的世界。

他有很多的秘密和故事，先前不肯让她窥见分毫，可眼下不知怎么，竟然让她问。

殷花月沉默了片刻，如他所愿地开口："公子的银子是从哪儿来的？"

话问出口后，她就做好了压根不会被认真回答的准备。

结果，李景允当真答了。

"爷十二岁那年离家出走，被罚了三个月的月钱。"他偏着脑袋笑起来，慢悠悠地给她讲述自己的过去。

纨绔的小少爷在没有月钱花的时候，终于意识到男子汉大丈夫不能总是靠家里。于是他决定偷偷离开府邸，前往梁京城闯荡。

一开始，他跟人打架，打着打着竟然没人能打得过他了，虽然他只有十二岁，还是个小孩儿，最爱吃的还是糖葫芦，但他叼着糖葫芦带着人从街头打到巷尾。没人知道他是哪家的孩子，也就没人去大统领府告状。

李景允拿到的第一笔银子，是京兆尹衙门的赏金。那时候，梁京城在缉拿一个穷凶极恶的杀人犯，李景允咬着糖葫芦蹲在巷子口跟人划拳的时候，恰巧就撞见了。

于是他把逃犯打了个半死。

似乎就是从那一回起，梁京城的地痞流氓再也没人敢跟他唱对台戏，几条街的铺子酒楼，都给他上贡。

十五岁的时候，三爷已经是梁京城有名的地头蛇了，前一刻能在皇帝老儿的膝盖上背赞颂帝王的诗，下一瞬就能在巷尾堵着人一通好揍。

那一年，大梁攻魏，迁都京华，李景允用自己攒了三年的银子，开了一座栖凤楼。

"等会儿。"

殷花月听得呛咳出声，震惊不已地问："栖凤楼？"

面前这人神色如常，平静地重复："嗯，栖凤楼。"

京华第一大的勾栏场子，出入都是达官贵人的春风销金窟，每日不知道有多少黄金倒上花台，也不知道有多少秘密捂在了佳人的鸳鸯被里。

李守天甚至曾经上书弹劾过，说京华儿郎纵情声色，恐误家国，栖凤楼之流，还是多加约束为妙。

当然了，这道弹劾最后在朝臣的一致反对之下不了了之。

有这么一遭，谁都知道栖凤楼背后定是有人撑腰。

可谁又敢往大统领府的公子身上想？

殷花月心跳得很快，屏息看着面前的这个人，大气也不敢出。

怪不得他不把那两个红封放在眼里，怪不得宝来阁的掌柜说不敢得罪他，这么个肆意妄为的人，若不是生在门风周正的大统领府，那怕是早晚将天捅出一个窟窿来。

她的神态或许是太呆傻了，以至于面前的这个人轻笑出来，还压低嗓门吓唬她："整个京华知道这个秘密的就五个人，你是第六个，若是泄露出去了，那爷就去立两个新坟，一个埋你。"

殷花月回神，下意识问："那另一个呢？"

"另一个也埋你。"他道，"被腰斩的人，该有两个坟。"

殷花月："……"

她觉得有点儿冤枉："公子，是您让奴婢问的，奴婢本也不是非要知道这个秘密。"

"嗯。"李景允坦荡地说道，"是爷非要说给你听的。"

澡豆的香气在水里化开，他搓着自个儿的胳膊，眼皮抬了抬："如此一来，爷若是生了害你的心思，那爷自个儿也不会有好果子吃。"

心口上的弦微微一动，殷花月飞快地看了他一眼。

这是……何意？

面前这人定定地看着她，眼底泛着浅淡的光，像是已经给出去一串糖葫芦的小孩儿，在殷切地等着对面小孩儿的回应。

殷花月有些始料不及，眼睫颤了颤，手下意识地背去身后，嘴唇紧抿。

先前她也想过，若是他肯对她坦白，她也不妨与他交心。可那时候他没应，只随口糊弄着她。眼下倒是不糊弄了，但……

谁知道他是否又是一时兴起。

她别开眼，拿起旁边的帕子，绕到他身后道："水要凉了。"

李景允沉默了，后脑勺对着她，脖颈僵硬。

骄横霸道的公子爷，好不容易主动给人一个台阶下，却碰上她这么个不识好歹的。殷花月都替他生自个儿的气，心想要是他等会儿再发火，那她不还嘴就是了。

然而，片刻之后，李景允只长长地吐了一口气，略微失望地说道："爷真是白疼你了。"

殷花月身子僵了僵，莫名有点儿无措。

手里的帕子被他抽了去，李景允摆了摆手："你去歇着吧，爷自己来。"

"是。"

折腾了这么一圈，最后也没让她搓背，殷花月离开主屋站去走廊上吹了会儿风，眼里满是茫然。

李景允想知道什么呢？

又或者，他已经知道了一些什么呢？

翻卷的水汽从窗台飘出去，朦朦胧胧地绕上了庭里的石榴花枝，已经是五月的天气，石榴花苞在夜风里打了个颤儿，半开不开。

第二日。

殷花月一大早就开始收拾东院，从库房里拿了不少摆件出来擦拭摆放。她一忙，便只有八斗能去叫公子起床。

于是，八斗不负众望地被砸得额头上隆起一个包。

"殷姨娘，"八斗很委屈，"公子为什么老砸咱们不砸您呢？"

殷花月正擦着手里的白玉观音，闻言头也不抬地说道："他谁都砸，但我躲得快。"

李家三公子哪儿都好，就这起床气实在吓人，殷花月拿了两块酥饼安抚了八斗，然后放下观音走去主屋。

这位爷昨晚儿晚上没睡好，眼下坐在床边，满脸都是怨气。旁边的奴仆瑟瑟发抖，放下水盆就跑，他兀自耷拉着眉眼，一动不动地撑着床沿。

她微微一笑，拧了帕子，过去给他擦脸。

"烦人。"他眉头直皱。

她仔细地将他的脸擦干净，温婉地说道："已经是要用午膳的时辰了。"

浑身戾气不散，李景允冷声道："少吃一顿午膳又不会死人。"

"可是今日——"她扭头看了看外面，轻笑，"今日五皇子要过府，指不定待会儿就来人传话了，公子总不好这副模样见客。"

混沌的脑海里陡然插进来十分刺耳的三个字，李景允的瞳孔突然有了焦距。他转头看向身边这人，嗓子沙哑低沉："他来，你很高兴？"

自然是高兴的，堂堂五皇子，往东院这么一放，那就是个活的观音菩萨，能吓退不少妖魔鬼怪，保住一方平安。

　　想起自个儿方才擦的那个白胖的观音，又想起周和珉鼓起腮帮子时的模样，殷花月莞尔，眼眸都弯成了月牙。

　　高兴得真是太明显了。

　　李景允转头就要倒回去继续睡。

　　"哎。"殷花月连忙拉住他，"公子，午膳有您爱吃的粉蒸肉。"

　　他恹恹地斜眼，道："不想吃。"

　　"那，还有奴婢亲自炖的鸽子汤呢。"她低下头来，跟哄小孩似的软声道，"没放山药，用枸杞炖的，汤熬得雪白，您应该爱喝。"

　　他慢条斯理地坐起来，白她一眼，闷声道："替爷把衣裳拿来。"

　　殷花月连忙捧了准备好的银丝兽首锦袍来。

　　"不是这个。"李景允摆手，"先前那套，蓝鲤雪锦袍。"

　　之前还不爱穿的，眼下倒是指明要穿了？殷花月很意外，不过还是依言把那套袍子找出来，仔细给他换上。

　　"这衣裳颜色浅，料子也好。"李景允低头看了看，不经意地说道，"就是这靴子穿着不太衬。"

　　白底黑面的官靴，配这衣裳是有些不合适。殷花月转身去找了找，翻出一双浅青色的锦靴递过来："这个呢？"

　　面前这人满脸嫌弃，眉头皱得都能夹死苍蝇了。

　　但是别无选择，他还是接过去换上，闷闷不乐地坐下用膳。

　　殷花月觉得好笑，往常这位爷可不是个会在意打扮的人，今儿倒是格外小气，一身的娇贵毛病都冒了出来，看什么都不顺眼。

　　好端端的一桌子菜，他嫌鱼难挑刺、嫌狮子头里面没味儿、嫌青菜太咸，最后只把鸽子汤喝得干干净净。

　　然后就冷眉冷眼地睨着她。

　　殷花月倒也没在意他这古怪的态度，只时不时看一眼外头的日头，掐算着时辰。

　　"五皇子那个人，"他突然开口，"人也算挺好，但阴晴不定。"

　　嗯？她疑惑地回头看他："为何会阴晴不定？"

　　她见着的时候，那小孩儿不是一直挺乐呵的吗。

　　李景允深吸一口气，语重心长地看着她说道："在皇室里长大的人，多

268

多少少都有些不正常。五皇子从小就离开了母妃，在宫里也没什么亲近的人，因此性情难免有些孤僻古怪。你要是识相，就离他远点儿，免得惹出麻烦来，还得爷去救你。"

"公子放心。"殷花月明白他的顾虑，很是体贴地说道，"奴婢不会惹出麻烦。"

这是麻烦不麻烦的问题吗？李景允咬牙，他前面说那么长一段，她当耳边风呢？

殷花月倒不是没听见，只是五皇子年纪小，对她也算友善，她没道理去挑人家的毛病。再者说，皇室里长大的人不正常，那她也没好到哪里去。

瞧着面前的这位爷脸色不太好，殷花月以为他与五皇子有私怨，连忙开解道："殿下也就来一回府上，耽误不了多少工夫，公子长他几岁，也该耐心些才是。"

总不至于人都来府上了，他今日还出府吧？

这琥珀色眸子里浓浓的担忧，给李景允看笑了。周和珉何德何能啊，就见了一面，便得她如此挂念偏重，沈知落都没这个待遇。

下回遇见沈知落，该好生嘲讽他，什么六岁写的字十岁画的画，都不如人家唇红齿白少年郎的一个回眸。

李景允嗤之以鼻，冷着脸继续等着。

半个时辰之后，五皇子带着谢礼过府。

华贵精巧的金缕玉鞍，被红色的绸缎包裹着，一拿出来，整间屋子都明亮了不少。周和珉与李景允见了礼，便坐在客座上瞧着殷花月笑。

李景允漠然地站过来，挡在他眼前问："殿下今日过府，可还有别的事要做？"

这才刚坐下呢，话里就有逐客的意味了。殷花月忍不住扯了扯他的衣袖，然后伸出脑袋来体贴地说道："五皇子昨日就说有机会一定要同公子讨教百步穿杨之术。"

周和珉："……"

他看着她，欲言又止，殷花月却在李景允背后，双手合十，朝他作揖。

来都来了，总不能马上就走。

看清她的意图，周和珉感慨，眼里泛上些笑意："是，我想讨教如何百步穿杨。"

李景允诚恳地回答："有手就行。"

话音落下，手臂就被人从后头掐了一把。

殷花月这叫一个气啊，公子爷对旁人都和善得很，怎么专跟五皇子过不去？

李景允轻吸一口气，回过头来瞪她，殷花月毫不示弱地瞪了回去，腮帮子直鼓。

李景允愣怔了一瞬，觉得她这顶撞的模样真是久违了，可是一想到她在为什么顶撞他，又觉得高兴不起来。

养不熟的白眼狼，胳膊肘还往外拐，周和珉毛还没长齐呢，到底哪儿入了她的眼了？

他闷哼一声，垂眼道："院子里有平时瞄着玩的靶子，殿下可要去试试？"

"好。"周和珉十分配合地起身，随他一起出门。

八斗拿了他常用的弓箭来，李景允接过，十分轻松地拉开，稳稳射中靶心。他翻手将弓递给旁边的人，笑道："殿下。"

有一瞬间，周和珉从他眼里看见了挑衅的意味。

李景允的城府深不可测，从前见他，他都是站在太子哥哥身边，圆滑又世故。而眼下，他持弓看着他，浑身竟然充满了抵触的气息。

像一颗上好的夜明珠，突然间生了刺。

周和珉挑眉，看一眼他，又看一眼旁边站着的殷花月，似懂非懂地转了转眼珠子。

然后他就接过弓来，愁眉苦脸地说道："这也太沉了。"

"殿下年岁尚小，只试试便好，拉不开也无妨。"殷花月轻声道，"公子爷的弓都是从练兵场带回来的。"

周和珉闻言一笑，站直身子，用尽全力去拉，结果刚拉到一半，他手腕一颤，弓弦唰地弹了回去。

李景允嗤了一声，刚想说男子汉大丈夫，连个弓都拉不开算什么？然而，不等他说出口，身边这人就飞快地上前去接住了五皇子的长弓，满怀担忧地问："殿下没事吧？"

周和珉揉着手腕，表情不太轻松。

殷花月连忙道："让大夫来看看？"

"不必。"他龇牙咧嘴地抬头，哀怨地看了一眼她怀里的弓。

殷花月立马就把弓塞去了八斗手里，然后看向李景允："公子，五皇子身子弱，咱们还是去屋子里下棋吧。"

李景允额角跳了跳。

心里没来由地生出一股子火气，他强自压下，皮笑肉不笑地说道："五皇子贵人事忙，你何必耽误他要紧事？"

"无妨。"周和珉朝他笑了笑，"今日我没别的事，就是专程来跟三公子讨教的。太子哥哥常夸三公子文武双全，我总该学着点儿才是。"

面容稚气未脱的小孩儿，说起话来一板一眼的，自然又真诚。可是，李景允莫名觉得不舒坦，目光与他一对上，心头的火气就又高了两寸。

"行。"他拂了一把袖口，咬着牙道，"下棋也好。"

殷花月殷勤地给他们搬来了棋盘，沏上两盏好茶。

李景允扫一眼茶盏，冷声道："爷不喝这个，换一盏碧螺春。"

"是。"殷花月已经习惯了这人的挑剔，二话不说就要撤下他的茶。

"等等。"周和珉拦住她，温柔地笑道，"你好不容易沏好的，倒了多可惜，放在我这儿吧，我两盏都喝了去。"

殷花月有些迟疑，他却兀自伸手来将茶接了，撇开茶叶抿了一口，然后赞赏地说道："这沏茶的手艺，和宫里的比起来也不差。"

听听，这说的才是人话啊。殷花月欣慰不已，连带着笑容都灿烂了两分："殿下先喝着，奴婢去给公子重新沏一杯。"

大概是许久没被人夸过了，她转身退下的步子里都带着雀跃，裙摆一扬，跟只蝴蝶似的飞出了门口。

周和珉笑眯眯地瞧着，然后拈了黑子落下棋盘。

"三公子对自己的侧室，多有苛待啊。"

李景允眼神恹恹，白子落下去，"啪"的一声响："何以见得？"

"寻常人家，侧室都自称'妾'。公子府上这位，却称的是'奴婢'。"周和珉摇了摇头，"界限也太分明了。"

"……"一语惊醒梦中人，李景允朝空荡荡的门口看了一眼，微微皱起眉头。

他就说哪里不对劲，这人好端端的，什么时候又开始自称奴婢了？

虽然心里有计较，他面上却不肯示弱，收回目光落下白子，漠然道："她原本就是奴婢，一时半会儿改不过来也是寻常。"

周和珉仔细地摆弄着棋子，似乎不在意他这狡辩。

李景允脸色更加难看。

殷花月没一会儿就回来了，重新将茶放在他的手边。他看了她一眼，端茶喝了，没再吱声。

棋盘上风云变幻，你来我往，互不相让。

殷花月站在旁边捧场地鼓掌，然后好奇地问："殿下，您这一棋为何要自断其尾？"

分明还有别的活路可以走。

周和珉摆正黑子，仰头笑道："我这么走不就赢了吗？"

赢哪儿了？殷花月和李景允齐齐皱眉，不解地看着棋面。

周和珉捏住宽大的袖口，优雅地伸着双指指向连在一起的五颗黑子："五子连珠，自然是我赢了。"

李景允："……"

"公子息怒。"殷花月连忙倾身过来，讨好地冲他笑了笑，低声道，"殿下年岁尚小。"

他友善地说道："你慌什么？"

"奴婢怕爷生气。"她弯着眉梢看着他的眼睛。

李景允好笑地问她："你哪只眼睛看见爷生气了？"

"不生气就好。"殷花月使出吃奶的劲儿压住棋桌，撇了撇嘴，"那您要不将手松了，对面坐的是皇子，您这桌子掀了砸过去不合适，要惹麻烦的。"

手背上青筋暴起，李景允掀着桌底，那叫一个气愤难平。他怀疑周和珉今日就是来气他的，更可气的是，面前的这个人愣是要护着人家。

眼底有些委屈之意，他看着她轻声道："分明是爷赢了。"

"好好好，公子赢了。"殷花月给他作揖，"奴婢看着呢，公子棋艺无双。"

李景允愤愤地松了手。

殷花月连忙把点心给这两位端上来。

"公子。"这时八斗从外头跑进来，拱手禀告，"有个柳府的下人求见。"

柳府？李景允扫了周和珉一眼，起身去偏房接见。殷花月柔声请五皇子用点心，然后也跟着过去看了看。

"三爷！"长夜一进门就给他跪下了，表情慌张，开口却又快又清楚，"我家主子在栖凤楼跟人打起来了，情况不太妙，让小的来知会三爷一声。"

这光天化日的，还能有人在他的地盘上动他的人？李景允听笑了，拂袖就要走。

殷花月下意识地拽住了他的手。

手心一软，李景允回头，皱眉道："爷这儿有事，你总不能碍着道。"

"公子多带些人吧。"她压着心里的慌张，正色道，"有备无患。"

三爷闯荡江湖，从来就不靠人多，让他带人，不是看不起他吗？李景允哼笑，松开她就跨出了门。

殷花月跟着出去，没走两步就被他甩在了后头。心知劝是劝不住了，她扭头，冲进主屋就将还在吃点心的五皇子拽了起来。

"您来时带了多少护卫？"她眼神灼灼地问。

周和珉被她吓得差点儿噎住，抚着心口道："二十。"

"恕奴婢冒昧，咱们能不能去追上公子爷？"她笑得分外勉强，眼里满是焦急，"殿下身份贵重，若是不愿以身犯险，将护卫借给奴婢也好。"

眉梢微动，周和珉又笑了，这人还真是这样，分明自称"奴婢"与人划清界限，可那人真要有事，她又比谁都急。

在她心里，李景允恐怕就是那块花生酥，扔了可惜，又不得不吐。

将自个儿的袖子从她手里拽回来，他狡黠地朝她眨了眨眼："护卫可以借，我也可以一并去。但你得答应我一个条件。"

一瞬间，殷花月脑海里闪过"听命于我，替我监视大统领府""以身相许，随我离经叛道"以及"把你身上最宝贵的东西作为交换"等一大堆条件，眼眸慢慢睁大，最后几乎是贴在隔断的木栏上，戒备地看着他。

结果周和珉道："等有空，你给我说说你在大统领府当奴婢之前的事儿。"

殷花月眨眼，有点儿不敢相信："就这个？"

"就这个。"他起身往外走，拂袖道，"这是最有趣的东西了。"

修长的身影融进外头耀眼的光线里，带着两分恣意和潇洒。殷花月抬步跟上他，心想这哪是十五岁的少年啊，活像个五十岁的世外高人。在他的世界里只分有趣和无趣，压根不看利弊。

李景允走得很快，坐车是追不上了，殷花月给周和珉牵了马来，不等他多言，自个儿先上马朝前追去。

其实听完栖凤楼之事，她就明白李景允不是个任人拿捏的公子哥儿，就算身处险境，他也应该能应付，她这一去，颇有些没必要，也许还会招人嫌弃。

然而，脑子里是这么想的，手上的马鞭却甩得飞快，她踩着马镫，眼睛死死地盯着前头，心里默念千万别出事。

京华的正街上是不允许策马前行的，李景允一到罗华街附近就下了马，拂开衣摆大步往栖凤楼走。

往日的罗华街附近一直热闹非常，今日一眼扫过去，整条街也就零零散散几十个人在来回晃悠。他走了一段路，突然觉得不对劲。

这些人没有一个朝他看过来的，但他扫视四周，觉得有无数双眼睛落在自己身上。

背后突然响起一声竹笛声，清幽幽的音儿盘着几个旋儿传遍了半条街。李景允顿了一下，目光扫过街道两旁吃面吃包子的百姓，他的嘴角抿起，不动声色地往后退。靴底朝后落下的一瞬间，四周风云突变。

皇室中人向来爱养死士，大梁皇室也不例外，这些人从小被选拔进官署，长相平平无奇，出手却极为狠戾。哪怕是穿着罗裙纱衣的寻常姑娘，下一瞬，这些人手里的刀也可能抹断人的脖子。

李景允侧头躲开一刀，倏地失笑。自从两年前在街上打斗被他爹抓住，他就再也没在罗华街上动过手了，再次看见这番阵仗，一时还有些怀念。

"杀人也不报家门？"他夺了一人的匕首，抛上半空翻手接住，凌厉地横在冲上前来的死士眼前，刀锋泛泛，言笑晏晏，"一点儿也不懂规矩。"

那人瞳孔一缩，反手直劈他的后颈。他一闪，其余死士立刻一拥而上，根本不打算与他君子过招，直接想以多欺少，就地斩下他的人头。

李景允有点儿头疼，握着匕首的手腕甩了甩，望天轻叹一声："今日遇见的，怎么都是不讲理的人。"

天上白云拂日，骄阳淡光。一丝微风吹过，陡然染上两分血腥气息。

死士早已埋伏在此处，领头的人戴着铜铸的面具，细长的眼孔中流露出渴望血液的神情。

谁都知道李家三公子有些身手，他也自然是准备好了，几十个人轮流上前，就算前头死几个人，可到后面他也会乏力，此乃蚂蚁斗象之术。

但他没想到的是，人群里那人出手极快，七八个人被他一刀割喉，血飞洒出去了，人都没有反应过来。

李景允下手是真狠啊，白刀子进红刀子出，眼睛眨也没眨，刀刃割在皮骨上，声音听得人耳根发麻。但凡他有一丝疲态，四周的人都会继续往上冲，可他没有，不但没有，那双眼睛还越来越亮。

他抹开溅在脸上的血，扭头朝旁边犹豫的人招了招手："过来试试，也许你能成呢？"

死士："……"

杀人诛心。

死士的强大之处在于他坚定的信念和无畏的精神。然而，仅这一点儿东西，都被他拎出来放在脚下，踩了个稀烂。

领头的人沉默地看着，第一次从自己手下的脸上看见了恐惧。几十个人，就这么围在他周围，没有人敢再上前。

"慌什么？"他忍不住开口道，"猎物已经是强弩之末，也就会些嘴皮子功夫，给我上。"

几人对视一眼，踟蹰不前。

李景允依旧在笑，背抵着街边铺子的墙壁，笑得漫不经心。他不着痕迹地将手里卷了刃的软剑拢进袖口，抬着下巴道："来啊。"

像从黄泉爬上来的恶鬼，友善地朝他们张开双手。

这谁敢来？

人群无声而默契地往后退了半寸。

领头的人知道这群人是没了心气儿了，一咬牙，自个儿挽弓，箭头对准了他。一箭离弦，逼得李景允往侧一躲，身形微晃。他大喜，引开一箭朗声喊："他没活路了，全是虚张声势！"

有人重新振作，提剑来刺，领头的人长箭出手，直取李景允心口。

这箭不是很准，力道也不够，李景允嫌弃地看着，宝蓝色的衣袖微微抬起，上头的锦鲤跃然如活。

然而，下一瞬，有人如闪电一般撞进了他怀里，举着一块不知从哪儿寻来的破木板，"啪"的一声将长箭挡下。那箭头刺破木板，堪堪停在她的鼻尖前头，她吓得一颤，面孔雪白。

李景允错愕地挑眉，低头看过去，就看见了刀光剑影里他最不想看见的人。

"你来干什么！"

殷花月刚把箭头挪开，就听见背后一声惊天怒吼，她一个哆嗦，扭头看他，又气又怒，当即朝他吼了回去："还能干什么，来救人！奴婢一早说了让您出门多带点儿人，您不听，真当自己打遍京华无敌手呢，瞧瞧，要不是奴婢来得快，您这命还有没有了！"

李景允更气："你来能顶什么事？多送一条命？"

"谁说的，您看这不是救驾有功？"她咬牙举着木板，差点儿砸去他脸上。

他一巴掌将这破木板拍开，喘着粗气，双眼微红："给爷滚。"

再好的脾气，也抵不住要在心里骂人，殷花月摔了木板冷声道："您要不是大统领府的主子，奴婢也不稀罕来救。"

她转身想走，四周的死士却已经围上来，将两人一起困住了。

李景允抬手捏住她的肩，心里咬牙切齿，哑着嗓子在她耳侧道："你今日要是死了，就是蠢死的。"

"您能不能别开口闭口咒人死？"她连连皱眉。

"这场面，爷看你就不是奔着想活来的。"他哼笑，"还怕咒？"

"公子误会。"殷花月眼波流转，退后两步抵着他轻声道，"奴婢向来惜命。"

她这话音一落，一群死士就扑了上来，最前头的人举起刀，带着一股风一般的力量向下砍去。可与此同时，马蹄声踏破罗华街，周和珉扬鞭策马，冲破人群，一鞭子甩在举刀之人的手腕上。

长刀噌地飞出去，被李景允抬手抓住，手腕一翻，刀口扑哧一声没进了面前死士的心口。

殷花月还没来得及抬眼看，眼前就是一黑。

身后这人捂着她的眼睛，宽厚的手掌覆在她薄薄的眼皮上，又热又重。前头有什么东西喷洒在了地上，接着就是人倒地的动静。

她挣了挣，想看一眼，但身后这人按住了她，颇为不耐烦地"啧"了一声，不让她动。

护卫与死士拼杀成一片，周和珉抬眼看过去，却见李景允还靠在原处，他一只手提着刀，一只手捂着怀里人的眼，染着血的脸抬起来朝向自己，眼神漠然。

不过片刻之后，李景允朝他颔了颔首，似乎是谢他之意。

周和珉笑了，摇了摇手里的缰绳，眼珠子一转，给他做了个口型：我不是来救你的。

周和珉指了指他怀里的人，眉梢高挑，一字一顿地说道：是来帮她的。

李景允那一张脸，以迅雷不及掩耳之势，重新阴沉了回去。

黑云压顶，电闪雷鸣。

周和珉大笑出声，伏在马背上笑得差点儿掉下去，头上的玉铃铛跟着他的颤动发出清脆的响声，他晃着锦靴，满眼的兴致盎然。

那头正打得起劲呢，突然听见这么猖狂的笑声，领头的死士像是发现了至宝一样，放弃与护卫缠斗，转头就朝五皇子刺去。

"主子小心！"有人大喊一声。周和珉回眸，扯了缰绳用马头将这人撞开，骏马受惊，长嘶扬蹄，将他甩下了马背。

"殿下！"惊呼四起。

殷花月觉得不妙，连忙拉下李景允的手看了一眼，抓着他的手道："公子，这位可不能在咱们眼前出事。"

李景允自然明白这个道理，他再不情愿，也翻着白眼上前将周和珉救起来。

余下的死士已经被护卫完全制住，见势不对，领头那人转身就跑。李景允哪里肯放人，脚尖挑起地上的长剑便追了上去。

越往前追，罗华街上的行人就越多，方才消失得一干二净的百姓眼下好像都回来了。人头攒动间，李景允盯死了领头那人穿的那一身绾色长衫，追着他进了一条巷子。

巷子里有女子的说笑声，他心道不好，三两步追上那人，一剑抹了他的脖子。他动作干净利落，又没发出什么响动，就是想在不惊扰百姓的情况下把这人拖走。

结果巷子里的姑娘发出了一声惊叫，叫声直穿天际，霎时引来了一堆人。

"小姐，出什么事了？"

李景允颇为无奈地回头看过去，却见韩霜带着人站在他背后，一双眼落在他的怀里，唇上惊得都没了血色。

"……"

这也太巧了。

脖子上的青痕还未消，韩霜捏着手帕，满脸惶恐。她看了看他，又看了看他杀的人，哆哆嗦嗦地说道："景允哥哥，你为什么……为什么要杀他？"

这解释起来可就麻烦了，李景允摇头，将尸体放下道："改日再说吧。"

韩霜泫然欲泣，望着地上的人说道："可他是长公主最疼的人了，就算是景允哥哥你，也不好如此……"

长公主最疼的人？李景允莫名其妙地低头："这不就是个死士——"

脸上的青铜面具不知去了何处，龙凛躺在他的脚边，喉间的血一股又一股地往外涌。他还没咽气，眼珠子动了动，一眨不眨地看着他。

像是对他眼里的震惊很满意，龙凛笑了，气咽下去，整张脸就定在这个阴森恐怖的表情上。

李景允愣住了。

韩霜身后来了官家和护院，一大群人就这么看着他，有人报了官，京兆尹衙门没一会儿也来了人。

一片嘈杂之中，李景允突然就明白了。

龙凛一开始就想好了，就算没能杀了他，也会让他背上杀害面首之罪。他把青铜面具一扔，死在韩霜面前，没人能证明他是方才的死士，也没人知道李景允这是在捉拿刺客，众人看见的，只有他手里沾满鲜血的剑和地上冰冷的尸体。

高明，实在是高明。

李景允抬头，眸光深沉地看向韩霜。

她像是毫不知情，慌张地拦着来抓他的衙差，嘴唇轻颤，神色担忧。察觉到他的目光，她低头看下来，眼里满是不解和责备："景允哥哥，你倒是快说呀，是不是有什么误会？"

从死士到她，都是长公主的人，能有什么误会？

他嗤笑，目光越过衙差，远远地望出去。

衙差一脸莫名，跟着他一起看向大街的另一头。

死士落网就选择了咬舌自尽，护卫收拾了残局，不由分说地先将周和珉请回宫。周和珉很是无奈，看向一旁跌坐着的殷花月，摆手道："过两日我再来看你。"

"多谢殿下。"殷花月扶着墙起身行礼，目送他上马离去。

到底是身份尊贵的皇子，今日这一遭已经是荒唐，她也不可能还让人留下来善后。

地上还有一摊摊的血迹，殷花月看得腿软，正喘着粗气呢，柳成和就带着朝凤过来了。

"你没事吧？"朝凤扶起她，扫了一眼四周，咋舌不已。

殷花月笑着朝她摇头，然后给柳成和指了指李景允追去的方向，后者立刻带着人过去找。

"今日出门真是没看皇历。"朝凤一边扶着她离开这地方一边跺脚，"咱们在栖凤楼好端端喝着酒呢，平白被个酒疯子冲过来找了麻烦，成和也是个倔脾气，非要跟人打。结果那头还没打完，就听说这头也打起来了。"

她捏着帕子给殷花月擦了擦脸，低声问："你们这头打赢了没有？"

殷花月哭笑不得，道："应该是打赢了，人都没伤着，就是场面大了些，有点儿瘆人。"

朝凤拍了拍她的手以示安抚，然后抬眼看向前头："他怎么找个人都磨蹭这么半天？"

罗华街很长，中间有三个路口，她们走过第二道牌坊，就看见前面围满了百姓。柳成和带的家奴都在外头没挤进去，只踮着脚看。

"怎么回事？"朝凤皱眉。

家奴听见她的声音，慌忙回头道："少夫人，官差在前头抓人呢。"

"官差抓人关我们什么事，你们没见过热闹？"她左右看了看，"少爷呢？"

家奴为难地看向人群里。

拥挤的百姓被官差分开，中间豁然开出一条道来。朝凤一喜，抬步正想借过，一抬头就看见衙差押着个熟悉的人走了出来。

"哎。"她困惑地拉了拉殷花月的衣袖，"那个人是不是有点儿像咱们三爷？"

殷花月目光沉重地看着，半晌之后低声答："不是像，那就是。"

十个衙差围着李景允，倒是没有给他上镣铐，只是，每个人的手都按在腰间佩刀上，神色很是警觉。柳成和跟在李景允旁边，小声与他说着什么，他点了点头，又扫了右侧的人一眼。

殷花月跟着看过去，就见韩霜在他右侧亦步亦趋，哭得梨花带雨。

"这算个什么？"朝凤看得直蹙眉，"十八相送呢？"

柳成和没跟多远就退了出来。朝凤拉着殷花月走过去，很是不悦地说道："三爷怎么又跟那小蹄子搅和上了？"

"不是搅和。"柳成和面色凝重地说道，"三爷失手杀了长公主的面首，韩霜是目击证人。"

"面首？"殷花月摇头，"他是去追方才在街上行刺的面具人，哪儿会突然对什么面首动杀心。"

柳成和看向她，目光复杂地说道："戴上面具是刺客，摘了面具就是面首。三爷能杀戴着面具的刺客，却杀不得没戴面具的面首。长公主若是执意想找他的麻烦，三爷的生死，算是捏在韩霜的手里了。"

她呼吸一窒，皱眉揉了揉额角。

躲不过，还是躲不过。她这无权无势的奴婢，哪里拦得住位高权重的长公主。还以为从死士手下保住性命就已万全，没想到后头还有坑在等着。

最近的废除掌事院一事，皇帝偏心太子，没少让长公主受委屈，到底是亲生的，心里还是有愧。这一回出事，皇帝必定站在长公主这边，指望他顾念李景允是不成的。

至于太子，他也许肯帮忙，但能帮到什么份儿上就难说了。

殷花月脑子转得飞快，脸色紧绷，下意识地啃了啃指甲。

柳成和看了她一会儿，突然道："其实小嫂子也不必太担心，韩霜那个人……未必是想要三爷的命。"

殷花月微微一愣，回视他，看着他那别有深意的眼神，慢慢地就反应了过来。

长公主气的是李景允不为她所用，那么摆在他面前的就有两条路。第一，继续忤逆长公主，那他就会被扣上杀人之罪；第二，让韩霜满意，韩霜自然就愿意替他洗清罪名。

太精彩了，殷花月都忍不住想鼓掌。李景允连个一官半职都没有，竟值得这些上位者如此用心，实在是难以置信。

"委实是不要脸。"朝凤柳眉倒竖，"天底下是就三爷这一个男人了还是怎的，她连这种阴损主意都想得出来！"

柳成和叹息："未必是她想的，但她也只能这么做。"

他顿了一下，瞥一眼殷花月，低声道："眼下三爷定是先押在牢里了，小嫂子得回府去报信，顺便也准备点儿酒菜，晚些时候去看看他。"

殷花月似乎在想事情，半晌才回过神来，轻声应道："好。"

朝凤挽着她的手，爽快地说道："我陪你回去。家里男人出了变故，女人总是会慌张不已的，有我在，你要是漏了什么，我替你看着。"

柳成和皱眉，刚想说她这样不妥，她的目光就扫了过来："夫君有话说？"

"……没。"心里默念君子不与女人计较，柳成和带着家奴自个儿走了。

朝凤回过头，满眼心疼地抚了抚殷花月的鬓发："好端端一个姑娘，怎么就摊上三爷这样的人了，待在他身边，太平不了的。不过有一点你可以放心，三爷眼里揉不得沙子，韩霜这么算计他，他肯定不会让她如愿。"

殷花月拉她上马，一声不吭地回了大统领府。

看着她这瘦弱的背影，朝凤心里怜悯更甚。夫君出事，救他的法子是把自个儿夫君让出去。这情况要是搁在她自己身上，那气都气死了。

殷花月一定也很难过，看看，走了一路，一句话也没说。

心里酝酿着安慰她的话，朝凤跟着殷花月跨进东院的门，打算从女儿家的一生说起，让她明白爱惜自己才是最重要的。

结果她刚张开嘴，就听得面前这人冷静地对家奴吩咐："八斗去主院禀告大统领，就说公子被人陷害，扣在了大牢，莫要惊动夫人。夫人若是问起，就说公子被太子留膳，晚上未必回来。

"后院的白鹿喂了没？喂了就拿食盒去厨房，让厨娘做两个下酒菜，把后厨搁着的花雕打上一壶，等会儿随我出去一趟。"

殷花月一边说一边跨进主屋，找了一套干净简洁的长衫，并着枕头、被褥，工工整整地叠好，再用包袱皮裹住。看一眼书桌，她抄起桌上的纸墨，写了一封信递出去。

都收拾好了之后，殷花月抱着包袱出门，顺手给朝凤端来一盏茶，看她目瞪口呆的没个反应，便道："喝口水。"

朝凤下意识地张嘴。

殷花月将茶喂给她，又给她吃了一块杏仁酥，然后一只手抱着包袱一只手拉着她往外走："不知道待会儿会耽误多久，你先垫垫肚子。"

杏仁酥在嘴里化开，朝凤咽了，哭笑不得。

哪有这样的姑娘，软弱斯文，娇得跟花一般，可被风一吹，愣是不倒，倒跟野草似的韧劲十足。她想来照顾她，反倒被她照顾得妥妥当当。

李家公子突然背上命案，这消息在京华掀起了不小的波澜。光是来大牢里探望的人，一个时辰内就来了六拨，有安慰他的，有给他出主意的，还有像李守天这样来骂他的。

李景允听得烦，拎着狱卒把自己换去了死牢。

温故知感慨地打量着牢房四周，然后低声问他："三爷打算怎么办？"

李景允正看着殷花月收拾牢房，闻言漫不经心地说道："来都来了，先住着吧。"

听他这么说话，温故知便放心了，不再与他讨论案子，倒是转眼笑道："小嫂子也真是见过世面的人，在这儿都能面不改色、沉着冷静，瞧这床铺收拾的，跟府上也没什么两样。"

朝凤正在另一头跟柳成和小声嘀咕呢，闻言立马凑过脑袋来："三爷，不是我要夸谁，身边有殷花月这样的姑娘可太省事了。别人家的男人出事，女儿家少不得都哭哭啼啼，您瞧她，不但没哭，还替您考虑得十分周全。"

她从栅栏里看过去，唏嘘地摇头："太厉害了。"

李景允挑眉，跟着瞥了牢房里那人一眼，不置可否。

殷花月冷静地将地上的杂草收拾成一个草垛，捏着帕子把墙上的草灰抹干净，然后将带来的被褥铺在了光秃秃的石床上。旁边木桶里盛着的水已经变得漆黑，她盯着出了会儿神，突然觉得四周安静了下来。

她茫然地回头，突然发现外头那几位不知何时都走了，整个死牢里就剩下她和李景允。

李景允正盯着她看，一双墨瞳深不见底。他靠在栅栏边上抱着胳膊，想了片刻，伸出手指朝她钩了钩。

她下意识地在围裙上抹了抹手，过去给他行礼："公子有何吩咐？"

"爷都到这儿来了，你没什么话要说？"他挑眉。

面前这人冷漠地摇头，眉梢动也不动，平静地说道："公子身份尊贵、机敏聪慧，用不着奴婢担心。"

"哦？"尾音绕了一个旋儿，他捏住她的手腕，将她拉向自个儿，低眸看过去，"你不担心，今日怎么还慌里慌张地来救爷？"

"奴婢没慌。"她面无表情，连抬一抬嘴角都多余，"只是知道主子有难，前去搭救也是理所应当。"

两人靠得很近，她却没贴上来，身子僵硬得跟木板似的，与他保持着一线之隔。

李景允惆怅地叹了一口气。

他伸手扣住她的后腰，将她整个人按进自己怀里，下巴抵着她的脑袋，轻轻蹭了蹭。

"说句实话，爷又不会笑你。"

也不是没笑过。

殷花月暗自撇嘴，半张脸埋在他胸口，闷声道："奴婢说的就是实话。"

"那爷这一遭要是逃不过，得死在这儿，你也不慌？"他沉了嗓子吓唬她，"这一环扣一环的天罗地网，可没有那么好对付啊。"

怀里的人沉默了，手抓着他的衣袖，无声地攥紧。

李景允察觉到了，心里瞬间舒畅极了，脸上笑得春风招摇，嗓门却还是压得低低的，凑在她耳侧道："没关系，等爷死了，就把栖凤楼交给你。如此一来，你至少是吃穿不愁，也不枉与爷恩爱一场。"

牙咬得死紧，殷花月颇为烦躁地说道："这才刚入狱，怎的就要安排后事了？"

"早晚的事。"他沮丧地叹了一口气，"爷是不愿被人摆弄的，与其让那几位如意，不如大家结怨，他们往后也别想好过。"

"荒唐。"她一把推开他，怒目而视，"命是最重要的，先保着命了，什么都好说，哪有人拿自己的命去跟人结怨的。"

胸口被她推得生疼，李景允轻咳一声，好笑地答："我啊。"

血气上涌，殷花月气得头晕，原地蹀了两步，身子直颤。她张口想去啃指甲，又哆哆嗦嗦地把手放下了，搓在围裙上，指节泛白。她一双眼胡乱地转着，嘴唇也跟着发颤。

没料到她当真会生这么大的气，李景允有点儿慌了，起身想过去抱她，结果刚伸出手，就被她一爪子拍开。

"啪"的一声脆响，在寂静的牢房里还有些回音。

李景允不觉得生气，倒是有些高兴，又有些心疼，他看着眼前这人眸子里泛上来的水光，胸口不舒服地搅成一团，皱眉道："爷说着玩的，你别哭啊。"

殷花月避着他，脸绷得死紧，眼眶发红，肩膀也发抖。

"哎——"他围着她绕了两圈，手足无措地说道，"爷不吓你了，死不了，真死不了的，这才多大点儿事呢。你不是不担心爷吗，怎的气成这样了？哎，不说了，我不说了，你先缓口气。"

从小到大，李景允可从来没这么慌张过。见她压根听不见自己说话似的，他狠了狠心，伸手钳住她的两只手腕，将她整个人揉进自己的怀里。

小小的一团身子，冰冷又打着战，抱了许久才慢慢镇定下来。

李景允哭笑不得，又觉得心口泛酸。他低头蹭着她冰凉的侧脸，用自己生平最温柔的语气轻声哄她："是我混账，乱说话，咱不气了，等过段日子出去，我给你买京安堂的蜜饯吃。"

殷花月茫然地望着牢房某一处，好半晌才想起自己在哪儿。她闭了闭眼，沙哑着嗓子开口："奴婢没气。"

"嗯，没气，谁会在意三公子这样的小孽障，咱们不管他。"他声音里带笑，轻轻抚着她的背。

殷花月有点儿恼："真没气。"

"嗯，谁气了来着？我没瞧见。"

李景允眼里星光万千，亲昵地蹭着她的脑袋，觉得死牢真是个好地方啊，风景怡人，山清水秀。

殷花月泄了气，闷声道："奴婢收拾完就该回去了。"

"这么快？"他不甚乐意，"左右没人来打扰，你急什么？"

"回公子。"她没好气地说道，"奴婢要回去照看东院的。"

听着这自称就刺耳，李景允捏住她的下巴，拇指轻轻抚过她的唇瓣，低声诱哄："说'妾身'。"

殷花月皱眉，一双眼分外抵触地看着他。

都是自个儿造的孽啊，他叹息，凑近她轻声道："爷是在大统领府里长大的，打小就没看过人脸色，有时候说错了话，没人提醒，爷也就不知道。先前误会了你，以为你跟韩霜一样使性子，话说得重了，现在爷跟你赔个不是，可好？"

殷花月眼眸低垂，平淡地说道："公子是主子，主子不用给下人赔不是。"

"对不起。"他拥着她，蹭着她的耳侧，声音低沉又认真。

殷花月身子微微一僵，她抿唇别开头："公子言重。"

"在观山上的时候，"他自顾自地说道，"爷也不是非要算计你，只是，你我分明也很亲近，为何你宁愿求助于沈知落，也不愿跟爷开口？"

那能一样吗？沈知落帮她，是给她指一条明路，他帮她，却是挖坑给她跳。

想起这事，殷花月还觉得窝火，忍不住又推了他一把。

李景允丝毫没有被她推动，他抱着她，眼里带了两分笑意："怪爷无耻，爷惦记你，想着纳了你做妾室，你就不好再跟沈知落卿卿我我了。"

殷花月微微一愣，有一瞬间的茫然："奴婢什么时候与沈大人卿卿我我了？"

李景允含笑的声音里带上一抹咬牙切齿，他掐着她的腰道："你喝了孟婆汤不成？树林里、马车上，哪回爷没逮着你们卿卿我我？"

"……"这解释起来实在麻烦，殷花月选择了沉默。

身前这人轻哼了一声，不高兴地抿着唇，不过没一会儿，他就又低下头来，柔声哄她："把称呼改回来，嗯？"

"公子。"殷花月又气又笑，"一个称谓罢了，何至于如此在意？"

他抬了抬下巴，固执地看着她的眼睛："改不改？"

她想摇头，可刚将头摇到一边，还没摇回来呢，下巴就被他捏住，整个人往上一仰——温暖柔软的触感落在唇上，熟悉的气息瞬间席卷过来。

殷花月瞪大了眼，还没来得及推开他，这人就自己离开了，眼眸垂下来睨着她，又问一遍："改不改？"

她是没料到还有这么下流的胁迫法子，一时怔住了，张口刚想回答，李景允就又啄了她一口。

"你……"殷花月气得拍他的肩，"总要给个回答的机会。"

"好。"他十分君子地挺直了背，"你答。"

还能怎么答？她无奈地叹了一口气："妾身改了便是。"

李景允嘴角一扬，还是啄了她一口。

"公子！"殷花月恼了，"妾身都改了，您怎么还亲啊。"

"不好意思，太高兴了，没忍住。"他十分自责地啐了自己一口，然后再次拥紧了她。

有那么一瞬间，殷花月觉得自个儿可能在做梦，这讨人厌的小孽障怎么会变得这么温柔诚恳？可偷偷掐一把他的胳膊，李景允的吸气声又格外清晰，不像是在梦里。

难不成，当真是人之将死其言也善？

她扫一眼墙壁上跳跃的烛火，陷入深深的担忧之中。

离开死牢之前，李景允吊儿郎当地同她道："不用操心爷，也别做多余的事，爷自己有法子应付。"

殷花月皮笑肉不笑地回道："爷放心，妾身不会自不量力。"

可说是这么说，她回去东院后，房里的蜡烛还是烧了一整夜。

第二日，霜降来传话，说司徒风借着太子庇佑与韩家打起了官司。韩天永被害一事给韩家带来了巨大的打击，以至于韩家二老不惜一切代价想要司徒风死无全尸。

"咱们看热闹就够了。"霜降低声道，"司徒风手里什么东西也没有，挣扎不了的。"

殷花月一边修剪院子里的树枝一边道："昨儿我写信，从沈大人那儿讨来一份东西，你拿着，想法子给司徒风送去。"

霜降好奇地接过信笺，打开扫了一眼，柳眉直皱："您这是做什么？"

"搅浑水。"她答，"越浑越好。"

司徒风都在劫难逃了，为什么还要给他一线生机？霜降将信笺反复看了两遍，突然沉了脸："您这是想围魏救赵？"

"没有。"殷花月摆手，"我哪有那闲工夫，只是，司徒风死在牢里也太轻松了些，想法子弄出来，我准备了大礼等着他。"

霜降将信将疑，收了东西走了。

殷花月在玉兰树下站了一会儿，若无其事地收拾好残枝和花剪，去了一趟掌事院。

自从上回离开后，她已经好久没来这个地方了。荀嬷嬷瞧见她，难得还有些想念，给她上了茶低声道："听闻你做了三公子的侧室，怎么还回这晦气的地方来？"

荀嬷嬷用的刑罚虽然重，但人还算和善，与她也没有私仇，聊起天来倒有两分自在。

殷花月笑眯眯地问："外头都是怎么议论我这侧室的？"

"说来你可别生气。"荀嬷嬷左右看了看，低声道，"做奴婢的，一旦爬上主子的床，外头的风声都不会太好。不过我听人说你怀了身孕，这母凭子贵，也在情理之中。"

想起自个儿在长公主和韩霜面前做的那一场戏，殷花月扬唇。

她拿出一个宝来阁的盒子，双手递到荀嬷嬷的袖子里。

"承蒙嬷嬷关照，才让我捡回一条性命，这点儿谢礼，不成敬意。"她浅笑道，"就算念着嬷嬷的恩情，将来有什么事，我也一定替嬷嬷顶着。"

话里有话，苟嬷嬷捂着盒子，略微忐忑地看着她。

外头闹着要废掌事院，对旁人来说可能没什么要紧，可对苟嬷嬷来说，这就是灭顶之灾。他们这些里外通气的人，失了宫里主子的庇佑，还不得被人清算旧账？

这几日她都没睡好，骤然听见殷花月这话，她惊疑不定，一双眼左右飘忽。

下午的时候，苟嬷嬷告了病假还乡，殷花月去掌事院，以自己惹怒三公子为由，请罚了五个鞭子。

对于时常领二十个鞭子的人来说，这五个鞭子实在是不痛不痒，一咬牙就忍过去了，但这回，殷花月没忍，鞭子刚落了两下，她就倒在了地上。

本就处在惊恐之中的大统领府，一时间又闹开了。苏妙跑来将殷花月抱回了东院，请大夫一诊脉，嚯，小产了。

也不管没圆房的人是怎么怀上的吧，殷花月抱着被子，用尽毕生所学，哭得那叫一个凄惨动人，边哭边跟苏妙小声嘀咕。

于是半个时辰之后，苏妙砸了大统领府里的掌事院，一把火烧起来，差点儿连累了旁边的西院。

这动静委实太大，直接惊动了中宫。建朝五载，谁敢动掌事院半砖半瓦？中宫大怒，想要问罪，李守天却在这个时候进宫，带着一众老臣，跪在了御书房外。

大统领府痛失子嗣，其余府上又何曾安生？先前失了妻子的梅大人与他一起将青石地砖磕得砰砰作响，求陛下给个公道。东宫和长公主都闻讯赶来，就掌事院当废不当废一事，又吵了一个时辰。

官家乱，宫里也乱，长公主和韩家忙得焦头烂额，一时间谁也没再顾上李景允。

李景允就坐在牢里跟温故知喝酒。

温故知无比感慨啊，捏着酒杯摇头道："怎么什么姑娘都被三爷您给遇着了呢？原以为就是个不起眼的奴婢，不承想这么厉害，还懂得围魏救赵。"

"那是你见识少。"李景允嗤之以鼻，"这有什么稀罕的，为救心上人嘛，总要绞尽脑汁的。"

话是这么说，可这位爷脸上的那个得意劲儿啊，嘴角都快咧到耳朵根了。

温故知看得直发毛，搓着胳膊道："爷，有话好好说，咱还坐着牢呢，这么高兴不合适。"

李景允踹他一脚，收敛了神色问："宫里如何了？"

"圣上原本是打算将掌事院的事再拖个一年半载的，可眼下突然出事，加上东宫和群臣力争，估摸着是要废了。"温故知抿了一口酒，眼眸微眯，"中宫气急败坏，怕是要找东宫的麻烦，你待在牢里倒是好事，有什么风浪都波及不到你。"

李景允想了想，又问："司徒风如何了？"

温故知想了好一会儿才想起司徒风是谁，纳闷地说道："您怎么问起他来了？他也在牢里关着，本是要被韩家摁死的，谁知道掌事院一出事，他也如获神助，突然有了韩天永以权谋私的证据。按照大梁律例，若是死者本就罪大恶极，那即便他当真是凶手，也不会以命抵命，眼下案子还在查，但估摸着他也快出来了。"

李景允眸子里暗光微闪，道："你让人盯着他。"

"嗯？盯司徒风？"温故知更不解了，"他跟咱们有什么关系？"

"盯着就是，若是他出了什么事，你记得来知会我一声。"

行吧，温故知也不指望这位爷什么都告诉他，一点儿小事，应下就是。

两人碰杯，夹菜饮酒，没一会儿，狱卒过来小声道："李公子，有人来探视了。"

李景允头也不抬地摆手："爷选死牢就是不想见闲人，除了我府上的和面前这位，旁人就都挡了吧。"

狱卒为难地站着，没动，后头的人倒是自顾自地走了进来，轻唤了一声："景允哥哥。"

筷子顿了一下，温故知还是忍不住感慨："怎么什么姑娘都被三爷您给遇着了呢？"

同一句话，放谁身上都挺合适。

李景允抬眼，也没让狱卒开门，就这么隔着栅栏看向外头的人。

韩霜脸色苍白，人也有些憔悴，撞见他的目光，她慌张地低下头，揉着手帕道："小女有事想同景允哥哥商量。"

"说吧。"他道。

她皱眉扫一眼里头还坐着的温故知，尴尬地笑了笑："这……"

"都是自己人。"李景允皮笑肉不笑，"当年你带人来搜我东院的时候，他不也在吗，还有什么听不得的？"

温故知端起酒杯，头也不回地朝她敬了敬。

韩霜神色微变，看了一眼狱卒，后者慌忙退下。

她盯着栅栏出了会儿神，抿唇道："人的确是景允哥哥杀的，我若去公堂上说实话，景允哥哥便是杀人凶手，轻则终身无法入仕，重则以命抵命。可景允哥哥心里清楚，小女是舍不得如此的。"

李景允喝了一口鸽子汤，眉头皱了皱，"呸"地将山药吐了出去。

韩霜被这动静吓了一跳，慌张地抬眼看他，后者若无其事地将汤碗放回去："你继续说。"

"……小女听闻，景允哥哥的侧室掉了孩子，那如此一来，景允哥哥便能休了她娶小女进门。一来，小女能给长公主一个交代；二来，也能圆了小女多年的夙愿。只要景允哥哥答应，小女便上公堂，作证人不是景允哥哥杀的。"

她说得飞快，眼睛眨巴眨巴地打量他："景允哥哥可愿意？"

温故知听得连连点头，小声道："这买卖好像也不亏，您不但能全身而退，还能捞着个媳妇。"

李景允十分赞同地看了他一眼，然后将他踹下了长凳。

温故知笑着躲开，坐去床边朝外头喊："大小姐，咱们要不就扔了这心思吧，听三爷说一句不愿，那可不比死了还难受？"

"景允哥哥为何不愿？"韩霜蹙眉，"眼下已经没有别的路可走了。"

李景允仰头喝完杯子里的最后一口酒，慢悠悠地起身，走去了栅栏边上。他低头看着她这张天真纯良的脸，眼里闪过一抹嘲弄。

"你是不是一直觉得，我不肯娶你，是因为我赌气，不愿意相信你的清白？"

想起些前尘往事，韩霜又激动起来："都这么多年了，景允哥哥为何还在意那件事？当年我真的只是碰巧遇见了林大人，他看我一个姑娘家的在路上走不周全，便带着我一起去你府上搜人，我当真没有出卖过你。"

"巧了吗不是？"李景允轻笑，"前一天你在我院子里瞧见了冯子虚，后一天就碰见林大人来我府上捉拿前朝文臣。"

韩霜哽咽，低声啜泣："造化弄人，这真是造化弄人。"

"别造化了。"他摆手，"五年前你抱着赏赐乐呵的时候，爷就坐在你绣楼的屋顶上。"

哭声一滞，韩霜瞳孔微缩，见了鬼似的猛地抬头看他。

李景允的表情很平和，眼里没有半点儿愤怒，只慢吞吞地同她道："爷一直没拆穿过你，就看你年复一年地哭委屈、说无辜。"

他学着她的模样掐起嗓子来，娇声道："我当真，当真是冤枉的呀……"

第十二章

哪怕认一次错

韩霜的一张脸啊，像是下了油锅的面团，惨白之后一片焦黄，再然后就黑得难看。

　　无数次相见，她都会像这样与他诉说自己的冤屈，怨他薄情、怨他冷血。

　　一开始还会心虚，可日子久了，韩霜自己都要相信自己是冤枉的了。她似乎没有为了赏赐出卖过谁，也从来没有撒过谎。

　　直到现在。

　　李景允就站在她面前，将她那虚伪的模样演了个遍，然后垂下眼来轻声问她："你知道爷闷不吭声看你撒了五年的谎，心里有多恶心吗？"

　　心里一直绷着的弦，突然就断了。

　　韩霜抓着栅栏，喉咙紧得喘不上气，她转着眼珠子，慌张地想解释："我不是……我当年，当年也才十二岁，我哪里知道何事可为，何事不可为？景允哥哥，我当真不是有意的，我只是一时鬼迷心窍。"

　　"然后就迷了五年？"他打断她的话，冷淡地抬眼，"爷给了你长达五年的时间。"

　　哪怕认一次错呢？

　　"我……"韩霜又急又羞，泪如泉涌，身子靠着栅栏滑下几寸，嘴里喃喃重复，"我真不是故意的，真不是。"

　　十二岁的少女，正是虚荣心最盛的时候，别家姑娘得了宫里哪个娘娘的赏赐，翘着尾巴来炫耀，她看得眼红，自然也想求来。

　　那时候大魏初灭，无数殷皇室忠臣在逃，冯子虚是当中最有名的贤士，景允哥哥仰他声名，将他藏在自己的院子里。当时他们两小无猜，景允哥哥不曾防备她，任由她在东院里闲逛，恰好与冯子虚打了个照面。

　　她还记得冯子虚的模样，像一本饱经蹉跎的古籍，虽衣着褴褛，但气度如华，眉宇间满是她看不懂的情绪。

　　跟通缉令上的画像一模一样。

　　心中小鬼作祟，韩霜在给长公主请安的时候，突然就开口告密，邀了功。

　　她到底也是念着他的啊，没说是李家藏人，只说冯子虚乔装打扮，蒙骗了景允哥哥。长公主宽宏大量，也没有怪罪李家，只将冯子虚抓走砍了脑袋。

　　韩霜觉得这不是什么大事，冯子虚与景允哥哥也只是萍水相逢，用一个陌生人的命换她的扬眉吐气，很是值当。

　　那一次，她得了三串玛瑙翡翠的链子、两个水头极好的玉镯，还有一顶漂亮的珠翠凤尾帽，穿戴齐整，将那几个喜欢跟她攀比的姑娘压得好几年没能抬头。

可眼下，韩霜跪坐在他面前，突然跟疯了似的后悔。

若是再来一次，她不想选那几个赏赐了，两人毫无芥蒂地继续长大比什么都好。他依旧会护着她，会只看她一个人，能迎进门的也一定是她，而不是像现在这样，将她视为眼中钉。

韩霜颤抖着嘴唇抬头。

李景允没有再看她了，他将头转向旁边，恹恹地说道："你没哭烦，爷也看腻了，想去公堂上做人证你便去，爷不拦着你。"

韩霜眼眸睁得极大，僵硬地摇头，抓着栅栏勉强站起来，不甘地说道："那样你会死的。"

"死了也比与你做伴强啊。"他笑起来，眼里半点儿温度也没有，"韩大小姐换个人惦记吧，爷委实不好你这一口。"

话尖锐得像把刀子，一下下地往人心口捅。韩霜双眼通红，血丝从眼尾往瞳孔里爬，狰狞又绝望。她从未受过这样的屈辱，臊得简直想往栅栏上撞。

温故知有些看不下去，轻声劝她："大小姐，没必要，天涯何处无芳草。"

"他救过我的命。"韩霜脸色苍白地呢喃，"上一回自缢之时，他还心疼我的，这才过了多久，过了多久……"

"三爷这人嘴硬心软，好歹是一起长大的，你真寻了死，他也未必觉得痛快。"温故知满眼不忍，"但你别算计到他的头上来啊，大小姐，你也是个聪明人，三爷最忌讳这个，你犯都犯了，还是别说了，留点儿韩家人的体面，快走吧。"

韩霜又哭又笑，胡乱拿帕子擦了脸，固执地问李景允："若出卖你的人不是我，你十八岁那年，是不是就愿意娶我了？"

李景允眼含嘲意，张口要答。

韩霜突然就慌了，她抓着裙子原地踱步，转来转去地捂住耳朵："我知道，我知道答案，你不用说了。"

她抬头，整个人抖得舌头都捋不直："可你娶的那个人，她也会算计你的。你们男人看女人，眼皮子浅得很，真以为她就是什么好人了。等着瞧吧，她也会有出卖景允哥哥的那一天。"

"……"

裙摆扫过，带得墙壁上的烛火明明灭灭，韩霜抖着身子仓皇地走了，脚步声凌乱地渐行渐远。

温故知满脸错愕地看着，然后坐回李景允对面，指着她离开的方向道："现在的小姑娘都这么狠啊？得不到的还要咒上两句。"

李景允似乎在想事情，神色有些凝重，过了片刻才应了他一声，顺手给他也斟上酒。

温故知仰头喝下，还有些愤愤不平："小嫂子多好的人啊，又没什么背景，哪能跟她似的往人背后插刀。"

李景允抚着杯沿的手顿了一下，神色复杂地往天窗的方向望了一眼。

窗外日近黄昏。

灿烂的晚霞布满天空，殷花月抱着毯子坐在东院里，张口咬住苏妙喂来的鸡腿。

她含糊地说道："表小姐，我也不是真的小产，不用吃这么多。"

"厨房送来的，不吃白不吃。"苏妙一边喂她一边眉飞色舞地说道，"府里那个碍眼的院子终于没了，府里那些个下人高兴得不得了，个个都争着给你张罗补身子的东西。你呀，就安心休息两日，其余的事交给舅舅他们去管。"

殷花月点头，目光飘向庭院另一边站着的人。

沈知落是跟苏妙一起来的，但从进来到现在，他一句话也没说，只望着院子里的玉兰树出神。

"表小姐。"霜降突然在外头喊了一声，"夫人请您过去一趟。"

苏妙连忙把鸡腿塞进她手里，余光瞥了沈知落一眼，也没多说什么，只笑着对她道："我去去就回来。"

"好。"殷花月应下，目送她跨出院门。

院子里起了风，枝头上的最后一朵玉兰也没留住，簌簌地落下半枯的花瓣。沈知落伸手想接，那花瓣却是打着旋儿从他手边飘落坠地。

无力之感从指尖传到心口，沈知落抿唇，捏紧了手里的罗盘。

"沈大人。"背后的人唤了他一声。

他顿了一下，收拾好情绪转头，正对上殷花月那双平静的眼。

先前看见他，她还会抵触和嘲讽，可如今也不知是发生了什么，她再看他，已经能像看个普通故人一样，礼貌又平和。

"李景允这回能逃过一劫吗？"她问。

袖口拢上，上头的星辰熠熠泛光，沈知落愣怔了片刻，突然苦笑："你向来不爱听我说命数。"

幼时的西宫小主聪明伶俐，不管学什么都很快，写好一幅字给他，他总会忍不住问："可想要什么奖励？"

粉白玉润的小人儿，毫不犹豫地回答他："想要你的乾坤罗盘。"

"要这个做什么？"

"拿去砸成泥。"小主笑出两颗小虎牙，既恶劣又可爱，"然后糊墙。"

她恨极了他算她命数、定她前途，十回主动来他宫里，九回都是想偷乾坤罗盘去砸了。

但现在，殷花月倚在长椅上，竟是温和地同他道："烦请沈大人看上一看。"

沈知落突然觉得舌根发苦。

他将乾坤罗盘收进袖口，垂着眼沙哑地说道："他命里一生富贵，本是没有波折的，但你非要与他在一起，他便多了几个劫要渡，眼下这个劫算不得多厉害，你不必太担心。"

更厉害的还在后头。

殷花月听懂了他话里的意思，忍不住笑出了声："大人知道我是个忤逆惯了的性子，越劝越不听，又何必阴阳怪气多说这两句。"

"说是要说的，听不听在小主你自己。"沈知落咳嗽了两声，拿帕子捂住嘴，狠狠抹了一把，"总归你也没把我们这些人放在眼里过。"

"你们？"殷花月加重了最后这个字，眼眸一转就明白了，"孙耀祖他们最近联系上你了？"

沈知落点头。他从李景允那里拿到的第二个印鉴，是大皇子的私印，于是最近联络他的人便多了起来。孙耀祖和尹茹本来是在观望，不知怎么突然想通了，也来向他投靠。

大魏已经四散的朝臣们，有的已经彻底变心，有的是在虚与委蛇，要想将这些人重新集结，需要花很大的工夫，一旦被周和朔发现，便是个诛灭九族的下场。

幸好，最近他们都被掌事院的事分去了精力，没人会注意几次普通的茶会和酒席。

沈知落回神，突然问了一句："你与冯子袭有过联络？"

殷花月低头整理着毯子上的褶皱，答："我一个奴婢，怎么联络兵器库的管事？"

也是，沈知落颔首。

尹茹常说，小主已经没了心气了，对复仇之事丝毫不上心，她还活着就已经是殷皇室的福音，也不指望她多做什么。

冯子袭如今也算是高官厚禄，没道理冒险去杀韩天永。就算韩天永喉间的伤口似曾相识，也未必就是他干的。

　　沈知落沉默了许久，才低声道："你好生保重身子，莫要再为李家公子犯险。有朝一日宫门重敞，我还是会奉你为主。"

　　听听，多忠诚多重情义啊，要不是躺着实在舒服，殷花月都想起来给他行个礼。沈知落和孙耀祖他们一样，都觉得她是个不中用的摆件，只是一个话说得好听、一个话说得难听罢了。

　　打了个哈欠，殷花月裹了裹毯子，闭上了眼。

　　苏妙没一会儿当真就回来了，看了看椅子上睡着的人，大大咧咧跨着的步子就改成了踮着脚的小碎步。她放轻呼吸，凑到沈知落身边低声问："这就睡啦？"

　　沈知落点头，带着她离开了东院。

　　自从上回苏妙醉酒弄坏乾坤罗盘，他俩已经许久没见面了，按照太子的吩咐，沈知落给苏妙送过赔罪的礼盒，听人说她笑嘻嘻地收下了，但一句话也没给他回。

　　今日他说要过来，本以为她会找借口推托，谁料苏妙竟跟个没事人似的，引他进府，又送他出府。

　　沈知落忍不住问："你最近都在忙些什么？"

　　苏妙挑眉，双手捧心道："难得你竟会关心我了。"

　　"没有。"他抿唇，"随便问问。"

　　身边这人笑开，一张脸明艳不可方物，她一蹦一跳地踩着青石砖，掰着手指同他禀告："之前受人相邀，去山上玩流觞曲水，得了几首好诗词，回来让人裱上送给舅舅了。舅舅最近为表哥的事没少烦心，能博他一笑也是好的。"

　　"最近这几日就是烧掌事院的事儿。嘿，不烧还不知道，我在京华也算体面，那么多人赶着来慰问，让我下回行事别冲动。"

　　沈知落问："都有谁来了？"

　　"兵部的小侍郎、东宫的仆射，还有几个酒席上见过一面的。"她想了想，摇头，"记不得名字了，就记得他们穿的衣裳，有几件还挺好看的。"

　　"……"

　　旁边的人不吭声了，苏妙也没察觉，仍旧笑盈盈地边走边道："倒是你，现在才顺便来看我一眼，半点儿也不像定了姻亲的夫婿。"

　　沈知落笑得冷淡："那谁最像？"

这话搁正常人听着，都该知道是生气了，需要安抚两句，说谁也不像。

可苏妙不，她十分、非常、极其认真地摸着下巴琢磨了起来："小侍郎温柔归温柔，但太让着我了，不像夫婿，像护从。你们东宫那位，也不知是不是学了你，分明有一肚子话，可就是不肯直说，绕着弯子要我小心谨慎，一板一眼的，有点儿可爱。不过还是林家那位的模样最像吧，啧，要不是我有亲事了，还真得考虑考虑。"

"苏小姐命里桃花无数，也当是如此。"沈知落扯着嘴角扬了扬，"若是觉得亲事碍了桃花开，不妨去跟殿下说，让他给你另指夫婿。"

苏妙摇头，发髻里的步摇跟着直晃："才不要呢，与大司命这亲事多好啊，既能开桃花，又能有处归家，反正大司命看了天命，也不会在意我跟谁好，我不是乐得轻松？"

牙龈一紧，沈知落停下了步子。

他转头看向她，尽量心平气和地说道："不在意归不在意，但苏小姐不要脸面，沈某也不想被人戳脊梁骨。"

苏妙脸上的笑意僵了一瞬，又重新舒展开，她伸了个懒腰，娇俏地说道："那你去同殿下悔婚吧，就说我为人浪荡，不堪为妻。殿下那么宠你，想必会答应的。"

前头就是侧门门口，苏妙也不送了，站在原地笑眯眯地朝他挥了挥手，乖巧得像只摇着尾巴的小狐狸。

沈知落觉得心口发堵。

世上怎么会有这样的姑娘呢，完全不按规矩办事。说她薄情，她偏对他一往情深，可说她专情，她却对谁都能夸上两句。

自己仿佛一只耗子，被她伸着猫爪拍弄，她不想一口吃下他，却也没想放过他。

腮帮子紧了紧，沈知落拂袖就跨出了门。

苏妙站在他身后，眼睁睁地看着那抹星辰消失在门外，脸上的笑意才慢慢消失。

韩家与司徒风的官司打了整整七日，双方从京兆尹衙门吵到朝堂，最后因为司徒风手里的证据确凿，他被判流放徽州，不用给韩天永偿命。

韩家夫妇气得齐齐病倒，长公主也焦头烂额，一片混乱之中，司徒风高高兴兴地离开了京华。

徽州虽然远，但也不是荒芜之地。只要有太子的庇佑，他过去就能另寻官职、重新谋生，算不得什么绝路。所以坐上囚车的时候，他还跷着腿在哼小曲儿呢，不着调的曲子洒在坑坑洼洼的泥石路上，还颇有两分乡野情调。

　　"前头有驿站。"押送他的官差道，"到了就去歇歇脚。"

　　"好啊。"司徒风笑着应下，又开始哼"黄梅子叶儿绿"。

　　驿站离京华不远，官差将他关进厢房便去寻吃的了。司徒风左右看了看，觉得这房间倒也稀奇，按大梁人的习惯，桌椅跟床中间一定是有隔断的，可这屋子里的摆设倒像是大魏的风俗，桌椅就在床边靠着，还摆了一壶茶。

　　这一路赶去徽州，中间不知道要受多少颠簸，秉着能乐一时是一时的想法，他坐下来就着茶壶往嘴里倒了两口。

　　跷着腿靠在椅子上，司徒风感慨，自个儿上回看见这种房间，还是好多年前了。

　　那时候的宫里，茶桌就放在床榻边，他一刀刺穿一个妃嫔的肚腹，看着她扑摔去桌上，又跟跟跄跄地滚到了床边。艳红的血蜿蜒了一路，像锦缎上的红色绣花，从桌帏绣到床帏。

　　他没惧怕过那个场景，甚至很是怀念，因为有那么一遭，才有他后来的高官厚禄。

　　可惜啊……司徒风摇头，又喝了一口茶。

　　午时骄阳正盛，照得人有些困倦，司徒风觉得眼皮子沉重，迷迷糊糊地想起身去床上。不承想脚上没力，一踩就软倒下去，面朝地，额头"咚"的一声磕在床沿上。

　　这磕得是真重，疼得他眼前花白，忍不住"哎哟哎哟"地叫唤起来。

　　门被人推开，嘎吱一声响，司徒风以为是官差回来了，连忙捂着脑袋喊："快来看看我的脑袋撞破了没？哎哟，疼死人了。"

　　那人慢悠悠地走到他跟前，俯下身来看了看，笑道："破了个小口子，不妨事的。"

　　怎么是个女人的声音？司徒风一愣，迷茫地抬头。

　　殷花月微笑着迎上他的目光，眼眸清丽泛光，鬓边碎发垂落下来一些，更添两分温婉。

　　她拿了帕子将他额头上的伤按住，轻声道："止了血就好。"

　　莫名地，司徒风觉得浑身发凉，他胡乱挥舞着手将她拂开，缩着身子往后退："你……你是谁？"

"奴婢是这驿站的杂役呀。"她眨眼。

司徒风摇头，眉头紧皱："不，不对，你不是杂役，你是怎么进来的？"他看向她身后的大门，慌慌张张地推开她就想往那边跑。

然而，腿一迈，他整个人就跌在地上，四肢像是被人抽了筋一样无力，像一团无骨的肉，挣扎蜷缩着往门口挪。

身后的人没有抓他，反而是慢条斯理地跟着他的动作往门口走，脚步声优雅又清晰。

"嗒——嗒——"

司徒风满脸惊恐，一边蠕动一边道："你放过我，放过我，我们无冤无仇，你想干什么？走开，走开！"

殷花月好整以暇地看着他爬到门口，手指一抵，锈轴发出低哑的转动声，两扇木门缓缓合上。

光线由宽变窄，最后一缕橙色在他的脑门上渐渐消失，只留下了一双瞳孔缩得如针尖一般的眼。

司徒风急了，嘴里叽里咕噜地开始又骂又求饶，面前的人脾气极好地听着，顺手给他喂了一颗药。

嘈杂的声音渐渐变成了听不清的呜咽，有痛苦至极的惨叫声堵在喉咙里出不去，听起来像谁家风箱坏了，一刻也不停歇地拉出破碎的空响。

片刻之后，殷花月收起沾血的刀，温柔地将司徒风扶上床。

他仍旧睁着眼瞪着她，身子却动弹不得，屋子里的血腥味浓烈呛鼻，可偏偏，他没有死，双眼暴凸地看着她站起身，发不出声音的嘴近乎畸形地张着。

殷花月平静地拉开门走出去。

裙摆扫在门槛上，带起了一层灰，她脸上没什么表情，眼底却是乌沉沉的一片，像被什么东西给扼住了，压抑又癫狂。

她想抬头看看外头的太阳，可这一抬头，殷花月撞上了一双万分熟悉的眼睛。

瞳中蕴墨，墨色如漆，那颜色翻卷糅合，没来由地给人一种宁静之感，像玄石浸溪水，乌云卷夜空。

殷花月看得走神，眼里的戾气渐渐消散，接着就涌上了几丝慌乱。

她"啪"的一声就将身后的门合上了。

李景允负手站在走廊下头，身上穿的是她今日送去的玄青鸦袍。

他低头看着她，没有开口说话。

空气里还残留着一丝浅淡的血腥味儿，如同藏不住的狐狸尾巴一般，招摇得让人尴尬。

殷花月贴在门上，连呼吸也不敢，像一只被天敌盯上的壁虎，僵硬着一动不动。

李景允为什么会在这里，大牢的锁链是用来摆看的不成？还是她在做梦，眼前的这个人只是她太心虚而臆想出来的幻影？

殷花月睫毛颤动，不安地瞥了他两眼，见他没说话也没动，便犹豫着伸出手，想去戳戳看。

然而，食指刚碰到他的衣襟，这人就动了。

李景允捏住她的手，眼皮垂下来，表情略微有些嫌弃。他就着袖口擦了擦她指尖的血迹，眉心直皱："第一次对人动手？"

这话问得没头没脑的，她也不知道是不是太紧张，竟然就顺着答道："是啊。"

"有空跟爷拜个师，爷教你怎么动手身上不沾血。"

"哦，好。"

"人死了没？"

"没有。"

"那便不用太急着逃离。"他擦干净了她的手，捏着打量两眼，满意地收进自己的掌心，"跟爷慢慢走吧。"

身子被他拉进外头的阳光里，光线耀眼，照得她下意识地抬起袖子挡住脸。前头走着的人像是察觉到了，身子一侧，高高的个头直接将她罩进阴凉里。

殷花月傻眼了。

看见这样的场面，他不惊讶吗？不好奇吗？怎么连问都不问一句？

目光朝下，她看见了他的靴子。这人应该是骑马赶过来的，官靴的侧面有被马镫硌出来的细印，来时很急，所以肩上蹭了一抹牢里的黑墙灰也没管。

这些匆忙焦急的痕迹，跟他现在平静从容的模样一点儿也不搭。

殷花月抿唇，抬眼看向他的后脑勺。

"公子。"她开口问，"您是怎么出来的？"

李景允头也不回地答道："翻墙。"

殷花月："……"

两人已经走出了驿站，她咬牙拉住他，微恼道："案子还没开堂审理，你怎么能随便越狱？这要是被抓住了，便算畏罪潜逃，到时候活路也会变成死路，公子怎么会如此糊涂！"

李景允转头，墨瞳睨着她，略有笑意："许你戕害太子门客，不许我逃个天牢？"

"那能一样吗？"她急得直跺脚，"我砍司徒风一条胳膊，没人会知道。你这本就处在风口浪尖，被长公主晓得，还不直接推上断头台去？"

先前还满眼戾气的阎罗，突然变成了瞪眼的小兔子，李景允看得满怀欣慰，伸手捋了捋她的鬓发。

小兔子气呼呼地拍开了他的爪子："命都不要地来了，怎么也不问问我为什么要跟司徒风过不去？"

"你一直不愿跟爷说实话，爷问了也白问。"他看着她的眼睛，半认真半玩笑地说道，"等你愿意说了，爷再听。"

分明是什么都知道，却在这儿给她扮温柔，殷花月恼得直磨牙，想甩开他的手，可甩了好几下都没有成功。

盯着两人握在一起的手，她突然泄了气，耷拉着脑袋道："我与司徒风有旧怨，知道他被流放，提早就在这驿站准备好了。我想过，他不认识我这张脸，押送的官差看他命还在，也不会横生枝节追查过来，无论如何，我都不会连累大统领府。"

她说完，又抬眼瞪他："你是早就知道我想动手。"

李景允轻笑，心情极好地说道："爷只是怕你处理不好，让人提前盯着，好在你失策的时候替你收拾烂摊子。结果没想到，你做得还挺干净。"

他摸了摸她的脑袋，骄傲地说道："不愧是爷东院的人。"

这是什么值得夸赞的事情吗？殷花月哭笑不得，她以为李景允会责难她，抑或觉得她心狠手辣，戒备地将她逐出大统领府。可这人没有，他甚至担心她能不能做得干净利落。

想起他那日给她坦白栖凤楼之事，殷花月神色复杂。

他似乎逐渐向她敞开了心扉，那个自大、混账的人，曾经算计、威胁她，但他诚恳地认错，真的把她想知道的事告诉了她，甚至在发现她可能会害人的时候，毫不犹豫地成为她的同党。

这人，到底想做什么？

看见了她眼底的疑惑，李景允弹了弹她的脑门："走了，再不回去，爷真成畏罪潜逃了。"

殷花月眉心一痛，皱眉捂着，边走边问："现在这不是畏罪潜逃吗？"

"你来救爷的时候都知道拿木板挡箭，爷能那么蠢，真的将把柄送去别人手里？"他哼笑，"出来的时候没人发现，牢里还有人替爷守着。"

她心口一松，长长地吐了口气。

两人上马，李景允拉过缰绳，还是嫌弃地摇了摇头："你这人就是没眼力见儿，当时你要是舍身往爷身上一扑，爷肯定感动得痛哭流涕，当即发誓今生只你一人，再不另娶。"

殷花月抓紧马鞍，翻了个白眼："那可真是要给妾身种枇杷树了。"

"枇杷树是什么意思？"他纳闷。

"庭有枇杷树，吾妻死之年所手植也，今已亭亭如盖矣。"殷花月神色复杂，"公子天天躺在榻上，都看什么书？"

腰间被人一掐，身前那人的声音颇为咬牙切齿："爷看的是兵书，谁有空看这些个悼念之词。还有，这玩意儿不吉利，再念，爷打断你的腿。"

方才还温温柔柔的，一转眼又变回了这孽障模样，殷花月惆怅地叹了一口气，嘴角却莫名地往上抬。

今儿真是个好日子啊，宜复仇、宜与人同乘。

宜口是心非。

龙凛被害一案不知是被谁压着，一直没升堂问审，殷花月以为李景允还要被关上许久，结果有一件事突然冒了出来。

起因是李景允让她去一趟栖凤楼，帮忙清账。

殷花月也不知道这位爷的心怎么就这么大，告诉她秘密了还不算，还让她插手账务，理由是大统领府的账做得挺好，最近栖凤楼太忙，让她去搭把手。

作为大统领府的掌事兼姨娘，她的活儿已经够多了，本来想反抗的，这人却一板一眼地给她开了高出大统领府三倍的月钱。

这是月钱的问题吗？殷花月气愤地想，她就是喜欢清理账目，多清理一份而已，举手之劳，怎么能说是因为月钱。

于是这天，她就坐在栖凤楼的暗房里看账本。

"这几个月账目很多，我审过一遍，没有太大的纰漏。"掌柜的同她道，"只是有一笔坏账太大了，烦请您转告东家一声。"

殷花月仔细将那笔账一看，嚯，贵客：龙凛。欠账数目：三千两。

指尖按在这数目上，殷花月侧头问："这位三千两花在什么上头了？"

"酒席、给姑娘的赏银。"掌柜的道，"这位客官平日是不欠账的，就那日宴请宾客，似乎不太方便，统统让记在账上。"

宴请什么样的宾客能花三千两的排场？殷花月想了想，问："掌柜的在这个地方见多识广，可认得当日的客人是谁？"

面前的人回忆片刻，以手沾茶，在桌上写了个名字。

殷花月看得眯起了眼。

京华最近天气渐热，各家各院都开始午休，没有人会在饭后的半个时辰内忙碌。

除了东宫的霍庚。

霍庚只是太子仆射，平日里是不会有很多事的。但不知道为什么，大司命突然就开始找他的麻烦，让他整理祭坛不说，还让他把鱼池里的水舀干重新换一池。

他觉得自己好像不是做这个活儿的，但大司命这么说了，霍庚也不敢多问，只能苦兮兮地一瓢一瓢地舀水。

"哎，沈知落人呢？"有人从远处过来，问了他一句。

霍庚愁眉苦脸地抬头，看清来人的脸，眼眸微亮："苏小姐。"

苏妙左右张望着，朝他笑了笑："不是说沈大人在祭坛这边吗？也没看见他的人。"

"他在那边的厢房里。"霍庚指了指，又轻声提醒，"大人心情不佳好几日了，您当心些。"

苏妙感激地冲他点头，又扫了一眼他手里的葫芦瓢："你这是在做什么？"

霍庚不好意思地挠了挠头，道："大人让我把这池子里的水舀干。"

"……"

苏妙往旁边看了一眼，低声道："稍等。"

她将池子里的荷叶梗扯了下来，放在水里吹了一口，看水面上冒起一串泡泡，便将整支梗条浸在水里，浸透之后拇指堵着梗条的一端，拿出水面来越过池沿，放在比池子更低的地上。

池子里的水突然就哗啦啦地从荷叶梗里往外流。

霍庚看傻了眼："这……这是怎么回事？"

苏妙一边擦手上的水一边笑："就是这么回事，让它自个儿流，你别舀了。"

说完，她拉着身后的殷花月就往旁边的厢房走。

殷花月看她一眼，又回头看看那双颊微红的大人，忍不住想，她要是有苏妙这样的未婚妻，也想把她青睐的人都发配去喂鱼池。

这姑娘可太招人喜欢了。

"小嫂子。"苏妙扭头问她，"待会儿你们说事，我能在这地方随便逛逛吗？"

殷花月回神，有些纳闷："逛什么？事关三公子，表小姐也要一起听了才是。"

"我不是很想看见他。"苏妙闷闷地说道，"先前心情好，还随着他胡闹，这段时间老娘心里不舒坦，不想惯着他。"

殷花月听得失笑："表小姐竟然也会有不喜欢沈大人的一天。"

"也不是不喜欢。"苏妙皱着鼻尖道，"就是烦，暂时烦上几日。"

"今日之事有些厉害，需要表小姐一起帮忙，恐怕要委屈一下了。"殷花月晃了晃她的手，"等事毕回府，我给表小姐做点心吃。"

苏妙脸色稍霁，不情不愿地点了头，与她一起走进厢房。

沈知落不着痕迹地将开着的窗户合上，面无表情地转身迎上她们二人。

"找在下有事？"

苏妙指了指自己身后，侧身让开。殷花月跟着上前，生分地行了个礼，然后道："想请大司命帮忙告状。"

"告什么？"他疑惑。

殷花月将一摞东西放在他手里，抬眼道："户部尚书罗忠，收受贿赂。"

受贿之事，朝中之人十有八九都沾染，沈知落不感兴趣，但既然是她说的，他还是接过东西看了一眼。

结果就看见了东宫会很感兴趣的东西。

"隐匿掌事院账目。"他沉吟，"你是怎么拿到这东西的？"

殷花月耸肩："别人揭发，主动送来的。"

谁会揭发到这么深的东西？沈知落眉心直皱，可看面前这人的表情，她显然是不打算告诉他的。

沈知落莫名有些无奈，低声道："你既对我有诸多防备，又为何要来找我帮忙？"

"互利互惠。"殷花月耿直地说道，"你让东宫的人去告这一状，对太子殿下有利无弊。"

与此同时，罗忠若是定了罪，那龙凛也就不是无辜的了。

定定地看着她，沈知落失笑。

殷花月果然是个忤逆的性子，说什么不能做，偏就要做什么。明明告诉她和李景允搅和在一起没有好下场，她倒还上赶着来救人了。

他可以不答应这件事，反正也与他没什么关系，但思来想去，沈知落还是点了头。

就像拦不住的凋零花瓣，有的东西既然改变不了，那他与其做一只抓空的手，不如做一阵风。

"可还有别的事？"沈知落问。

殷花月摇头，余光瞥着旁边一声不吭的表小姐，想了想，道："来都来了，可否让我去见一见这祭坛里的老宫人？"

沈知落听得一愣，下意识地想说她认识的那个老宫人早就没了，结果对上她的眼睛，就看见她皱了皱眉。

别反驳我——这小祖宗的眼神如是说。

沈知落不明所以地将话咽了回去，点头道："可以。"

于是殷花月转头对苏妙道："表小姐稍等，我去去就回。"

苏妙点头，坐在椅子里打着哈欠目送她出去，然后屋子里就剩下她和沈知落两个人。

她可以起身出去等殷花月的，但是她没动。

沉默片刻，苏妙开口道："你怎么为难起霍大人来了。"

沈知落脸色一沉，转过身去打开花窗，冷眼看向外头那根源源不断往外涌着水的荷叶梗。

"是太子的吩咐，我没有为难他。"

苏妙故作了然地点头，然后皮笑肉不笑地说道："我还以为你又吃醋了。"

沈知落捏着窗沿，没吭声。

苏妙伸了个懒腰，漫不经心地起身道："下个月林家府上有喜事，给我发了请帖，你要不要跟着去看看热闹？"

林家？沈知落抬了抬眼皮："是上回你说想考虑的那个林家公子？"

苏妙顿了一下，接着倒是笑了："是我上回说的那个，但不是公子，是林家小姐。"

窗边的人满眼疑惑地转头看了过来。

苏妙舔了舔嘴唇，眼里多了两分捉弄成功的快意："林家小姐既漂亮又贤惠，对我温柔体贴、关怀备至，而且那小腰又细又软，抱着舒服极了。她要是与我成亲，那可就太好了。"

"……"

没见过这样的女儿家，调戏男人就算了，还爱调戏女人。沈知落嫌弃地转过头去，神色却是轻松了两分。

苏妙哼笑，兀自端起茶来喝。

沈知落查了罗忠几日，把殷花月拿来的东西连同他自己查到的证据一并交给了太子。

事关掌事院，周和朔一收到消息就让人严查，没两日就查出长公主面首重金贿赂户部尚书，篡改账目，将掌事院每年一大笔不知去向的花费隐匿在了繁多的土木兴建背后，蚕食国库，中饱私囊。

这一大笔银子去了何处，真要查起来，长公主自然是脱不开干系的。

周和朔想请皇帝定夺，可不知为何，圣上没有要查长公主的意思，只定了龙凛贿赂重臣、私吞国库银两的罪名，处以斩首之刑。

可怜的龙凛，死了都还要当一回替死鬼，尸首被拖出去，不知乱葬在了何处。

他一被定罪，李景允身上的罪名就轻了，哪怕长公主那边的人绞尽脑汁想给他加些罪名，李景允也还是轻松出了狱。

殷花月以为他会被流放，抑或指派去边关，但是没有，李景允被徐长逸等人八抬大轿送回了大统领府，身上没担半点儿罪责。

"我就知道三爷早有主意。"徐长逸拍着太师椅的扶手笑，"那韩家小姐真当捏住你的命门了，还来哥几个面前逞威风呢，小嫂子是没瞧见，今日三爷出狱，韩霜在门口站着，脸色那叫一个难看。"

"可不是嘛，她还想请长公主做主，长公主现在自身难保，哪儿还顾得上她。"柳成和也笑。

李景允在主位上坐着，状似在听他们说话，一双眼却只盯着殷花月瞧。

才多久没见，这人怎么感觉又瘦了些，浅青的腰带都快绕第三圈了，眼下也又有了乌青。

没他守着，果然是不会睡饱觉的。

他有些不悦地抿唇。

"哎，有茶没？"徐长逸说得口干舌燥，捏着茶杯就朝旁边伸手。

殷花月笑吟吟地拿着茶壶过来，想给他添茶。

苏妙瞥了上头一眼，夺了茶壶就扔给徐长逸，努嘴道："有没有眼力见儿，这儿久别胜新婚呢，还敢劳烦小嫂子动手？"

"不敢不敢。"徐长逸接过茶壶自己倒，边倒边揶揄，"三爷要是有事儿，就往内室去，咱们这儿都不是外人，有什么响动也只当没听见。"

几个人哄闹起来，朝着主位上的人挤眉弄眼。李景允一哂，跟着就笑了笑。

殷花月也笑，三公子是什么人？运筹大牢之中，决胜公堂之上，这么多人看着，他想什么儿女情长？

结果手腕一紧，她当真被人拽进了内室。

隔断处的帘子一落，外头哄笑的声音更大，殷花月瞪大了眼看着面前这人："你……"

李景允将她抵在隔断上，半合下来的眼里尽是笑意："爷听人说，你最近吃不好睡不香？"

殷花月皱眉，梗着脖子别开脸："天气越来越热了。"

"还去给爷求了平安符？"

"那是给夫人求的。"她耳根渐红，贴在隔断上听见外头的拍桌鼓掌之声，更多两分恼意，"您别靠这么近。"

李景允不听，低下头来，鼻尖轻轻蹭了蹭她的侧脸："苏妙来接我，都知道说一声想我了，你这个做人侧室的，怎么半句好话都不肯说？"

说什么好话，这人都知道借着她去栖凤楼拿东西告罗忠，定是早就想好退路了，也就她这个傻子，真心实意地担心着他的性命。

殷花月想起来就气，他只说让她去栖凤楼看账，结果怎么就算计着她会发现龙凛欠账的不对劲？他就不怕中途出点儿岔子，或者她没那么在意他，不把东西交给沈知落？

张口想质问，又觉得傻，这不是绕着弯明说自己真如他所想的那样在意他吗。

殷花月闭了嘴，死死地抿着嘴角。

外头苏妙他们已经开始说起韩霜的事，也说起李景允曾救过她一回。殷花月听见一句"不得不救"，微微一愣，刚想侧头再听仔细些，下颌就被人捏住了。

李景允手掌很宽，手指又长，说是捏着下巴，其实已经算是一只手捧住了她半张脸。他执拗地将她转过来对着自个儿，话里含笑："说句好听的，爷就饶过你。"

殷花月皱起鼻尖，闷声问："不说会如何？"

面前这人陡然板起脸，剑眉倒竖，十分不满地怨道："刚历了一劫回来呢，热茶没有，热饭也没有，你要是连句好听的都不肯说，那爷就——"

他高高地举起手，殷花月下意识地一缩，闭上了眼。

李景允眼里带笑，将手落下来，扣住她的后脑勺，将她拉进自己的怀里，抵着她的耳侧道："那爷就说给你听。"

温热的气息带着些压抑的渴望，低哑地在她耳鬓上厮磨，像什么东西落进温水里，荡漾起一圈又一圈的涟漪。

殷花月震了震，想抬头看他，眼皮却突然一暖。

李景允伸手蒙住了她的眼睛，像在罗华街上之时一样，掌心如火。可不一样的是，眼下没有血腥和尸体，只有他近在咫尺的声音。

"爷很想你。"他似乎也有些难堪，蒙在她眼睛上的手无意识地摩挲着，但还是抵在她耳边继续道，"在牢里牢外其实也没什么差别，但牢外有你，那爷还是出来好了。"

外头那几位的笑闹声不知怎么的戛然而止。

殷花月觉得自己的表情尚算镇定，就是脖子有点儿发烫，她别开头，微恼地低声道："外头还有人。"

李景允轻咳一声站直身子，抬头朝外头问："有人吗？"

"没有。"外头的人齐齐回答。

殷花月："……"

面前这人得意地笑了，鼻尖蹭着她的脸道："听见了吗，没人。"

一爪子拍开他，殷花月恼羞成怒地捏着袖子就往外蹿，身形快得他想抓都来不及。

隔断处的帘子掀起又落下，从他的脸侧拂过，又软又绵。

"小嫂子？"外头响起几声揶揄的叫喊，她好像没理，脚步惶然，直往门外而去。

逗弄过头了？李景允懊恼地收回手站直身子，出去瞪着那几个罪魁祸首。

"这可不关咱们的事。"迎上他的目光，苏妙连连摇头，"自己的女人都搞不定，这怪得了谁啊。"

温故知失笑，扶着桌沿一边笑一边道："这可是头一回瞧见有三爷拿不住的姑娘。"

"岂止是拿不住，怕是反要被人家拿住了。"柳成和感慨不已，"三爷，别往外瞧了，早跑远了。"

李景允收回目光，坐回主位上，目光和善地看着面前的这几个人。

背脊微凉，温故知等人都瞬间收敛了笑容，只有苏妙还在咯咯地笑着，清脆的声音回荡在主屋里，格外动听。

"表妹。"李景允难得亲切地唤她。

笑声一噎，苏妙眉梢微动，慢慢合拢了嘴，一本正经地朝他拱手："表哥，我最近事忙，许是受不得什么差遣。"

"是吗，那还真是可惜了。"李景允端起茶，遗憾地摇头，"还说想让你随沈知落一起去永清寺住几日呢。"

"哎。"苏妙连忙道，"有空有空，这事儿我有空。"

"不过，"她有点儿纳闷，"好端端的，知落为什么要去永清寺？"

"这你得去问太子殿下。"他抿唇，"原本那般宠信沈大人，突然就要人往宫外迁。"

苏妙神色正经起来，起身走到他旁边，微微皱眉："你肯定知道。"

李景允哼笑起来，兀自撇着茶杯里的茶叶。

"表哥——"苏妙搓着手朝他撒娇，"我错了，我再也不笑你了，你给我透露透露，我一定去小嫂子面前给你美言，把你夸得天上有地下无，保管小嫂子以后对你死心塌地。"

"她现在也对爷死心塌地。"他不悦地纠正。

"行行行，我表哥这么玉树临风、天下无双的男人，谁敢不死心塌地啊？"苏妙闭着眼一阵奉承，然后道，"快告诉我，怎么回事？"

李景允放下茶杯，正经起来，声音低沉地说道："最近朝中有风声，说有几个大魏旧臣暗地结党，太子严查此事，却无任何证据。不知你的沈大人怎么就惹了太子的不满，顾忌他也是大魏旧臣，就让他去永清寺祈福。"

说是祈福，其实也就是迁住，不愿再让他在东宫里留着。

苏妙连连皱眉："殿下的疑心可真是重，大魏都灭朝多少年了，怎么还在担心这茬。别的不说，大魏皇室就没一个种留下的，旧臣就算结党，又能有什么用？"

"也不怪太子多疑。"徐长逸道，"最近东宫的人频频出事，朝中打眼的那几个大魏旧臣又多有来往，虽然都是正常的人情往来，可太子难免不往那上头想。"

温故知沉吟片刻，轻笑道："还真是巧了，先前薛吉死于非命，后来司徒风也被流放，这两人可都是在灭魏之时立了功的，齐齐遭难，应该是有什么说法。"

"莫非真有余孽作祟？"

"想知道是不是余孽作祟还不简单？"温故知道，"朝中还有一个康贞仲，也是灭魏有功的。如果太子当真怀疑，就让人在他身边盯着，一旦有人动作，便可以顺藤摸瓜找出真相。"

李景允沉默地听着，眼皮半合。

"表哥。"苏妙忍不住问他，"你是怎么想的？"

回过神，他嗤笑："能怎么想，他们闹起来也与我大统领府无关，乐得清净。"

这倒是真的，先前长公主和太子夺权，双方为了争大统领府的势力，没少把李景允扯进泥潭，那个时候的大统领府才真是风雨飘摇，稍有不慎就要行差踏错。

现在好了，长公主不再想着统领军府，太子也不会再逼着李景允成亲，他们大可以作壁上观。

苏妙松了一口气，又有些担心地看向外头。

京华入了夏，各院各府都开始搭给主子们乘凉用的葡萄架，殷花月站在庭院里督工。

霜降站在她身侧，轻声与她禀告："司徒风过了三个驿站，现在就剩下一只胳膊。护送的人来传话，说要不就先停手，人死在路上他们不好交代。"

殷花月轻笑："行啊，本来也没想让他死在路上，就让他去徽州过日子，等日子过顺畅了，再去看看他。"

司徒风现在已经是几近癫狂了，继续折磨也没什么意思。等他冷静下来恢复神智了再收他的命，也算告慰皇嫂和她肚腹里孩儿的在天之灵。

幼时太傅曾教她，以德报怨，可安天下。殷花月觉得这纯属瞎扯，恩怨足够大的时候，什么德都难以平自己的心头之恨。为什么要踩着自己的伤口去感化一个做错事的人？这样做只会让自己感到痛苦，并不能解决问题。有仇报仇，有怨报怨，才是正确的做法。

她最讨厌听见人说"你这样做和凶手有什么区别"，区别大了去了，一个是用心险恶、伤天害理，一个是以牙还牙、报仇而已，混淆二者以劝人放下屠刀的，不是菩萨，是帮凶。

"奴婢还打听到一些事。"霜降开口道，"这回罗忠被告，似乎跟三公子有关。"

殷花月回神，莫名其妙地说道："本就与他有关，若不是他，我哪里会知道龙凛行贿罗忠。"

"不是。"霜降摇头，"奴婢的意思是，这件事最开始就是三公子发现的，所以他才提前搜集好了证据。"

殷花月神色微动，左右看了看，拉着她退回庭院的角落，低声问："怎么回事？"

"四月初九，龙凛在栖凤楼与罗忠密谈，被人偷听。身边的护卫追出去，只看见了那人的背影，说是像李家三公子。结果当日问了栖凤楼的掌柜，说三公子并未光临。"霜降道，"龙凛也怀疑过三公子，但是没有证据，只能不了了之。"

四月初九？殷花月挑眉，突然想起了韩霜身边的那个丫鬟别枝。

别枝曾套过她的话，问的就是四月初九李景允去了哪里。她戒心重，说他在府上没出去，将她糊弄住了。

如此一看，那丫鬟还真不是简单的下人，竟会听龙凛的吩咐，也亏得她没说漏嘴。

四月初九那日，她被抓去栖凤楼。当时，李景允也在，但栖凤楼的掌柜帮他遮掩了过去。龙凛和罗忠的谈话被李景允听了去，因此他如今才得以全身而退。

殷花月突然觉得很好奇，那座栖凤楼里除了罗忠的罪证，是不是也还藏了别的，随用随取？

"少姨娘。"管家来了庭院，看一眼快搭好的葡萄架子，满意地点点头，然后捏着衣摆过来道，"老爷传话，让您过去一趟。"

"好。"殷花月应下，让霜降继续守着葡萄架，转身跟着管家往书房走。

自从她被李景允纳为姨娘，大统领就鲜召见她了，上回召她还是为了问公子在牢里的情况，对她似乎颇为不满。

殷花月也能理解，本来把她安插去东院，就是为了看住公子爷，好让他顺利与韩家小姐完婚。谁知道她这不要脸的小蹄子竟然摇身一变成了两家联姻的最大阻碍，没打死她都是看在她往日的功劳上了。

跨进书房，殷花月老老实实地跪下行礼："给老爷请安。"

李守天坐在书桌后头，只"嗯"了一声，然后道："我给景允物色了禁宫散令一职，你这几日给他说道说道，多随我出去走动。"

殷花月微微一怔，心里有些意外，禁宫散令，那便是要去宫里，三年五载难以归府。大统领虽然嘴上严厉，心里对李景允到底也算疼爱，怎么会突然想让他担这么个职务？

李守天看出她的困惑，轻哼了一声，道："马上就是大梁科举，武试一过，朝中人才济济，到时候别说散令，侍卫都不一定能有他的份儿，提前让他进宫，总比一辈子碌碌无为来得好。"

"碌碌无为"这个词放在李景允身上，也太不搭了。

要是以前，殷花月肯定二话不说就应下了，毕竟当奴婢的，主子的话比天还大，她一向恪守本分。但是现在，她觉得大统领小看了李景允。

那人在练兵场上，也是银枪飞沙，烈火骄阳。他要是想入仕，绝不会只屈居散令。

她轻轻地叹了一口气，斟酌着轻声道："大统领不考虑让公子去试试武举？"

"他去武举？"李守天不以为然，直接摇头道，"他那点儿三脚猫功夫，平日里连老实扎个马步都不肯的，去了也是丢人。不如直接拿个官职，也算我对得起李家先祖。"

他目光扫下来，又沉声道："你别以为我不知道你在想什么，不想与他分居两地？但他是男儿家，总要建功立业的，趁着他还没赴任，你也最好早些怀个孩子，也免得李家后继无人。"

沙场上横惯了的人，向来是听不进劝的，殷花月也就不打算多说了，乖巧地磕头应下就是了。

只是起身走出书房她还是替李景允感到不平。在李守天眼里，他可能只是个整日往外跑，甚至闯祸入狱的纨绔子弟，但她知道，三公子有自己的想法，也有自己的功业。

他不比京华任何一个儿郎差。

走进东院的大门，殷花月就看见李景允正在喂那头白鹿。

与山上猎来的时候相比，这鹿如今更加干净，皮毛也更光亮顺滑，蹭着他的手吃芝麻酥，水灵灵的大眼睛直往她的方向瞅。

李景允顺着它的目光看过来，眉梢轻挑，戏谑地说道："新娘子回来了。"

她收拾好情绪，走过去恼道："什么新娘子。"

他扬唇："你我可是在它跟前行了礼的，在它眼里，你就是新娘子。"

白鹿跟听懂了话似的点了点头。

殷花月噎住,无奈地摇头,她将这鹿牵回后院的栅栏里,然后打了水给李景允洗手。

李景允一边洗手一边抬眼打量她:"谁欺负你了?"

她心虚地垂下眼眸,低声道:"什么欺负,妾身这不挺好的。"

他擦干手拉她进屋,拿了铜镜放在她面前:"你自己看看,你这脸色叫挺好的?"

镜子里的人面白如玉,双眉含愁,瞧着就是一副苦相。

殷花月"啪"的一声扣了铜镜,犹豫了一会儿,抬眼问他:"公子可想过入仕?"

眼底闪过一抹诧异,李景允倚在妆台边思忖片刻:"我爹给我谋了差事?"

这都能猜到?殷花月忍不住拿起镜子再看了看自己的脸,难不成当真如五皇子所言,她什么心思都写在脸上了?

看了半天也没看出个结果,她沮丧地低头:"大统领给您谋了禁宫散令,统管宫门禁军。"

这活儿不但轻松,还不会有性命之忧,俸禄也不低。李景允仔细打量面前的人,忍不住伸出食指挑起她的下巴,摩挲着她的唇瓣问:"不是个好差事吗?"

殷花月简直恨铁不成钢,哪儿好了?身穿锦缎混吃等死,就像是把练兵场上最锋利的刀用绸布裹起来,将其束之高阁。

不过气愤也只一瞬,她看了看公子爷这轻松的表情,还是撇嘴道:"是挺好的,体面。"

他眼里笑意更浓,拇指一下又一下地抚着她的嘴角:"这么体面的差事你还不高兴,嗯?"

"高兴,妾身这就去买两串鞭炮来挂在门口替爷道贺。"她挂出虚伪的笑容来,笑得贝齿盈盈。

李景允实在忍不住,低头啄了她一口。

"公子!"面前这人立马恼了,柳眉倒竖,"光天化日,您这是个什么体统。"

吻自己的妾室,竟然要被说没体统,李景允这叫一个惆怅啊。比起入仕,他更该想的是用什么法子才能让这"小狗子"自觉地与他亲近,这才是头等大事。

他想了想,往旁边的软榻上一坐,朝她钩了钩手:"过来。"

殷花月戒备地看着他,一步一顿地磨蹭到他面前:"公子有何吩咐?"

"不是好奇爷想没想过入仕吗？"他侧过头，伸手点了点自己的脸颊，"亲这儿，爷就告诉你。"

殷花月不敢置信地"哈"了一声，双手交叠，优雅地颔首："公子，入仕不入仕都是您自个儿的事，妾身为何要因此……公子多虑了。"

李景允也不反驳她，眼尾含笑地等着，轻点在脸颊上的食指莫名透出两分痞气。

殷花月不屑地别开头。

然而，屋子里安静了一会儿之后，有人恼羞成怒地红了耳根，凑过去飞快地在他的脸上啄了一口，然后倒退三大步，从牙齿缝里挤出声音："还请公子明示。"

李景允倏地笑出了声来，靛蓝的袖袍随之抖成了一团。他许是太高兴了，扶着旁边的矮桌，摸过笔墨纸砚来。三两笔后，他便勾出了方才她亲他时那羞恼的神态。

是可忍孰不可忍啊，殷花月上前就要撕，他举高了手，扑上去也没抢到。

"公子爷！"她怒喝。

李景允收敛了嘴角的弧度，笑意却还是从眼睛里跑了出去。他按住她的手，将那张纸随意揉成团往窗外一扔，然后柔声安抚："扔了扔了，你别急。"

殷花月自认为是个仪态极好的丫鬟，能收敛住自己的情绪，从不给主子脸色看。

但是，摊上李景允这样的主子，神佛也维持不住笑意啊。她羞恼地抓着他的袖子，瞪眼看着他。

"哎，行了，不是问爷想没想过入仕吗？爷回答你。"他不甚正经地说道，"没有。"

殷花月起身就想走。

"但是——"他反手抓住她的手指，轻笑道，"爷还没说完呢。但是，既然都给安排上了，那爷总得做点儿什么。"

她没好气地甩了甩他的手，道："公子什么也不用做，有大统领铺路，只管到了日子走马上任。"

任由她甩，他没松手，只拿另一只手摸了摸下巴，道："禁宫散令，是不是那种一旦就任便不能随意出宫的？"

"是。"她道，"您去之前，也该同夫人告个别。"

想起夫人，殷花月心又软了两分，公子若是进宫去，夫人会很难过吧？

虽然在府里也不怎么能见着，但好歹还能送汤送水，逢年过节也能听他说两句场面话，真要走了，那可就是许久听不着声了。

犹豫了一下，她转过身也拉住了他的手："要不抽个空，妾身陪您去一趟主院？"

李景允不悦地撇嘴："当初'约法三章'，你答应过不强迫爷去主院。"

"妾身是答应过，所以这不是在同您商量吗？"她低下身来，软着眉眼轻声求他，"就去陪夫人说两句话。"

面前这人抵触地将脸扭到了一旁，拉着她的手也松开了。

殷花月赔笑，绕到他面前去与他作揖："费不了多大工夫的。"

"不要。"他将脸扭去另一边，闷声道，"爷去主院就不高兴，好端端的为什么要让自己不高兴？"

她娇嗔地去拉他的手，他挥手躲开，她又去拉，身子跟着坐上软榻，偎到他旁边，轻轻晃了晃他的指尖："公子。"

软绵绵的语调，带着点儿撒娇的尾音，让他听了差点儿就要把持不住。

余光瞥了她一眼，李景允还是端着姿态冷哼一声。

放长线，钓大鱼。

果然，大鱼眼珠子转了转，突然灵机一动，凑上前来在他脸上亲了一口。

嘴角禁不住地往上翘，他轻咳一声，面露犹豫。

三十六计，美人计才是上计，殷花月心里暗赞一声自己聪慧，然后捧着他的脸跟小鸡啄米似的啄了好几下。

李景允喉结微动，眼神深邃地看着她，突然反客为主，扣着她的后脑勺覆上了她的唇。

怀里的人很懂事地没有挣扎，甚至主动松开了牙关。

墨瞳里颜色渐深，他闷哼，捏紧了她细软的腰，情难自抑地泄露了两分侵略的气息。

甜美的猎物有所察觉，微微一僵。

他挑眉，不动声色地将气息收敛回去，唇齿辗转间温柔地安抚她。

猎物渐渐放松警惕，又变回了乖顺柔软的模样。

"公子。"分开的瞬间，殷花月软声求他，"去嘛？"

这谁顶得住啊，李景允咬牙"嗯"了一声，尖尖的牙齿磕上了她的侧颈，想用力又舍不得，闷哼着吮了一口。

殷花月一抖，伸手推开他，捂着脖子连连后退，慌张地说道："奴婢这就去准备东西。"

　　每回去主院，她都要带宝来阁的首饰，前些日子他又给她买了几盒，都堆在东院的侧房里。

　　殷花月去找，他不知想起什么，也起身过去看。

　　她见他跟来，也不意外，伸手把上头几个盒子递给他，去翻下头的首饰。

　　高高摞在一起的木盒，最上面那个之前装了一双没做完的靴子。

　　李景允接过，顺手打开瞥了一眼。

　　原本只绣了一半的鞋面，如今已经绣完整了，线头收得干净漂亮，只差与鞋底一并缝上。

　　李景允不着痕迹地合上盖子，别开头，无声地笑了笑。

　　面前这人还在碎碎念："其实送什么东西无所谓，只要是您送的，夫人都会高兴。但您要是像上回那样多与她说两句话，夫人能高兴上许久呢。

　　"原本妾身要与您在一起，夫人也是不乐意的，但就因为您那几句话说得漂亮，夫人就未曾责备过什么。您想想看，是不是很划算？"

　　她一边说一边拿了发梳回头看他："公子？"

　　李景允回神，胡乱地应了一声："知道了。"

　　顿了一下，他又意味深长地说道："其实还有个法子，能让她更高兴，只是你不愿意做。"

　　殷花月一愣，随即不赞同地皱眉："只要是能让夫人高兴的，妾身怎么会不愿意做？公子说说看。"

　　为难地想了想，李景允摇头："罢了，当真不合适。"

　　"这有什么不合适的。"她急了，起身道，"您先说呀。"